Resgate

OUTRAS OBRAS DA AUTORA PUBLICADAS PELA EDITORA RECORD

Acidente
Agora e sempre
A águia solitária
Álbum de família
Amar de novo
Um amor conquistado
Amor sem igual
O anel de noivado
O anjo da guarda
Ânsia de viver
O apelo do amor
Asas
O beijo
O brilho da estrela
O brilho de sua luz
Caleidoscópio
Casa forte
A casa na rua Esperança
O casamento
O chalé
Cinco dias em Paris
Desaparecido
Um desconhecido
Desencontros
Doces momentos
Entrega especial
O fantasma
Final de verão
Forças irresistíveis
Galope de amor

Honra silenciosa
Imagem no espelho
Jogo do namoro
Jóias
A jornada
Klone e eu
Um longo caminho para casa
Maldade
Meio amargo
Mergulho no escuro
Momentos de paixão
Um mundo que mudou
Passageiros da ilusão
Pôr-do-sol em Saint-Tropez
Porto seguro
Preces atendidas
O preço do amor
O presente
O rancho
Recomeços
Relembrança
O segredo de uma promessa
Segredos de amor
Segredos do passado
Tudo pela vida
Uma só vez na vida
Vale a pena viver
A ventura de amar
Zoya

DANIELLE STEEL

RESGATE

Tradução de
ALDA PORTO

EDITORA RECORD
RIO DE JANEIRO • SÃO PAULO
2008

CIP-Brasil. Catalogação-na-fonte
Sindicato Nacional dos Editores de Livros, RJ.

Steel, Danielle, 1948-
S826r   Resgate / Danielle Steel; tradução Alda Porto. – Rio de Janeiro: Record, 2008.

Tradução de: Ransom
ISBN 978-85-01-07491-1

1. Romance americano. I. Porto, Alda. II. Título.

08-0569
CDD – 813
CDU – 821.111(73)-3

Título original norte-americano:
RANSOM

Copyright © 2004 by Danielle Steel

Todos os direitos reservados. Proibida a reprodução, no todo ou em parte, através de quaisquer meios.

Direitos exclusivos de publicação em língua portuguesa somente para o Brasil adquiridos pela
EDITORA RECORD LTDA.
Rua Argentina 171 – Rio de Janeiro, RJ – 20921-380 – Tel.: 2585-2000
que se reserva a propriedade literária desta tradução

Impresso no Brasil

ISBN 978-85-01-07491-1

PEDIDOS PELO REEMBOLSO POSTAL
Caixa Postal 23.052
Rio de Janeiro, RJ – 20922-970

EDITORA AFILIADA

A todos os meus maravilhosos filhos,
pessoas extraordinárias que tanto admiro, respeito e amo.
E especialmente a Sam, Victoria, Vanessa,
Maxx e Zara, por serem valentes, amorosos,
pacientes e corajosos.
E aos admiráveis homens e mulheres
das agências de investigação estaduais, locais e federais que,
muitas vezes desconhecidos e invisíveis,
nos mantêm a todos em segurança.

>Com os mais profundos agradecimentos
>e todo o meu amor,
>d. s.

A ternura é mais forte que a dureza.
A água é mais forte que a rocha.
O amor é mais forte que a violência.
Hermann Hesse

Capítulo 1

Peter Matthew Morgan apanhou seus pertences em cima do balcão. Uma carteira com 400 dólares que sacara de sua conta corrente. Os papéis de liberação para entregar ao agente da condicional. Usava roupas fornecidas pelo Estado: jeans, camiseta branca com uma camisa de brim azul por cima, tênis e meias brancas. Bem diferentes das roupas que usava quando chegou. Passara quatro anos e três meses na Prisão Estadual de Pelican Bay. Cumprira uma parte da sentença, ainda assim um longo período para um réu primário. Fora apanhado com uma grande quantidade de cocaína, processado, condenado e enviado para a prisão, em Pelican Bay.

A princípio, ele vendera só para os amigos. Mas logo a venda acabou sustentando não apenas o próprio vício, contraído inadvertidamente, como todas as suas necessidades financeiras e, a certa altura, as da família também. Ganhou quase um milhão de dólares nos seis meses antes de ser preso, mas nem essa quantia dera para tapar o buraco que fizera com suas trapalhadas financeiras.

Drogas, investimentos ruins, especulações com ações e commodities. Foi corretor durante algum tempo e se meteu em encrenca com a SEC, a Comissão de Valores e Câmbio dos Estados Unidos, não o suficiente para ser processado — caso em que teria sido preso pelos federais e não pelo Estado, mas isso nunca aconteceu. Vinha vivendo muito acima de seus recursos, de maneira bastante insana, contraiu muitas dívidas e ficou tão dependente das drogas, andando com as pessoas erradas, que no fim a única forma de negociar a dívida com o traficante foi revendendo para ele. Houve também um problema com cheques sem fundos e desfalques, porém mais uma vez ele teve sorte. Seu patrão decidiu não denunciá-lo, depois que ele foi preso por tráfico de cocaína. De que adiantaria? Ele não tinha o dinheiro mesmo, independentemente do que tirara — e era uma quantia relativamente pequena no quadro geral — e o dinheiro se fora havia muito. Não tinha como repor os fundos. O patrão na época teve pena. Peter sabia seduzir as pessoas e fazê-las gostarem dele.

Peter Morgan era o epítome do cara legal que deu errado. Em algum ponto da vida optou pelo caminho errado vezes demais. Jogou fora todas as oportunidades de ouro que teve. Mais do que dele, os amigos e parceiros de negócios tinham pena de sua esposa e filhas, vítimas de seus esquemas loucos e péssimas escolhas. Mas todos os que o conheciam diriam que, no fundo, Peter Morgan era um cara legal. Difícil dizer o que dera errado. Na verdade, muita coisa, por muito tempo.

O pai dele morreu quando ele tinha 3 anos, herdeiro de uma ilustre família da nata dos círculos sociais de Nova York. A fortuna da família foi se reduzindo com os anos e a mãe deu um jeito de torrar o que o pai deixara, muito antes de Peter se tornar adulto. Pouco depois da morte do pai dele, ela se casou com outro jovem aristocrata. Era o herdeiro de uma importante família de banqueiros que, dedicada a Peter e aos dois irmãos, os educou e amou, mandara-os para as melhores escolas particulares, junto com os dois meios-irmãos que entraram em sua vida durante o casamento. A família parecia honesta, endinheirada, sem dúvida, embora o alcoolismo da mãe fosse aumentando com o tempo e acabou levando-a a uma clínica para tratamento, deixando a ele e aos dois irmãos tecnicamente órfãos. O padrasto jamais os adotara legalmente e voltara a se casar após a morte da mãe deles. A nova esposa não via motivo para o marido ficar com o ônus, financeiro ou qualquer outro, de três filhos que não eram dele. Estava disposta a aceitar os dois que ele tivera no casamento anterior, embora quisesse mandá-los para internatos. Mas não queria nada com seus três enteados. Depois disso, o padrasto se dispusera apenas a pagar o internato, depois a faculdade, e uma pensão inadequada, mas explicara, meio constrangido, que não podia mais oferecer-lhes abrigo em sua casa, nem mais dinheiro.

Depois disso, Peter passava as férias na escola ou em casa de amigos a quem convencia a convidá-lo. E era muito charmoso. Após a morte da mãe, aprendera a viver de artifícios. Era só o que lhe restava, e deu certo. O único amor e atenção que recebeu naqueles anos foi dos pais dos amigos.

Muitas vezes aconteceram pequenos incidentes, quando ele ficava com os amigos nos feriados escolares. Dinheiro e raquetes de tênis desapareciam misteriosamente e não apareciam depois que ele partia. Pegava roupas emprestadas e jamais as devolvia. Certa vez um relógio de ouro pareceu evaporar-se e, em conseqüência, uma criada foi demitida aos prantos. Na verdade, como se descobriu bem depois, Peter vinha dormindo com ela. Ele tinha 16 anos na época, e o que ganhou com o relógio que induziu a empregada a furtar o sustentou durante seis meses. Sua vida era uma luta constante para arranjar dinheiro e cobrir as necessidades. E ele fazia o que podia para arranjar dinheiro. Era tão bondoso, educado e simpático que sempre parecia inocente quando alguma coisa errada acontecia. Impossível acreditar que um menino daquele pudesse ser culpado de algum erro ou crime.

A certa altura, um psicólogo que participava do acompanhamento escolar sugeriu que ele tivesse tendências sociopatas, o que até mesmo o diretor achou difícil de acreditar. O psicólogo sabiamente percebera que, sob o verniz, ele parecia ter menos consciência de seus atos do que devia. E o verniz era incrivelmente atraente. Era difícil saber quem de fato ele era por baixo da superfície. Acima de tudo, ele era um sobrevivente. Um garoto charmoso, brilhante e bonito, que tivera muitos percalços na vida. Só podia confiar em si mesmo e, no fundo, fora ferido. A morte dos pais, o distanciamento do padrasto, os dois irmãos que nunca via, por terem sido enviados para diferentes internatos na Costa Leste, tudo isso o marcou. E depois, já na faculdade, a notícia de que sua irmã de 18 anos se afogara fora mais um golpe numa jovem alma já maltratada. Raras vezes, ele falava das experiências que tivera ou das mágoas que carregava, e no todo parecia ser um cara de cabeça equilibrada, otimista e de boa índole, que podia seduzir praticamente todo mundo e muitas vezes o fazia. Mas a vida não fora nada fácil para ele, embora ninguém dissesse, apenas olhando para ele. Não havia sinais visíveis das agonias por que passara. As cicatrizes eram muito profundas e bem escondidas.

As mulheres caíam em suas mãos como frutas maduras, e os homens o consideravam boa companhia. Ele bebia muito na faculdade, lembraram os amigos depois, mas jamais parecia perder o controle — e realmente não perdia. Pelo menos, não de maneira muito evidente. As feridas da alma de Peter eram profundas e escondidas.

Peter Morgan era só controle. E sempre tinha um plano. O padrasto cumpriu a promessa de mandá-lo para a Universidade Duke; de lá ele ganhou uma bolsa de estudos integral para a Harvard, e ele conseguiu um MBA. Tinha tudo de que precisava, junto com uma ótima cabeça, boa aparência e algumas ligações valiosas feitas nas escolas de elite em que estudara. Parecia certo que iria longe. Ninguém duvidava que Peter Morgan venceria na vida. Era um gênio para lidar com dinheiro e tinha milhares de planos. Conseguiu um emprego em Wall Street após se formar, numa firma de corretagem, e apenas dois anos depois da formatura tudo começou a degringolar. Ele quebrou algumas regras, manipulou algumas contas, tomou "emprestado" algum dinheiro. As coisas ficaram complicadas por algum tempo, e então, como sempre, ele se recuperou. Foi trabalhar numa firma de investimentos e por um breve período parecia ser o menino de ouro de Wall Street. Tinha tudo o que era necessário para fazer de sua vida um sucesso, menos família e responsabilidade. Peter sempre tinha um esquema e um plano para atingir seus objetivos mais depressa. Aprendera na infância que a vida podia desmoronar num instante e que precisava cuidar de si mesmo. Os golpes de sorte eram poucos, se é que existiam. E quem cria a sorte somos nós mesmos.

Aos 29 anos, casou-se com Janet, uma deslumbrante debutante que por acaso era filha do diretor da firma na qual ele trabalhava e em dois anos tiveram duas meninas adoráveis. Era uma vida perfeita, ele amava a esposa e era louco pelas filhas. Finalmente tudo parecia bem, quando, sem que ele pudesse perceber o motivo, as coisas começaram mais uma vez a dar errado. Falava apenas em ganhar um monte de dinheiro e parecia obcecado com essa idéia, fazendo o que fosse preciso. Alguns achavam que ele se divertia em demasia. Era tudo muito fácil para ele. Tinha uma vida de sonho, mas sem muita ética, tornou-se ganancioso e, pouco a pouco, deixou que a vida saísse do seu controle. No fim, os atalhos e velhos hábitos de pegar o que queria o liquidaram. Começou a economizar e a fazer negócios duvidosos, nada que pudesse levá-lo à demissão, mas nada que o sogro tampouco estivesse disposto a tolerar. Parecia avançar rápido, ao encontro do perigo. Ele e o sogro tiveram várias conversas sérias, passeando na propriedade da família em Connecticut, e o velho julgava que o convencera. Resumindo, tentara mostrar ao genro que não havia facilidades nem garantia total para o sucesso. Advertira-o de que o tipo de negócios que ele estava fazendo e os recursos que usava voltariam para assombrá-lo um dia. Talvez até muito em breve. Dera-lhe uma aula sobre a importância da integridade, e acreditou que Peter lhe daria ouvidos. Ele gostava do genro. Na verdade, ele apenas conseguira deixar Peter ansioso e estressado.

Aos 31 anos, a princípio "só de farra", Peter começou a consumir drogas. Dizia que não havia risco real nisso, todo mundo consumia, e tudo ficava muito mais divertido e excitante. Janet era pura preocupação. Aos 32, Peter Morgan já se metera em encrenca séria, não controlava o vício — apesar de veementemente afirmar o contrário — e começara a usar o dinheiro da mulher, até o sogro impedi-lo. Um ano depois, foi convidado a deixar a empresa, e a esposa foi morar com os pais, arrasada e traumatizada pelas experiências que ele a obrigara a vivenciar. Peter jamais maltratara Janet, mas vivia alterado por causa da cocaína, com a vida inteiramente fora de controle. Foi quando o pai dela descobriu as dívidas que ele contraíra, o dinheiro que "discretamente" desfalcara da empresa e, em vista do relacionamento que tinham, e do constrangimento em potencial, a família dela cobriu o desfalque. Peter concordou em dar a Janet a tutela e guarda das filhas, então com 2 e 3 anos. Perdeu os direitos de visita depois, devido a um incidente envolvendo ele, três mulheres e uma grande quantidade de cocaína num iate em East Hampton. Estava com as filhas na ocasião. A babá ligara para Janet do barco e ela ameaçou chamar a guarda costeira. Ele tirou a babá e as meninas do iate e Janet não o deixou vê-las de novo. Mas a essa altura ele já tinha outros problemas. Fizera enormes empréstimos para sustentar o vício e perdera o pouco dinheiro que tinha em investimentos de alto risco no mercado de commodities. Depois disso, por melhor que fossem suas credenciais, por mais inteligente que fosse, não conseguia emprego. E, como acontecera com a mãe dele antes de morrer, ele entrou em uma espiral descendente. Estava não apenas sem dinheiro, mas também viciado em drogas.

Dois anos depois de Janet deixá-lo, tentou arranjar um emprego numa conhecida empresa de investimento de risco em São Francisco, e não conseguiu. De qualquer forma, já estava lá mesmo e passou a vender cocaína. Tinha 35 anos e meio mundo atrás dele cobrando dívidas insolúveis, quando foi preso por posse de uma enorme quantidade de cocaína que pretendia vender. Vinha ganhando uma fortuna com isso, mas devia cinco vezes mais quando o prenderam e tinha algumas dívidas assustadoras com gente muito perigosa. Como diziam as pessoas que o conheciam, ele tivera tudo a seu favor e conseguira estragar tudo. Devia uma fortuna e corria o risco de ser assassinado pelos traficantes que lhe vendiam a droga e pelas pessoas nos bastidores que os financiavam, quando foi preso. Não pagara a ninguém. Afinal, não tinha dinheiro para honrar suas dívidas. Na maioria das vezes, em casos assim, quando se ia para a prisão, as dívidas eram canceladas, embora não esquecidas. Na pior das hipóteses, as pessoas eram assassinadas na prisão em conseqüência disso. Ou, caso se tivesse sorte, deixavam passar. Peter esperava que fosse esse o seu caso.

Quando foi para a prisão, Peter Morgan não via as filhas havia dois anos, e não era provável que tornasse a vê-las. Permaneceu impassível durante todo o julgamento e parecia responsável e arrependido quando ocupou o banco dos réus. O advogado tentou conseguir-lhe uma suspensão condicional da pena, mas o juiz não se deixou convencer. Vira gente como Peter antes, embora não muitos e, sem dúvida, ninguém que tivera tantas oportunidades e as desperdiçara. Entendera-o bem e vira que havia nele alguma coisa perturbadora. Sua aparência não combinava com suas ações. O juiz não se deixou enganar pelas frases certinhas de remorso que ele entoava. Peter parecia tranqüilo, mas nada convincente. Era, sem dúvida, simpático, mas fizera opções terríveis. E quando o júri o declarou culpado, o juiz o sentenciou a sete anos de prisão em Pelican Bay, em Crescent City, uma prisão de segurança máxima, que comportava cerca de três mil dos piores criminosos do sistema prisional da Califórnia, mais de 500 quilômetros ao norte de São Francisco e a 17 da fronteira do Oregon. Para Peter, isso pareceu uma sentença excessivamente pesada, não aplicável a ele.

No dia em que o soltaram, havia cumprido quatro anos e três meses. Livrara-se das drogas, cuidava de sua vida, trabalhava no gabinete do diretor, sobretudo com computadores, e não tivera um único incidente disciplinar ou reclamação durante os quatro anos. E o diretor para quem trabalhava o julgava sinceramente arrependido. Era óbvio para todos os que o conheciam que ele não tinha intenção nenhuma de voltar a meter-se em encrencas. Aprendera a lição. Também declarara à comissão de livramento condicional que sua única meta era ver as filhas de novo, e ser um bom pai do qual elas se orgulhariam algum dia. Fazia parecer, e parecia acreditar, que aquilo fora apenas uma infeliz piscadela numa tela normalmente estável, e pretendia mantê-la estável e sem problemas dali em diante. E todos acreditaram nele.

Soltaram-no na primeira oportunidade legal. Tinha de ficar no norte da Califórnia durante um ano e nomearam-lhe um agente de livramento condicional em São Francisco. Ele planejava viver numa casa de transição até encontrar trabalho e afirmou à comissão da condicional que não era orgulhoso. Aceitaria qualquer tipo de emprego que conseguisse, até se reerguer, até mesmo trabalho braçal, se necessário, desde que fosse honesto. Mas ninguém tinha qualquer receio de que ele não encontrasse um emprego. Cometera alguns erros colossais, mas mesmo após quatro anos em Pelican Bay ainda parecia um cara inteligente e legal, e era. Com um pouquinho de sorte, os que acreditavam nele, incluindo o diretor da prisão, esperavam que encontrasse o lugar certo para ele e construísse uma boa vida. Tinha tudo para isso. Só precisava agora de uma chance. E todos esperavam que a conseguisse quando saísse. As pessoas sempre gostaram dele e desejaram-lhe tudo de bom. O próprio diretor despediu-se dele, apertando-lhe a mão. Peter trabalhara exclusivamente para ele durante os quatro anos.

— Dê notícias — disse o diretor, com simpatia.

Convidara-o à sua casa nos últimos dois anos, para passar o Natal com sua esposa e filhos e ele fora sensacional. Inteligente, esperto, engraçado e realmente bondoso com seus quatro filhos adolescentes. Tinha um jeito especial com as pessoas, jovens e velhas. E até inspirara um deles a se candidatar a uma bolsa de estudos em Harvard. O garoto acabara de ser aceito naquela primavera. O diretor achava que lhe devia uma e Peter gostava sinceramente do homem e da família dele; era agradecido pela bondade que lhe haviam demonstrado.

— Vou ficar em São Francisco durante o próximo ano — respondeu sorrindo. — Só espero que em breve me deixem voltar à Costa Leste para visitar minhas filhas.

Não recebera sequer uma fotografia delas em quatro anos, e não as via havia seis. Isabelle e Heather tinham agora respectivamente 8 e 9 anos, embora para ele continuassem muito mais novas. Janet o proibira de ter qualquer contato com elas e os pais dela endossavam essa posição. O padrasto de Peter, que pagara sua educação anos antes, morrera havia algum tempo. O irmão desaparecera anos atrás. Peter Morgan não tinha a ninguém, nem nada. Apenas 400 dólares na carteira, um agente da condicional em São Francisco e uma cama numa casa de transição no distrito de Mission, predominantemente hispânico e outrora belo, mas agora deplorável. A região onde Peter passou a viver era decadente. O dinheiro que tinha não o levaria longe, não tivera um corte de cabelo decente em quatro anos e a única coisa que lhe restara no mundo era um punhado de contatos na área de alta tecnologia e de capital de risco no Vale do Silício, e os nomes de traficantes de droga com quem antes fazia negócios dos quais pretendia manter distância. Praticamente não tinha perspectivas. Ia ligar para algumas pessoas quando chegasse à cidade, mas também sabia que havia uma boa chance de acabar lavando pratos ou como frentista de posto de gasolina, embora achasse isso improvável. Afinal, tinha um MBA de Harvard e uma passagem pela Duke. Talvez pudesse procurar alguns antigos colegas de escola que não tivessem tomado conhecimento de sua prisão. Mas não alimentava ilusões de que ia ser fácil. Tinha 39 anos e, por mais que explicasse, os quatro últimos anos iam ser uma lacuna em seu currículo. Tinha uma longa subida pela frente. Mas era saudável, forte, inteligente, estava livre das drogas e ainda era incrivelmente atraente. Alguma coisa boa acabaria por acontecer. Disso tinha certeza e também o diretor.

— Ligue pra gente — tornou a dizer o diretor. Era a primeira vez que se relacionara tanto a um preso a seu serviço. Mas os homens com os quais lidava em Pelican Bay estavam muito longe de ser um Peter Morgan.

Pelican Bay fora construída como prisão de segurança máxima para receber os piores criminosos, antes enviados para San Quentin. A maioria dos homens estava na solitária. A própria prisão era altamente mecanizada e computadorizada, a última palavra em tecnologia, o que lhes permitia confinar alguns dos homens mais perigosos do país. E o diretor vira logo que o lugar de Peter não era ali. Só a imensa quantidade de drogas que ele andara traficando e o dinheiro envolvido haviam-no mandado para uma prisão de segurança máxima. Se as acusações não tivessem sido tão sérias, ele poderia facilmente ter sido encarcerado numa prisão menos rígida. Não representava risco de fuga, não tinha histórico de violência e jamais se envolvera num único incidente durante sua estada ali. Era uma pessoa essencialmente civilizada. Os poucos homens com quem conversara naqueles quatro anos o respeitavam e ele evitara uma ampla gama de problemas em potencial. O íntimo relacionamento com o diretor o protegia e dava-lhe salvo-conduto. Não tinha ligações conhecidas com gangues, grupos violentos nem com elementos dissidentes. Cuidava apenas de sua vida. E, após mais de quatro anos, parecia estar deixando Pelican Bay relativamente intocado. Mantivera a cabeça baixa e cumprira sua pena. Fizera muita leitura sobre assuntos legais e financeiros, passara uma surpreendente quantidade de tempo na biblioteca e trabalhara de forma incansável para o diretor, que escrevera uma entusiástica carta de referência para ele, dirigida à comissão de liberdade condicional. Tratava-se de um jovem que tomara um caminho errado e precisava apenas de uma chance agora para retomar o certo. E o diretor tinha certeza de que Peter faria isso. Esperava ouvir boas coisas de e sobre ele no futuro. Aos 39 anos, Peter tinha ainda toda a vida pela frente e uma brilhante educação na bagagem. Esperava-se que os erros cometidos se revelassem uma espécie de valiosa lição. Ninguém duvidava que Peter se manteria na linha reta e estreita.

Peter e o diretor ainda apertavam as mãos quando um repórter e um fotógrafo do jornal da cidade saltaram de um furgão e encaminharam-se para o balcão em que Peter acabara de pegar a carteira. Outro prisioneiro assinava os papéis de sua soltura e trocou com Peter um olhar e um aceno de cabeça. Peter sabia quem era ele — todos sabiam. Haviam-se encontrado na sala de ginástica e de vez em quando nos corredores e nos últimos dois anos ele viera muitas vezes ao escritório do diretor. Passara anos buscando sem sucesso o perdão e sabia-se que extra-oficialmente era um advogado muito inteligente da cadeia. Chamava-se Carlton Waters, tinha 49 anos e cumprira 24 por assassinato. Na verdade, fora criado na prisão.

Carlton Waters fora condenado pelo assassinato de um vizinho e sua esposa e pela tentativa malograda de fazer o mesmo com os dois filhos do casal. Tinha 17 anos na época e o parceiro no crime era um ex-presidiário de 26 que se tornara seu amigo. Haviam arrombado a casa das vítimas e roubado 200 dólares. O parceiro fora executado anos antes e Waters sempre alegara que não cometera nenhum dos assassinatos. Apenas estava lá, afirmava, e jamais se contradisse. Sempre se declarara inocente e fora à casa das vítimas sem saber o que o parceiro pretendia. Tudo se passara rápido e de forma maldosa, e as crianças eram pequenas demais para corroborar sua versão. Eram pequenas demais para que eles corressem o risco de serem identificados, por isso haviam sido severamente espancadas, mas poupadas. Os dois homens estavam bêbados e Waters alegou que apagara durante os assassinatos e não se lembrava de nada.

O júri não se convencera com sua história, e ele fora julgado como adulto, apesar da idade, declarado culpado e perdera um recurso posterior. Passara a maior parte da vida na prisão, primeiro em San Quentin e depois em Pelican Bay. Conseguira se formar mesmo na prisão e estava na metade do curso de direito. Escrevera várias matérias sobre os sistemas correcional e legal e estabelecera uma relação com a imprensa no correr dos anos. Com seus protestos de inocência durante todo o encarceramento, tornara-se uma celebridade na prisão. Editava o jornal da instituição e sabia praticamente tudo sobre todos ali. As pessoas procuravam-no para pedir-lhe conselhos, e era muito respeitado pela população carcerária. Não tinha as feições aristocráticas de Morgan. Era durão, forte e troncudo. Cultivava a forma física e mostrava isso. Apesar de vários incidentes nos primeiros dias, quando ainda era jovem e esquentado, nas últimas duas décadas tornara-se um prisioneiro modelo. Era um homem poderoso e com uma aparência que inspirava medo, mas tinha a ficha limpa e a reputação de bronze, senão de ouro. Fora ele quem avisara ao jornal de sua libertação e estava satisfeito por terem mandado alguém.

Waters e Morgan jamais foram parceiros, mas sempre mantiveram uma distância respeitosa e tiveram algumas conversas sobre questões legais enquanto Waters esperava para ver o diretor. Peter lera várias de suas matérias nos jornais da prisão e nos da cidade, e era difícil não se impressionar com ele, inocente ou culpado. Era muito inteligente e dera duro para conseguir alguma coisa, apesar do desafio que fora criar-se no presídio.

Quando Peter cruzou o portão, sentindo-se quase sem fôlego de tanto alívio, olhou para trás e viu Carlton Waters apertando a mão do diretor e o fotógrafo do jornal local fazendo a foto. Peter sabia que Carlton ia para uma casa de transição em Modesto. Sua família ainda morava lá.

— Graças a Deus — disse, parando por um instante, de olhos semicerrados contra o sol. Aquele dia parecera demorar uma eternidade para chegar. Ele passou a mão nos olhos, para ninguém ver as lágrimas que estavam brotando, fez um gesto com a cabeça para um guarda e seguiu a pé para a parada de ônibus. Sabia onde era e apenas queria chegar lá. Era uma caminhada de dez minutos e enquanto fazia sinal para o ônibus e embarcava, viu Carlton Waters posando para uma última foto diante da prisão. Mais uma vez declarou ao repórter que era inocente. Se era ou não, inventara uma matéria interessante, tornara-se respeitado na prisão nos últimos 24 anos e arrancara o que pudera das alegações de inocência. Vinha falando havia anos de planos para escrever um livro. As duas pessoas que supostamente matara e as crianças que ficaram órfãs em conseqüência disso, 24 anos depois estavam quase esquecidas, obscurecidas em suas matérias e palavras ardilosas. Waters estava encerrando a entrevista enquanto Peter Morgan entrava no terminal de ônibus e comprava uma passagem para São Francisco. Finalmente livre.

Capítulo 2

Ted Lee gostava de trabalhar em horários variados. Fazia isso havia tanto tempo que já se adaptara. Era um antigo hábito confortável. Trabalhava das quatro da tarde à meia-noite em Assuntos Gerais, ele era o detetive inspetor Lee na força policial de São Francisco. Cuidava de assaltos e agressões, o conjunto habitual de atividades criminosas. Os estupros iam para o departamento de crimes sexuais. Assassinatos para Homicídio. Ele mesmo trabalhara na Homicídios uns dois anos, no início, e detestara. Sangrento demais para seu gosto e os que faziam disso uma carreira pareciam-lhe estranhos.

Ficavam o dia todo olhando fotos de vítimas assassinadas. A maneira de se encarar a vida acabava distorcida, endurecida por terem de ver o que viam. O que Ted fazia era pura rotina, mas para ele parecia muito mais interessante. Cada dia era diferente. Gostava do modo como alguns problemas eram resolvidos combinando criminosos e vítimas. Estava na polícia havia 29 anos, desde que tinha 17. Era detetive há quase vinte e bom no que fazia.

Trabalhara em fraudes com cartões de crédito durante algum tempo, mas isso também era chato. Assuntos gerais era de que gostava, como o turno da tarde à meia-noite. Nascera e crescera em São Francisco, bem no coração de Chinatown. Seus pais tinham vindo de Pequim antes de ele nascer, junto com suas avós. A família vivia mergulhada em tradições antigas. O pai trabalhara a vida toda num restaurante, a mãe era costureira. Os dois irmãos haviam entrado na força policial, exatamente como ele, assim que deixaram o ensino médio. Um era patrulheiro no Tenderloin e não queria passar disso, o outro entrara para a cavalaria. Na hierarquia policial Ted era superior aos irmãos e eles adoravam provocá-lo por isso. Ser detetive era uma grande coisa para Ted.

Sua esposa era sino-americana de segunda geração. A família dela vinha de Hong Kong, e era dona do restaurante em que seu pai trabalhara antes de se aposentar, e fora assim que Ted a conhecera. Apaixonaram-se aos 14 anos e ele jamais saíra com outra mulher. Não sabia bem o que isso significava. Não estava mais tão apaixonado assim havia muitos anos, mas sentia-se à vontade com ela. Eles eram mais amigos agora do que amantes. E ela era uma boa mulher. Shirley Lee trabalhava como enfermeira no Hospital Geral de São Francisco no setor de tratamento intensivo e via mais vítimas de crimes violentos que ele. Viam mais os colegas de trabalho que um ao outro. Já estavam acostumados. Ele jogava golfe no dia de folga, levava a mãe para fazer compras ou que ela quisesse. Shirley gostava de jogar baralho ou sair com as amigas ou ir ao cabeleireiro. Raramente tinham o mesmo dia de folga e não ligavam mais para isso. Agora que os filhos estavam crescidos, tinham poucas obrigações um com o outro. Não haviam planejado desse jeito, mas tinham vidas separadas e estavam casados desde os 19 anos. Vinte e oito anos.

O filho mais velho diplomara-se na faculdade no ano anterior e mudara-se para Nova York. Os outros dois rapazes continuavam na faculdade, um na Universidade da Califórnia, e o outro na UCLA. Nenhum dos três queria entrar para a força policial e Ted não os culpava. Para ele, fora a escolha certa, mas queria coisa melhor para os filhos, embora o emprego fosse bom. Quando chegasse a hora, teria aposentadoria integral. Não se imaginava aposentado, embora fosse fazer trinta anos de serviço no ano seguinte e muitos amigos seus tivessem se aposentado antes disso. Não tinha a menor idéia do que iria fazer quando se aposentasse. Aos 47 anos, não queria uma segunda carreira. Ainda gostava de ser um policial. Amava o que fazia e as pessoas com quem trabalhava. Vira homens chegarem e partirem no correr dos anos, alguns se aposentando, alguns desistindo; alguns foram mortos, outros feridos. Ele tivera o mesmo parceiro nos últimos dez anos e, antes disso, tivera uma mulher como parceira de trabalho; ela que agüentara quatro anos e depois mudara-se para Chicago com o marido e entrara para a polícia de lá. Ele recebia cartões de Natal dela todo ano e, apesar da resistência inicial, gostara de ter trabalhado com ela.

O parceiro que tivera antes dela, Rick Holmquist, deixara a polícia e fora para o FBI. Ainda almoçavam juntos uma vez por semana e Rick o provocava sobre seus casos. Sempre deixava claro para Ted que o que ele fazia no FBI era mais importante, ou pelo menos assim achava. Ted não estava tão certo disso. Pelo que ele via, o Departamento de Polícia de São Francisco (DPSF) solucionava mais casos e punha mais criminosos atrás das grades.

Grande parte do que o FBI fazia era coleta de informações e vigilância, depois outras agências entravam e assumiam. Os caras do Departamento de Álcool, Tabaco e Armas de Fogo interferiam com Rick grande parte do tempo, assim como a CIA, o Departamento de Justiça e o procurador-geral. Na maior parte do tempo ninguém interferia nos casos do DPSF, a não ser que o suspeito cruzasse fronteiras estaduais ou cometesse um crime federal e então, claro, entrava o FBI.

De vez em quando, Ted e Rick trabalhavam juntos em algum caso e ele sempre gostava disso. Haviam permanecido amigos nos 14 anos desde que Rick deixara o DPSF, e ainda sentiam muito respeito um pelo outro. Rick Holmquist divorciara-se cinco anos antes, mas o casamento de Ted e Shirley jamais fora posto em questão. Independentemente do que se houvessem tornado ou de como evoluíra sua amizade, para eles funcionava. Atualmente Rick estava apaixonado por uma jovem agente do FBI e falava em se casar de novo. Ted adorava provocá-lo por causa disso. Rick adorava fingir que era durão, mas Ted sabia o quanto ele era boa gente.

O que Ted mais gostava no turno das quatro à meia-noite era a paz que encontrava quando chegava em casa. Tudo quieto, Shirley dormindo. Ela trabalhava durante o dia e saía para o serviço antes que ele acordasse. Nos velhos tempos, quando os garotos ainda eram pequenos, isso dera certo para eles. Ela os deixava na escola a caminho do trabalho, Ted ficava dormindo. E ele os pegava e os treinava em esportes nos dias de folga, sempre que podia, ou pelo menos assistia aos jogos em que eles participavam. Quando estava trabalhando, Shirley voltava para casa logo depois que ele saía para o serviço, assim os garotos estavam sempre acompanhados. E quando ele voltava, todos já estavam dormindo. Isso significava que não via muito os meninos, ou ela, enquanto eles cresciam, mas colocava a comida na mesa e quase nunca haviam precisado pagar uma babá nem se preocupar com empregadas domésticas. Juntos, davam conta de tudo. Isso lhes custara um preço, no tempo que não puderam passar juntos. Houve uma época, dez ou 15 anos antes, em que ela se ressentia do fato de jamais vê-lo. Haviam discutido muito a esse respeito e acabado por fazer as pazes com os horários dele. Os dois tentaram trabalhar de dia por algum tempo, mas pareciam discutir mais. Depois ele trabalhara à noite por um tempo e mais adiante voltara para o turno das quatro à meia-noite. Era o que lhe servia.

Quando ele voltou para casa naquela noite, encontrou Shirley dormindo e a casa em silêncio. Os quartos dos garotos agora estavam vazios. Ele comprara uma pequena casa no Sunset District anos antes e, nos dias de folga, adorava andar pela praia e ver a chegada do nevoeiro. Isso sempre o fazia sentir-se humano de novo, e em paz, após um caso difícil, uma semana ruim ou alguma coisa que o perturbara. Havia muita política no departamento, o que às vezes o deixava tenso, mas em geral era um sujeito descontraído e de boa índole. Na certa era o motivo por que ainda se dava bem com Shirley. Era ela a exigente, quem pensara que seu casamento podia ter sido mais do que acabara sendo. Ted era forte, calado e estável, e em algum ponto ao longo do caminho ela decidira que era o suficiente e parara de esperar mais coisas dele. Mas ele também sabia que quando ela parou de discutir e queixar-se, o casamento perdera um pouco de sua vida. Haviam desistido de alguma coisa, eles trocaram a paixão pela aceitação e a intimidade. Mas, como ele sabia, tudo na vida era uma negociação, e assim não havia queixas. Ela era uma boa mulher, tinham ótimos filhos, uma casa confortável, ele amava seu emprego e os homens com quem trabalhava eram boa gente. Não se podia querer mais ou, pelo menos, ele não queria, o que sempre a aborrecera. Ele se contentava em aceitar o que a vida lhe oferecia, sem pedir mais.

Shirley queria da vida muito mais do que ele. Na verdade, ele não queria nada. Contentava-se com a vida como ela era e sempre fora. Dedicara todas as suas energias ao trabalho, e aos filhos. *Vinte e oito anos.* Era muito tempo para uma paixão sobreviver, e não sobrevivera para eles. Ele não tinha dúvidas, amava-a. E supunha que ela o amava também. Embora ela não demonstrasse, e raramente dissesse. Mas ele a aceitava como ela era, como aceitava tudo, o bom e o ruim, o decepcionante e o reconfortante. Gostava da segurança de voltar para ela em casa toda noite, mesmo que a encontrasse dormindo. Não conversavam havia meses, talvez até anos, mas ele sabia que se alguma coisa ruim acontecesse ela estaria lá, assim como ele. Isso lhe bastava. Não era para ele aquele fogo e excitação que Rick Holmquist estava experimentando com a nova namorada. Não precisava de excitação em sua vida. Queria apenas o que já tinha. Um emprego do qual gostava, uma mulher a quem conhecia bem, três garotos pelos quais era maluco, e paz.

Sentou-se à mesa da cozinha e tomou uma xícara de chá, desfrutando o silêncio na casa. Leu o jornal, olhou a correspondência, assistiu a um pouco de TV. Às duas e meia enfiou-se na cama ao lado dela e ficou acordado no escuro, pensando. Ela não se mexia, não sabia que ele estava ali a seu lado. Na verdade, rolou para longe dele e murmurou alguma coisa no sono, então ele se virou de costas para ela e adormeceu pensando em seus casos. Tinha quase certeza de que um suspeito vinha trazendo cocaína do México; precisava telefonar para Rick Holmquist pela manhã. Sabendo que devia fazer isso quando acordasse. Deu um suspiro e adormeceu.

Capítulo 3

Fernanda Barnes olhava uma pilha de contas, sentada à mesa da cozinha. Sentia-se como se estivesse olhando para aquela mesma pilha nos últimos quatro meses desde a morte do marido, duas semanas depois do Natal. Mas ela sabia muito bem que, embora parecesse a mesma, a pilha aumentava todo dia. Toda vez que chegava a correspondência, chegavam novos acréscimos. Tinha sido um fluxo interminável de más notícias e informações assustadoras desde a morte de Allan. A última fora de que a companhia de seguros se recusava a pagar o seguro de vida dele. Ela e o advogado já esperavam por isso. Ele morrera em circunstâncias suspeitas numa viagem de pesca no México. Saíra de barco uma noite, enquanto os companheiros de viagem dormiam no hotel. Os membros da tripulação estavam fora do barco, num bar, quando ele o levou e aparentemente caiu pela amurada. Foram necessários cinco dias para encontrar seu corpo. Em vista de suas circunstâncias financeiras na época da morte dele, e uma desastrosa carta que deixara para ela, cheia de desespero, a companhia de seguros desconfiava de suicídio. Fernanda também. A carta fora entregue à companhia de seguros pela polícia.

Fernanda jamais admitira para ninguém — a não ser o advogado, Jack Waterman —, mas suicídio fora a primeira coisa em que pensara quando ligaram para ela. Antes disso, Allan passara seis meses em estado de choque e pânico e vivia dizendo-lhe que ia dar um jeito em tudo, mas a carta deixava claro que no fim nem ele mesmo acreditava nisso. Allan Barnes tivera um extraordinário golpe de sorte no auge da revolução das empresas pontocom e vendera uma companhia incipiente a um conglomerado por 200 milhões de dólares. Ela gostava da vida tranqüila de antes. Servia-lhe perfeitamente. Tinham uma casa pequena e confortável num bom bairro em Palo Alto, perto do campus da faculdade de Stanford, onde haviam se conhecido. Casaram-se na capela da Stanford um dia após a formatura. Treze anos depois, ele tirara a sorte grande. Era mais do que ela algum dia sonhara, esperara, precisara ou quisera. Nem conseguiu entender a princípio. De repente, ele estava comprando iates e aviões, um apartamento em Nova York para quando tivesse encontros de negócios lá, uma casa em Londres que dizia sempre ter desejado. Um condomínio no Havaí e a casa na cidade, tão grande que ela chorara ao vê-la pela primeira vez. Ele a comprara sem sequer consultá-la. Ela não queria mudar-se para um palácio. Adorava sua casa em Palo Alto, onde haviam morado desde que Will nascera.

Apesar de seus protestos, haviam mudado para a cidade quatro anos antes, quando Will tinha 12; Ashley, 8 e Sam mal fizera 2. Allan insistira para que ela contratasse uma babá, para poder acompanhá-lo nas viagens, o que ela tampouco queria. Adorava cuidar dos filhos. Jamais tivera uma carreira e dera sorte de ele sempre ganhar o bastante para sustentá-los. Passaram por algumas dificuldades, ela economizava, e se viravam juntos. Adorava ficar em casa com os bebês. Will nascera exatamente nove meses após o casamento e ela trabalhara em meio período numa livraria quando ficara grávida pela primeira vez, e jamais voltara a trabalhar depois disso. Formara-se em história da arte na faculdade, um curso relativamente inútil, a não ser que fizesse um mestrado, ou mesmo um doutorado, e lecionasse ou trabalhasse em algum museu. Fora isso, não tinha qualificações para o mercado. Sabia apenas ser esposa e mãe e era boa nisso. As crianças estavam felizes, saudáveis e equilibradas. Mesmo com Ashley aos 12 anos e Will com 16, idades potencialmente complicadas, ela jamais tivera um único problema com os filhos. Eles também não queriam ter mudado de cidade. Todos os amigos deles moravam em Palo Alto.

A casa que Allan escolhera para eles era enorme. Fora construída por um investidor de risco que a vendera e se mudara para a Europa. Para Fernanda, porém, parecia um palácio. Ela fora criada num subúrbio de Chicago, o pai era médico e a mãe, professora. Sempre viveram com conforto e, ao contrário de Allan, ela não tinha muitos planos. Queria apenas se casar com um homem que a amasse e ter filhos maravilhosos. Passava muito tempo lendo sobre teorias educacionais experimentais, era fascinada por psicologia relacionada à criação de filhos e dividia a paixão pela arte com eles. Encorajava-os a ser e tornar-se tudo o que sonhavam. E sempre fizera o mesmo com Allan. Só não esperava que ele fizesse seus sonhos se materializarem como se materializaram.

Quando ele lhe contou que vendera a empresa por 200 milhões de dólares, ela quase desmaiou e pensou que ele estava brincando. Riu dele e imaginou que, talvez com muita sorte ele tivesse vendido a companhia por um, dois, cinco, ou, num palpite desvairado, dez, mas nunca 200 milhões de dólares. Queria apenas o bastante para pagar a faculdade dos filhos e viver confortavelmente o resto de seus dias. Talvez o bastante para Allan se aposentar numa idade decente, para poderem passar um ano viajando pela Europa e ela arrastá-lo aos museus. Adoraria passar um ou dois meses em Florença. Mas o que essa bonança representava para eles transcendia qualquer sonho. E Allan mergulhou no sonho com toda a força.

Não apenas comprou casas e apartamentos, um iate e um avião, como fez alguns investimentos de altíssimo risco em tecnologia de ponta. E, toda vez que investia, garantia à esposa que sabia o que estava fazendo. Vivia na crista da onda e sentia-se invencível. Tinha mil por cento de confiança em seu próprio julgamento, mais do que ela na época. Começaram a brigar por causa disso. Ele ria dos medos dela. Ele estava investindo dinheiro em empresas incipientes, enquanto o mercado subia às alturas e, durante quase três anos, tudo que ele tocava virava ouro. Parecia que, fizesse o que fizesse, ou o que arriscasse, não podia perder dinheiro, e não perdia. No papel, nos primeiros dois anos, a imensa nova fortuna na verdade duplicou. Ele investia sobretudo em duas empresas nas quais tinha total confiança, mas os amigos o advertiam contra fracassos. Mas ele não ouvia, nem a ela nem aos outros. Sua confiança disparava para alturas estonteantes, enquanto ela decorava a nova casa e ele a censurava por ser pessimista e demasiado cautelosa. A essa altura, até ela já se acostumara com a nova riqueza e começou a gastar mais dinheiro do que julgava sensato, mas Allan continuava a dizer-lhe que aproveitasse e não se preocupasse. Ela ficara tonta ao comprar dois quadros impressionistas num leilão da Christie's em Nova York e, literalmente, tremeu ao pendurá-los na sala de visitas. Jamais lhe ocorrera que um dia poderia ser a dona daqueles quadros ou qualquer outro parecido. Allan parabenizou-a pela aquisição. Voava alto e se divertia, e queria que ela aproveitasse também.

Mas, mesmo no auge do mercado, Fernanda jamais fora extravagante nem esquecera seu início de vida modesto. A família de Allan vinha do sul da Califórnia e vivera com mais riqueza que a dela. O pai dele era um homem de negócios e a mãe, uma dona-de-casa que havia sido modelo na juventude. Tinham carros caros, uma bela casa e eram membros de um country club. Fernanda ficara muito impressionada na primeira vez que fora lá, embora julgasse os dois um tanto superficiais. A mãe dele usara um casaco de peles numa noite nada fria e ocorreu a Fernanda que, mesmo vivendo os invernos gelados do Meio Oeste, sua mãe jamais tivera um, nem quisera. Ostentar riqueza era muito mais importante para Allan do que para ela, ainda mais depois do inesperado sucesso. A única coisa que ele lamentava era que os pais não tivessem vivido para ver aquilo. Teria significado um mundo para eles. E, à sua maneira, ela sentia alívio por seus pais também terem morrido e não poderem ver. Eles haviam morrido num acidente de carro numa noite gelada dez anos antes. Mas alguma coisa em suas entranhas lhe dizia que os pais ficariam chocados com a forma como Allan gastava dinheiro e isso ainda a deixava nervosa, mesmo após comprar os dois quadros. Pelo menos eram um investimento, ou pelo menos ela esperava que fossem. E ela realmente os adorava. Mas grande parte do que Allan comprava era pura ostentação. E, como ele vivia a lembrar-lhe, podia dar-se o luxo.

A onda continuou a crescer durante quase três anos, à medida que Allan continuava a investir arriscadamente e a comprar ações de empresas desconhecidas de alta tecnologia. Tinha uma enorme confiança em suas intuições, às vezes contra toda lógica. Os amigos e os colegas no mundo ponto-com chamavam-no de Caubói Louco e o provocavam. Na maioria das vezes, Fernanda se sentia culpada por não lhe dar mais apoio. Ele não tinha confiança quando menino, o pai muitas vezes o censurara por não ser mais ousado e, de repente estava tão confiante que ela sentia que ele estava constantemente dançando na beira do abismo sem qualquer tipo de medo. Mas o amor por ele superava todas as suas apreensões e ela só podia aplaudi-lo. Não tinha motivo para queixas, claro. Em três anos a fortuna deles multiplicara atingindo meio bilhão de dólares. Era muito além do que eles poderiam um dia ter imaginado.

Os dois sempre haviam sido felizes juntos, mesmo antes de terem dinheiro. Ele era um cara legal e descontraído, que adorava a esposa e os filhos. Era um prazer partilhado toda vez que ela dava à luz e ele realmente amava os filhos. Sentia um orgulho especial de Will, um atleta natural. Quando viu Ashley em seu primeiro ensaio de balé, aos 5 anos, as lágrimas rolaram-lhe pela face. Era um marido e um pai maravilhoso e seu talento para transformar modestos investimentos em fontes de riqueza ia dar aos filhos oportunidades com que nenhum dos dois jamais sonhara. Falava muito em mudar-se para Londres por um ano, para os meninos freqüentarem a escola na Europa. E a idéia de passar dias seguidos no Museu Britânico e na Galeria Tate era uma grande atração para ela. Em conseqüência, nem se queixou quando ele comprou a casa na Praça Belgrave por 20 milhões de dólares, o mais alto preço já pago por uma casa naquela localidade. Mas sem dúvida era esplêndida.

Os filhos nem sequer protestaram nem ela, quando foram passar um mês lá nas férias escolares. Adoraram explorar Londres. Passaram o resto do verão no iate deles no sul da França e convidaram alguns amigos do Vale do Silício para ir com eles. Àquela altura, Allan já se tornara uma lenda e outros faturavam quase tanto quanto ele. Mas, como acontece com as mesas de jogo de Las Vegas, alguns pegam os ganhos e desaparecem, enquanto outros continuavam a jogar. Allan vivia fazendo negócios e enormes investimentos. Ela não tinha mais idéia clara do que ele fazia. Apenas tomava conta das casas e cuidava dos filhos e quase deixara de preocupar-se. Perguntava-se se era aquilo que era ser rico. Levara três anos para acreditar mesmo e o sonho do sucesso dele finalmente parecia real.

A bolha acabou por estourar, três anos depois. Um escândalo envolveu uma das empresas de Allan, uma em que ele investia como sócio anônimo. Ninguém soube oficialmente nem em que medida, mas ele perdeu mais de 100 milhões de dólares. Por milagre, naquela altura, isso mal afetou sua fortuna. Fernanda leu alguma coisa sobre a falência da empresa nos jornais, lembrou-se que o ouvira falar dela e perguntou-lhe. Ele lhe disse que não se preocupasse. Cem milhões de dólares não significavam nada para eles. Estava a caminho de ter quase um bilhão. Não lhe explicou, mas estava tomando grandes empréstimos dando suas ações, cada vez mais inflacionadas naquele ponto, como garantia e quando elas começaram a desmoronar ele não as pôde vender com rapidez suficiente para cobrir o débito. Usou o patrimônio como garantia para comprar mais ações.

O segundo grande golpe bateu mais forte que o primeiro e quase duas vezes em valor. Após o terceiro golpe, quando o mercado despencou, até mesmo Allan pareceu preocupado. As ações que dera como garantia para os empréstimos de repente não valiam mais nada e tudo o que restava eram dívidas. O que aconteceu depois foi uma queda tão estonteante que todo o mundo ponto-com veio abaixo. Em seis meses, quase todo o dinheiro que ele fizera sumira na fumaça, e ações que antes valiam 200 dólares agora não valiam mais do que alguns centavos. As implicações de tudo isso para os Barnes foram desastrosas, para dizer o mínimo.

Queixando-se amargamente, ele vendeu o iate e o avião, assegurando a Fernanda e a si mesmo que os compraria de novo, ou outros melhores, dentro de um ano, quando o mercado desse uma reviravolta, mas é claro que não deu. Não apenas perdera o que tinham, mas os investimentos que ele fizera vinham literalmente implodindo e criando dívidas colossais quando todas as suas jogadas de risco desabaram como um castelo de cartas. No fim do ano, ele tinha uma dívida quase tão enorme quanto sua súbita fortuna. E como acontecera quando ele enriquecera, Fernanda não entendeu bem as implicações do que se passava, porque ele não lhe explicava quase nada. Vivia estressado, sempre ao telefone, viajando de uma ponta a outra do mundo e gritando com ela quando voltava para casa. Do dia para a noite, tornara-se um louco. Estava em total e absoluto pânico e por bons motivos.

Tudo o que ela soubera antes do Natal era que ele tinha dívidas de centenas de milhões e que a maioria de suas ações não valia mais nada. Até aí sabia, mas não fazia idéia do que ele ia fazer para dar um jeito nisso ou como a situação se tornara desesperadora. Por sorte, ele fizera muitos investimentos em nome de sociedades anônimas que existiam só no papel, criadas sem que seu nome aparecesse. Em conseqüência, o mundo em que ele fazia negócios ainda não percebera como era desastrosa a situação dele, e ele não queria que ninguém soubesse. Ocultava tudo, tanto por orgulho quanto porque não queria que as pessoas ficassem ansiosas ao fazer negócios com ele. Começava a sentir-se cercado pelo mau cheiro do fracasso, assim como usara o perfume da vitória. De repente, o medo começou a cercá-lo, à medida que Fernanda entrava em um pânico silencioso, querendo apoiá-lo emocionalmente, mas com um medo desesperado do que ia acontecer a eles e a seus filhos. Aconselhou-o a vender a casa em Londres, o apartamento em Nova York e o condomínio no Havaí, quando ele partiu para o México logo após o Natal. Ele fora até lá fazer um acordo com um grupo e disse a ela que, se desse certo, recuperaria quase todo o prejuízo. Antes de ele viajar, ela sugeriu que podiam vender a casa na cidade e voltar para Palo Alto, e ele lhe disse que ela estava sendo ridícula. Garantiu-lhe que tudo ia mudar muito rápido, que não se preocupasse. Mas o acordo no México não se concretizou.

Ele estava lá havia dois dias, quando de repente houve outra catástrofe em sua vida financeira. Três grandes empresas desabaram como castelos de areia no período de uma semana e levaram junto dois dos seus maiores investimentos. Numa palavra, estavam arruinados. Ele tinha a voz rouca quando ligou para ela do hotel tarde da noite. Estivera negociando durante horas, mas era tudo um blefe. Não lhe restava mais nada para negociar ou trocar. Começou a chorar e Fernanda lhe garantiu que, para ela, não fazia diferença, amava-o mesmo assim. Isso não o consolou. Para ele, tratava-se de derrota e vitória, subir o Everest e cair, tendo de recomeçar do zero. Fizera 40 anos semanas antes e o sucesso que tudo significava para ele de repente acabara. Era, pelo menos a seus próprios olhos, um total fracasso. Nada do que ela dissesse poderia consolá-lo. Fernanda disse-lhe que não se preocupasse. Não tinha importância para ela. Ficaria feliz numa cabana de palha com ele, desde que tivessem um ao outro e aos filhos. Ele ficou soluçando do outro lado, dizendo-lhe que a vida não valia a pena. Disse que seria motivo de risadas no mundo todo e o único dinheiro de fato que lhe restara era o seu seguro de vida. Ela lembrou que ainda tinham várias casas para vender, que juntas valiam quase 100 milhões de dólares.

— Você faz idéia das dívidas que temos? — ele perguntou com a voz embargada, e era claro que ela não fazia, porque ele nunca lhe dissera. — Estamos falando de centenas de milhões. Teremos de vender tudo o que temos, e ainda restarão dívidas para mais vinte anos. Não sei nem se algum dia vou me livrar de tudo isso. Fomos muito fundo, querida. Acabou-se, acabou-se mesmo.

Ela não podia ver as lágrimas rolando pelo rosto dele, mas as ouvia na voz. Embora não compreendesse bem, com suas loucas estratégias de investimento, usando o patrimônio como garantia de constantes empréstimos para comprar mais, ele perdera tudo. Perdera muito mais que isso, na verdade. As dívidas eram esmagadoras.

— Não, não acabou, não — disse ela com firmeza. — Você pode declarar falência. Eu arranjo um emprego. Vendemos tudo. E daí? Não ligo para nada disso. Não me importo se vamos vender lápis na esquina, desde que fiquemos juntos. — Era uma bela idéia e a atitude correta, mas ele estava angustiado demais para sequer ouvi-la.

Ela tornou a ligar para ele naquela noite, apenas para tranqüilizá-lo de novo, preocupada com ele. Não gostara do que ele dissera sobre o seguro de vida e sentia mais pânico por ele do que pela situação financeira deles. Sabia que os homens faziam coisas malucas às vezes, quando perdiam dinheiro ou negócios fracassados. Todo o ego dele estivera envolvido em sua fortuna. Quando o ouviu ao telefone, percebeu que ele andara bebendo. E muito, com certeza. Engrolava as palavras e não parava de dizer que sua vida acabara. Ela ficou tão perturbada que pensou em voar para o México no dia seguinte, para ficar perto dele enquanto ele continuava a negociação, mas de manhã, antes de poder fazer alguma coisa, um dos homens que o acompanhava telefonou. A voz era áspera e ele parecia perturbado. Sabia apenas que Allan saíra sozinho no barco que haviam fretado, depois que todos foram dormir. A tripulação não estava no barco, e ele saiu tarde da noite manobrando o barco ele mesmo. Tudo o que sabiam era que ele devia ter caído pela amurada em algum momento durante a noite. O barco fora encontrado pela guarda costeira quando o capitão comunicara o seu desaparecimento, e Allan não estava em lugar nenhum. Uma extensa busca resultara em nada.

Pior ainda, quando ela própria chegou ao México mais tarde naquele dia, a polícia lhe entregou a carta que ele deixara para ela. Haviam mantido uma cópia para os registros. Dizia que a situação era sem esperança, que ele jamais poderia se reerguer, que tudo acabara, e preferia estar morto a enfrentar o horror e a vergonha de todos descobrirem como fora tolo e a confusão que armara. A carta era terrível, e convenceu até mesmo a ela de que ele se suicidara, ou assim planejara. Ou talvez estivesse bêbado e tivesse caído da amurada. Não havia como saber, mas a probabilidade maior era de que se matara.

A polícia entregou a carta para a seguradora, como era obrigada a fazer. Com base nas palavras dele, recusaram-se a pagar o valor de sua apólice e o advogado dela dissera ser improvável que algum dia pagassem. A prova era demasiado comprometedora.

Quando por fim recuperaram o corpo de Allan, tudo o que ficaram sabendo foi que ele morrera por afogamento. Não havia nenhuma evidência de crime, ele não atirara em si mesmo, ou saltara ou caíra, mas parecia razoável acreditar que, pelo menos no último instante, quisera morrer, em vista de tudo o que dissera e do que escrevera na carta que deixara.

Fernanda estava no México quando acharam o corpo, numa praia próxima após uma breve tempestade. Foi uma experiência horrível, de partir o coração, mas ela se sentiu agradecida pelo fato de os filhos não estarem ali para ver aquilo. Apesar dos protestos deles, deixara-os na Califórnia e viajara sozinha. Uma semana depois, após uma interminável burocracia, voltou, viúva, os restos mortais de Allan no compartimento de carga do avião.

O funeral foi pura agonia e os jornais disseram que ele morrera num acidente de barco no México, o que todos haviam concordado em dizer. Ninguém com quem ele fazia negócios tinha a menor idéia de como era desastrosa a situação dele e a polícia manteve o conteúdo da carta confidencial e não a divulgou para a imprensa. Ninguém tinha idéia de que ele tocara o fundo e afundara mais ainda, pelo menos em sua própria mente. Da mesma forma ninguém, com exceção dela e do advogado, tinha um quadro claro da soma total dos desastres financeiros.

Ele estava pior que arruinado, tinha uma dívida tão imensa que ela ia levar anos para limpar a bagunça deixada por ele. E nos quatro meses após sua morte, ela vendera todas as propriedades, a não ser a casa na cidade, hipotecada como propriedade dele. Mas assim que a deixassem, ela a venderia também. Felizmente, ele pusera todos os outros bens no nome dela, como um presente e, assim, ela pôde vendê-los. Fernanda tinha de pagar logo os impostos de transferência, e os dois quadros impressionistas iriam a leilão em junho, em Nova York. Ela vendia tudo que não estava comprometido ou pretendia vender. Jack Waterman, o advogado, garantira-lhe que se ela vendesse tudo, incluindo talvez até a casa, poderia ficar quites, mas sem um centavo em seu nome. A maioria das dívidas de Allan estava ligada a empresas e Jack ia declarar falência, mas até então ninguém tinha idéia da proporção em que o mundo de Allan desabara e ela tentava manter isso assim, por respeito ao marido. Nem os filhos sabiam ainda de todas as implicações. Numa ensolarada tarde de maio, ela mesma ainda tentava absorver aquilo tudo, quatro meses após a morte dele, sentada na cozinha, sentindo-se anestesiada e tonta.

Ia pegar Ashley e Sam na escola dentro de vinte minutos, como fazia todo dia. Em geral, Will vinha sozinho da escola de carro, no BMW que o pai lhe dera seis meses antes, em seu décimo sexto aniversário. A verdade era que mal restava a Fernanda dinheiro suficiente para alimentá-los e mal podia esperar para vender a casa, pagar outras dívidas ou mesmo proteger seus filhos um pouco. Sabia que teria de começar a procurar emprego em breve, talvez num museu. Toda a sua vida virara pelo avesso e de cabeça para baixo e não fazia idéia do que contar aos filhos. Eles sabiam que o seguro se recusava a pagar e ela alegava que o fato de a propriedade do pai precisar de homologação tornara tudo mais difícil no momento. Mas nenhum dos três filhos tinha idéia de que, antes de morrer, o pai perdera toda a fortuna, nem que o motivo de o seguro se recusar a pagar era a suspeita de suicídio. Foi dito a todo mundo que fora um acidente. E sem saber da carta ou das circunstâncias, as pessoas que o acompanhavam não ficaram convencidas de que não fora. Só ela, seus advogados e as autoridades sabiam o que acontecera. Por enquanto.

Fernanda ficava acordada na cama toda noite, pensando na última conversa e repassando-a sem parar na sua cabeça. Era só no que conseguia pensar, e sabia que se culparia pelo resto da vida por não ter ido ao México mais cedo. Era uma interminável litania de culpa e auto-acusação, com o horror adicional das contas que não cessavam de chegar, as interminável dívidas em que ele incorrera, e nenhum recurso com que pagá-las. Os últimos quatro meses haviam sido um terror indescritível para ela.

Fernanda sentia-se totalmente isolada por tudo o que lhe acontecera, e a única pessoa que sabia o que ela estava passando era o advogado, Jack Waterman. Ele fora solidário e dera-lhe apoio, era uma pessoa maravilhosa e haviam concordado nessa manhã que ela colocaria a casa à venda, em agosto. Moravam lá havia quatro anos e meio e as crianças a adoravam, mas ela não podia fazer nada. Ela queria pedir um empréstimo para poder mantê-los em suas respectivas escolas, e ainda nem podia fazer isso. Estava tentando manter em segredo o tamanho do desastre financeiro. Fazia isso tanto por Allan como para evitar o pânico total. Enquanto as pessoas a quem deviam achassem que eles tinham fundos, lhe dariam mais um pouco de tempo para pagar. Ela atribuía a demora ao inventário e aos impostos. Tentava ganhar tempo, e nenhum deles sabia disso.

Os jornais haviam falado sobre o fim de algumas das várias empresas em que Allan investira, mas, miraculosamente, ninguém montara ainda todo o quadro do desastre, sobretudo porque, em muitos casos, o público não tinha idéia de que ele era o principal investidor. Um emaranhado de horror e mentiras que a assombrava dia e noite, enquanto ela lutava com a dor por ter perdido o único homem a quem amara e tentava ajudar os filhos a lidar com suas próprias dores pelo pai. Estava tão desorientada e aterrorizada que na maior parte do tempo era difícil entender o que estava acontecendo.

Fora consultar seu médico na semana anterior, porque não conseguia dormir bem havia meses. Ele sugeriu um remédio, mas ela recusara. Queria enfrentar tudo sem usar medicamentos. Mas sentia-se absolutamente arrasada e em desespero, tentando dar um passo após outro dia após dia e seguir em frente, ao menos pelos filhos. Precisava resolver as coisas e encontrar uma maneira de sustentá-los. Mas às vezes, sobretudo à noite, sentia-se esmagada por ondas de pânico.

Fernanda ergueu os olhos para o relógio, na elegante cozinha de granito branco onde se sentava, viu que tinha cinco minutos para ir buscar os filhos na escola e soube que precisava apressar-se.

Prendeu a nova pilha de contas com uma tira de elástico e jogou-a na caixa em que guardava todas as outras. Lembrava-se de que ouvira em algum lugar que as pessoas ficavam furiosas com aqueles a quem amavam quando eles morriam, mas ela ainda não chegara a esse ponto. Só fazia chorar e desejar que ele não houvesse sido tolo a ponto de enlouquecer com o sucesso até que isso o destruiu e suas vidas junto. Mas não tinha raiva, apenas tristeza e estava totalmente em pânico.

Era uma mulher pequena, esbelta, de jeans, camiseta branca e sandálias quando saiu correndo pela porta com a bolsa e as chaves do carro na mão. Tinha cabelos louros compridos, que usava numa trança caída nas costas, o que numa rápida olhada a fazia parecer exatamente igual à filha. Ashley tinha 12 anos, mas estava amadurecendo rápido e tinha a mesma altura da mãe.

Will subia os degraus da frente quando ela saiu correndo e bateu a porta, meio ausente. Era um garoto alto e de cabelos negros que se parecia muito com o pai. Tinha grandes olhos azuis e um corpo atlético. Parecia mais homem que menino nos últimos dias e estava fazendo o melhor que podia para dar apoio à mãe. Ela vivia chorando ou perturbada o tempo todo, e ele se preocupava mais com isso do que mostrava. Ela parou um minuto nos degraus e ergueu-se nas pontas dos pés para beijá-lo. Ele tinha 16 anos, mas parecia ter 18 ou 20.

— Tudo bem, mãe? — Era uma pergunta sem sentido. Ela não estava bem havia quatro meses. Tinha uma constante expressão de pânico nos olhos, um ar aturdido de alguém que sofrera o choque de uma explosão, e ele nada podia fazer. Ela apenas o olhou e fez que sim com a cabeça.

— Sim — respondeu, tentando evitar olhar para ele. — Vou pegar Ash e Sam. Faço um sanduíche para vocês quando voltar — prometeu.

— Eu mesmo posso fazer. — Ele sorriu. — Tenho um jogo hoje de noite.

O filho jogava lacrosse e beisebol, ela adorava ir aos jogos e treinos, e sempre fora. Mas ultimamente parecia tão distraída quando ia que ele nem sabia se os via.

— Quer que eu pegue os dois? — ele se ofereceu. Era o homem da casa agora. Fora um imenso choque para Will, como para todos, e ele fazia o melhor que podia para estar à altura do novo papel. Ainda era difícil acreditar que o pai se fora e jamais ia voltar. Tinha sido uma enorme adaptação para todos eles. Parecia que a mãe era uma pessoa diferente agora, e ele às vezes temia por ela dirigindo o carro. Era uma ameaça na estrada.

— Estou ótima — ela garantiu-lhe, como sempre, sem convencer nem a ele nem a si mesma, e seguiu para a caminhonete, destrancou a porta, acenou e entrou.

Um momento depois, ela já se afastava e ele ficou observando-a por um instante, vendo-a passar direto pela parada obrigatória da esquina. Depois, como se carregasse todo o peso do mundo nos ombros, ele destrancou a porta da frente, entrou na casa silenciosa e fechou-a. Com uma estúpida viagem de pesca ao México, o pai mudara suas vidas para sempre. Vivia sempre indo a algum lugar, fazendo o que julgava importante. Nos últimos anos, ele quase nunca estava em casa, mas sempre viajando, para ganhar dinheiro. Ele não tinha assistido a nenhum dos jogos de Will nos últimos três anos. E embora Fernanda não estivesse zangada com ele pelo que lhes fizera ao morrer, não havia dúvida de que Will estava. Toda vez que olhava a mãe agora, e via o estado em que ela se encontrava, ele odiava o pai pelo que fizera a ela e a todos eles. Ele os abandonara. Will odiava-o por isso. E nem conhecia a história toda.

Capítulo 4

Quando Peter Morgan saltou do ônibus em São Francisco, ficou parado olhando em volta por um bom tempo. O ônibus deixara-o ao sul de Market, uma área com a qual ele não estava familiarizado. Todas as suas atividades, quando ali vivia, tinham sido em bairros melhores. Tivera uma casa em Pacific Heights, um apartamento em Nob Hill que usava para transações de drogas e fizera negócios também no Vale do Silício. Jamais andara pelos bairros de aluguéis baratos, mas nas roupas de segunda mão da prisão se encaixava bem onde estava.

Percorreu a rua Market por algum tempo, tentando acostumar-se de novo com as pessoas que se desviavam, e sentiu-se vulnerável e rejeitado. Sabia que tinha de superar isso logo. Mas após quase quatro anos e meio em Pelican Bay, sentia-se nas ruas como um peixe fora d'água. Parou num restaurante na Market e comprou um hambúrguer e café. Enquanto saboreava seu sanduíche e a liberdade que os acompanhava, pareceu-lhe a melhor refeição que já tivera. Depois foi para a rua e ficou ali apenas observando as pessoas. Via mulheres, crianças e homens que pareciam ir a algum lugar com um objetivo definido. Desabrigados deitavam-se em vãos de porta e bêbados cambaleavam por ali. O tempo era agradável e lindo e ele continuou apenas seguindo pela rua, sem nenhuma meta em particular na mente. Sabia que assim que chegasse à casa, estaria mais uma vez lidando com regras. Queria apenas saborear sua liberdade primeiro antes de chegar lá. Duas horas depois, entrou num ônibus, após perguntar a alguém sobre o endereço, e rumou para o distrito de Mission, onde ficava a casa de transição.

Ficava na rua 16. Assim que saltou do ônibus, foi a pé até encontrá-la e ficou ali parado diante da casa, olhando o seu novo lar. Totalmente diferente dos lugares em que morara antes de ir para a prisão. Não pôde deixar de pensar em Janet e nas duas filhas, perguntando-se onde estariam agora. Morrera de saudades das meninas durante todos aqueles anos desde a última vez que as vira. Enquanto estava na prisão, lera em algum lugar que Janet se casara de novo. Na verdade, em uma revista. Seus direitos paternos haviam terminado anos antes. Imaginava que a essa altura as meninas haviam sido adotadas pelo novo marido de Janet. A sua ligação com as crianças tenha sido apagada. Esforçava-se para repelir as lembranças da mente ao subir a escada para a casa de transição em ruínas destinada a reabilitar dependentes de droga e prisioneiros em liberdade condicional.

O corredor cheirava a gatos, urina e comida queimada e a pintura descascava das paredes. Também era um inferno de lugar para um diplomado de Harvard com MBA, mas Pelican Bay também era e ele sobrevivera lá durante mais de quatro anos. Sabia que sobreviveria ali também. Era acima de tudo um sobrevivente.

Um negro magro, alto, sem dentes, sentava-se a uma escrivaninha, e Peter notou que tinha cicatrizes em ambos os braços. Usava uma camisa de manga curta e não parecia ligar, e apesar da pele escura, tinha lágrimas tatuadas no rosto, sinal de que estivera na prisão. Ergueu os olhos para Peter e sorriu. Parecia acolhedor e simpático. Via no recém-chegado o olhar desorientado e traumatizado de alguém que acabara de ser solto.

— Posso te ajudar, cara? — Conhecia o olhar, as roupas e o corte de cabelo e, apesar das origens visivelmente aristocráticas de Peter, sabia que ele também estivera na prisão. A maneira de andar e a cautela com que ele observava o homem à mesa revelavam tudo isso. Os dois perceberam na mesma hora o elo comum. Peter tinha muito mais em comum com aquele homem agora do que com qualquer outra pessoa de seu próprio mundo. Esse se tornara seu mundo.

Peter confirmou com a cabeça e entregou seus papéis ao homem, dizendo que estava sendo aguardado ali. O homem olhou para ele, retirou uma chave da gaveta e se levantou.

— Vou levar você até seu quarto — ofereceu-se.

— Obrigado — disse Peter, tenso. Todas as suas defesas haviam-se erguido de novo, como durante os últimos quatro anos. Sabia que estava apenas ligeiramente mais seguro ali do que em Pelican Bay. Era quase o mesmo pessoal. E muitos deles logo voltariam para a prisão. Ele não queria voltar para a prisão, nem violar a liberdade condicional por causa de uma briga, tampouco precisar defender-se numa luta.

Eles subiram dois lances de escada e atravessaram corredores cheirando a ranço. Era uma antiga casa vitoriana que havia muito fora abandonada e fora ocupada para esse fim. Apenas homens a habitavam. No andar de cima, a casa também cheirava a gatos e a lixeiras raras vezes trocadas. O monitor conduziu-o até o fim do corredor, parou diante de uma porta e bateu. Ninguém respondeu. Abriu a porta e empurrou-a, e Peter passou por ele e entrou no quarto. Era apenas um pouco maior que um armário de vassouras, com um tapete velho desfiado, piso horrivelmente manchado, um beliche, duas cômodas, uma escrivaninha caindo aos pedaços e uma cadeira. A única janela dava para os fundos de outra casa, que precisava urgentemente de pintura. Tudo bem deprimente. Pelo menos as celas em Pelican Bay eram modernas, bem iluminadas e limpas. Ou pelo menos a dele era. Essa parecia um cortiço, pensou Peter ao assentir com a cabeça e olhá-lo.

— O banheiro fica no fim do corredor. Tem outro cara neste quarto, acho que está no trabalho — explicou o monitor.

— Obrigado.

Peter viu que não havia lençóis no beliche de cima e percebeu que tinha de providenciar os seus, ou dormir no colchão puro, como faziam os outros. Quase todos os pertences do seu colega de quarto achavam-se espalhados pelo chão. O lugar estava uma bagunça, e ele ficou ali olhando pela janela por um longo tempo, sentindo coisas que não sentira em anos. Desespero, tristeza, medo. Não tinha a mínima idéia de para onde ir agora. Precisava arranjar um emprego. Precisava de dinheiro. Precisava ficar limpo. Era tão fácil pensar em mais uma vez traficar drogas para livrar-se daquela espelunca... A perspectiva de trabalhar no McDonald's ou lavar pratos em algum lugar não o animava. Deitou-se na cama de cima quando o monitor saiu e ficou ali fitando o teto.

Após algum tempo, tentando não pensar em tudo o que tinha de fazer, adormeceu.

Quase no mesmo instante em que Peter Morgan entrava em seu quarto na casa de transição no distrito de Mission, Carlton Waters entrava na sua em Modesto. Ele dividira o quarto designado a ele com um homem com quem cumprira 12 anos de prisão em San Quentin, Malcolm Stark. Os dois eram velhos amigos e Waters sorriu assim que o viu. Dera a Stark excelente assistência jurídica, que acabara por obter-lhe a liberdade.

— Que está fazendo aqui? — perguntou Waters, satisfeito ao vê-lo, quando Stark sorriu. Waters não confidenciou, mas após 24 anos na prisão, sofria um choque cultural por estar solto. Era um alívio ver um amigo.

— Eu só saí no mês passado. Peguei mais cinco anos em Soledad. Eles revogaram minha condicional seis meses atrás, por porte ilegal de arma. Nada de muito sério. Acabei de sair de novo. Este lugar não é ruim. Acho que tem uns caras aqui que você conhece.

— Por que você foi parar em Soledad? — perguntou Waters, encarando-o.

Stark tinha os cabelos compridos e um rosto marcado, machucado. Metera-se em montes de brigas quando garoto.

— Os tiras me prenderam em San Diego. Peguei um trabalho como mula do outro lado da fronteira. — Ele traficava quando os dois se conheceram. Era o único trabalho que Stark sabia fazer. Aos 46 anos, fora criado em instituições do governo, traficava drogas desde os 15 e as usava desde os 12. Mas fora para a prisão pela primeira vez também por homicídio culposo. Alguém tinha sido morto num negócio de drogas que engrossara. — Ninguém saiu ferido dessa vez.

Waters assentiu com a cabeça. Na verdade, gostava do cara, embora o julgasse um idiota por ter sido pego mais uma vez. E mula era o nível mais baixo a que se chegava no tráfico. Significava que o haviam empregado como transportador de drogas para o outro lado da fronteira e era óbvio que ele não se saíra bem na missão, já que fora preso. Cedo ou tarde, porém, todos acabavam presos. Ou a maioria, pelo menos.

— Então, quem mais está aqui? — perguntou Waters. Para eles, era como uma fraternidade de homens que haviam estado na prisão.

— Jim Free e outros caras que você conhece. — Jim Free, lembrava Carlton Waters, estivera em Pelican Bay por tentativa de homicídio e seqüestro. Alguém o contratara para matar a mulher e ele falhara. Ele e o marido haviam pegado dez anos. Droga era cinco. Consideravam-se Pelican Bay, e San Quentin antes, as faculdades do crime. Em alguns lugares, iguais ao MBA de Harvard de Peter Morgan. — E aí, que vai fazer agora, Carl? — indagou Stark, como se falasse de férias de verão, ou de um negócio que iam abrir. Dois empresários discutindo o futuro.

— Tenho algumas idéias. Preciso me apresentar ao agente da condicional e conversar com algumas pessoas a respeito de um emprego.

Waters tinha família na área e vinha fazendo planos havia anos.

— Estou trabalhando numa fazenda, encaixotando tomates — disse Stark. — É um trabalho de merda, mas o pagamento é decente. Quero dirigir um caminhão. Dizem que tenho de fazer o serviço de encaixotar durante três meses até que eles me conheçam bem. Ainda tenho dois pela frente. Precisam de gente, se você quiser trabalho — sugeriu casualmente, tentando ser útil.

— Vou ver se consigo um emprego num escritório. Fiquei meio mole — sorriu Waters. Parecia tudo menos isso, achava-se em ótima forma, mas o trabalho braçal não o atraía. Ia tentar conseguir alguma coisa melhor. E, com sorte, talvez conseguisse. O guarda responsável pelo almoxarifado para quem trabalhara nos últimos dois anos dera-lhe uma boa referência, e ele adquirira conhecimentos razoáveis de informática na prisão. E depois dos artigos que escrevera, era um redator com algum talento. Ainda queria escrever um livro sobre sua vida na prisão.

Os dois sentaram-se, conversaram por algum tempo e depois saíram para jantar. Tinham de assinar a saída e a entrada e estar de volta às nove da noite. Seguindo a pé com Malcolm para o restaurante, Carlton Waters só conseguia pensar em como parecia estranho estar de novo na rua e sair para jantar. Não fazia isso em 24 anos, desde que tinha 17. Passara 60% da vida na prisão e nem sequer apertara o gatilho. Pelo menos foi o que dissera ao juiz, e nunca se conseguira provar que fora ele. Agora já era passado. Aprendera muito na prisão, coisas que talvez nunca aprenderia de outro modo. A questão era o que fazer com isso. Por enquanto, não tinha a mínima idéia.

Fernanda pegou Ashley e Sam na escola, deixou a filha no balé e voltou para casa com o menino. Como de hábito, encontraram Will na cozinha, que passava a maior parte do tempo em casa comendo, embora não parecesse. Era um atleta, esguio e vigoroso, com pouco mais de 1,80 m de altura. Allan era mais alto, e ela achava que o filho ia ser tão alto quanto ele.

— A que horas é seu jogo? — perguntou Fernanda, enquanto servia um copo de leite para Sam, acrescentava uma maçã num prato de biscoitos e os colocava diante do caçula. Will comia um sanduíche que parecia prestes a explodir com peito de peru, tomate e queijo e pingando de mostarda e maionese. O rapazinho sabia comer bem.

— Só às sete — ele respondeu, enquanto mastigava. — Você vai? — Lançou-lhe um olhar, agindo como se não se importasse, mas ela sabia que sim.

Ela sempre ia. Mesmo agora que tinha tantas coisas em sua cabeça para resolver. Adorava estar lá por ele, e, além disso, era sua função. Ou fora até então. Teria de fazer outra coisa logo. Mas, por ora, continuava sendo mãe em tempo integral e adorava cada minuto. Ficar ali com eles era ainda mais precioso para ela, agora que Allan morrera.

— E eu perderia? — Ela sorriu e pareceu cansada, tentando não pensar na nova pilha de contas que guardara na caixa antes de sair para pegar as crianças na escola. Pareciam crescer a cada dia em progressão geométrica. Ela não tinha idéia do quanto Allan gastava. Nem como ia pagar agora. Precisava vender logo a casa, pelo máximo que conseguisse. Mas tentava não pensar nisso ao dizer a Will:

— Contra quem vão jogar?

— Um time de Marin. Uns otários. Vamos ganhar. — Sorriu para ela, e ela retribuiu, enquanto Sam comia os biscoitos e ignorava a maçã.

— Está bom. Coma a maçã, Sam — ela disse, sem sequer virar a cabeça e ele deu um gemido como resposta.

— Não gosto de maçã — ele grunhiu. — Era um menino adorável de 6 anos, cabelos ruivos brilhantes, sardas e olhos castanhos.

— Então coma uma pêra. Coma uma fruta, não apenas biscoito. — Mesmo em meio ao desastre, a vida prosseguia. Jogos, balé, lanches após a escola. Ela tentava voltar à normalidade, sobretudo por eles. Mas também por si mesma. Os filhos eram a única coisa que a fazia enfrentar a crise.

— Will não está comendo fruta — disse Sam, parecendo amuado. Os filhos tinham cada um uma cor de cabelo. Will tinha cabelos escuros como o pai, Ashley era loura igual a ela, e os de Sam eram ruivos luminosos, embora ninguém soubesse como cortesia dos genes de quem. Não havia ruivos na família, em nenhum dos lados, pelo menos que soubessem. Com seus grandes olhos castanhos e uma infinidade de sardas, ele parecia um menino num anúncio ou desenho animado.

— Will está comendo tudo o que tem na geladeira, pelo que parece. Não tem espaço para frutas. — Entregou uma pêra e uma tangerina a ele e olhou o relógio. Passava pouco das quatro horas e, se Will tinha um jogo às sete, queria servir o jantar às seis. Tinha de pegar Ashley no balé às cinco. Sua vida se partira em pedaços minúsculos, como sempre, mas agora mais do que nunca, e ela não tinha ninguém para ajudá-la. Pouco depois que Allan morrera ela demitira a empregada e a babá que a ajudava a cuidar de Sam. Cortara todas as despesas e fazia tudo ela mesma, incluindo as tarefas domésticas. Mas as crianças pareciam gostar. Adoravam tê-la com eles o tempo todo, embora ela soubesse que sentiam saudades do pai.

Ficaram sentados na cozinha, enquanto Sam se queixava de um menino da quarta série que o provocara na escola. Will disse que tinha de entregar um trabalho de ciência naquela semana e perguntou se ela podia arranjar-lhe um pouco de fio de cobre. E depois aconselhou o irmão sobre o que fazer com os provocadores. Estava no ensino médio e os outros dois no fundamental. Will ainda mantinha o mesmo desempenho desde janeiro, mas as notas de Ashley haviam despencado, e a professora de Sam dissera que ele chorava muito. Estavam todos em choque ainda. Assim como ela. Tinha vontade de chorar o tempo todo. As crianças até já tinham se acostumado com isso. Sempre que Ashley ou Will entravam em seu quarto, ela parecia estar chorando. Tentava se controlar na frente de Sam, embora ele viesse dormindo em sua cama havia quatro meses, e às vezes também a ouvisse chorar. Até dormindo ela chorava. Apenas dias antes, Ashley queixara-se a Will de que a mãe não ria mais, e raramente sorria. Parecia um zumbi.

— Vai voltar a rir — disse Will, muito ajuizado. — É só lhe dar tempo. — Era mais adulto que criança agora, e tentava se pôr no lugar do pai.

Todos precisavam de tempo para se recuperar e ele tentava ser o homem da família. Mais do que Fernanda achava que devia. Às vezes ela se sentia um fardo para ele. Ele ia para o acampamento de lacrosse nesse verão e ela se sentia feliz por isso. Ashley fizera planos de ir para a casa de uma amiga em Tahoe e Sam iria para uma colônia de férias, voltando para casa no fim do dia. Estava contente que os filhos tivessem encontrado o que fazer.

Isso lhe daria tempo para pensar e fazer o que tinha de fazer com a ajuda do advogado. Esperava apenas vender a casa rápido depois de pô-la à venda. Embora isso fosse causar um choque nas crianças também. Ela não tinha idéia de onde iam viver assim que a vendessem. Um lugar pequeno e barato. Também sabia que mais cedo ou mais tarde todos ficariam sabendo que Allan estava inteiramente falido e com sérias dívidas ao morrer. Ela fizera o que pudera para protegê-lo até então; mas a verdade acabaria por surgir. Não era o tipo de segredo que se pode manter para sempre, embora ela tivesse quase certeza de que ninguém sabia ainda. O obituário dele fora maravilhoso, digno e cheio de elogios. À altura do que representavam. Ela sabia que Allan teria gostado.

Quando saiu para pegar Ashley pouco antes das cinco, Fernanda pediu a Will que cuidasse de Sam. Depois foi ao balé de São Francisco, onde Ashley tinha aulas três vezes por semana. Também não ia mais poder manter as aulas de balé. Todas as contas feitas, só poderiam ir para a escola, manter um teto sobre a cabeça e comer. Para o resto ela não contava com grande coisa, a menos que arranjasse um ótimo emprego, o que era improvável. Isso não tinha mais importância. Muito pouco importava. Estavam vivos e contavam uns com os outros. Era só o que importava agora. Passava muito tempo perguntando-se por que Allan não entendera isso. Por que ele preferira morrer a enfrentar seus erros ou azar ou escolhas erradas ou tudo isso junto? Estivera nas garras de uma espécie de febre dos negócios que o levara direto para o abismo, à custa de todos. Ela e as crianças prefeririam tê-lo a todo aquele dinheiro. No fim, nada de bom resultara disso. Alguns tempos bons, alguns brinquedos divertidos, muitas casas, condomínios e apartamentos de que não precisavam. Um iate e um avião que para ela pareciam extravagâncias sem sentido. Haviam perdido o pai, e ela o marido. Um preço alto demais a pagar por quatro anos de luxo fabuloso. Ela desejava que ele jamais houvesse ganhado tanto dinheiro, para começar, e jamais tivessem deixado Palo Alto. Ainda pensava nisso, como fazia freqüentemente agora, quando parou na rua Franklin diante do balé. Chegou no momento em que Ashley deixava o prédio de malha e tênis, trazendo as sapatilhas.

Mesmo aos 12, a filha tinha uma aparência espetacular, os compridos cabelos louros escorridos parecendo com os seus. As feições se assemelhavam a um camafeu e ela começava a desenvolver um belo corpo. Aos poucos, estava se transformando de menina em mulher e muitas vezes parecia a Fernanda que essa evolução não era tão devagar quanto ela gostaria. O olhar sério fazia-a parecer mais velha. Todos haviam envelhecido nos últimos quatro meses. Fernanda sentia-se cem anos mais velha, não os 40 que ia fazer nesse verão.

— Como foi a aula? — perguntou, quando Ashley deslizou para o banco da frente e os carros atrás começaram a buzinar. Assim que a filha entrou e prendeu o cinto de segurança, a mãe dirigiu para casa.

— Legal — disse Ashley. — Embora em geral tivesse paixão pelo balé, parecia cansada e sem entusiasmo. Tudo exigia mais esforço agora, para todos eles. Fernanda sentia-se como se houvesse nadado contra a corrente rio acima durante meses. E Ashley também tinha essa aparência. Tinha saudades do pai, como todos.

— Will tem jogo esta noite. Quer ir? — perguntou Fernanda, quando se dirigiam para o norte na Franklin, na hora do rush.

Ashley fez que não com a cabeça.

— Tenho trabalho de casa. — Pelo menos estava tentando, embora as notas não o mostrassem. Mas Fernanda lhe cobrava muito. Sabia que ela também não poderia conseguir notas decentes. Sentia-se como se estivesse fracassando em tudo no momento. Apenas dar alguns telefonemas, cuidar das contas, manter a casa e as crianças em ordem e enfrentar a realidade um dia após o outro já era mais do que podia enfrentar.

— Preciso que você fique de olho em Sam hoje à noite, enquanto estou fora. Tudo bem?

Ashley balançou a cabeça. Fernanda jamais os deixara sozinhos antes, mas não havia com quem deixá-los agora. Fernanda não tinha ninguém para ajudá-la. O sucesso relâmpago os isolara de todos. E a pobreza instantânea mais ainda. Os antigos amigos sentiram-se pouco à vontade com o súbito dinheiro deles. Suas vidas se tornaram muito diferentes, e o novo estilo de vida os separou dos outros. E a morte de Allan e as preocupações que lhe deixara a isolaram mais ainda. Não queria que ninguém soubesse como era aflitiva a situação. Filtrava todos os telefonemas e raras vezes os retornava. Não queria falar com ninguém. Só com os filhos e o advogado. Tinha todos os sintomas clássicos da depressão, mas quem não os teria? Ficara viúva de repente, aos 39 anos, e estava para perder tudo que tinham, até a casa. Tudo o que lhe restava era os filhos.

Preparou o jantar para eles quando chegaram em casa, e o serviu às seis. Hambúrgueres e salada e uma tigela de batata frita. Não era uma comida muito saudável, mas, pelo menos, eles a comeram. Ela serviu-se, nem sequer se dando o trabalho de botar um hambúrguer no prato, e jogou a maior parte da salada no lixo. Raramente tinha fome, assim como Ashley. Parecia mais alta e magra nos últimos quatro meses, o que deu a ela de repente uma aparência mais velha.

Ashley foi para cima fazer o trabalho de casa e Sam via televisão, quando Fernanda e Will saíram às 6h45 e foram de carro até Presidio. Ele usava sapatos com travas e o equipamento de beisebol e não falou muito. Ficaram calados e pensativos e, tão logo chegaram, ela foi sentar-se quieta na arquibancada com os outros pais. Ninguém falou com ela nem ela tentou puxar conversa. As pessoas não sabiam o que dizer. Sua dor os deixava sem jeito. Era quase como se tivessem medo de que ela portasse uma doença contagiosa. As mulheres que tinham vidas seguras, confortáveis, normais e maridos não queriam se aproximar. Ela estava de repente solteira pela primeira vez em 17 anos e sentia-se um pária, sentada ali, vendo o jogo em silêncio.

Will marcou dois pontos. Seu time ganhou de seis a zero, e ele parecia satisfeito quando voltaram para casa. Adorava vencer e odiava perder.

— Quer comer uma pizza? — ela sugeriu. Ele hesitou e balançou a cabeça. Correu com o dinheiro que ela lhe deu e comprou uma das grandes, completa, depois se voltou e sorriu-lhe ao retornar ao carro. Sentou-se no banco da frente com a pizza no colo.

— Obrigado, mãe... obrigado por ter vindo... — Queria dizer-lhe mais alguma coisa, mas não sabia o quê. Queria dizer que significava muito para ele o fato de ela sempre ir a seus jogos, e não conseguia imaginar por que o pai não ia desde que ele era pequeno. Jamais assistira a um de seus jogos de lacrosse. Allan levara-o ao Campeonato Mundial e à Supertaça, com alguns dos parceiros de trabalho. Mas isso era diferente. Ele nunca ia aos jogos do filho. Mas a mãe, sim. Enquanto voltavam para casa, ela lançou-lhe uma olhada e ele sorriu para ela. Foi um daqueles momentos dourados que acontecem de vez em quando entre mães e filhos que os faz se lembrar para sempre.

O céu era malva e rosa do outro lado da baía, quando ela entrou no acesso à garagem e olhou-o por um instante, enquanto ele saltava do carro com a pizza. Pela primeira vez em meses ela teve uma sensação de paz e bem-estar, como se pudesse lidar com o que a vida lhe reservara, e de que de algum modo iam todos sobreviver. Talvez tudo fosse dar certo, afinal, pensou consigo mesma. Fechou o carro e subiu atrás do filho os degraus da casa e ele já estava na cozinha quando ela fechou delicadamente a porta atrás de si.

Capítulo 5

CARLTON WATERS FOI ver o agente da condicional dentro do prazo, dois dias depois de deixar a prisão. No final das contas, tinha o mesmo agente que Malcolm Stark e apresentaram-se juntos. Waters recebeu ordens para aparecer uma vez por semana, como Stark vinha fazendo. Stark estava decidido a não voltar para a prisão. Permanecera limpo desde que saíra e ganhava o suficiente na fazenda de tomates para se manter, sair para comer no café local e pagar algumas cervejas. Waters se candidatara a um emprego no escritório da fazenda em que Stark trabalhava. Disseram que lhe dariam uma resposta na segunda-feira.

Os dois haviam combinado ficarem juntos no fim de semana, embora Carl dissesse que precisava ver alguns parentes no domingo. Haviam-lhes avisado que permanecessem na área e precisavam de permissão para sair do distrito, mas Waters disse que os parentes moravam a uma pequena distância dali de ônibus. Não os via desde criança. Jantaram num restaurante local na noite de sábado, foram a um bar assistir ao beisebol na TV e estavam de volta às nove. Nenhum dos dois queria problemas. Haviam cumprido suas sentenças e agora queriam paz, liberdade e manter-se livres de complicação. Waters esperava conseguir o trabalho para o qual fora entrevistado no dia anterior, e se não conseguisse, teria de começar a procurar outra coisa. Mas não estava preocupado. Os dois foram deitar-se às dez horas, e quando Stark se levantou, às sete, Carl já saíra e deixara-lhe um bilhete. Dizia que fora ver os parentes e se encontraria com ele à noite. Stark viu depois que ele assinara a saída no registro às seis e meia daquela manhã. Passou o resto do dia zanzando pela casa, assistindo ao jogo na TV e conversando com os outros. Não pensou mais na viagem de Carl. Ele dissera que ia visitar os parentes e, quando alguém lhe perguntava onde o outro estava, repetia isso.

Stark ficou com Jim Free mais ou menos a partir da metade do dia. Foram até a barraquinha mais próxima e compraram tacos para o jantar. Free fora contratado para matar a esposa de um homem, fizera a trapalhada e acabara, assim como o mandante do crime, na prisão. Os dois nunca falavam de sua vida criminosa quando estavam juntos. Aliás, ninguém falava. Faziam-no na prisão de vez em quando, mas no lado de fora haviam decidido deixar o passado para trás. Mas Free parecia haver estado na prisão. Tinha muitas tatuagens nos braços e as conhecidas lágrimas da prisão estampadas no rosto. Parecia não temer ninguém nem nada. Sabia cuidar de si mesmo, e era o que parecia.

Os dois ficaram conversando sobre o jogo daquela noite, comendo tacos e falando de jogos anteriores, jogadores que admiravam, médias de pontos e momentos históricos do beisebol que desejavam ter visto. Era o tipo de conversa que dois homens podiam ter em qualquer lugar, e Stark sorriu quando Free falou sobre a garota que acabara de conhecer. Encontrara-a no posto de gasolina em que trabalhava. Havia ao lado um café e ela trabalhava lá como garçonete. Ele disse que fora a garota mais linda que já conhecera e parecia muito com a Madonna, o que fez Stark dar uma risada abafada. Ouvira tais descrições antes, na prisão, e elas nunca o convenciam por inteiro. As mulheres jamais se pareciam com as descrições feitas quando a gente as via. Mas se era o que Jim Free pensava, não ia discutir com ele. Um homem tinha direito a seus sonhos e ilusões.

— Ela sabe que você esteve na prisão? — perguntou Malcolm, interessado.

— Sabe. Eu contei. O irmão dela cumpriu pena por roubo de carro quando garoto. Ela não pareceu muito preocupada.

Um mundo de gente parecia medir o tempo por quem estivera na prisão, e por quanto tempo — e isso não parecia perturbá-los. Era como um clube ou uma sociedade secreta. Tinham um jeito de encontrar um ao outro.

— Já saiu com ela? — Stark também estava de olho numa mulher, na fazenda de tomates, mas ainda não se atrevera a abordá-la. Seus talentos para paquera andavam meio enferrujados.

–— Pensei em convidá-la na próxima semana — disse Free, meio sem jeito. Todos sonhavam com romance e loucas proezas sexuais quando cumpriam pena. E, uma vez do lado de fora, era mais difícil do que esperavam. Eram neófitos no mundo real, em muitos aspectos. E encontrar uma mulher era o mais difícil. A maior parte do tempo, os homens da casa de transição ficavam juntos, a não ser os casados. Mas mesmo estes levavam algum tempo para tornar a conhecer as esposas. Estavam tão acostumados a um mundo masculino, sem mulheres, que era mais fácil permanecer em um mundo inteiramente masculino, como padres ou homens que passaram tempo demais nas forças armadas. As mulheres eram um acréscimo desconfortável à equação e a sociedade genuinamente masculina era mais conhecida e simples.

Stark e Free estavam sentados nos degraus da frente à toa quando Carlton Waters entrou naquela noite. Parecia relaxado e à vontade, como se houvesse passado um dia agradável e sorriu para os dois. Usava uma camisa de algodão azul aberta sobre uma camiseta, jeans e botas de caubói empoeiradas. Acabara de andar quase um quilômetro, desde a parada de ônibus, numa estrada de terra, numa bela noite de primavera. E parecia alegre, sorridente e descontraído.

— Como estavam os parentes? — perguntou Stark educadamente. Engraçado como ali fora a boa educação contava, e esperava-se que se fizessem perguntas. Na prisão, era sempre mais sensato cuidar da própria vida e não perguntar nada. Em lugares como Pelican Bay as pessoas se ofendiam com perguntas.

— Tudo bem, eu acho. Deve ter acontecido alguma coisa. Eu tomei dois ônibus até a fazenda deles, mas eles devem ter ido a algum lugar. Eu avisei que ia, mas acho que se esqueceram. Só fiquei zanzando por lá, me sentei na varanda durante algum tempo, fui à cidade e comi alguma coisa.

Não parecia preocupado com isso. Era bom estar num ônibus que ia para algum lugar e caminhar sob o sol. Ele não tivera uma chance como essa desde que era menino. E parecia um, ao sentar-se nos degraus com eles. Parecia mais feliz do que na véspera. Dava-se bem com a liberdade. Era como se houvesse tirado um peso de seus ombros. Recostou-se no degrau e Malcolm deu-lhe um sorriso. Quando o fez, via-se que lhe faltavam muitos dos dentes de trás, restando intactos só os da frente.

— Se eu soubesse que não, diria que você mentiu sobre esses parentes e passou o dia com uma mulher — provocou Stark. Waters tinha aquele ar saciado e distraído das pessoas que acabam de fazer um sexo sensacional.

Carlton Waters riu alto do que o outro disse, jogou uma pedra do outro lado da rua e não fez qualquer comentário. Às nove se levantaram, se espreguiçaram e voltaram para dentro. Sabiam do toque de recolher. Assinaram o registro e foram para seus quartos. Waters e Stark conversaram durante algum tempo, sentados nos catres, e Jim Free se recolheu. Estavam acostumados com a pacífica rotina do trancafiamento à noite, e não faziam objeções a essas regras ou ao toque de recolher.

Stark tinha de levantar-se às seis para o trabalho no dia seguinte e às dez da noite os dois já estavam na cama, como todos os demais na casa. Quem os visse dormindo pacificamente não desconfiaria de como eram perigosos, ou haviam sido, ou o dano que haviam causado ao mundo, antes de chegarem ali. Mas esperava-se em geral que houvessem aprendido a lição.

Capítulo 6

COMO SEMPRE FAZIA, Fernanda passou o fim de semana com os filhos. Ashley tinha ensaio para um ensaio de balé em que participaria em junho e depois a mãe a levou para o cinema e para jantar com amigos. Levava-a de carro a tudo, com Sam sentado no banco da frente a seu lado. Ela convidara um amiguinho para brincar com ele no sábado e foram a um dos jogos de Will enquanto Ashley ensaiava. As crianças mantinham-na ocupada e ela adorava. Era sua salvação.

Tinha de cuidar de uma certa papelada no domingo, enquanto Ashley dormia, Sam assistia a um vídeo e Will trabalhava em seu projeto de ciência, com o jogo dos Giants zumbindo no fundo, na TV de seu quarto. Era um jogo chato e os Giants estavam perdendo, por isso ele não estava prestando muita atenção. Fernanda tentava em vão concentrar-se, sem conseguir, repassando os papéis dos impostos que o advogado lhe dera para preencher. Gostaria de sair para um passeio na praia com as crianças. Sugerira isso no almoço, mas nenhum deles gostou da idéia. Ela queria apenas fugir do trabalho de fazer sua declaração de imposto. Tirou uma folga e entrou na cozinha para tomar uma xícara de chá, quando de repente ouviu uma forte explosão bem próxima. Pareceu perto demais, na verdade, depois seguiu-se um longo silêncio. Sam entrou correndo na cozinha e encarou-a. Os dois pareciam em pânico.

— Que foi isso? — ele perguntou, preocupado.

— Eu não sei. Mas foi forte — ela respondeu. Já ouviam as sirenes ao longe.

— Fortíssimo — corrigiu-a Will, que entrou correndo, e Ashley desceu, confusa, um minuto depois. Todos ficaram parados na cozinha imaginando o que acontecera.

As sirenes pareciam soar na sua rua e aproximavam-se rápido. Eram muitas, e três carros da polícia passaram em disparada na frente da casa deles, as luzes piscando.

— Que acha que foi, mãe? — tornou a perguntar Sam, com um ar de empolgação.

Parecia que uma bomba tinha explodido na casa de um dos vizinhos, embora ela soubesse que isso era improvável.

— Talvez uma explosão de gás — sugeriu Fernanda, e todos olharam pela janela e viram mais luzes passando. Abriram a porta da frente para ver o que era e tinha uma dezena de carros da polícia reunidos na rua, enquanto outros continuavam a chegar, junto com três caminhões de bombeiros. Fernanda e os filhos foram até o meio-fio e viram um carro em chamas mais abaixo na quadra, os bombeiros usando as mangueiras. As pessoas haviam saído das casa, por toda a rua, conversando umas com as outras. Algumas se aproximaram do carro incendiado por curiosidade, mas a polícia fez sinais para que se afastassem, quando o carro do capitão chegou à cena, mas a maior parte da excitação já passara, pois as chamas do carro já tinham sido extintas.

— Parece que um carro pegou fogo e a gasolina do tanque deve ter explodido — explicou Fernanda. A excitação já estava quase no fim. Mas havia policiais e bombeiros por toda parte enquanto o capitão deixava o carro.

— Talvez fosse um carro-bomba — disse Will interessado, e todos voltaram para dentro de casa, sob os protestos de Sam.

Ele queria ver os carros de bombeiro, mas a polícia não deixava ninguém se aproximar. Um grupo de policiais, mais adiante na quadra, circundava a cena; e outros chegavam. Um carro em chamas não parecia justificar tanta atenção, mas não havia como negar que a explosão fora impressionante. Fernanda dera um salto quando a ouvira.

— Não acho que tenha sido bomba — disse, assim que estavam dentro de casa. — Acho que a explosão de um tanque de gasolina daria um grande estrondo. Provavelmente o carro já vinha pegando fogo por algum tempo e ninguém viu.

— Por que um carro pegaria fogo? — perguntou Ashley, intrigada. Parecia-lhe tolice, mas fora muito assustador mesmo assim.

— Acontece — disse Fernanda. — Talvez alguém tenha jogado uma guimba e não viu. Alguma coisa assim. Talvez vandalismo. — O que parecia improvável. Sobretudo naquele bairro. Ela não sabia mais o que sugerir para explicar.

— Ainda acho que foi um carro-bomba — disse Will, contente por ter podido se afastar um pouco do projeto de ciência.

Detestava esse tipo de projeto e qualquer desculpa para evitá-lo era válida, sobretudo quando se tratava de um carro-bomba.

— Você joga Nintendo demais — disse Ashley com um ar de nojo. — Ninguém explode carros, a não ser no cinema ou na TV.

Voltaram todos às suas respectivas atividades e Fernanda continuou a trabalhar na papelada para o advogado, Jack Waterman. Quando deixava a sala, Will disse que não podia terminar o projeto sem mais fios de cobre, e a mãe lhe prometeu arranjar mais na segunda-feira. Ashley ficou com Sam, vendo o fim do vídeo com ele. Passaram-se outras duas horas até o último carro da polícia ir embora; os dos bombeiros tinham saído muito antes. Tudo voltou à paz e Fernanda preparou o jantar. Acabava de pôr os pratos na lavadora quando a campainha da porta tocou. Ela hesitou diante da porta da frente, olhando pelo olho mágico, e viu dois homens parados e conversando do lado de fora. Jamais os vira antes. Usava jeans e camiseta e tinha as mãos molhadas quando perguntou quem era, sem abrir a porta. Os homens disseram que eram policiais, mas não lhe pareceram. Nenhum dos dois usava uniforme e ela pensou em não abrir a porta quando um deles segurou o escudo diante do olho mágico para ela ver. Ela abriu com cuidado e olhou-os. Pareciam respeitáveis e desculparam-se por perturbá-la, ao vê-la parada e confusa.

— Algum problema? — Não lhe ocorreu a princípio que a visita tinha alguma coisa a ver com o carro incendiado ou o estrondo que ouviram quando o tanque de gasolina devia ter explodido. Não imaginava por que vinham vê-la. Por um instante, lembrou-lhe a agonia por que passou nos dias após a morte de Allan, ao lidar com as autoridades do México.

— Podemos falar com a senhora um minuto? — perguntou um dos homens. Eram dois policiais à paisana, um asiático e outro branco. Os dois, com cerca de 40 anos, vestiam-se de forma elegante: paletó esporte, camisa e gravata. Identificaram-se como os detetives Lee e Stone e entregaram-lhe cartões, parados no saguão da frente. Nada tinham de sinistros, e o asiático sorria para ela.

— Não pretendíamos assustá-la, senhora. Houve um incidente mais acima na rua hoje de tarde. Se estava em casa, na certa ouviu — disse ele, um sujeito simpático e educado, que logo a pôs à vontade.

— Ouvimos, sim. Parecia um carro incendiado e achei que o tanque de gasolina tinha explodido.

— Uma suposição razoável — disse o detetive Lee.

Ele a observava, como se procurasse alguma coisa. Havia nela algo que parecia intrigá-lo. O outro não disse nada. Deixava a iniciativa ao parceiro.

— Querem entrar? — perguntou Fernanda. Era óbvio que eles ainda não se dispunham a ir embora.

— Se importa? Será apenas um minuto. — Ela levou-os à cozinha e procurou as sandálias embaixo da mesa. Os dois pareciam tão respeitáveis que ela se sentiu constrangida de ficar ali conversando com eles descalça.

— Gostariam de sentar? — Ela indicou a mesa da cozinha, de onde o jantar fora quase inteiramente retirado. Passou a esponja para tirar o resto de farelos, jogou-os na pia e sentou-se com eles. — Que foi que houve?

— Ainda estamos trabalhando nisso e queremos fazer algumas perguntas aos moradores. Havia alguém em casa com a senhora quando ouviu a explosão?

Ela o viu olhar em volta, observando a elegante cozinha. Era um aposento amplo e bonito com balcões de granito branco, equipamentos de última geração e um grande candelabro veneziano branco. Combinava com a imponência do restante da casa, grande, muito formal, condizente com o sucesso de Allan quando a compraram. Mas ela parecia muito normal e relaxada quando o detetive Lee observou os jeans, camiseta e cabelos frouxamente presos num elástico — como uma criança à primeira vista — e era óbvio que estivera fazendo o jantar, o que a ele pareceu surpreendente. Numa casa daquela, esperava ver uma cozinheira, não uma bela mulher de jeans e descalça.

— Meus filhos estavam aqui comigo — ela respondeu, balançando a cabeça.

— Mais alguém?

Junto com a cozinheira, Lee esperava outras empregadas e uma governanta, também. Era o tipo de casa que presumia ter uma criadagem completa. Talvez uma ou duas babás ou mesmo um mordomo. Parecia-lhe curioso que ela fosse a única pessoa ali. Talvez estivessem de folga no domingo, supôs.

— Não, só nós. As crianças e eu — ela disse simplesmente.

— Seu marido estava em casa? — ele perguntou e ela hesitou; depois desviou o olhar. Ainda detestava explicar. Era tudo demasiado novo e a palavra ainda doía sempre que tinha de dizê-la.

— Não, eu sou viúva.

A voz saiu baixa e pareceu grudar-se na garganta quando a disse. Detestava a frase.

— Sinto muito. Algum de vocês saiu antes de ouvir a explosão?

Ele parecia bondoso ao fazer as perguntas e ela não sabia por quê, mas gostava dele. Até então, o detetive Lee era o único que falava. O outro inspetor, o detetive Stone, ainda não dissera nada. Mas ela via-o olhar em volta e notar a cozinha. Pareciam estar observando tudo e estudando-a também.

— Não. Saímos depois, não antes. Por quê? Aconteceu mais alguma coisa. Alguém pôs fogo no carro? — Talvez fosse um ato criminoso, não um incêndio inocente afinal, ela pensou.

— Ainda não sabemos. — Lee deu um sorriso simpático. — A senhora olhou para fora ou viu alguém na rua? Alguma coisa fora do comum ou alguém suspeito?

— Não. Eu estava cuidando de uma papelada em minha escrivaninha. Acho que minha filha estava dormindo, um de meus filhos estava assistindo a um vídeo e o outro fazia um projeto de ciência para a escola.

— Se importa se falarmos com eles?

— Não, tudo bem. Sei que vão achar isso emocionante. Vou chamá-los. — Então, parada na porta, voltou-se, como se pensasse melhor. — Gostariam de beber alguma coisa? — Olhava os dois e eles fizeram que não com cabeça, sorriram e agradeceram-lhe. — Volto em um minuto — ela disse e subiu a escada para o quarto dos filhos.

Disse-lhes que a polícia estava lá embaixo e queria fazer-lhes algumas perguntas. Como previra, Ashley pareceu aborrecida. Estava ao telefone e não gostou de ser interrompida. E Sam pareceu agitado.

— Vão prender a gente? — perguntou. Estava ao mesmo tempo entusiasmado, mas com certo medo. Will desgrudou-se do Nintendo tempo suficiente para erguer uma sobrancelha com ar intrigado.

— Eu tinha razão? Foi um carro-bomba? — Parecia esperançoso.

— Não, acho que não. Disseram que não sabem o que foi, mas querem saber se algum de vocês viu alguém ou alguma coisa suspeita. E não vão prender a gente, Sam. Não acham que foi você que fez aquilo.

Sam pareceu momentaneamente decepcionado e Will se levantou e seguiu a mãe até a escada, sob os protestos de Ashley.

— Por que eu tenho de descer? Estava quase dormindo. Não pode dizer isso a eles? Estou falando com Marcy.

As duas tinham sérios assuntos a discutir. Como, por exemplo, o menino da oitava série que demonstrara um recente interesse por ela. No que lhe dizia respeito, isso era muito mais importante e mais interessante que a polícia.

— Diga a Marcy que você liga de volta. E pode dizer aos detetives que estava dormindo — disse Fernanda, descendo a escada seguida pelos filhos em direção à cozinha.

As crianças entraram logo atrás dela e os dois detetives se levantaram e sorriram. Era um grupo simpático de garotos e ela, uma bela mulher. Ted Lee de repente teve pena da mãe e, pela expressão nos olhos dela quando respondia às suas perguntas, teve a sensação de que a viuvez era recente. Após quase trinta anos de investigações, observando as pessoas ao responderem, ele desenvolvera uma boa percepção para essas coisas. Ela parecia magoada ao responder, porém mais à vontade agora, cercada pelos filhos. Ted notou que o ruivinho parecia um diabrete e olhava-o de baixo com interesse.

— Minha mãe disse que vocês não vão prender a gente — disse Sam com uma vozinha miúda, e todos riram.

— Correto, filho. Talvez você gostasse de nos ajudar na investigação. Que tal? Podemos fazer de você um subxerife e quando crescer pode ser detetive.

— Eu só tenho 6 anos — respondeu o menino se desculpando, como se dissesse que gostaria de ajudar se fosse mais velho.

— Tudo bem. Como se chama?

O detetive Lee era bom com crianças e, na mesma hora, deixou Sam à vontade.

— Sam.

— Eu sou o detetive Lee e este é meu parceiro, detetive Stone.

— Foi bomba? — interrompeu Will e Ashley revirou os olhos para ele, convencida de que era uma pergunta idiota. Queria apenas voltar para cima e retomar a conversa ao telefone.

— Talvez — disse Ted Lee honestamente. — Pode ser. Ainda não sabemos ao certo. Os peritos precisam verificar. Vão examinar o carro com muita atenção. Você ficaria surpreso com o que eles conseguem descobrir. — Não disse aos garotos, mas eles já sabiam que fora uma bomba. Não havia sentido em assustar os moradores contando-lhes desde já. O que desejavam saber agora era quem o fizera. — Algum de vocês saiu ou olhou pela janela antes de ouvir a explosão?

— Eu olhei — apressou-se a dizer Sam.

— Olhou? — A mãe o encarou espantada. — Você saiu? — Parecia-lhe mais que improvável e ela o encarou com um ar cético, como o fizeram os outros irmãos. Ashley achava que ele estava mentindo para parecer importante diante dos policiais.

— Eu olhei pela janela. O filme estava meio chato.

— E o que viu? — perguntou Ted com interesse. O menino era muito bonito e lembrava-lhe um de seus filhos quando pequeno. Tinha a mesma maneira franca e engraçada de falar com estranhos e todos que o conheciam o adoravam por isso. — O que foi que você viu, Sam?

Ted sentou-se numa das cadeiras da cozinha, para ficar no nível do garoto. Era um homem alto e, assim que se sentou, Sam o olhou direto nos olhos, sem hesitar.

— Gente se beijando — disse com firmeza e um ar de nojo.

— Diante da janela?

— Não. No filme. Por isso que era chato. Beijar é idiota.

Até Will sorriu com essa e Ashley deu uma risadinha. Fernanda observava-o com um sorriso triste, imaginando se ele algum dia veria alguém se beijando na vida real. Talvez não durante a vida dela. Só na dele. Expulsou a idéia da cabeça, e Ted fez mais perguntas a ele.

— O que viu do lado de fora?

— A Sra. Farber levando o cachorro para passear. O cachorro dela sempre tenta me morder.

— Isso não é muito legal. Viu mais alguém?

— O Sr. Cooper com a sacola de golfe. Ele joga todo domingo. E tinha um homem descendo a rua, mas eu não o conhecia.

— Que aparência ele tinha? — perguntou Ted, quase casualmente.

Sam franziu a testa, pensando.

— Não me lembro. Só sei que vi.

— Parecia esquisito ou assustado? Lembra alguma coisa dele?

Sam fez que não com a cabeça.

— Só sei que vi, mas não prestei atenção. Estava olhando para o Sr. Cooper. Ele trombou na Sra. Farber com a sacola de golfe e o cachorro começou a latir. Eu queria ver se o cachorro ia tentar morder ele também.

— E mordeu? — perguntou Ted, interessado.

— Não. A Sra. Farber puxou a correia e gritou com ele.

— Com o Sr. Cooper? — perguntou Ted, sorrindo e Sam também deu um risinho. Gostava dele e era engraçado responder às suas perguntas.

— Não — explicou pacientemente. — Ela gritou com o cachorro, para não morder o Sr. Cooper. Depois eu voltei ao filme. Depois disso, parece que alguma coisa explodiu.

— Foi só isso que você viu?

Sam tornou a se concentrar.

— Ah, eu acho que vi uma mulher também, mas também não conhecia. Estava correndo.

— Pra que lado?

Sam apontou na direção oposta à do carro incendiado.

— Que aparência ela tinha?

— Nada especial. Parecia um pouco com Ashley.

— Estava com o homem que você não conhecia?

— Não, ele estava caminhando para o outro lado e ela trombou nele. O cachorro da Sra. Farber latiu para ela também, mas a mulher apenas passou correndo por eles. Foi só o que eu vi — disse Sam de modo conclusivo e olhou para os outros com um ar envergonhado. Temia que o acusassem de exibir-se. Às vezes se exibia mesmo.

— Isso foi muito bom, Sam — cumprimentou-o Ted e depois olhou para os outros irmãos. — E vocês dois, viram alguma coisa?

— Eu estava dormindo — disse Ashley, mas não mais se mostrava hostil. Gostara de Ted. E as perguntas eram interessantes.

— Eu estava fazendo meu projeto de ciência — acrescentou Will. — Só levantei a cabeça depois de ouvir a explosão. Os Giants estavam jogando na TV, mas o estrondo foi alto mesmo.

— Aposto que sim — disse Ted, balançando a cabeça e levantou-se. — Caso se lembrem de mais alguma coisa, qualquer um de vocês, liguem para a gente. Sua mãe tem nosso número. — Todos assentiram com a cabeça e, como se pensasse melhor, Fernanda fez-lhe uma pergunta.

— De quem era o carro? De algum dos nossos vizinhos ou apenas de alguém que estacionou na rua? — Ela não pudera identificar, com os carros de bombeiro em volta. O carro já estava irreconhecível então, envolto em chamas.

— Do juiz McIntyre, um de seus vizinhos. Na certa a senhora o conhece. Está fora da cidade, mas a Sra. McIntyre estava em casa. Ia sair de carro para algum lugar e ficou muito assustada. Felizmente, ainda estava em casa quando ocorreu o incidente.

— Me assustou também — disse Sam, honestamente.

— Assustou a todos nós — admitiu Fernanda.

— Parecia que tinham explodido a quadra toda — acrescentou Will. — Aposto que foi uma bomba.

— Nós informaremos — disse Ted, mas Fernanda desconfiou que não.

— Acha que era para o juiz McIntyre, se foi bomba? — ela perguntou com novo interesse.

— Provavelmente não. Talvez alguma coisa acidental, maluca.

Mas desta vez ela não acreditou nele. Havia carros de polícia demais, e o do capitão chegara muito rápido. Ela começava a achar que Will tinha razão. Eles obviamente procuravam alguém e estavam fazendo uma revista cuidadosa. Cuidadosa demais, pensou, para ser apenas um incêndio casual.

O detetive Ted agradeceu a todos, despediram-se e foram embora. Fernanda fechou a porta com ar pensativo.

— Foi interessante — disse a Sam. Ele estava se sentindo muito importante após responder a todas as perguntas. Conversaram a respeito enquanto subiam a escada, voltaram para seus quartos e Fernanda foi acabar a limpeza da cozinha.

— Garoto esperto — disse Ted Lee a Jeff Stone quando se dirigiram à casa seguinte, onde ninguém vira nada.

Os dois verificaram todas as casas da quadra, incluindo os Farber e Cooper, que Sam mencionara. Ninguém vira nada, ou pelo menos nada de que se lembrasse. Ted ainda pensava no adorável ruivinho três horas depois, quando voltaram ao escritório, e serviu-se de uma xícara de café. Estava colocando creme, quando Jeff Stone fez um comentário casual.

— Recebemos uma ficha de Carlton Waters esta semana. Lembra-se dele? O cara que matou duas pessoas quando tinha 17 anos, foi julgado como adulto, recorreu cerca de um milhão de vezes e tentou obter um perdão. Jamais conseguiu. Saiu esta semana. Ganhou liberdade condicional em Modesto, eu acho. Não foi McIntyre o juiz que o condenou nesse caso? Lembro que li em algum lugar. Ele disse que jamais duvidou, nem por um minuto, de que Waters era culpado. Waters alega que foi o cúmplice quem puxou o gatilho e matou. Ele só estava parado lá, inocente como um recém-nascido. O outro cara morreu com uma injeção letal em San Quentin poucos anos depois. Acho que Waters estava em Pelican Bay.

— O que você está querendo dizer? — perguntou Ted, tomando um gole do café fumegante. — Que foi Waters? Não seria muito esperto da parte dele. Tentar explodir o juiz que o sentenciou há 24 anos, dois dias depois de sair da prisão? Ele não pode ser tão burro. É um cara inteligente. Eu li umas matérias de jornal que ele escreveu. Não é nenhum idiota. Sabe que com uma coisa assim ganharia uma passagem sem volta para Pelican Bay num trem expresso e seria o primeiro suspeito. Tem de ser outra pessoa, ou apenas uma coisa casual. O juiz McIntyre deve ter deixado um bando de idiotas putos antes de se aposentar. Waters não foi o único que ele mandou para a prisão.

— Eu só estava pensando. É uma coincidência interessante. Mas na certa só isso. Talvez valha a pena dar uma olhada. Quer ir a Modesto amanhã?

— Claro. Por que não? Se acha que há alguma coisa aí... eu acredito que não. Mas não me importa rodar pelo campo. Podemos ir assim que chegarmos aqui, e estar lá às sete. Talvez surja mais alguma coisa entre hoje e amanhã.

Mas até então ninguém vira nada ou ninguém suspeito. Haviam saído sem sucesso de todas as casas.

A única coisa que surgiu foi a confirmação, pelos peritos, de que fora mesmo uma bomba. E das boas. Haveria causado sérios danos ao juiz e à esposa se estivessem no carro. Na verdade, explodira antes do tempo. Tinha um timer e os dois haviam escapado por pelo menos cinco minutos. Quando ligaram para o juiz no número fornecido pela esposa, ele disse estar convencido de que alguém estava tentando matá-lo. Mas, como Ted, achava que responsabilizar Carlton Waters era especular demais. Ele se esforçara muito na luta por sua libertação para assumir um risco desses após ter saído da prisão apenas dois dias antes.

— O cara é esperto demais para isso — comentou o juiz ao telefone. — Eu li algumas das matérias que ele escreveu. Ainda alega inocência, mas não é burro a ponto de tentar me explodir na semana em que saiu.

Havia pelo menos uma dezena de possibilidades, de pessoas que, suspeitava, estavam furiosas com ele e que não estavam presas. O juiz estava aposentado havia cinco anos.

Ted e Jeff foram a Modesto mesmo assim e chegaram à casa de transição na hora em que Malcolm Stark, Jim Free e Carlton Waters voltavam do jantar. Jim os convencera a irem ao café junto ao posto de gasolina para verem sua garota.

— Boa noite, cavalheiros — cumprimentou Ted os três homens, com um ar simpático que na mesma hora pareceram ficar na defensiva e hostis. Sentiam o cheiro de um tira a mais de um quilômetro de distância.

— O que traz vocês aqui? — perguntou Waters, assim que soube de onde eles eram.

— Um pequeno incidente em nossa área ontem — explicou Ted. — Uma bomba no carro do juiz McIntyre. Talvez você se lembre do nome — acrescentou, olhando-o nos olhos.

— É, lembro. Não poderia acontecer a um cara mais legal — disse Waters, sem hesitar. — Queria ter colhões para fazer eu mesmo, mas ele não vale a minha volta para a prisão. Mataram ele? — perguntou, esperançoso.

— Felizmente, não. Estava fora da cidade. Mas quem fez isso quase matou a esposa dele. A bomba não a pegou por meros cinco minutos.

— Que pena — disse Waters, parecendo consternado. Lee observava-o e era fácil ver como era esperto. Frio como uma geleira na Antártica, mas Ted se inclinava a concordar com o juiz. Não havia maneira de Waters arriscar a voltar para a prisão por uma coisa tão burra quanto explodir o carro do juiz que o condenara. Embora sempre houvesse a possibilidade de que fosse burro mesmo e igualmente frio. Podia ter ido lá de ônibus, instalado a bomba e voltado a Modesto a tempo de pegar o toque de recolher na casa de transição. Mas a intuição de Ted dizia-lhe que não era ele. Embora esse fosse um trio perigoso. Ele sabia quem eram os outros dois e há quanto tempo tinham saído. Ted sempre lia as fichas quando as recebia. E lembrava-se dos nomes. Eram traiçoeiros. Ele jamais acreditara nas alegações de inocência de Waters e não confiava nele agora. Todos os presos alegavam que alguém armara contra eles, as namoradas, os parceiros da hora ou os advogados. Ouvira isso vezes demais. Waters era um sujeito durão e escorregadio demais para o gosto de Ted. Tinha todas as marcas registradas do sociopata, um homem com pouca ou nenhuma consciência e, decididamente, um cara esperto.

— Onde você estava ontem, a propósito? — perguntou Ted Lee, quando Waters se levantou e ficou a observá-lo com um olhar gélido.

— Por aqui. Fui de ônibus ver uns parentes. Eles estavam fora, por isso eu fiquei um pouco na varanda e fiquei conversando com esses caras.

Não tinha ninguém para corroborar a primeira parte do álibi, por isso Ted não se deu o trabalho de pedir nomes.

— Que legal. Alguém pode confirmar seu paradeiro? — perguntou, olhando-o direto nos olhos.

— Dois motoristas de ônibus. Eu tenho os canhotos das passagens, se você quiser.

— Vamos ver esses canhotos. — Waters ficou furioso, mas foi ao seu quarto e os pegou. Mostravam como destino uma área de Modesto e era óbvio que haviam sido usados. Restava apenas metade dos canhotos. Nada dizia que ele próprio os destacara, mas Ted Lee não acreditava que ele tivesse feito. Waters parecia totalmente despreocupado quando ele lhe devolveu os canhotos.

— Bem, mantenham-se livres de encrencas, caras. Nós voltaremos a procurar vocês, se surgir alguma coisa.

Eles sabiam que Ted tinha todo o direito de questioná-los, ou até mesmo revistá-los, se assim o desejasse. Afinal, os três estavam na condicional.

— É, e não deixem a porta bater em seus rabos quando saírem — acrescentou Jim Free em voz baixa quando eles se foram.

Ted e Jeff ouviram, mas não reagiram; entraram no carro e afastaram-se, com Waters a observá-los, com ódio nos olhos.

— Merdas — comentou Malcolm Stark, e Waters nada disse. Simplesmente girou e voltou para dentro. Imaginava se toda vez que tivessem algum probleminha em São Francisco os tiras iam procurá-los para interrogar. Podiam fazer o que quisessem com ele, e ele não faria nada a respeito, enquanto estivesse sob condicional. A única coisa que não queria era que o enviassem de volta à prisão.

— E aí, que é que você acha? — perguntou Ted ao parceiro quando partiram. — Acha que ele está limpo?

Ele próprio não tinha certeza e achava qualquer coisa possível. Sua intuição ainda o fazia desconfiar dele, mas a razão dizia-lhe que a bomba tinha sido posta lá por outra pessoa. Waters não poderia ser tão burro de fazer uma coisa daquelas. Era esperto. Mas Ted tinha de admitir que ele parecia um cara mau. Podia ter posto a bomba como um aviso de coisas maiores no futuro, uma vez que um artefato como aquele só teria matado o juiz e a esposa se eles estivessem no carro ou perto dele quando a bomba explodisse.

— Na verdade, não, não acho que ele esteja fora — respondeu Jeff Stone. — Acho que o cara é barra-pesada e que não era inocente na primeira condenação. É burro o suficiente para ir à cidade, plantar a bomba e voltar direto pra cá sem perder o almoço. Acho que é bem capaz. Mas também julgo que é esperto demais para isso. Acho que não foi ele desta vez. Mas não confiaria muito. Sinto que vai voltar para a cadeia. Vamos ter notícias dele de novo.

Tinham visto muitos homens como ele voltar para a prisão demasiadas vezes. Ted concordou.

— Talvez a gente devesse mostrar a foto dele para todos os moradores da rua, não custa nada. Talvez o menino Barnes se lembre dele, se vir uma foto. Nunca se sabe.

— Mal não faz — disse Jeff, balançando a cabeça e pensando nos três homens que acabavam de ver. Um seqüestrador, um assassino e um traficante de drogas. Eram um grupo desagradável, uma turma da pesada. — Eu mostro as fotos quando voltar. Podemos levá-las na terça-feira e ver se alguém se lembra de tê-lo visto na rua.

— Meu palpite é que não — disse Ted, quando retornaram à auto-estrada.

Estava quente em Modesto e a viagem não adiantara nada, mas ainda assim Ted estava satisfeito por terem ido. Jamais vira Carlton Waters antes e havia alguma coisa em conhecê-lo pessoalmente. O cara dava arrepios e ele tinha absoluta certeza de que iam tornar a vê-lo. Era um tipo assim. Nada tinha de reabilitável. Passara 24 anos na prisão e Ted tinha certeza de que ele era muito mais perigoso do que antes de ser preso. Agora freqüentara a escola de gladiadores durante quase dois terços de sua vida. Era uma idéia deprimente e Ted esperava que ele não matasse mais ninguém antes de voltar.

Os dois detetives rodaram em silêncio durante algum tempo, depois voltaram a conversar sobre a bomba no carro. Jeff ia buscar no computador uma lista de todas as pessoas que o juiz McIntyre condenara nos últimos vinte anos e ver quem mais já saíra. Provavelmente seria alguém que saíra havia algum tempo, além de Carl. A única coisa de que tinham certeza era que não fora um ato acidental e sim um presente destinado exclusivamente ao juiz ou, na falta dele, a sua esposa. Não chegava a ser um pensamento tranqüilizador, mas Ted achava que acabariam por descobrir o culpado. Carlton Waters ainda não saíra de todo da lista. Ele não tinha um álibi que o corroborasse, mas não havia prova que o identificasse, e Jeff e ele desconfiavam que não haveria. Se houvesse sido Waters, ele era esperto demais para isso. Mesmo que Carl fosse culpado, talvez jamais pudessem atribuir o crime a ele. Mas, no mínimo, após vê-lo agora, Ted ia ficar de olho nele. E calculava que um desses dias Carlton Waters ia cruzar de novo a sua tela. Era quase inevitável. Ele era exatamente esse tipo de cara.

Capítulo 7

A CAMPAINHA tocou às cinco horas de terça-feira, quando Fernanda estava na cozinha lendo uma carta de Jack Waterman em que ele relacionava as coisas que ela precisava vender e quanto podia esperar delas. A estimativa dele era cautelosa, mas os dois esperavam que, se vendesse tudo, incluindo as jóias que Allan lhe dera — e que eram muitas — ela poderia começar vida nova e sem muitas dívidas, que eram seu maior temor. Na melhor das hipóteses, ia ter de começar do nada, e ela não fazia idéia de como ia se sustentar nos próximos anos, quanto mais manter os filhos na faculdade quando chegasse a hora. Por enquanto, tudo que podia fazer era confiar em que lhe surgiria alguma idéia. No momento, ia apenas viver cada dia, continuar nadando e fazer o melhor para não se afogar.

No andar de cima, Will fazia o trabalho de casa ou fingia fazê-lo. Sam brincava no quarto e Ashley fora ao balé ensaiar até às sete. Fernanda ia fazer o jantar tarde para todos eles, o que lhe dava mais tempo para pensar, sentada na cozinha, e se assustou ao ouvir a campainha. Não estava esperando ninguém, e a bomba no carro dois dias antes era a última coisa em que pensava quando foi até a porta e viu Ted Lee pelo olho mágico. Estava sozinho e usava camisa branca, gravata escura e blazer. Parecera eminentemente respeitável nas duas vezes que o vira.

Ela abriu a porta com um ar de surpresa e de novo percebeu como ele era alto. Trazia um envelope de papel pardo nas mãos e pareceu hesitar, até ela convidá-lo a entrar. Ele percebeu a expressão de tensão nos olhos dela, seus cabelos estavam soltos e ela parecia abatida. Ficou imaginando o que a preocupava. Era como se ela carregasse o peso do mundo nos ombros. Mas quando ele entrou, ela sorriu e fez um esforço para ser simpática.

— Oi, detetive. Como vai? — ela perguntou com um sorriso cansado.

— Ótimo. Sinto incomodar. Queria dar uma passada e mostrar uma foto. — Ele olhou em volta, como fizera no domingo. Era difícil não ficar impressionado com a casa e as peças obviamente inestimáveis que continha. Quase parecia um museu. E de jeans e camiseta, como no domingo, ela parecia de algum modo deslocada naquele ambiente. No cenário em que vivia, era como se devesse estar descendo a escada num vestido de noite longo, arrastando um casaco de pele. Mas ela não parecia esse tipo de mulher. Por instinto, Ted desconfiou de que gostaria dela. Ela parecia uma pessoa normal e delicada, embora triste. A dor estava estampada no rosto dela, e ele sentiu que era profundamente ligada aos filhos e uma feroz protetora. Ele sempre fora bom em julgar o caráter das pessoas, e confiava em seus instintos neste caso.

— Encontraram a pessoa que explodiu o carro do juiz McIntyre? — ela perguntou, enquanto o conduzia até a sala de visitas e indicava com um gesto um dos sofás de veludo. Eram macios e confortáveis. A sala era decorada com veludo, seda e brocados na cor bege, e as cortinas pareciam as de um palácio. Ele não se enganava muito ao pensar assim. Ela e Allan as tinham comprado de um antigo *palazzo* em Veneza e instalado em sua casa.

— Ainda não, mas estamos verificando algumas pistas. Eu queria mostrar-lhe uma foto, para ver se reconhece alguém e, se Sam estiver em casa, eu gostaria que desse uma olhada também.
— Ainda o preocupava o homem não identificado que Sam dissera ter visto, mas que não se lembrava em detalhes. Seria demasiado fácil se o menino identificasse a foto de Carlton Waters. Mas coisas mais estranhas já haviam acontecido, embora ele não contasse com isso. Em geral não tinha uma sorte tão boa assim. Descobrir suspeitos sempre demorava, mas de vez em quando os mocinhos davam sorte. Ele esperava que esta fosse uma dessas vezes.

Ted tirou uma foto ampliada do envelope e entregou-a a ela. Fernanda olhou o rosto como hipnotizada, depois balançou a cabeça e devolveu-a.

— Acho que nunca o vi — disse em voz baixa.
— Mas poderia ter visto? — ele insistiu, observando cada um de seus movimentos e sua expressão. Havia nela alguma coisa de estranho e frágil. Era curioso vê-la tão triste naquele ambiente esplêndido, mas ela acabara de perder o marido apenas quatro meses antes.
— Acho que não — ela respondeu honestamente. — O rosto tem alguma coisa familiar, talvez seja apenas um desses rostos

comuns. Eu poderia tê-lo visto em algum lugar? — Ela franzia a testa, forçando a memória e tentando lembrar.

— Deve tê-lo visto nos jornais. Acabou de sair da prisão. É um caso famoso. Foi preso por assassinato aos 17 anos, com um amigo. Alegou inocência durante 24 anos, dizendo que foi o outro cara quem puxou o gatilho.

— Que coisa mais terrível. Não importa quem puxou o gatilho. Você acha que ele era inocente? — Para ela, o suspeito parecia capaz de cometer um assassinato.

— Não, acho que não — disse Ted honestamente. — É um cara esperto. E, quem sabe, talvez agora acredite em sua própria história. Já ouvi isso antes. As prisões estão cheias de gente que se diz inocente e acabou lá por causa de maus juízes ou advogados corruptos. Não são muitos os homens, ou mulheres, aliás, que confessem.

— Quem ele matou? — Fernanda quase teve um calafrio. Era um pensamento terrível.

— Vizinhos dele, um casal. Quase mataram os dois filhos também, mas eles mal passavam de bebês e não incomodavam. Eram novos demais para identificá-los. Mataram o casal por 200 dólares e o que encontraram nas carteiras das vítimas. Vemos isso o tempo todo. Violência gratuita. A vida humana descartada por alguns dólares, um pouco de droga ou uma arma. É por isso que eu não trabalho mais na Homicídios. É deprimente demais. A gente começa a se fazer perguntas sobre a raça humana para as quais não quer ouvir as respostas. As pessoas que cometem esses crimes são uma espécie à parte. É difícil para o restante de nós entendê-las.

Ela balançou a cabeça, pensando que o que ele fazia, ao contrário, não era muito melhor. Bombas também não eram particularmente atraentes e podiam ter matado o juiz ou sua esposa. Mas sem dúvida era menos brutal que o crime que ele atribuíra a Carlton Waters. Só a foto dele já fazia gelar seu sangue. O homem tinha qualquer coisa de gélido e aterrorizante, que podia ser sentida mesmo numa foto. Se o tivesse visto, ela o saberia. Jamais vira Carlton Waters antes.

— Acha que vai descobrir quem explodiu o carro? — ela perguntou, interessada. Imaginava quantos crimes eles desvendavam e a energia que empregavam nisso. Ele parecia muito sério a respeito. Tinha um rosto bonito, olhos delicados e uma atitude inteligente e bondosa. Não tinha o estereótipo que ela esperava de um detetive de polícia. De algum modo, esperava que ele fosse mais duro. Ted Lee parecia bastante civilizado, e muito normal.

— Podemos descobrir quem pôs a bomba — disse Ted. — Sem dúvida vamos tentar. Se foi mesmo um ato aleatório, isso torna tudo muito mais difícil, porque não tem pé nem cabeça, e poderia ter sido praticamente qualquer um. Mas é de assustar o que aparece quando a gente cava abaixo da superfície. E em vista do fato de ser um juiz, meu palpite é que houve um motivo. Vingança, alguém que ele mandou para a prisão, que acha que não mereceu a sentença e quer dar o troco. Se for alguém assim, temos mais probabilidades de descobrir. Por isso eu pensei em Waters, ou melhor, meu parceiro pensou. Waters acabou de sair na semana passada. O juiz McIntyre foi quem presidiu o julgamento e o condenou.

"Vinte e quatro anos na prisão é um longo tempo para guardar ressentimento e não seria inteligente pôr uma bomba no carro de um juiz na semana em que saiu da prisão. Waters é mais esperto, mas talvez se sinta mais à vontade na prisão. Se é alguém assim, vai acabar aparecendo. Quem quer que tenha sido, vai falar e vamos receber o telefonema de um informante. A maioria das pistas que conseguimos vem de dicas anônimas ou informantes pagos.

Era toda uma subcultura da qual Fernanda nada sabia, nem queria saber. E embora fosse assustador, achava fascinante ouvi-lo falar a respeito.

— Muitas dessas pessoas de alguma forma têm ligações entre si. E não são muito boas em guardar segredos. Sentem-se quase compelidas a falar, o que é uma sorte para nós. Enquanto isso, temos de verificar cada pista que conseguimos e todas as nossas suspeitas. Waters não passa de um palpite e, provavelmente, muito óbvio, mas merece uma conferida mesmo assim. Se importa se eu mostrar a foto a Sam?

— De modo algum. — Ela própria estava curiosa agora para saber se o filho o reconheceria, embora não quisesse pô-lo em risco identificando um criminoso que poderia tentar machucá-lo para se vingar depois. Voltou-se então para Ted com uma pergunta: — E se ele o reconhecer. Vocês mantêm a identidade dele em segredo?

— Claro. Não vamos pôr em risco um menino de 6 anos — ele disse, delicadamente. — Ou mesmo um adulto. Fazemos tudo que podemos para proteger nossas fontes.

Ela balançou a cabeça, aliviada, e ele a seguiu escada acima até o quarto de Sam. Um imenso candelabro ofuscou-o ao olhá-lo.

Fernanda comprara-o em Veneza, de outro palácio em ruínas, e mandara-o de navio, desmontado em minúsculas peças individuais, para São Francisco.

Ela bateu à porta do quarto e abriu-a com Ted parado atrás. Sam brincava com seus brinquedos no chão.

— Oi. — Ele riu para Ted. — Vai me prender agora? — Era óbvio que não estava nem um pouco preocupado com a visita de Ted, e até parecia contente por vê-lo. Sentira-se muito importante no domingo, quando o detetive lhe perguntara o que vira e o deixara contar os detalhes. E embora só o houvesse visto uma vez antes, sentia que Ted era simpático e amistoso, e gostava de crianças. Podia perceber isso.

— Não. Não vou prender você. Mas lhe trouxe uma coisa — disse Ted, enfiando a mão no bolso do paletó. Não dissera a Fernanda que ia dar um brinquedo ao garoto. Esquecera enquanto falava com ela. Estendeu algo para Sam, que, ao perceber o que era, pegou rapidamente. Era uma reluzente estrela de latão, muito parecida com a prateada que o detetive trazia na carteira. — Agora você é subxerife de polícia, Sam. Isso quer dizer que vai ter sempre de falar a verdade e se vir algum bandido rondando por aqui, ou pessoas suspeitas, tem de nos chamar.

Havia um número na estrela, sob as iniciais DPSF, um presente que davam aos amigos do departamento. Foi como se o novo amigo houvesse acabado de dar um diamante a Sam. Fernanda sorriu pela expressão no rosto de Sam e depois para Ted, para agradecer-lhe. Fora uma coisa legal. E Sam estava emocionado.

— Muito legal. *Muito* legal.

Ela sorriu para o filho e entrou no quarto com Ted logo atrás. Como tudo mais que havia na casa, o quarto era belamente decorado, num azul-escuro com toques de vermelho e amarelo, com tudo o que um menino pode querer, incluindo uma grande TV para ver vídeos, um estéreo e prateleiras com jogos, brinquedos e livros. No meio do quarto erguia-se uma pilha de Legos e havia um carro por controle remoto com o qual ele estava brincando quando eles entraram. Havia também uma balaustrada na janela, onde Will suspeitava que Sam estava quando vira o adulto que não recordava em detalhes. Ted entregou-lhe a foto e perguntou se algum dia o vira.

Sam se levantou e ficou olhando-a por muito tempo, como fizera a mãe. Waters tinha uma coisa nos olhos que atraia a gente para eles de uma maneira misteriosa, mesmo no papel. E Ted sabia, após a visita a Modesto um dia antes, que os olhos dele eram ainda mais frios ao vivo. Mas não falou nada para não distrair o menino, apenas ficou calado esperando e olhando-o, como a mãe, com interesse. Era visível que Sam olhava e pensava, e vasculhava a memória em busca de algum sinal de reconhecimento. Acabou por devolver a foto e balançar a cabeça, mas ainda parecia estar pensando. Ted também notou isso.

— Parece assustador — comentou Sam, ao devolver a fotografia a Ted.

— Assustador demais para você dizer que o viu? — perguntou o detetive, com cuidado, olhando-o nos olhos. — Lembre-se, você agora é subxerife. Tem de nos dizer tudo o que lembra. Ele nunca vai saber que você nos contou, se o viu, Sam. — Como fizera com Fernanda, queria tranqüilizá-lo. Sam tornou a balançar a cabeça.

— Acho que o cara era louro como ele, mas não se parecia com ele.

— Que é que faz você dizer isso? Está se lembrando mais da aparência do cara da rua? — Algumas vezes as coisas a gente recorda depois. É um fenômeno que acontece com os adultos também.

— Não — disse Sam honestamente. — Mas quando olho o retrato, sei que não me lembro de ter visto ele. É um bandido? — perguntou interessado e não parecia assustado. Estava em segurança, em casa, com aquele novo amigo policial e a mãe, e sabia que nada aconteceria de mal. Coisas ruins jamais lhe aconteciam, a não ser pela perda do pai, mas nunca lhe ocorrera que alguém pudesse querer machucá-lo.

— Um bandidão — respondeu Ted.

— Ele matou alguém? — Sam achava tudo extremamente interessante. Para ele, era apenas uma história, sem qualquer fundo de realidade. E, em conseqüência, sem nenhum sentido de perigo.

— Ele matou duas pessoas, com a ajuda de um amigo.

Fernanda pareceu preocupada pelo que Ted dissera. Não queria que ele falasse das duas crianças que haviam machucado também. Não queria que Sam tivesse pesadelos, como os que passou a ter com freqüência desde a morte do pai. Ele temia que ela morresse também ou mesmo ele próprio. Era normal na sua idade, em especial após o que acontecera ao pai. Ted soube instintivamente. Tinha seus próprios filhos e não ia assustá-lo sem necessidade.

— Botaram ele na prisão por muito tempo por isso — disse. Sabia que era importante contar-lhe que Waters fora punido pelo crime. Não era apenas um assassino correndo pelas ruas, sem sofrer as conseqüências desse comportamento.

— Mas já saiu? — perguntou Sam, interessado. Tinha de ter saído, se Ted achava que o criminoso estivera andando pela rua deles no domingo e queria saber se ele o vira.

— Saiu na semana passada, mas passou 24 anos na prisão. Acho que aprendeu a lição — continuou, para tranqüilizá-lo. Era uma tarefa sutil tratar com um garoto daquela idade, mas Ted estava fazendo o melhor possível. Sempre fora bom com crianças e as adorava. Fernanda via isso, e imaginava que ele devia ter filhos. Ele usava uma aliança na mão esquerda, por isso ela sabia que ele era casado.

— Então por que você acha que ele explodiu o carro? — perguntou Sam, com muita sensatez. O que era uma boa pergunta. Era um menino inteligente e tinha um forte senso de lógica.

— Nunca se sabe quando alguém vai aparecer onde menos se espera. Agora que você é subxerife, vai ter de aprender isso, Sam. Tem de conferir todas as pistas, por mais improváveis que pareçam. Às vezes a gente tem uma grande surpresa e encontra o culpado desse jeito.

— Você acha que foi ele? Quem explodiu o carro, quer dizer? — perguntou o menino, fascinado pelo processo.

— Não, não acho. Mas valia a pena vir aqui dar uma conferida. E se o cara dessa foto fosse o homem que você viu e eu não me desse o trabalho de mostrar a você? Ele poderia ter-se safado e não queremos que isso aconteça, não é?

Sam balançou a cabeça, os dois adultos sorriram um para o outro, e Ted guardou a foto no envelope pardo. Não achava que Waters fosse tão burro para fazer uma coisa tão óbvia daquelas, mas nunca se sabe. E agora pelo menos tinha mais uma informação. Sabia que o suspeito era louro. Uma pequena peça do quebra-cabeça da bomba no carro se encaixava. Não fazia mal.

— A propósito, gostei do seu quarto — ele disse jovialmente ao menino. — Você tem muitas coisas bacanas.

— Você tem filhos? — perguntou Sam, erguendo o olhar para ele. Ainda segurava a estrela, como se fosse agora a coisa mais preciosa que tivesse, e para ele era. Fora um presente bem lembrado de Ted, e Fernanda ficou comovida.

— Tenho, sim. — Ted sorriu-lhe e bagunçou os cabelos dele de uma maneira paternal. — Já estão todos crescidos. Dois deles na faculdade e um trabalha em Nova York.

— É tira?

— Não, é corretor de ações. Nenhum de meus filhos quer ser tira — respondeu Ted. A princípio ficara decepcionado com isso, mas agora chegara à conclusão de que não tinha importância. Era um trabalho cansativo, algumas vezes tedioso, e muitas vezes perigoso. Ele sempre adorara o que fazia e estava contente por isso. Mas Shirley sempre insistira em estudo e educação para os filhos. Um dos garotos na faculdade queria estudar direito depois de formar-se e o outro se preparava para fazer medicina. Ele se orgulhava deles.

"O que você quer ser quando crescer? — perguntou com interesse, embora Sam fosse novo demais para saber. Mas desconfiava que o menino sentia saudades do pai e era legal para ele conversar alguns minutos com um homem. Não sabia da situação de Fernanda desde a morte do marido, mas nas duas ocasiões em que viera ali não tivera a sensação de que houvesse algum outro homem por perto, além do filho mais velho. E ela tinha a aparência tensa, nervosa e vulnerável da mulher que enfrenta muita coisa sozinha.

— Quero ser jogador de beisebol — anunciou Sam — ou talvez policial — acrescentou, olhando encantado a estrela nas mãos, e os dois adultos sorriram de novo.

Fernanda ficou ali pensando como ele era um bom menino, quando Will entrou. Ele ouvira vozes de adultos no quarto ao lado e queria saber de quem eram. Sorriu ao ver Ted, e Sam na mesma hora lhe disse que agora era subxerife.

— Que legal. — Will deu um sorriso e olhou para Ted. — Foi uma bomba, não foi?

Ted balançou a cabeça, devagar.

— É, foi. — Will era um rapaz bonitão e inteligente, como o irmão. Fernanda tinha três belos filhos.

— Você sabe quem foi? — perguntou Will, e Ted tirou de novo a foto e entregou-a a ele.

— Já viu esse homem por aqui? — perguntou Ted em voz baixa.

— Foi ele? — Will pareceu intrigado e olhou a foto por um longo tempo. Os olhos de Carlton Waters tiveram o mesmo efeito hipnotizante sobre ele, que devolveu a fotografia e balançou a cabeça. Nenhum deles jamais vira Carlton Waters, o que já era alguma coisa. Não confirmava inteiramente a inocência de Waters, mas tornava sua culpa muito mais improvável.

— Só estamos conferindo as possibilidades. Nada relaciona ele ao crime por enquanto. Você já o viu, Will?

— Não, não vi. — O rapaz balançou a cabeça. — Mais alguém? — Gostava de falar com Ted e achava-o um bom homem.

Transmitia decência e integridade e tinha facilidade em lidar com garotos.

— Ainda não. Informaremos a vocês. — Ted olhou seu relógio então e disse que tinha de ir. Fernanda acompanhou-o até o andar de baixo e ele ficou parado na porta um instante, olhando-a. Era uma coisa estranha de se sentir, em se tratando de uma mulher que vivia tão bem, mas ele tinha pena dela.

"Você tem uma bela casa — comentou, com simpatia — e coisas belas. Sinto muito por seu marido. — Sabia o valor do companheirismo, após 24 anos de casado. Mesmo que não fossem mais íntimos, significavam muito um para o outro. E ele sentia a solidão de Fernanda como uma mortalha que pairasse sobre ela.

— Eu também — ela disse tristemente em resposta.

— Foi acidente? — Ela hesitou e olhou-o e a dor que ele viu em seus olhos lhe tirou a respiração. Era evidente e cruel.

— Provavelmente... nós não sabemos. — Ela hesitou mais um instante e, de uma maneira surpreendente, sentiu-se confortável com ele. Sem razão alguma que pudesse explicar, mesmo a ela própria, confiava nele. — Pode ter sido suicídio. Ele caiu de um barco no México, à noite. Estava sozinho a bordo.

— Sinto muito — ele repetiu, então abriu a porta e voltou-se para olhá-la de novo. — Se eu puder fazer alguma coisa pela senhora, é só dizer.

Conhecer a ela e aos filhos dela era parte do que ele sempre gostara em seu trabalho. As pessoas que conhecia faziam tudo valer a pena para ele. E aquela família lhe tocara o coração. Por mais dinheiro que eles tivessem, e pareciam ter muito, tinham também suas dores. Às vezes não importava ser rico ou pobre, as mesmas coisas aconteciam a pessoas em todas as condições de vida, todos os níveis econômicos; e os ricos sentiam tanta dor quanto os pobres. Por maior que fosse a casa, ou requintado o candelabro, isso não a mantinha aquecida à noite e ela continuava sozinha, com três filhos para criar. Não era nada diferente se alguma coisa acontecesse a ele e Shirley acabasse sozinha com os meninos. Ainda pensava nela quando voltou para o carro e se afastou; ela fechou a porta em silêncio.

Depois disso, Fernanda voltou à escrivaninha e tornou a ler a carta de Jack Waterman. Ela ligara para marcar uma reunião e a secretária dele dissera que ele ligaria de volta no dia seguinte. Já encerrara aquele dia. E às 6h45 ela entrou em seu carro e foi pegar Ashley no balé. Ela estava animada quando entrou no carro e dirigiram-se para casa conversando sobre o ensaio, a escola e seus muitos amigos. Ela ainda estava no auge da puberdade e gostava muito da mãe — mais do que viria a gostar dentro de um ou dois anos, Fernanda sabia. Mas, pelo menos por enquanto, ainda eram íntimas e Fernanda sentia-se grata por isso.

Quando entraram em casa, Ashley falava empolgada sobre seus planos de ir para o lago Tahoe em julho. Mal podia esperar a escola acabar em junho. Todos ansiavam por isso, embora Fernanda soubesse que ia se sentir ainda mais solitária no verão, quando Ashley e Will estivessem fora. Mas pelo menos teria Sam consigo. Sentia-se feliz por ele ainda ser tão criança e ainda estar muito longe da independência. Ele gostava de ficar com ela, ainda mais agora, sem o pai por perto, apesar de Allan não ter lhe dado muita atenção nos últimos anos. Vivia sempre ocupado demais. Estaria melhor, pensava Fernanda ao dirigir-se para os degraus da frente, se tivesse passado mais tempo com os filhos do que criando o desastre financeiro que criara, destruindo a vida deles, e a sua própria, no fim.

Ela fez o jantar dos filhos nessa noite. Todos estavam cansados, porém mais animados do que antes. Sam usava sua nova estrela, e falaram de novo sobre a bomba. Fernanda sentia-se ligeiramente melhor sabendo que o mais provável era que a bomba fosse destinada ao juiz por alguém a quem ele dera uma dura sentença, e não apenas um ato de violência gratuita contra ninguém em particular. Mas, mesmo assim, era uma sensação desagradável saber que havia pessoas dispostas a ferir outras e destruir propriedades. Ela e os filhos poderiam facilmente ter sido feridos na explosão, se estivessem passando por perto, e fora pura sorte ninguém ter sido, bem como o fato de a Sra. McIntyre estar em casa e o juiz, fora da cidade. Todas as três crianças Barnes estavam fascinadas por isso. A idéia de uma coisa tão extraordinária acontecendo bem ali na sua quadra, a alguém que conheciam, parecia-lhes incrível, e a ela também. Mas fosse incrível ou não, tinha acontecido e poderia acontecer novamente. A vulnerabilidade que Fernanda ainda sentia quando foi para a cama nessa noite a fez sentir mais saudades de Allan do que nunca.

Capítulo 8

PETER MORGAN LIGOU para todos os conhecidos que tinha em São Francisco antes de partir, esperando conseguir um emprego ou pelo menos algumas entrevistas. Tinha apenas pouco mais de 300 dólares e precisava mostrar ao agente da condicional que estava fazendo o possível. E estava mesmo. Mas na primeira semana de volta à cidade nada aparecera. As pessoas haviam mudado, rostos se transformaram, as que se lembravam dele ou não atendiam seus telefonemas ou, quando atendiam, lhe davam o fora, parecendo aturdidas por ouvi-lo. Quatro anos numa vida normal era um longo tempo. E quase todos que o conheciam sabiam que ele estivera preso. Ninguém ansiava por vê-lo de novo. E, no fim da primeira semana, Peter percebeu que teria de rever suas pretensões, se quissesse arranjar um trabalho. Por mais útil que houvesse sido ao diretor na prisão, ninguém no Vale do Silício ou no campo financeiro queria alguma coisa com ele. Sua história era muito cheia de altos e baixos e só podiam imaginar que ele aprendera novos truques além dos que sabia antes, após quatro anos na prisão. Para não falar de sua predileção pelo vício, que em última análise fora a sua ruína.

Ele tentou em restaurantes, depois pequenas lojas, uma loja de discos, e finalmente uma empresa de caminhões. Ninguém tinha trabalho para ele, achavam-no qualificado demais, educado demais, um homem o chamou abertamente de espertinho e esnobe. Mais, pior que tudo, era um ex-presidiário. Simplesmente não conseguia emprego. E, no fim da segunda semana, restavam-lhe 40 dólares na carteira e nenhuma perspectiva. Uma loja de tortillas perto da casa de transição ofereceu-lhe um salário mínimo, para lavar pratos, mas ele não podia viver com isso e eles não podiam pagar mais. Tinham um número infinito de estrangeiros ilegais à sua disposição, dispostos a trabalhar por centavos. Peter precisava de mais que isso para sobreviver. Já estava ficando desesperado quando folheou de novo a velha caderneta de endereços e, quando recomeçou pela décima vez, parou no mesmo nome em que sempre parava. Phillip Addison. Até esse instante estivera decidido a não telefonar para ele. O cara era barra-pesada, sempre fora, em todos os aspectos, e causara-lhe problemas antes. Peter jamais tivera certeza absoluta de que não fora ele o responsável pelo flagrante de drogas que o mandara para a prisão. Peter devia-lhe uma fortuna e usava tanta cocaína na época que não pôde pagar, e ainda não podia. Por algum motivo, Addison preferira ignorar a dívida nos últimos quatro anos. Sabia que não havia como cobrar enquanto ele estivesse na prisão. Mas com bom motivo Peter ainda tinha medo e receava lembrar-lhe o débito ainda pendente. Não havia como pagar-lhe, nunca haveria, e Addison sabia disso.

Phillip Addison era dono de uma grande empresa tecnologia de ponta, com ações cotadas na bolsa e tinha meia dúzia de outras menos legítimas, que mantinha ocultas, e extensas ligações no submundo. Mas de algum modo sempre podia encontrar um lugar para ele numa das empresas mais escusas, o que ao menos seria trabalho e dinheiro decente. Mas Peter odiava ter que ligar para ele. Fora sugado por ele antes e, uma vez que o cara se apoderava de alguém, por qualquer motivo, não largava mais. Não havia porém mais ninguém para quem ligar nessa altura. Nem os postos de gasolina queriam contratá-lo. Os clientes enchiam os tanques dos próprios carros e não queriam um cara recém-saído da prisão lidando com seu dinheiro. O mestrado de Harvard era-lhe inteiramente inútil. E a maioria ria da carta de referência do diretor. Peter estava realmente desesperado. Não tinha amigos, família, ninguém para quem ligar, ninguém para ajudá-lo. E o agente da condicional lhe dissera que era melhor arranjar trabalho logo. Quanto mais tempo ficasse desempregado, mas de perto o vigiariam. Sabiam o tipo de pressão que o fato de não ter dinheiro impunha aos que estavam sob condicional — e das atividades a que eles recorriam por desespero. Peter estava entrando em pânico. Quase não tinha mais dinheiro e precisava comer e pagar aluguel, pelo menos.

Duas semanas depois de atravessar os portões de Pelican Bay Peter ficou olhando o número de Phillip Addison por quase meia hora, então pegou o telefone e ligou. Uma secretária lhe disse que o Sr. Addison estava fora do país e se propôs a anotar o recado. Peter deixou seu nome e número. Duas horas depois, Phillip telefonou. Ele estava em seu quarto com um ar sombrio, quando alguém gritou no pé da escada que havia um telefonema para ele, de um cara chamado Addison. Peter correu para o telefone com uma sensação de náusea na boca do estômago. Podia ser o início do desastre. Ou da salvação. Com Phillip Addison, podia ser qualquer uma das duas coisas.

— Ora, que surpresa — disse Addison num tom desagradável. Sempre parecia escarnecer. Mas pelo menos ligara. E rápido. — Quando você veio dar à praia? Há quanto tempo saiu da prisão?

— Cerca de duas semanas — disse Peter em voz baixa, desejando não ter ligado.

Mas precisava do dinheiro. Ficara reduzido a 15 dólares e o agente da condicional mantinha a pressão. Pensara até em recorrer à assistência social, mas, se conseguisse, já estaria com fome e desabrigado quando fosse atendido. Percebia agora que era assim que as coisas aconteciam. Desespero. Falta de opções. E não havia dúvida de que era assim que as coisas aconteciam. Phillip Addison era sua única opção no momento. Peter dissera a si mesmo que, tão logo conseguisse coisa melhor, poderia dispensá-lo. O que o preocupava, e no que ele tentava não se concentrar, eram os grilhões que Addison punha naqueles a quem ajudava, e os métodos inescrupulosos que usava para manter as pessoas escravizadas a ele. Mas Peter não tinha escolha. Ninguém a quem recorrer. Não podia sequer arranjar um emprego de lavador de pratos em troca de um salário decente.

— Que mais você tentou antes de ligar para mim? — Addison ria dele. Conhecia o caso. Ele conhecia a rotina. Tinha outros ex-prisioneiros trabalhando para ele. Eram necessitados, desesperados e leais, como Peter Morgan. Addison gostava disso. — Não há muito trabalho por aí para caras como você — disse honestamente. Não usava truques. — A não ser lavando carro ou en-

graxando sapato e não sei por que não consigo vê-lo fazendo isso.
— acrescentou, quase educado. O que posso fazer por você?

— Preciso de um emprego — disse Peter sem rodeios. Não havia como fazer joguinhos agora. Teve o cuidado de dizer que precisava de emprego, não de dinheiro.

— Você deve estar reduzido a centavos, se ligou para mim. Está com fome?

— Não o bastante para fazer qualquer coisa ridícula. Não vou voltar para a prisão, nem por você nem por ninguém. Entendi o recado. Quatro anos é muito tempo. Preciso de um emprego. Se você tem alguma coisa séria para mim, eu realmente agradeço.

Ele jamais se sentira tão humilhado, e Phillip sabia disso. Adorava isso. Peter não falou das dívidas com ele, mas os dois sabiam delas e do risco que Peter assumira quando o procurara.

— Eu só tenho negócios legítimos — disse Addison, parecendo aborrecido, alardeado. Nunca se sabia se uma linha estava grampeada, embora, pelo que Peter sabia, era uma linha segura, não identificável. — Você ainda me deve dinheiro, a propósito. E muito. Levou um bocado de gente consigo na queda. Eu acabei tendo de pagar a eles todos. Se não pagasse, eles iriam atrás de você e o matariam na prisão.

Peter sabia que se tratava de um exagero, mas tinha certa verdade. Ele pegara dinheiro emprestado de Addison para a última compra, não pagara quando fora preso e haviam confiscado todo o embarque antes que pudesse vendê-lo. Em termos reais, sabia que devia a Addison cerca de 200 mil dólares, e não o negava. Por qualquer motivo, Addison não cobrara. Mas os dois sabiam que Peter devia a ele.

— Você pode descontar de meu contracheque, se quiser. Mas se eu não tiver emprego, não posso pagar de modo algum.

Era uma maneira sensata de ver a coisa, e Addison sabia que também era verdade, embora não mais esperasse recuperar o dinheiro. Era uma dessas perdas que ocorrem nesse tipo de negócio. O que ele gostava no caso era que Peter lhe devia um favor.

— Por que não vem conversar comigo? — perguntou, num tom pensativo.

— Quando? — Peter esperava que fosse breve, mas não quis insistir. E a secretária dissera que ele estava fora do país, o que na certa era uma desculpa.

— Cinco horas, hoje — disse Addison, sem perguntar se era conveniente para ele.

Pouco importava se era ou não. Se Peter queria trabalhar para ele, tinha de aprender a saltar quando ele mandava. Addison entrara com dinheiro para ele antes, mas na verdade jamais o empregara. Agora era diferente.

— Onde? — perguntou Peter com voz abatida. Ainda podia dizer não se alguma coisa que Addison lhe oferecesse fosse demasiado revoltante ou insultante. Mas estava preparado para ser insultado, usado e até maltratado. Desde que fosse dentro da legalidade.

Addison deu-lhe o endereço, mandou-o ser pontual e desligou na cara dele. O endereço era em San Mateo. Ele sabia que era onde Addison mantinha seus negócios legítimos. Era uma empresa de alta tecnologia que fora um enorme sucesso a princípio, e depois enfrentara problemas. O faturamento subira e descera no correr dos anos, e chegara ao auge na época da loucura das ponto-com. Os preços das ações haviam caído drasticamente depois, como tudo mais. Fabricavam equipamento cirúrgico de alta tecnologia e Peter sabia que também investiam pesado em engenharia genética. O próprio Addison era engenheiro com formação médica. E durante algum tempo, pelo menos, julgavam-no um gênio com dinheiro. Mas acabou provando que, como todos os demais, tinha suas fraquezas e as subestimara. Garantira as finanças traficando drogas do México e o grosso de sua renda líquida agora vinha de laboratórios de anfetaminas daquele país, e venda de heroína em Mission. Alguns de seus melhores clientes eram yuppies, que não sabiam que compravam dele. Claro, ninguém sabia. Até a família pensava que ele tinha um negócio respeitável. Tinha uma casa em Ross, filhos em escolas particulares, atuava em todos os conselhos de entidades beneficentes e pertencia aos melhores clubes de São Francisco. Julgavam-no um pilar da comunidade. Peter sabia que não era assim. Haviam-se conhecido quando ele tivera problemas antes, e Phillip Addison se oferecera discretamente para ajudá-lo. Até fornecera as drogas com desconto a princípio e disse-lhe como vendê-las. Se não tivesse se descontrolado consumindo a droga que vendia, e perdido sua capacidade de julgamento, ele não teria ido para a prisão.

Addison era mais esperto. Jamais tocava nas drogas que vendia. Era inteligente e engenhoso na direção de seu império clandestino. Na maior parte do tempo julgava bem as pessoas. Cometera um erro com Peter, pensara que ele era mais ambicioso e mais ardiloso. No fim, Peter era apenas mais um cara legal que dera errado, que não tinha idéia do que estava fazendo. Um cara assim era um verdadeiro risco para Phillip Addison, porque tinha todos os instintos errados. Peter fora um criminoso chinfrim, forçado pelas circunstâncias e sua falta de capacidade de julgamento e, no fim, pelo vício. Addison era um grande criminoso. Para ele, era um compromisso para a vida inteira. E para Peter apenas um passatempo. Apesar disso, Addison achava que podia usá-lo. Ele era esperto, bem-educado e fora criado com as pessoas certas nos lugares certos. Freqüentara boas escolas, tinha boa aparência, casara-se bem, mesmo tendo estragado tudo depois. E um mestrado de Harvard não era coisa para se escarnecer. Quando os dois se conheceram, Peter conhecia as pessoas certas. Agora não, mas se, com a sua ajuda, se reerguesse, Addison achava que Peter poderia ser útil. E com o que aprendera na prisão nos últimos quatro anos, talvez ainda mais. Fora um bandido amador antes, um inocente que dera errado. Mas se agora fosse profissional, Addison o queria, não havia dúvida. O que ele precisava verificar agora era o que Peter aprendera, o que estava disposto a fazer, e o seu grau de desespero no momento. As alegações menores de que queria apenas emprego legal não interessavam a Phillip. Não ligava para o que ele dizia. A questão era o que ele faria e a dívida que Peter ainda tinha era apenas um extra em seus negócios, do ponto de vista de Phillip. Dava a Addison um domínio sobre Peter que o atraía muito — e não tanto a Peter. Tampouco passara despercebido a Addison que Peter jamais o mencionara ou o denunciara depois de preso, o que mostrava que se podia confiar nele. Addison gostava disso em Peter. Não levara ninguém consigo ao cair. Era o principal motivo pelo qual Addison não mandara matá-lo. Em alguns aspectos pelo menos, ele era um homem de honra. Mesmo que se tratasse de honra entre ladrões.

Peter foi de ônibus a San Mateo usando as únicas roupas que tinha. Parecia arrumado e limpo, e com um corte de cabelo decente. Mas tudo que tinha para usar eram o jeans, a camisa de brim azul e os tênis que lhe tinham fornecido na prisão. Não possuía nem mesmo um paletó e não podia dar-se ao luxo de comprar um para a entrevista. Quando chegou a pé ao endereço, sentia-se consumido pelo medo.

No escritório, Addison sentava-se à escrivaninha, folheando uma volumosa pasta que estivera trancada numa gaveta por mais de um ano, um sonho de vida para ele. Vinha pensando nela já havia quase três anos. Era o único projeto para o qual desejava a ajuda de Peter. Se ele estava ou não disposto a aceitá-lo não interessava a Phillip. Era a única coisa que não estava disposto a arriscar ou fazer mal. Tinha de ser feita com a precisão de um balé, ou dos instrumentos cirúrgicos que ele fabricava, com a perfeição de um laser. Não havia espaço para deslizes. Peter era o homem perfeito para isso, ele achava. Por isso o chamara de volta. Pensara nele assim que recebera a mensagem. E quando a secretária lhe dissera que ele chegara, guardara a pasta de volta na gaveta e se levantara para recebê-lo.

O que Peter viu ao entrar na sala foi um homem alto e impecavelmente vestido, beirando os 60 anos. Usava um terno inglês feito sob medida, uma elegante gravata e uma camisa feita para ele em Paris. Até os sapatos haviam sido engraxados à perfeição quando ele contornou a escrivaninha para apertar a sua mão, parecendo não notar o que Peter usava, e que ele não usaria nem para lavar seu carro. Peter sabia disso. Phillip Addison era tão escorregadio que parecia uma bola de gude lubrificada deslizando pelo chão. Jamais se podia pegá-lo de jeito ou arrancar-lhe nada. Ninguém jamais o fizera. Estava acima de suspeita. E encontrá-lo tão amistoso deixava Peter nervoso. As ameaças sutis sobre as dívidas quando ligara pareciam esquecidas.

Conversaram sobre banalidades durante algum tempo e Phillip o satisfez perguntando-lhe o que tinha em mente. Peter falou-lhe de suas áreas de interesse. Marketing, finanças, novos investimentos, novas divisões, novas empresas, qualquer coisa empresarial que Phillip julgasse adequada para ele. Por último, deu um suspiro e olhou para Phillip. Era hora de ser franco.

— Escute, eu preciso do emprego. Se não arranjar um, vou estar na rua com um carrinho de compras e uma cuia de lata, e talvez só a cuia, sem o carrinho. Faço quase qualquer coisa que você precise, dentro do razoável. Não quero voltar para a prisão. Tirando isso, gostaria de trabalhar para você. Em seus negócios legítimos, claro. As outras coisas são muito arriscadas para mim. Não posso e eu não quero fazer.

— Você ficou muito nobre nos últimos quatro anos. Não tinha tantos escrúpulos cinco anos atrás, quando o conheci.

— Eu era estúpido e muito mais jovem, e inteiramente maluco. Cinqüenta e um meses em Pelican Bay fazem a gente pôr os pés no chão e tirar a merda da cabeça. Foi um saudável toque de alvorada, se é que se pode chamar assim. Eu não vou voltar para lá. Da próxima vez, terão de me matar. — E estava falando sério.

— Você deu sorte por não lhe matarem da última vez — disse Addison francamente. — Deixou muita gente no prejuízo. E sua dívida comigo? — perguntou, não tanto por querer o pagamento, mas para lembrar a Peter que lhe devia. Era um começo duvidoso. Para Peter, senão para Addison.

— Eu já lhe disse que ficaria feliz em trabalhar para isso, e você descontar do contracheque com o tempo. É o melhor que posso fazer por agora. Não tenho mais nada para lhe dar. — Addison sabia que era verdade. Os dois sabiam, e Peter estava sendo honesto com ele. Tanto quanto era possível ser honesto com um homem como Addison. Honestidade não era coisa que ele valorizasse. Para ele, os coroinhas eram inúteis. Mas até mesmo Phillip sabia que não se tirava leite de pedra. Peter não tinha dinheiro para lhe dar. Tinha apenas cérebro e motivação e, por enquanto, isso bastava.

— Eu ainda posso mandar matar você — disse Addison em voz baixa. — Alguns de nossos amigos comuns no México ficariam felizes em fazer isso. Mais particularmente, um na Colômbia quis apagar você na prisão. Eu lhe pedi que não. Sempre gostei de você, Morgan — acrescentou, como se discutisse um jogo de golfe com ele. Jogava regularmente com chefes de indústrias e de Estado. Tinha importantes ligações políticas. Era uma fraude em tão alto grau que Peter sabia ser fútil caçá-lo, se alguma coisa desse errado. Era um homem poderoso, uma força do mal, absolutamente sem integridade ou moral. Nenhuma. E Peter sabia. Estava muito acima dele. Se fosse trabalhar para ele, seria um peão num dos jogos de xadrez dele. Mas se não o fizesse, mais cedo ou mais tarde, por puro desespero, podia acabar de volta em Pelican Bay, trabalhando para o diretor.

— Se isso é verdade, essa história do homem da Colômbia, muito obrigado — disse Peter educadamente. Não queria mentir para ele e, em relação a Addison haver dito que sempre lhe tivera amizade, não respondeu. Jamais gostara de Addison. Sabia demais para gostar dele. Parecia bom, mas era podre. Tinha uma esposa muito sociável e quatro belos filhos. Os poucos que o conheciam bem, e sabiam das muitas máscaras que ele usava, comparavam-no com Satanás. Para o resto do mundo, ele parecia bem-sucedido e respeitável. Peter sabia bem.

— Imaginei que um dia você me seria mais útil vivo — disse Addison, pensativo, como se tivesse alguma coisa em mente para ele, o que tinha mesmo. — E essa hora chegou. Me pareceu um desperdício ter você assassinado na prisão. Tenho uma idéia para você. Estive pensando nisso depois que conversamos hoje. É um assunto mais ou menos de precisão. Um esforço combinado altamente técnico e cuidadosamente sincronizado entre peritos. — Fez parecer uma cirurgia cardíaca a céu aberto, e Peter não podia imaginar que tipo de projeto seria.

— Em que campo? — perguntou Peter, aliviado por afinal estarem falando de trabalho e não de ameaças de morte ou do dinheiro que ele devia; agora falavam sério.

— Ainda não estou pronto para explicar agora. Mas quero fazer mais um pouco de pesquisa. Na verdade, é você quem vai fazer. Quero pensar na execução do projeto. É o meu serviço. Mas primeiro quero saber se você está dentro. Quero contratar você como coordenador do projeto. Acho que não tem o conhecimento técnico para fazer esse tipo de trabalho. Nem eu. Mas quero que reúna os especialistas que o farão para a gente. E juntos dividiremos os lucros. Quero pôr você nesse projeto, não apenas contratá-lo como empregado. Se agir direito, terá merecido.

Peter sentia-se intrigado enquanto ouvia. Parecia interessante, desafiador e lucrativo. Era exatamente o que precisava para se pôr de pé e fazer alguns investimentos próprios de novo. Talvez iniciar sua própria empresa. Tinha tino para investimentos e aprendera um bocado antes de tomar o caminho errado. Era a chance que precisava para recomeçar. Bom demais para esperar. Talvez sua sorte estivesse mudando. Addison finalmente fazia-lhe alguma coisa decente e ele estava agradecido.

— É um projeto a longo prazo, para ser desenvolvido em anos?

Era um trabalho garantido, embora pudesse amarrá-lo a Addison por mais tempo do que ele queria. Mas também lhe daria bastante tempo para se recuperar, o que já era alguma coisa. Poderia até recuperar o direito de visita às filhas, com o que ele ainda sonhava, quando se permitia sonhar. Não via as filhas havia cinco anos, e seu coração doía quando pensava nisso. Estragara tudo no passado, até a relação com suas filhas, quando ainda eram bebês. Esperava um dia vir a conhecê-las. E com estabilidade financeira de novo, podia procurar Janet de um modo mais razoável, mesmo que ela houvesse casado de novo.

— Na verdade — Addison prosseguiu explicando o projeto que tinha em mente para ele —, é relativamente de curto prazo. Acho que podemos acabar em meses ou mesmo semanas. Haverá alguma pesquisa e tempo de preparação, claro, o próprio projeto, que pode levar um mês ou até dois, e a limpeza depois. Não acho que estejamos falando de longo prazo aqui. E a divisão dos lucros pode ser extraordinária.

Difícil imaginar o que poderia ser. Talvez alguma nova invenção de alta tecnologia que ele planejava distribuir no mercado e queria que Peter organizasse o lançamento, o marketing e fizesse as relações públicas. Ele não imaginava o que mais poderia ser. Ou alguma nova empresa que ele queria que Peter administrasse até que fosse cotada na bolsa, antes de ser vendida a outros investidores. Addison estava fazendo mistério e Peter ouvia e tentava adivinhar o que era.

— Está falando de algum tipo de lançamento de produto ou criação ou teste de mercado? — Peter sondava para compreender.

— De certa forma. — Addison balançou a cabeça e fez uma pausa. Tinha de dizer alguma coisa, mesmo antes de confiar-lhe tudo. — Andei pensando neste projeto durante muito tempo e creio que é a hora certa. Acho que seu telefonema hoje de manhã foi estranhamente providencial — disse com um sorriso mau. Peter jamais vira olhos tão frios e apavorantes como os dele.

— Quando quer que eu comece?— perguntou.

Pensava nos 15 dólares que lhe restavam na carteira, e não o levariam além do jantar nessa noite e do café-da-manhã no dia seguinte, desde que comesse no McDonald's. Se não, já teria acabado nessa noite mesmo. E depois, estaria pedindo esmola na rua, e podia ser preso por isso, se apanhado.

Addison olhou-o bem nos olhos.

— Hoje, se você quiser, acho que estamos prontos para começar. Temos de cuidar desse projeto em etapas. Nas próximas quatro semanas, eu gostaria que você assumisse a pesquisa e desenvolvimento. Na verdade, quero que faça as contratações.

O coração de Peter deu um salto de esperança. Era melhor do que esperara e a resposta às suas preces.

— Que tipo de pessoas vamos contratar?

Ainda não entendia a área ou mesmo o foco do projeto. Mas era óbvio que se tratava de algo altamente secreto e de alta tecnologia.

— Quem vai contratar é você. Quero ser consultado, claro, mas acho que suas ligações nessa área são melhores que as minhas — disse Addison generosamente.

E com isso destrancou a gaveta que trancara quando Peter entrou, pegou a volumosa pasta que vinha compilando havia anos e entregou-lhe. Eram recortes e matérias sobre praticamente todos os projetos que Allan Barnes empreendera nos últimos quatro anos. Peter recebeu a pasta e abriu-a e então ergueu o olhar para Phillip. Estava impressionado. Sabia quem era Allan. Não havia ninguém no mundo financeiro ou da alta tecnologia que não o conhecesse. Era um gênio do mundo ponto-com, o maior de todos. Havia até várias fotos dele com a família na pasta, extraordinariamente completa.

— Está pensando numa sociedade com ele?

— Estava. Não estou mais. Você andou meio fora de circulação, ao que parece. Ele morreu em janeiro e deixou viúva e três filhos.

— É uma pena — disse Peter, sentindo-se solidário e imaginando como deixara passar isso, embora às vezes em Pelican Bay não lesse os jornais; o mundo real parecia muito distante.

— O projeto na verdade teria sido mais interessante com ele ainda vivo. Acho que teríamos obtido melhor resposta dele, mas neste caso estou realmente disposto a trabalhar com a viúva — disse Phillip, magnanimamente.

— No quê? — A expressão de Peter era vazia. — É ela quem governa o império agora? — Andara mesmo fora de circulação. Não lera nada a respeito.

— Suponho que ele tenha deixado para ela toda a sua fortuna, ou a maior parte, que não deixou para os filhos — explicou Phillip. — Eu soube por um amigo que ela é a única beneficiária. E tenho certeza de que ele faturou meio bilhão de dólares antes de morrer. Morreu numa viagem de pescaria no México. Caiu pela amurada e se perdeu no mar. Estão mantendo sigilo sobre os planos dele para as empresas, mas eu acho que é ela quem vai tomar a maioria dessas decisões ou algumas delas.

— Você já a abordou diretamente sobre algum tipo de empreendimento conjunto? — Peter jamais tivera a impressão de que os interesses de Allan Barnes ficavam na mesma área que os de Addison, mas era um conceito interessante, e qualquer problema que Addison ainda tivesse seria resolvido por uma aliança com um império tão solvente quanto o que Allan deixara, ou pelo menos assim pensava Peter. Não ocorrera a nenhum deles que o império desabara e se consumira antes da morte dele, quanto mais que esse era o motivo da morte de Allan. Barnes fizera um trabalho tão magistral escondendo empresas atrás de outras, fazendo jogadas insanas, que, pelo menos por enquanto, mesmo um homem com as ligações de Addison não tinha idéia da profundidade do lixo que Barnes deixara para trás. Fernanda, os advogados e os diretores das empresas falidas de Allan, por sua vez, haviam feito um excelente trabalho ficando na moita, embora não pudessem fazê-lo pelo resto da vida. Mas nos quatro meses desde que ele morrera eles haviam conseguido, e a reputação de Allan Barnes ainda não fora manchada. Fernanda queria que fosse assim pelo maior tempo possível, para honrar a memória do marido e pelos filhos. O benefício para Addison de uma aliança com Barnes, pelo que Peter conseguia entender, era que o mundo criado por Barnes à sua volta parecia tão respeitável que douraria suas aventuras com o mesmo pincel de ouro. Na verdade, qualquer tipo de projeto conjunto entre eles era um golpe de gênio, e Peter aprovava. O nome e a reputação de Allan Barnes eram respeitados e admirados ao máximo. E, sem dúvida, um projeto envolvendo as duas empresas era exatamente o que Peter precisava para pô-lo de volta no mapa. Para sempre. Era a realização de um sonho, e ele ficou ali, sentado, sorrindo para Phillip Addison com um novo respeito, e a volumosa pasta que ele lhe dera nas mãos.

— Não abordei pessoalmente a Sra. Barnes — prosseguiu explicando Addison. — Ainda não estamos prontos para fazer isso. Primeiro você precisa efetuar as contratações.

— Acho melhor eu ler o arquivo, para entender inteiramente a natureza do projeto.

— Acho que não — disse Phillip, estendendo a mão sobre a escrivaninha e tomando a pasta de volta. — Não passa de história e cronologia das realizações dele. É importante, sem dúvida, mas você na certa já conhece a maior parte, de qualquer modo — acrescentou vagamente, deixando Peter confuso de novo.

Todo o projeto parecia envolto em mistério, tanto que ele tinha de contratar pessoas para um projeto sem nome, num campo não explicado, que iriam fazer um trabalho ainda não delineado por Addison. Era mais que um pouco confuso, exatamente o que Addison pretendera. Ele tornou a sorrir do outro lado da mesa, enquanto guardava a pasta na gaveta.

— Quem devo contratar, se você não tem uma idéia clara do que vamos fazer? — perguntou Peter, intrigado.

— Acho que você tem uma idéia clara, Peter. Não tem? Tenho de lhe explicar tudo? Quero que contrate alguns dos seus amigos dos últimos quatro anos.

— Que amigos? — Peter parecia mais confuso ainda.

— Sei que você conheceu algumas pessoas muito interessantes, alguns tipos empreendedores que gostariam de faturar uma grande bolada e desaparecer discretamente. Quero que pense com seriedade, e os escolheremos minuciosamente para fazerem um trabalho muito especial. Não espero que você faça trabalho braçal, mas que o supervisione e dirija o projeto.

— E qual é o projeto? — Peter franzia a testa, de repente não estava gostando do que ouvia. Do ponto de vista empresarial, os últimos quatro anos de sua vida haviam sido um vazio. Só conhecera criminosos e estupradores, assassinos e ladrões. E, de repente, ao olhar para Addison, sentiu o sangue gelar. — Onde entra a mulher de Allan Barnes?

— É muito simples. Depois de você montar o projeto, pelo menos de uma maneira mais precisa, fazemos nossa proposta a ela. Daremos um pequeno incentivo para que aceite a oferta. Ela nos paga uma bela soma. Na verdade, estou disposto a ser razoável com ela, em vista do tamanho de sua fortuna e os impostos sobre propriedades, que provavelmente tem de pagar. Supondo-se que ele tivesse meio bilhão de dólares quando morreu, o governo vai querer 50 por cento. Por baixo, eu diria que ela ficaria com 200 milhões de dólares depois de feitas todas as contas. E só estamos pedindo a metade disso. Pelo menos, é o que tenho em mente.

— E no que ela vai investir? — perguntou Peter com uma voz gelada, embora já tivesse adivinhado.

— A vida e o retorno em segurança de qualquer dos filhos, que seria barato por duas vezes o preço. Em essência, estamos pedindo a ela que divida sua renda líquida conosco, o que me parece muito justo, e tenho certeza que ela terá prazer em pagar. Você não? — Addison sorria, quando Peter Morgan se levantou.

— Está dizendo que quer que eu seqüestre os filhos dela por um resgate de 100 milhões de dólares? — Peter parecia haver sido disparado da boca de um canhão, enquanto olhava fixo o homem do outro lado da escrivaninha. Phillip Addison era louco.

— Absolutamente não. — Phillip Addison balançou a cabeça devagar. — Estou lhe pedindo que localize e escolha as pessoas que farão isso. Queremos profissionais, não amadores como você e eu. Você era apenas um reles criminoso e um traficante de drogas muito idiota quando entrou aqui. Não é seqüestrador. Nem eu. Eu nem sequer chamaria isso de seqüestro. É uma transação comercial. Allan Barnes tirou a sorte grande. Só isso. Muita sorte, admito. Não há motivo para que a viúva fique com tudo. Tanto você quanto eu podíamos ter comprado o mesmo bilhete e não há motivo para que ela não o divida conosco postumamente. Não vamos machucar as crianças. Vamos apenas ficar com elas por algum tempo e devolvê-las sãs e salvas, em troca de uma fatia do bolo que Allan deixou para ela. Não há motivo para não dividir esse bolo. Ele nem o mereceu, pelo amor de Deus. Apenas teve sorte. Agora nós também.

Os olhos de Phillip tinham um brilho mau quando ele sorriu.

— Você está maluco? — De pé, parado, Peter o encarava. — Sabe qual é a pena para seqüestro? Podemos ser condenados à morte se nos pegarem, machucando ou não as crianças. Na verdade, só conspiração para seqüestro poderia nos valer a pena de morte. E você espera que eu organize isso? Eu não vou fazer isso. Procure outra pessoa — disse Peter, e começou a dirigir-se para a saída. Addison não se abalou.

— Eu não faria isso, se fosse você, Morgan. É seu interesse também.

Peter voltou-se e olhou-o com uma expressão vazia. Pouco estava ligando para o que devia a Addison. Preferia deixar que ele o matasse a arriscar a pena de morte. Além do mais, era uma idéia odiosa explorar a infelicidade e a dor dos outros e a sobrevivência de seus filhos. Só a idéia já o deixava nauseado.

— Não, não é — respondeu. — Que interesse posso ter em você seqüestrar os filhos de alguém? — Ele cuspiu as palavras. Phillip dava-lhe nojo. Era ainda pior do que ele temia. Muito, muito pior. Era desumano e tão ganancioso que chegava a ser insano. Mas o que Peter não sabia era que o império de Addison tinha problemas e, sem um aporte dessa magnitude, iria desabar como um castelo de areia. Ele vinha lavando dinheiro para os parceiros colombianos já havia algum tempo, e investindo em empresas ponto-com de alto risco, que prometiam um tremendo retorno. Os resultados haviam sido extraordinários por algum tempo, até a maré começar a virar. Finalmente haviam não apenas virado, mas quase o afogaram. E ele sabia que os colombianos seriam letais assim que descobrissem o dinheiro que ele perdera. Tinha de fazer alguma coisa logo. O telefonema de Peter fora uma dádiva dos céus. Responder à pergunta de Peter era simples.

— Seu interesse é o de salvar suas próprias filhas — disse com um sorriso mau.

— Que quer dizer com essa de "salvar minhas próprias filhas"? Peter parecia de repente nervoso.

— Creio que você tem duas menininhas que não vê há vários anos. Eu conheci seu ex-sogro na juventude. Cara legal. E tenho certeza de que são crianças adoráveis.

Phillip Addison não tirava os olhos de cima dele e um frio aterrorizante correu pela espinha de Peter.

— O que uma coisa tem a ver com a outra? — disse Peter, sentindo algo revirar-se no estômago.

A fera que sentia remexendo-se por dentro dele agora era terror. Não por si mesmo agora, mas pelas filhas. Sem a menor intenção, pusera-as em risco conversando com Addison. A idéia deixava-o nauseado.

— Não seria muito difícil localizá-las. Sei que você pode, se estiver interessado. Se ficar no caminho, ou de alguma forma nos denunciar, pegamos suas duas filhas. E não haverá resgate algum. Elas simplesmente desaparecerão sem fazer barulho e jamais serão encontradas.

Peter empalideceu.

— Está me dizendo que se eu não seqüestrar os filhos de Barnes para você, ou organizar o seqüestro, vai matar minhas filhas? — A voz de Peter rachou-se e ele tremeu ao fazer a pergunta. Mas já sabia a resposta.

— É exatamente isso o que estou lhe dizendo. Você não tem opção, como vê. Mas tenho toda a intenção de fazer com que valha a pena para você. Os filhos de Barnes são três, e pegaremos só um. Se você conseguir pegar todos os três, ótimo. Se não, um dá. Quero que contrate três dos melhores homens para fazer o serviço. Profissionais, não amadores como você. Quero o produto autêntico, para nada sair errado. Você os procura e os contrata. Pago a cada um 5 milhões de dólares, em contas na Suíça ou na América do Sul. Trezentos mil adiantados e o resto quando o resgate for entregue em nossas mãos. Você ganha 10 milhões para dirigir o espetáculo. Duzentos mil adiantados e o resto numa conta na Suíça. Até cancelo sua dívida comigo, a partir de agora. O resto é meu.

Peter fez um rápido cálculo e percebeu que dos 100 milhões de dólares do resgate de que ele falava, Addison ia ficar com 75 milhões. Ele e os três homens que ia contratar deviam dividir o resto, como um bolo. Mas Addison deixara bem claro quais eram as regras básicas. Se ele não concordasse, suas duas filhas seriam assassinadas. Isso era mais que jogar duro. Era guerra nuclear. Para onde quer que ele se virasse, estava arruinado. Imaginava se podia avisar Janet do perigo para as crianças, antes que Addison chegasse a elas, mas não queria confiar nisso. Addison era capaz de qualquer coisa, sabia agora. E Peter não queria nenhuma das crianças machucada, nem as suas nem as de Barnes. De repente eram cinco vidas em jogo, além da sua.

— Você é um maníaco — disse e sentou-se. Não via nenhum meio de sair dessa e receava que não houvesse nenhum.

— Mas esperto, você tem de admitir — disse Addison com um sorriso. — Acho o plano sólido. Agora você tem de procurar os homens. Ofereça 100 mil adiantados a cada um. Eu lhe pago os 200 mil adiantados também. Isso deve dar para você comprar algumas roupas decentes e arranjar um lugar para morar até arrumar tudo. Precisa arranjar um lugar para eles, claro, enquanto esperamos o resgate ser pago. Como acabou de perder o marido, não creio que a Sra. Barnes leve muito tempo para pagar pela volta dos filhos. Não vai querer perdê-los também.

Supunha corretamente que era um período de extrema vulnerabilidade para ela, e queria tirar proveito disso. Era pura sorte o fato de Peter haver telefonado. Era o sinal que ele esperava, e o homem que precisava para dirigir o projeto. Tinha certeza de que Peter conhecia os homens certos após os anos que passara em Pelican Bay. Ele conhecia, claro, mas esse não era o trabalho que Peter queria dele. Na verdade, estava pensando em simplesmente dar o fora. Mas então, o que aconteceria com suas filhas? Addison o mantinha preso pelos colhões. Não havia outro modo de ver a coisa. Se a vida de suas próprias filhas corria risco, ele não tinha escolha. Como poderia correr o risco? Não achava que Janet sequer falasse com ele, e quando ele a encontrasse para falar do perigo que suas filhas corriam, elas já estariam mortas. Não poderia hesitar, com um homem perigoso assim. Addison mandaria matá-las sem pensar duas vezes.

— E se o negócio desandar com os filhos de Barnes, e alguma coisa der errado? E se um deles for morto?

— Cabe a você cuidar para que isso não aconteça. Os pais em geral não ficam muito entusiasmados para pagar resgate por filhos mortos. E isso perturba os tiras.

— Esqueça os tiras. Vamos ter o FBI em cima de nós assim que as crianças desaparecerem.

— É, vamos, sim. Ou em cima de você. Ou de alguém — disse Addison com certo prazer na voz. — Na verdade, eu vou para Europa neste verão. Vamos para o sul da França, por isso terei de deixar o assunto em suas muito competentes mãos. — E evitando quaisquer possíveis implicações de que poderia estar envolvido, claro. — A propósito, se algum de seus homens for apanhado, estou disposto a pagar metade da quantia combinada. Isso deve cobrir as custas com advogado e até uma fuga bem confiável. — Pensara em tudo. — E você, meu amigo, pode ficar por aqui depois ou desaparecer muito confortavelmente na América do Sul, onde os milhões de dólares comprarão uma vida muito agradável, ou o que achar melhor. Podemos até mesmo fazer negócios juntos no futuro. Nunca se sabe.

E Addison o chantagearia para sempre, claro, ameaçando denunciá-lo ao FBI, a não ser que fizesse o que ele queria. Mas, não importava sob que ângulo olhasse, o que importava para Peter era a vida de suas filhas. Mesmo não as tendo visto desde pequenas, ainda as amava, e preferia morrer a pô-las em risco. Ou arriscar a prisão ou mesmo a pena de morte, para protegê-las. Tudo que conseguia pensar agora era na sua responsabilidade em fazer com que os filhos de Barnes não fossem mortos durante o seqüestro. Era a única coisa que queria, mais ainda que os 10 milhões de dólares.

— Como posso saber que você vai pagar? — Ao ouvir a pergunta, Phillip soube que Peter já tinha concordado.

— Você vai receber 200 mil adiantados. O restante será pago numa conta na Suíça quando acabar o trabalho. Isso deve lhe dar muito dinheiro para começar o jogo por enquanto. O resto virá quando nos pagarem. Não é nenhuma ninharia para um ex-presidiário sem uma migalha no bolso. Você não acha?

E ele já dissera que a dívida seria cancelada. Peter não respondeu, apenas ficou olhando-o, abalado pelo que ouvira. Nas últimas duas horas, toda a sua vida tornara a descer pelo ralo. Não havia meio de algum dia explicar o dinheiro, e estaria em fuga pelo resto de seus dias. Mas Addison pensara nisso também.

— Estou disposto a dizer que lhe dei o dinheiro em troca de um negócio comigo e foi um investimento brilhante. Ninguém jamais vai saber.

Mas Addison saberia. E por mais que manipulasse a contabilidade, sempre havia o risco de alguém falar. As prisões estavam cheias de caras que julgavam estar protegidos, até alguém entregá-los. E Addison ia tê-lo nas mãos pelo resto da vida. Aliás, já o tinha.

Assim que contou o plano para Peter, já estava tudo acabado para Peter. Ou suas crianças. E para as crianças de Barnes, sem dúvida.

— E se ela não tiver o dinheiro? Se ele perdeu uma parte? — perguntou Peter sensatamente. Coisas estranhas haviam acontecido, sobretudo no atual clima político. Fortunas tinham ido e vindo nos últimos anos, deixando em sua esteira um verdadeiro Everest de dívidas. Addison apenas gargalhou com a idéia.

— Não seja ridículo. Um ano atrás o homem tinha meio bilhão de dólares. Não se perde um dinheiro desses nem que se tente. — Mas alguns já tinham conseguido isso. Addison recusara-se a acreditar que Barnes tivesse feito isso. Era esperto demais para perder tudo ou mesmo a maior parte da fortuna, pensava Addison. — O homem era ouro puro. Confie em mim. Está tudo lá. E ela vai pagar. Quem não pagaria? Agora só tem os filhos e o dinheiro dele. E nós só queremos a metade. Isso a deixa com muita coisa para brincar e a família ainda fica intacta.

Desde que continuassem assim. Isso ia depender agora dos homens que Peter escolhesse. Tudo dependia dele. Sua vida se tornara um pesadelo nas últimas duas horas. Pior que nunca, e muito além de qualquer coisa que ele pudesse imaginar. Arriscava-se à pena de morte ou à prisão perpétua, no mínimo.

Addison abriu a gaveta da escrivaninha e pegou um envelope de dinheiro. Preparara-o antes da chegada de Peter. E jogou-o para o outro lado da escrivaninha.

— Tem 100 mil dólares aí, para começar. Os outros 100 mil serão entregues na próxima semana, em dinheiro, para quaisquer pequenas necessidades que você tenha. Um adiantamento sobre os 10 milhões que vai receber no fim. Você entrou aqui como um vagabundo e está saindo como um homem rico. Tenha isso em mente. E se algum dia me envolver nisso ou mesmo sussurrar meu nome, estará morto no dia seguinte. Está claro? E se sentir medo e tentar recuar, basta pensar nas suas meninas. — Tinha Peter preso pelo rabo, pelos colhões e pela garganta, e ele sabia. Não tinha para onde ir. — Comece a procurar os seus homens. Escolha os certos. Quero começar a vigiá-la na próxima semana. E quando escolher, deixe claro para eles que, se fugirem com seus 100 mil e tentarem nos passar para trás, estarão mortos dentro de dois dias. Isso eu garanto.

Os olhos diziam que ele falava sério. Peter acreditou e sabia que isso se aplicava também a ele.

— Quando quer fazer isso? — perguntou Peter, enfiando o envelope no bolso e sentindo-se dormente. — Qual é a data?

— Se você contratar os três homens dentro de uma ou duas semanas, acho que, vigiando a família nas quatro ou seis seguintes, saberemos tudo o que precisamos saber. Você deve poder começar a se movimentar em princípios de julho.

Ele ia partir para Cannes em 1º de julho. Queria estar fora do país antes que agissem. Até aí Peter adivinhava.

Peter balançou a cabeça e olhou-o. Toda a sua vida mudara nas últimas duas horas. Tinha um envelope cheio de dinheiro no bolso, com 100 mil dólares. E na semana seguinte teria mais 100 mil, o que nada significava para ele. Tudo que conseguira na única tarde que passara com Phillip Addison fora vender a alma em troca da vida de suas filhas. Com alguma sorte, também manteria vivos os filhos de Barnes. O resto não significava nada para ele. Os 10 milhões eram dinheiro de sangue. Vendera a alma a Phillip Addison. Preferia estar morto. Na verdade, já estava mesmo. Virou-se para sair da sala, sem dizer nada a Addison, que o viu partir e, quando ele já estava na porta, falou:

— Boa sorte. Mantenha contato.

Peter concordou com a cabeça, deixou o escritório e tomou o elevador. Eram uma e meia quando pisou na rua. Todos haviam saído horas antes. Não se via ninguém quando ele se encostou na lata de lixo da esquina e vomitou. Ficou ali parado, soltando golfadas, pelo que lhe pareceu um longo tempo.

Capítulo 9

DEITADO NA CAMA na casa de transição à noite, Peter pensava em ligar para a ex-esposa. Queria avisá-la para tomar cuidado especial com as meninas. Mas sabia que ela ia julgá-lo insano. Não queria nada de truques com Addison, mantendo-as reféns até ele realizar a tarefa que lhe fora atribuída. Addison, porém, sabia que não devia fazer nada disso. Sabia que, se pusesse suas filhas em perigo, ele nada mais teria a perder, e o denunciaria. Assim, enquanto Peter fizesse o que fora contratado para fazer, as meninas estariam em segurança. Era a única coisa que pudera fazer pelas filhas nos últimos seis anos — e talvez em toda a vida delas. Comprara a segurança das meninas à custa da sua. Ainda tinha dificuldade em acreditar que ia conseguir. Mas se escolhesse as pessoas certas talvez conseguisse. Tratava-se apenas de saber quem ia contratar. Se pegasse um bando de criminosos indolentes e descuidados, eles podiam entrar em pânico e matar as crianças. O que tinha de encontrar agora eram profissionais. Os homens mais escorregadios, duros, frios e competentes do ramo, se é que havia isso. Os homens que conhecia da prisão já haviam provado sua incompetência por terem sido apanhados, ou talvez os planos fossem falhos. Peter tinha de admitir que a estratégia de Addison era muito simples. Desde que a viúva de Barnes tivesse o dinheiro necessário à disposição. Não era provável que mantivesse um milhão de dólares dentro de casa, num jarro de doces.

Ele pensava em tudo isso, deitado no catre, quando seu colega de quarto entrou. Ia procurar um quarto num hotel decente no dia seguinte, nada muito vistoso ou caro demais. Não queria fazer uma súbita ostentação de riqueza que não pudesse explicar, embora Phillip Addison lhe dissesse que ia pô-lo na contabilidade de uma de suas empresas menores como consultor. Tratava-se, supostamente, de uma firma de pesquisa de mercado, na verdade uma empresa de fachada para uma das suas conexões do mundo das drogas. Vinha porém operando havia anos sem problema e não se podia ligá-la a ele.

— Como foi hoje? — perguntou o colega de quarto.

Passara um dia massacrante de trabalho no Burger King e fedia a hambúrgueres e batata frita — só uma leve melhora em seu cheiro de uma semana antes, quando trabalhara num lugar que vendia peixe e batata frita. Todo o quarto então cheirava a peixe. Hambúrguer era só um pouco melhor.

— Tudo bem. Arranjei um emprego. Vou me mudar amanhã — ele respondeu sem vivacidade na voz. O colega disse que sentia vê-lo partir. Peter era um cara calado, não o incomodava, e cuidava de sua própria vida.

— Que tipo de emprego?

Ele via que Peter era um cara de classe, bastava olhar para ele, até de jeans e camiseta, e sabia que ele tinha escolaridade. Mas, mesmo assim, estava no mesmo barco de todos quando saiu da prisão.

— Pesquisa de mercado. Não é grande coisa, mas paga aluguel e comida.

Não parecia muito entusiasmado. Ainda se sentia nauseado, como se sua vida houvesse acabado. Quase desejava estar de volta na prisão. Lá, pelo menos, a vida era simples e ainda havia a esperança de uma outra vida, mais decente, algum dia. Agora não esperava mais. Acabara para ele. Vendera a alma a Satanás.

— Que legal, cara. Estou feliz por você. Quer sair para comemorar?

Era um cara decente, que cumprira pena na prisão municipal por traficar maconha, e Peter gostava dele, embora fosse um chato.

— Não, obrigado. Estou com dor de cabeça. E tenho de sair para trabalhar de manhã.

Na verdade ia começar a pensar, na verdade já estava pensando, nos homens que teria de contratar para o projeto de Addison. Seria extremamente delicado encontrar pessoas que não iriam denunciá-lo se recusassem o trabalho ou ele decidisse rejeitar se achasse que eram arriscadas demais. Não ia contar o plano enquanto não os aceitasse, confiasse e conferisse suas credenciais. Mas ainda seria uma coisa complicada contratá-los. Sentia dor no estômago só em pensar no assunto. Até agora, tinha apenas um homem em mente. Não fora condenado por seqüestro, mas Peter desconfiava que era a pessoa certa para o serviço. Sabia quem era o cara, e mais ou menos para onde fora ao deixar a prisão. Só precisava localizá-lo. Ia começar pela manhã, depois de mudar-se para um hotel. Só de pensar no assunto, virou-se na cama a noite toda.

Foi procurar um hotel na manhã seguinte. Pegou um ônibus para o Centro e encontrou um lugar na periferia do Tenderloin, na base sul de Nob Hill. Era pequeno e impessoal, e movimentado o suficiente para ninguém prestar atenção nele. Pagou um mês de aluguel adiantado, em dinheiro, e voltou a Mission, à casa de transição, para embalar suas coisas. Assinou o registro de saída na recepção, deixou um bilhete para o colega de quarto desejando-lhe sorte e tomou outro ônibus para o Centro. Foi ao Macy's e comprou algumas roupas. Sentia-se bem fazendo isso de novo. Comprou algumas calças e camisas, gravatas, casaco, jaqueta de couro de beisebol e alguns suéteres. Comprou roupas de baixo novas e alguns pares de sapatos decentes. Depois voltou ao hotel onde alugara o quarto. Sentia-se como um ser humano de novo ao se limpar, e andou pela rua em busca de um lugar para comer. Prostitutas passavam e havia bêbados nos vãos das portas. Um traficante de drogas negociava num carro estacionado defronte e, fora isso, só homens de negócios e turistas. O tipo de bairro onde ninguém presta muita atenção a ninguém e onde qualquer um pode passar despercebido, exatamente o que ele queria. Não desejava chamar a atenção.

Após o jantar, passou meia hora ao telefone. Sabia quem procurava, e ficou surpreso ao ver como era fácil encontrá-lo. Decidiu tomar um ônibus até Modesto pela manhã. Antes disso, comprou um celular. Uma das exigências de sua condicional era não ter celular. Uma regra padrão para os que tinham ido para a prisão por tráfico de drogas. Addison mandara-o comprar um. E agora, sem dúvida, ele era o chefe. Peter sabia que não havia como seu agente da condicional saber que ele comprara o telefone. Avisara-o do emprego e da mudança de endereço naquela manhã e o homem parecera satisfeito.

Peter ligou para Addison no escritório dele, deixou o número do celular na secretária eletrônica e também o telefone de seu hotel.

Fernanda fazia o jantar das crianças nessa noite. Elas estavam cada vez mais empolgadas com as férias de verão. Will principalmente, estava entusiasmado para jogar lacrosse no acampamento durante três semanas. E os outros com seus planos também. Quando saíram para a escola na manhã seguinte, ela foi até o Centro encontrar-se com Jack Waterman. Tinham muito a conversar. Sempre tinham. Ela gostava dele, sempre gostara, embora atualmente ele fosse o portador de más notícias. Ele era o advogado que cuidava do inventário de Allan, e antes disso eram grandes amigos. Ficara desorientado com a bagunça que eram os negócios de Allan e as decisões catastróficas que ele tomara, e o impacto disso em Fernanda e nos filhos.

A secretária dele serviu uma xícara de café quando ela entrou, e Jack estava sentado do outro lado da escrivaninha, parecendo sombrio. Às vezes ele odiava Allan pelo que fizera. Ela era uma boa mulher que não merecia isso. Ninguém merecia.

— Já contou às crianças? — ele perguntou, quando ela pôs a xícara e balançou a cabeça.

— Sobre a casa? Não. Não contei. Elas não precisam saber ainda. Só vamos colocá-la à venda em agosto. Aí contaremos. Elas não precisam se preocupar com isso durante meses. Além do mais, pode demorar um pouco para vender.

Era uma casa enorme e de manutenção dispendiosa. E o mercado imobiliário não ia bem. Jack já lhe dissera que tinha de vendê-la e ter o dinheiro em mãos no fim do ano. Também lhe aconselhara retirar o que fosse possível e vender o máximo que pudesse. Os móveis, sem dúvida. Haviam gasto quase cinco milhões de dólares mobiliando-a, e alguns desses milhões não seriam recuperados, como o mármore que puseram em todo o banheiro e a cozinha moderníssima. Mas podiam vender o candelabro vienense pelo qual pagaram 400 mil dólares num leilão em Nova York, talvez até com algum lucro. Ela podia tirar e vender ainda outras coisas pela casa. Também sabia que, uma vez que começassem a vender as coisas, isso iria perturbar as crianças, e ela temia esse momento. Tentava não pensar nisso ao sorrir para ele, e ele lhe sorriu de volta. Fernanda tinha conseguido enfrentar muita coisa nos últimos quatro meses, e ele a admirava por isso. Ela disse imaginar se Allan algum dia pensara no que seria aquilo para ela. Conhecendo-o, Jack desconfiava que provavelmente jamais passara pela mente dele. Ele pensava apenas em negócios e dinheiro. Às vezes só pensava em si mesmo, tanto durante sua meteórica ascensão a celebridade do mundo ponto-com como quando mergulhou em velocidade recorde na descida. Era um cara bonitão, charmoso e brilhante, mas tinha também algo de muito narcisista. Até o suicídio fora em decorrência de seu próprio desespero, sem sequer pensar nela ou nas crianças. Jack desejava poder fazer mais por ela, mas no momento fazia tudo que podia.

— Vai a algum lugar neste verão? — perguntou, reclinando-se na poltrona.

Era um homem de bela aparência. Freqüentara o curso de administração com Allan e depois a faculdade de direito. Os três conheciam-se havia muito tempo. Ele tivera suas próprias dores no correr dos anos. Casara-se com uma procuradora, que morrera com um tumor no cérebro aos 35 anos. Jamais voltara a se casar e não tinham tido filhos. Sua perda o fazia solidário com a dor de Fernanda, e ele invejava-lhe os filhos. Preocupava-se em particular com o seu sustento depois de pagarem as dívidas de Allan. Sabia que ela pensava em arranjar um emprego num museu ou lecionar. Calculara que, se ensinasse na escola de Ashley e Sam, ou mesmo na de Will, poderiam dar a ela um desconto nas mensalidades. Mas precisavam de muito mais para viver. Tinham passado dos trapos à riqueza e aos trapos de novo. Tinha acontecido com muitas pessoas, na esteira do incêndio ponto-com, mas a história deles era mais complexa que a da maioria, graças a Allan.

— Will vai para o acampamento e Ash, para Tahoe — explicou. — Sam e eu vamos ficar aqui. Sempre podemos ir à praia.

Escutá-la fazia-o sentir-se culpado por estar indo à Itália em agosto, e quase queria convidá-la e às crianças para irem juntos, mas viajava com amigos. Não havia nenhuma mulher em sua vida, e ele sempre tivera um fraco por ela, mas também sabia por experiência que era cedo demais para falar nisso. Allan se fora havia quatro meses. Quando sua própria esposa morrera, ele não saíra com ninguém durante um ano. A idéia viera a sua mente várias vezes nos últimos meses. Ela precisava de alguém que cuidasse dela e também das crianças, e ele gostava muito de todos eles. Fernanda nada sabia desses sentimentos.

— Talvez possamos ir passar o dia em Napa ou qualquer lugar quando as crianças entrarem de férias — ele sugeriu e ela sorriu.

Conheciam-se havia tanto tempo que ela pensava nele como um irmão. Jamais lhe ocorrera que ele estivesse esperando pela oportunidade de convidá-la para sair e estava apenas aguardando o momento mais conveniente. Ela não tinha um encontro havia 17 anos, e sequer pensava em ter. Tinha coisas mais importantes em que pensar primeiro. Como a sobrevivência ou em como ia alimentar os filhos.

— Eles gostariam muito — disse em resposta ao convite a Napa.

— Eu tenho um amigo que também tem um barco. É um belo barco a vela.

Ele tentava pensar em formas de animá-la e divertir as crianças, sem ser intrometido nem ofensivo. E ela o olhou timidamente, quando acabou o café.

— As crianças adorariam. Allan os levou no barco várias vezes. Eu fico enjoada.

Odiara o iate do marido, embora ele o adorasse. Sentia-se enjoada só de pisar no cais. E agora a simples menção de barcos lembrava-lhe como Allan morrera. Nunca mais queria voltar a ver um.

— Vamos pensar em outra coisa — ele disse, delicadamente.

Passaram as duas horas seguintes revendo assuntos comerciais e acabaram o restante da papelada pouco antes do meio-dia. Ela compreendia o que ele lhe passava, e estava sendo responsável nas decisões que tomava. Nada tinha nada de frívola. Ele apenas desejava poder fazer mais.

Convidou-a para almoçar, mas ela disse que tinha algumas tarefas a fazer e uma consulta marcada com o dentista na parte da tarde. Na verdade, o tempo que passara com ele fora tão estressante, que ela sentiu que precisava de um alívio e um tempo para si mesma. Se fossem almoçar, continuariam a falar de seus problemas e das dívidas de Allan. Ela sabia que Jack sentia pena dela, o que era bondoso da parte dele. Mas isso a fazia sentir como uma criança abandonada e impotente. Ficou aliviada quando se despediu e voltou sozinha de carro a Pacific Heights. Deu um imenso suspiro e tentou livrar-se da sensação de pânico no estômago. Sentia um imenso aperto no peito sempre que deixava o escritório dele, motivo pelo qual recusara o convite para almoçar. Em vez disso, ele se oferecera para ir jantar na semana seguinte e prometera ligar. Um encontro com ele e as crianças pelo menos diminuiria um pouco o horror de encarar a realidade. Ele era uma pessoa muito pragmática e explicava tudo com demasiada clareza. Ficaria chocada se compreendesse que ele tinha intenções românticas em relação a ela. Jamais sequer lhe ocorrera isso durante seus muitos encontros. Sempre o achara maravilhoso e seguro como uma rocha, e sentira pena dele por nunca ter voltado a se casar. Ele sempre dizia a ela e Allan que não encontrara a pessoa certa. Ela sabia o quanto ele amara a esposa, e Allan advertira-a várias vezes para não importuná-lo querendo apresentá-lo a amigas — o que ela não fez. Jamais lhe ocorrera tampouco que podia acabar se relacionando com ele algum dia. Fora profundamente apaixonada por seu marido e ainda continuava. E, apesar de todas as falhas dele, a bagunça que fizera com tudo no fim, ela ainda o achava um grande marido. Não desejava substituí-lo, muito pelo contrário. Imaginava-se casada com ele pelo resto da vida, jamais saindo com homem algum. Dissera isso aos filhos, o que de algum modo os reconfortara, sobretudo Sam, mas também os fizera se sentirem tristes por ela.

Ashley falara com Will sobre isso várias vezes quando estavam sós, quando a mãe saía com Sam ou estava ocupada fazendo outra coisa.

— Não quero que ela fique sozinha o resto da vida — dissera ao irmão mais velho, que ficara espantado quando ela abordara o assunto.

Tentou não pensar na mãe envolvida com outra pessoa que não o seu pai. Ashley era uma casamenteira nata, como a mãe, e muito mais romântica.

— Papai acabou de morrer — sempre dizia Will, parecendo perturbado quando ela falava nisso. — Dê um tempo a ela. Mamãe disse alguma coisa? — perguntara preocupado.

— Disse que não quer sair com ninguém. Quer ficar casada com ele para sempre. É triste demais. — Fernanda ainda usava aliança. E jamais saía à noite com ninguém, a não ser com eles, para um cinema ou uma pizza. E algumas vezes tinham ido ao Mel's Diner depois dos jogos de Will. — Eu espero que ela encontre alguém e se apaixone um dia — concluíra, e ele revirara os olhos.

— Isso não é da sua conta — dissera com ar severo.

— É, sim. Que tal Jack Waterman? — ela sugerira, muito mais perceptiva que a mãe. — Acho que ele gosta dela.

— Não seja idiota, Ash. São apenas amigos.

— Bem, nunca se sabe. A mulher dele também morreu. E ele jamais voltou a se casar. — E então ela de repente parecera preocupada. — Você acha que ele é gay?

— Claro que não. Teve um monte de namoradas. E você é nojenta — ele disse, e saiu danado do quarto, como sempre fazia quando ela abordava o assunto da inexistente vida sexual da mãe.

Não gostava de pensar nela nesse contexto. Era sua mãe, e ele não via nada de errado se ela ficasse sozinha, se estava feliz assim, e já dissera que estava. Isso era bom para ele. A irmã era muito mais astuta, mesmo em tão tenra idade.

Passaram o fim de semana ocupados em suas atividades de sempre e enquanto Fernanda assistia da arquibancada ao jogo de lacrosse do filho, em Marin, no sábado, Peter Morgan dirigia-se para Modesto num ônibus. Usava algumas das roupas novas que comprara com o dinheiro dado por Addison. Parecia muito respeitável e discreto. A pessoa que atendera ao telefone na casa de transição lhe dissera que Carlton Waters estava registrado ali. Era apenas sua segunda tentativa. Ele não tinha a menor idéia do que ia fazer quando chegasse lá. Precisava sondar Waters e ver como estavam indo as coisas para ele. E mesmo que ele não quisesse fazer o serviço, após 24 anos na prisão certamente saberia quem poderia fazer o trabalho. Como Peter ia arrancar dele a informação era outra história, sobretudo se ele não quisesse fazer o serviço ou caso se ofendesse por ser convidado. A "pesquisa", como dissera Addison, não era tão fácil quanto parecia. Peter pensava em como abordar o assunto, enquanto seguia de ônibus até Modesto.

Acabou constatando que a casa de transição ficava a apenas umas poucas quadras da estação rodoviária, e foi para lá a pé no calor do final da primavera. Tirou a jaqueta de couro e enrolou as mangas da camisa. Quando chegou ao endereço que lhe tinham dado pelo telefone, estava com os sapatos novos cobertos de poeira. Mas ainda parecia um homem de negócios quando subiu os degraus da frente e foi até a recepção.

Ao perguntar por Waters, disseram-lhe que ele havia saído e Peter foi esperar do lado de fora. Ninguém sabia aonde Waters fora ou quando ia voltar. O homem na recepção disse que ele tinha família na área e podia ter ido lá ou a qualquer outro lugar com amigos. Só confirmou que o toque de recolher era às nove, e ele já teria voltado a essa hora.

Peter ficou um longo tempo sentado na varanda esperando, e às cinco horas já pensava em comer alguma coisa, quando viu uma figura conhecida descendo devagar, em companhia de dois homens. Waters era um tipo imponente. Parecia um jogador de basquete ou um zagueiro do futebol americano. Tinha uma compleição forte, era alto e largo, e passara anos cultivando o corpo na prisão, com resultados impressionantes. No lugar errado, e na hora errada, Peter sabia que seria um homem assustador, embora também soubesse que, em 24 anos, não tivera histórico de violência na prisão. Achava essa informação apenas ligeiramente tranqüilizadora. Havia uma boa chance de que a oferta que desejava fazer-lhe o deixasse furioso, e ele podia dar-lhe uma surra dos diabos só por fazer a proposta. De forma alguma Peter aguardava ansiosamente por abordar o assunto com ele.

Waters vinha olhando direto para ele ao atravessar devagar a rua. Reconheceram-se na mesma hora, apesar de jamais haverem sido amigos. Era exatamente quem e o que Addison queria que ele descobrisse, um profissional, não um criminoso amador como Peter Morgan. Embora agora, graças a Addison, ele também pertencesse ao time e estivesse tudo, menos orgulhoso disso. Na verdade, detestava o que estava fazendo, mas não tinha escolha.

Os dois se cumprimentaram com um aceno da cabeça e Peter ficou olhando Waters da varanda; Waters o olhou com uma expressão hostil ao subir os degraus. Peter não ficou mais calmo.

— Está procurando alguém? — perguntou Waters, e Peter balançou a cabeça, mas não disse quem.

— Como vai?

Encaravam-se como cães ferozes, e Peter receou um ataque. Os outros dois homens, Malcolm Stark e Jim Free, ficaram um pouco para trás, observando para ver o que ia acontecer.

— Tudo bem. E você?

Peter balançou a cabeça em resposta, e os olhos de ambos não se desviavam, como ímãs grudados a um metal. Peter não sabia o que dizer, mas tinha a sensação de que Waters sabia que ele viera conversar, e sem que precisasse dizer nada o outro virou-se para Malcolm Stark e Jim Free.

— Vou entrar num minuto. — Eles olharam para Peter ao passar, e deixaram bater a porta de tela atrás. Waters olhou-o de novo, com uma pergunta nos olhos desta vez. — Quer falar comigo?

Peter tornou a balançar a cabeça e deu um suspiro. Era mais difícil do que pensava e muito mais assustador também, mas havia um bocado de dinheiro em jogo. Era difícil prever como Waters ia reagir, ou falar. Aquele não era o lugar para falar do assunto. Waters percebeu logo que era importante. Tinha de ser. Os dois não haviam trocado dez palavras na prisão nos quatro anos em que estiveram lá, e agora Peter vinha de São Francisco para falar com ele. Waters tinha curiosidade de saber o que era, para fazer Peter viajar três horas de ônibus e depois esperar o dia inteiro. Peter parecia um homem com algo importante em mente.

— Podemos falar em outro lugar? — perguntou simplesmente e Waters assentiu com a cabeça.

— Tem um parque logo ali na rua.

Entendera, corretamente, que Peter não queria ir a um bar ou restaurante, ou à sala de visitas da casa de transição, onde podiam escutá-los.

— Serve — disse Peter, tenso, e seguiu-o pelos degraus da varanda.

Estava com fome e nervoso, e sentia um peso no estômago quando desceram a rua sem trocar uma palavra. Andaram cerca de dez minutos antes de chegar ao parque e Peter sentou-se num banco, enquanto Waters hesitou um instante e depois se sentou ao lado dele. Ficou ali sentado e tirou um pedaço de tabaco para mascar, do bolso. Era um hábito que adquirira na prisão, e não ofereceu a Peter. Apenas ficou ali sentado e finalmente olhou para ele, contrariado e um pouco curioso.

Peter era exatamente o tipo de preso pelo qual não sentia respeito algum. Era um idiota com dinheiro que se deixara prender por pura estupidez e depois puxara o saco do diretor para arranjar um emprego no escritório. Waters tivera dias difíceis e passara muito tempo na solitária. Andava com assassinos, estupradores e caras que tinham cumprido longas penas. A curta sentença de quatro anos de Peter nada significava para ele em comparação com os seus 24 anos de prisão. E Waters se dissera inocente até o fim, e ainda se dizia. Fosse qual fosse sua história, inocência ou culpa, ele passara a maior parte da vida na prisão e não tinha interesse algum em Peter Morgan. Mas se o cara fizera todo aquele percurso desde São Francisco, iria escutá-lo, mas era só. E deixava isso claro ao soltar a cusparada de tabaco a vários palmos de distância e voltar-se para olhá-lo. Seu olhar quase fez Peter arrepiar-se, como aconteceu quando ele o viu no escritório do diretor. Estava esperando e não havia como evitá-lo. Peter sabia que tinha de falar, apenas não sabia o que dizer, quando Waters tornou a cuspir.

— Qual é o assunto? — perguntou-lhe Waters, olhando-o direto nos olhos.

A força do olhar dele tirou a respiração de Peter. Agora era pra valer.

— Alguém me propôs um acordo comercial — começou Peter, sob o olhar fixo de Waters. O outro via que suas mãos tremiam, e notara as roupas novas. O paletó parecia caro e também os sapatos. Era óbvio que estava se dando bem. Waters empilhava caixas numa fazenda de tomates, por um salário mínimo. Queria um emprego no escritório, mas haviam-lhe dito que era cedo demais.

— Não sei se você estaria interessado, mas queria que a gente batesse um papo. Preciso de seu conselho. — Assim que disse isso, Waters soube que nada de bom o esperava. Recostou-se no banco e franziu a testa.

— O que o faz pensar que eu estou interessado ou que quero ajudar você? — disse, com cautela.

— Nada. Não tenho a menor idéia. — Decidiu ser honesto com ele; era o único meio de prosseguir com alguém perigoso como ele. Calculava que era a sua única chance. — Arrisquei meu pescoço. Devia dinheiro a alguém quando fui para a prisão, 200 mil dólares, e caí nas mãos dele. O cara diz que pode mandar me matar quando quiser, o que provavelmente é verdade, embora não tenha mandado até agora. Ele me ofereceu um trato. Eu não tenho escolha. Se não fizer isso para ele agora, diz que mata minhas filhas, e acho que mata mesmo.

— Gente fina essa com quem você anda — comentou Waters, esticando as pernas e olhando as empoeiradas botas de caubói.
— Ele tem colhões para fazer isso? — perguntou, curioso, sentindo pena de Peter.
— Acho que tem. Por isso estou enfiado nesse negócio até a alma. O cara quer que eu faça um serviço para ele.
— Que tipo de serviço? — A voz de Waters não o comprometia com nada e ele continuou a observar as botas.
— Um serviço grande. Tem muito dinheiro em jogo. Cinco milhões para você, se entrar. Cem mil em grana viva adiantados, o resto no fim.

Ao falar, Peter percebeu que talvez a proposta não soasse como um insulto, o que temera a princípio. Mesmo que Waters não quisesse, era uma oferta e tanto. Para os dois. O outro assentiu com a cabeça, também fizera esse cálculo, mas não pareceu impressionado. Era muito tranqüilo.

— Quanto para você?

Honestidade de novo. Era o único meio de prosseguir. Honra entre ladrões.

— Dez na conclusão. Duzentos mil em grana viva adiantados. Ele quer que eu monte o serviço e contrate os caras.
— Quantos?
— Três, incluindo você. Se você topar.
— Drogas?

Ele nem imaginava quanto de heroína isso representava, ou de cocaína. Não se lembrava de mais nada que gerasse tanta renda. Ainda assim, era alto até mesmo para um negócio de drogas, a não ser que o risco fosse incrivelmente alto, o que tinha de ser, se alguém se oferecia para pagar tanto. Mas quando olhou para ele, Peter balançou a cabeça.

— Pior. Ou melhor. Depende do ponto de vista. Em teoria, inteiramente limpo. Querem que seqüestremos alguém, fiquemos com ele duas semanas, peguemos o resgate, mandemos a pessoa de volta para casa e rachemos a grana. Com sorte, ninguém se machuca.

— Quem diabos é essa pessoa? — berrou-lhe Waters. — O presidente?

Peter quase sorriu, mas não o fez. Aquilo era coisa séria, para eles dois.

— Três crianças. Ou quantas consigamos pegar. Uma já serve.

— Ele está louco? Está pagando 25 milhões para gente pegar três crianças e depois mandá-las para casa? Que é que ele ganha com isso? De quanto é o resgate?

Peter sentia-se nervoso sobre a revelação dos detalhes, mas tinha de dizer-lhe o suficiente para amarrá-lo.

— Cem milhões. Ele fica com 75. A idéia é dele.

Waters assobiou e ficou olhando fixo para Peter por um longo instante e depois, sem aviso, estendeu a mão sobre o banco e agarrou Peter pela garganta, quase o matando por asfixia. Peter sentiu as veias e artérias explodindo naquele aperto de torno, quando Waters aproximou o rosto para alguns centímetros do seu.

— Se você estiver me enrolando, eu o mato, você sabe disso, não sabe?

Com a mão livre, rasgou a camisa de Peter e arrancou todos os botões, para ver se ele fora grampeado pelos tiras, mas não fora.

— Isso é para valer — Peter conseguiu sussurrar com o que lhe restava de fôlego.

Waters segurou-o até que ele visse estrelas e quase perdesse a consciência, e então o soltou e tornou a recostar-se no banco, com um ar despreocupado.

— Quem é o cara?

— Não posso dizer — disse Peter, esfregando o pescoço. Ainda sentia a mão de Waters na garganta. — É parte do acordo.

Waters assentiu. Para ele, parecia legal.

— Quem são as crianças?

— Também não posso dizer enquanto não souber se você topa. Mas vai saber logo, se topar. Ele quer que a gente vigie as crianças durante um mês ou mês e meio, para saber o que estamos fazendo, a rotina deles e quando pegá-los. E eu tenho de preparar um lugar para gente ir.

— Eu não posso fazer a vigilância. Tenho um emprego — disse Carl Waters com espírito prático, como se organizasse um esquema de trabalho ou um transporte solidário. — Posso nos fins de semana. Onde é? Em São Francisco?

Peter fez que sim com a cabeça.

— Eu posso fazer durante a semana. Na certa dará menos na vista se nos misturarmos um pouco.

Isso fazia sentido para os dois.

— Eles têm mesmo essa grana toda? Ou esse cara está sonhando?

— Tinham meio bilhão um ano atrás. É difícil gastar essa grana toda em um ano. O cara morreu. Vamos negociar o resgate com a esposa. Ela vai pagar para ter os filhos.

Waters assentiu. Também isso fazia sentido para ele.

— Você sabe que podemos pegar pena de morte se nos pegarem? — perguntou, sempre prático. — Quem garante que esse cara não vende nossos rabos se a gente fizer o serviço? Eu não confio em quem não conheço.

Não o disse, mas confiava em Peter, embora também o achasse ingênuo. Sempre ouvira dizer na prisão que ele era legal. Não era durão, mas cumprira sua sentença e se mantivera limpo. Isso significava muita coisa para ele.

— Acho que precisamos calcular aonde ir depois. Acho que, depois de tudo terminado, é cada um por si. Se alguém falar, estamos fodidos — disse Peter, tranqüilamente.

— É, e ele também, se você fizer o trabalho. Ele deve confiar em você.

— Talvez. Babaca ganancioso. Eu não tive escolha. Não posso arriscar a vida das minhas filhas.

Waters tornou a balançar a cabeça. Até aí ele entendia, embora não tivesse filhos.

— Com quem mais você conversou?

— Ninguém. Comecei com você. Calculei que se você não topasse me daria algumas idéias. A não ser que você me arrebente e mande eu me ferrar.

Eles se entreolharam com um sorriso e depois Waters caiu na gargalhada.

— Você tem muito colhão para me pedir uma coisa dessa. Eu podia até te dar umas porradas.

— Ou me estrangular — provocou Peter, e Waters tornou a rir. Era um som profundo que acompanhava a aparência. — Que acha?

— Acho que esse cara é um louco ou tem amigos muito ricos. Você conhece a vítima?

— Sei quem são.

— E são para valer mesmo?

— Muito — tranqüilizou-o Peter, e Waters pareceu impressionado. Jamais ouvira falar de tanto dinheiro assim, a não ser em drogas, e ele tinha razão, parecia sério. — Ainda preciso encontrar um lugar para gente ir com as crianças.

— Isso não é difícil. Só precisa de uma cabana nas montanhas ou um reboque estacionado em algum lugar no deserto. Diabos, seria difícil vigiar três crianças? Que idade elas têm?

— Seis, 12 e 16 anos.

— Merda, que chatice. Mas acho que por 5 milhões eu podia ser babá de Drácula e dos filhos dele.

— Mas o trato é não machucarmos as crianças. Vão voltar intactas. É o trato — lembrou-lhe Peter.

— Já entendi. — Waters disse, parecendo irritado. — Ninguém vai pagar 100 milhões por três crianças mortas. Ou mesmo uma.

Conseguiu fazê-lo entender.

— Supõe-se que ela pagará o resgate rápido. Perdeu o marido, não vai querer perder as crianças. Pode levar uma ou duas semanas para liberar o dinheiro, mas não vai demorar muito. Pelas crianças, não.

— Gosto do fato de que seja mulher — comentou Waters, pensando. — Não vai nos fazer suar durante seis meses. Vai querer as crianças. — Waters levantou-se então e baixou o olhar para Peter, ainda sentado no banco. Já ouvira o bastante e queria voltar para casa. Tinha muita coisa em que pensar agora. — Vou pensar. Como encontro você?

Peter entregou-lhe um pedaço de papel com o número de celular. Anotara enquanto esperava na varanda.

— Se vai entrar, pode procurar os outros caras? — perguntou, levantando-se.

— É. Tem de ser caras em quem eu confie. Qualquer um pode pegar uma pessoa, mas e quanto a manter a boca fechada depois? Vamos estar com o rabo preso, e quero garantir que o meu não volta para a prisão. — Tinha razão, e Peter tornou a concordar com ele.

— Ele quer que a gente resolva o caso em julho. Vai estar fora do país e quer tudo acabado quando voltar.

Tinham pouco mais de um mês para preparar tudo, encontrar os homens, vigiar a mulher e pegar as crianças.

— Isso não deve ser problema — disse Waters, e depois disso caminharam em silêncio, Peter perguntando-se o que ele poderia estar pensando e quando ia ter notícias dele. Waters nem o olhou quando chegaram à casa de transição. Simplesmente subiu os degraus, voltou-se e olhou-o. Com uma voz que ninguém ouvia além de Peter, formou com a boca as palavras:

— Estou dentro.

E com isso chegou à varanda e entrou em casa. Peter ficou olhando-o, e a porta de tela bateu. Vinte minutos depois Peter estava de volta no ônibus a caminho de casa.

Capítulo 10

PETER TEVE NOTÍCIAS DE CARLTON WATERS pelo celular alguns dias depois. Arranjara os dois outros caras que precisavam. Malcolm Stark e Jim Free. Disse ter certeza de que eles fariam o serviço e ficariam de boca calada. Os três haviam decidido que iriam para a América do Sul via Canadá e México depois. Queriam os 5 milhões de cada um em contas lá, onde podiam movimentá-las. Haviam conversado sobre entrar no tráfico de drogas, mas não tinham de pensar nisso ainda. Waters conhecia pessoas que podiam arranjar-lhes passaportes e fazê-los passar pelo México. E de lá podiam ir para qualquer lugar. Só precisavam fazer o serviço, pegar o dinheiro e dar o fora. Nenhum deles tinha ligações sérias nem era casado. A moça do café não tinha se interessado por Jim Free. Ele descobriu que ela tinha namorado e não estava interessada nele, afinal. Apenas flertava.

Uma vida nova os esperava na América do Sul. Só precisavam agora de um lugar para ficar enquanto esperavam o resgate, depois de seqüestrarem as crianças dos Barnes. Peter disse que cuidaria disso. E Waters concordou em começar a vigiá-las naquele fim de semana. Em seguida, tinham de conseguir um carro. Peter disse que ia comprar um para ele e Waters usarem na vigilância, alguma coisa comum e inócua que não chamasse a atenção. E precisavam de um furgão para o serviço. Waters combinou encontrá-lo no hotel no sábado. Carl podia cobri-lo das nove da manhã às seis da tarde nos fins de semana. Peter as seguiria durante a semana e nas noites de fins de semana. Estavam sob controle. Peter tinha a sensação de que a mulher não saía muito mesmo, afinal estava sozinha com os três filhos. E era apenas por um mês. Por 10 milhões de dólares, podia ficar sentado num carro o dia todo e cobrir as noites. Procurou Addison e contou que já tinha arranjado os caras. O chefe pareceu satisfeito e concordou em pagar pelo furgão e pelo carro. Podiam jogá-los fora um mês depois, quando o serviço fosse concluído.

Peter comprou uma caminhonete Ford na mesma tarde. Tinha cinco anos e muita quilometragem, e era convenientemente preta. Comprou um velho furgão numa outra revendedora no dia seguinte e alugou uma vaga para ele numa garagem pública. Às seis horas dessa mesma noite estacionou diante da casa de Fernanda. Reconheceu a ela e às crianças pela foto na pasta de Addison e lembrou-se dos nomes. Estavam gravados em sua mente.

Viu Fernanda entrar com Ashley e tornar a sair, e seguiu-a. Ela dirigia mal e furou dois sinais vermelhos. Ele se perguntava se ela bebia. Estacionou a três carros de distância da traseira dela perto do campo esportivo de Presidio e viu-a saltar. Sentou-se na arquibancada para ver Will jogar lacrosse e, quando se dirigiu de volta para o carro depois, Peter os viu se abraçarem antes de entrar no veículo. Alguma coisa no modo como eles se abraçaram causou-lhe uma pontada no coração, e ele não entendeu por quê. Ela era linda, loura e muito pequena e, quando voltaram para casa, o garoto ria ao saltar do carro. Estava animado. Haviam vencido. Peter viu-os subir os degraus da casa de braços dados. A visão o fez querer estar perto deles e, de uma forma curiosa, sentiu-se excluído quando entraram e fecharam a porta. Quando ela entrou, ele a observou através da janela para ver se ia ligar o alarme, o que era uma informação importante. Não o fez. Foi direto para a cozinha.

Peter viu as luzes acenderem-se na cozinha e imaginou-a preparando o jantar. Já vira Ashley e Will, mas Sam ainda não. Lembrava-se dele na foto como um menino sorridente e ruivo. Mais tarde nessa noite, viu-a parada na janela do quarto. Observou-a com binóculos e notou que ela estava chorando. Ficou ali de pé, de camisola, as lágrimas rolando pelas faces, depois virou-se e se afastou. Era uma sensação estranha, observá-la assim. Continuou tendo vislumbres da vida deles. A menina com roupa de balé, o rapaz que ela abraçara após o jogo de lacrosse e as lágrimas rolando pelas faces dela, ali parada na janela do quarto, lágrimas pelo marido, sem dúvida. Eram duas da manhã quando ele foi embora. A casa estava às escuras havia três horas. Percebia agora que não precisava ficar até tão tarde, mas eram coisas que tinha de ficar sabendo sobre eles.

Voltou na manhã seguinte às sete horas. Nada aconteceu até quase as oito. Não viu atividade alguma na cozinha, porque não sabia se ela acendera as luzes. Aquele lado da casa era iluminado pelo sol da manhã, e às 7h50 ela saiu apressada. Voltou-se para falar com alguém no corredor logo atrás e a bailarina surgiu arrastando uma pesada mochila. O jogador de lacrosse ajudou-a e entrou na garagem para pegar seu carro. A porta da casa continuava aberta, e Fernanda olhava-a impaciente. Finalmente o caçula saiu. Peter não pôde evitar um sorriso enquanto os observava. Sam usava uma camiseta vermelha com um caminhão de bombeiros nas costas, calças de veludo cotelê azul-marinho e tênis vermelhos de cano alto, e cantava a plenos pulmões, com a mãe a sorrir e acenar para que ele entrasse no carro. Sam acomodou-se no banco de trás, porque a irmã já ocupara o da frente, com a mochila no colo. E ao chegarem à escola, com Peter atrás no trânsito, Fernanda ajudou-a a saltar. Ele não conseguia imaginar o que poderia haver na mochila que ela arrastou pelos degraus acima. Sam entrou atrás como um cachorrinho, voltou-se com um sorriso e acenou para a mãe, que ficou ali parada um instante, lhe soprou um beijo, acenou e voltou a entrar no carro. Esperou até ele entrar e afastou-se.

Dirigiu-se à mercearia em Laurel Village e empurrou um carrinho de compras durante algum tempo, lendo rótulos e verificando a validade antes de comprá-las. Comprou muita comida para as crianças, cereais, biscoitos e petiscos, filés e, no balcão onde vendiam flores, parou e olhou para elas, como se estivesse tentada a pegá-las, mas seguiu em frente parecendo triste. Peter podia ter ficado no carro, mas decidira segui-la, para ter um melhor senso de quem era ela. E, enquanto a observava, viu-se fascinado por ela. O epítome da mãe perfeita, aos olhos dele. Tudo que fazia, pensava e comprava parecia ser só para os filhos. Ele ficou atrás dela na fila do caixa e viu-a pegar uma revista, dar uma olhada e pô-la de volta na estante. Ficou impressionado ao ver como se vestia com simplicidade. Ninguém pensaria por um minuto que o marido lhe deixara meio bilhão de dólares. Usava uma camiseta cor-de-rosa, jeans e tamancos, e parecia uma criança. Voltou-se para olhá-lo, enquanto ambos esperavam e deu-lhe um inesperado sorriso. Ele tinha uma aparência imaculada, com uma camisa nova de botões na frente, mocassim e calça cáqui. Parecia-se com todos os homens com os quais ela fora criada ou os amigos de Allan. Era alto, bonitão e louro e ele sabia — pelo que lera a respeito dela — que era apenas seis meses mais novo que ela. Ambos freqüentaram boas universidades. Ela, Stanford e ele, Duke. Ele continuara os estudos, enquanto ela se casara e tivera filhos. E os filhos tinham mais ou menos a mesma idade, Sam com 6 e Isabelle e Heather 8 e 9. Ela se parecia com Janet, porém mais bonita e, mais do que Peter compreendia, ele se parecia com Allan de cabelos louros. Notara isso quando ela devolvera a revista e olhara-o. E quando ela deixou cair um rolo de toalha de papel, ao pôr as compras no balcão do caixa, ele o pegara e entregara-lhe.

— Obrigada — ela dissera sorrindo, e ele notara a aliança.

Ainda a usava, e ele achou isso um gesto de amor. Gostava de tudo nela e ouviu-a conversando com o homem que fazia as contas das compras, que parecia conhecê-la bem. Ela disse que as crianças estavam ótimas e que Will ia para um acampamento jogar lacrosse. Peter teve de lembrar-se de sua missão e imaginou quando o rapaz iria para o acampamento. Se fosse em julho, queria dizer que Waters e seus parceiros só poderiam pegar os outros dois. Enquanto pensava nisso, sentiu-se nauseado. Aquela mulher era de uma decência tão óbvia, tão leal ao marido e tão dedicada aos filhos, que o que iam fazer parecia-lhe mais que nunca uma coisa odiosa. Iam fazê-la pagar 100 milhões de dólares apenas para manter tudo o que valorizava e amava.

A idéia pesou sobre ele, olhando-a furar mais dois sinais vermelhos e um sinal de parada na rua Califórnia a caminho de casa. Dirigia muito mal. Ele imaginava no que ela estaria pensando quando não parava no sinal vermelho. E ficou intrigado com o que viu quando voltaram para casa. Esperava que uma governanta, ou mesmo uma frota de criados, saísse para descarregar as compras. Em vez disso ela abriu a porta da frente, deixou-a aberta e levou tudo para dentro, uma sacola atrás da outra. Ele ficou imaginando se era o dia de folga da empregada. Depois, só tornou a vê-la ao meio-dia. Ela voltou a sair para pegar alguma coisa que esquecera no carro e de novo deixou cair o rolo de toalhas de papel, mas desta vez ele não o pegou como fizera no mercado. Não se mexeu. Não podia deixar que ela o visse. Apenas ficou observando.

Fernanda parecia ligeiramente descabelada quando saiu às pressas às três horas. Pulou na caminhonete e partiu para a escola, dirigindo rápido demais e quase bateu num ônibus. Apenas observando-a por um dia, ele já sabia que a mulher era uma ameaça ao volante. Dirigia rápido demais, mudava de pista sem fazer a sinalização, furava sinais e, em duas ocasiões, por pouco não atropelou pedestres na faixa. Ia obviamente distraída e parou de repente diante da escola dos dois filhos menores. Ashley esperava-a na rua, conversando e rindo com as amigas, e Sam saiu cinco minutos depois, aos saltos, trazendo um enorme avião de papel machê, com um imenso sorriso e um abraço para a mãe. Só observá-los já deixava Peter com vontade de chorar. Não pelo que ia fazer-lhes com a ajuda de Waters, mas por tudo o que ele próprio perdera quando criança. Percebeu de repente como a vida poderia ter sido diferente, se ele não houvesse estragado tudo e ainda estivesse com Janet e as meninas. Elas estariam abraçando-o. E ele teria uma esposa amorosa como aquela bela loura. Sentia-se solitário ao pensar em tudo o que não tinha, e jamais tivera.

Pararam numa casa de ferragens a caminho de casa, e ela comprou lâmpadas, uma vassoura nova e uma lancheira para Sam usar na colônia de férias. Ela deixou-o em casa, disse alguma coisa a Will quando ele veio à porta receber o irmão e levou Ashley para o balé. Nessa tarde, após pegar a menina, compareceu a outro dos jogos de Will. Toda a sua vida parecia girar em torno deles. No fim da semana, Peter já percebera que a rotina dela se resumia a transportá-los para a escola, levar Ashley às aulas de balé e ir aos jogos de Will. Não fazia mais nada. E quando ele entrou em contato com Addison, disse que não havia empregados na casa, o que lhe pareceu estranho para alguém com tanto dinheiro.

— Que diferença faz? — perguntou Addison, parecendo aborrecido. — Talvez ela seja unha-de-fome.

— Talvez esteja quebrada — disse Peter, cada vez mais curioso.

Fernanda parecia uma pessoa séria e triste quando sozinha. Mas na companhia dos filhos, sorria, e abraçava-os muito. E ele a vira chorando na janela do quarto todas as noites. Isso lhe dava vontade de tomá-la nos braços, como a via fazer com os filhos. Ela precisava disso, e não havia ninguém para fazê-lo.

— Ninguém gasta meio bilhão de dólares em um ano — respondeu Phillip, parecendo despreocupado.

— Não. Mas pode-se mandar pelos ares isso e mais em maus investimentos, sobretudo com o mercado despencando como tem despencado.

Phillip sabia bem demais disso. Mas supunha que o que ele perdera seria uma gota para Allan Barnes.

— Eu não li em parte alguma que os negócios de Barnes tenham sofrido alguma perda. Acredite, Morgan, eles estão com a grana. Ou ele estava e agora ela. Provavelmente não gosta de gastar. Está de olho nela? — perguntou Addison, satisfeito ao ver como tudo corria bem.

Peter montara a equipe rapidamente e disse que ia a Tahoe no fim de semana procurar uma casa. Queria encontrar uma cabana em algum lugar isolado onde pudessem manter as crianças o tempo necessário para ela levantar o resgate. No que dizia respeito a Addison, eram apenas negócios. Para ele, nada havia de pessoal ou sentimental no caso. Os sentimentos de Peter eram mais intensos, após vê-la deixar e pegar as crianças, beijá-las e abraçá-las. Para não falar nas lágrimas que ela vertia todas as noites à janela do quarto.

— Sim, estou de olho nela — disse Peter, tenso. — Ela não faz muita coisa, além de levar os filhos de carro de um lado para outro e avançar sinais vermelhos.

— Ótimo. Esperemos que ela não mate os filhos antes de nós os pegarmos. Ela bebe?

— Não sei. Não parece. Acho que está angustiada ou perturbada. — No dia anterior, ele a vira quase atropelar uma mulher em mais uma faixa de pedestre. Todos haviam buzinado e ela saltara do carro e pedira muitas desculpas, e quando o fez ele viu que ela estava chorando. Fernanda o estava levando à loucura. Só pensava nela agora, não apenas pelo que lhe reservavam, mas pelo que queria dizer-lhe e o tempo que desejava passar com ela, se tudo fosse diferente. Em outras circunstâncias, teria gostado de conhecê-la. Em sua mente, ela se tornara a mulher perfeita. Vendo-a com os filhos, passara a admirá-la muito. Adorava observá-la e imaginar como ela teria sido quando Barnes se casara com ela. Pensar nela quando moça quase o deixava louco.

Por que não a conhecera então? Por que a vida era tão cruel? Enquanto ele se ocupava em destruir sua vida e a de sua ex-esposa, Fernanda se casara com um cara de sorte e construíra uma família. Era de uma beleza espetacular. E Sam conquistara seu coração no primeiro dia em que o vira. Ashley era uma beldade. Will parecia o tipo de filho que todo homem queria. O que quer que Allan Barnes houvesse feito, ou o nome que conquistou no mundo dos negócios, era óbvio para Peter Morgan que ele deixara para trás a família perfeita. Peter sentia-se como um voyeur vigiando-a e quando voltava ao seu hotel à noite invariavelmente via-se sonhando com ela, e mal podia esperar a manhã para tornar a vê-la. Ela começava a obcecá-lo como uma velha amiga ou um amor perdido. Na verdade, era como uma lembrança de um mundo perdido para ele. Um mundo do qual sempre quisera fazer parte, e fizera por algum tempo, mas vê-la lembrava-lhe a vida e as oportunidades que mandara pelos ares. Ela era tudo o que ele sempre quisera e jamais voltaria a ter.

Odiou ter de entregá-la a Carlton Waters no sábado, quando lhe passou o carro e usou o furgão para ir a Tahoe. Tinha uma relação de casas para alugar que pegara na Internet. Não teria de trabalhar com um corretor de imóveis. Contanto que ninguém visse Carl e seus rapazes, não havia problema. Se acontecesse alguma coisa, ele sempre podia dizer que os homens haviam arrombado e usado a casa enquanto ele estava em São Francisco. Todos se esforçavam ao máximo para se manterem separados e até então não houvera dificuldades. Ninguém em Modesto, fora

Stark e Free, sabia que Carl estava na cidade. Ia ter de voltar dentro do horário de recolher.

Ninguém ia seguir Fernanda depois das seis da tarde nessa noite, até ele voltar de Tahoe por volta das dez. E se ela seguisse o padrão de sempre, estaria em casa com os filhos muito antes disso. As únicas vezes que saíra à noite fora para deixar Will e Ashley na casa de amigos ou pegá-los após uma festa. Não gostava que Will dirigisse à noite, embora — como ele sempre dizia à mãe, e Peter podia confirmar — Fernanda dirigisse pior que ele. Por tudo que Peter vira, ela era uma ameaça total.

— O que ela pode fazer hoje? — perguntou Carl a Peter, ao pegar as chaves do carro.

Ele usava um boné de beisebol, que lhe escondia o rosto e mudava a aparência, e óculos escuros. Quando Peter a seguia, tinha a aparência de sempre e, se havia muita gente na rua contornava a quadra algumas vezes e tornava a voltar. Mas até então não tivera a sensação de que alguém o localizara, menos ainda Fernanda.

— Provavelmente vai levar o filho mais velho a um jogo, talvez em Marin. Ou a menina a um balé. Geralmente fica com o menor aos sábados. Não parecem fazer muita coisa, mesmo nos fins de semana. — O tempo estivera bom, mas ela não parecia sair muito. Na verdade, quase nunca. — Você dará uma boa olhada nos filhos. Ela fica com eles grande parte do tempo, e o pequeno jamais a deixa.

Peter teve a sensação de que os traía, e Waters assentiu com a cabeça. Carl não se interessava em fazer amizade com eles. Para ele, tratava-se de uma missão de reconhecimento, nada mais que isso. Negócios. Para Peter, tornara-se uma obsessão. Mas Carl não sabia disso. Ele recebeu as chaves, entrou no carro e foi para o endereço que Morgan lhe dera. Eram dez horas de um luminoso domingo de sol em maio quando Peter partiu para Tahoe.

Pensou nela durante toda a viagem, imaginando o que aconteceria se ele recuasse agora. Era simples. Addison mandaria matar suas filhas e ele logo depois. E se ele confessasse à polícia e cumprisse pena de prisão, ou violasse a condicional, Addison mandaria matá-lo lá dentro. Era tudo muito simples. Não havia como voltar atrás; já estavam em marcha. Ao chegar a Truckee finalmente, Waters estaria seguindo-a até Marin, para um dos jogos de lacrosse de Will. A essa altura, já vira todos os três garotos e ela estava com a aparência que ele esperava. Para ele, ela parecia uma dona-de-casa, o que não o interessava. Para ele, era uma vítima, e lucrativa, ainda por cima, nada mais. Para Peter, ela parecia um anjo. Mas em certos aspectos Waters não sabia o que via. O tipo de mulher que o atraía tinha uma aparência muito mais vulgar do que Fernanda. Achava-a bonita mas sem graça e notara que ela não usava maquiagem, pelo menos quando saía com os filhos. Na verdade, ela não usava maquiagem desde a morte de Allan. Não lhe importava mais. Tampouco roupas vistosas, saltos altos, ou qualquer das jóias que ele lhe dera. Já vendera a maior parte e o restante estava no cofre desde janeiro. Ela não precisava de jóias nem de roupas bonitas para o que fazia ou para o tipo de vida que tinha agora.

Peter dirigiu-se ao primeiro endereço da lista e viu que havia outras casas a pouca distância, o que a tornava inútil para o que ele queria. Teve o mesmo problema com as outras quatro. A sexta era absolutamente cara. As quatro seguintes também não serviam. E, para seu grande alívio, a última era a certa. Perfeita. Tinha uma entrada de garagem longa e serpeante, toda esburacada e coberta de mato, a casa parecia estar caindo aos pedaços e tão coberta pela vegetação que não se viam nem as janelas fechadas, mais uma vantagem. Tinha quatro quartos, uma cozinha que já vira melhores dias mas funcionava, e uma grande sala de visitas com uma lareira dentro da qual ele cabia de pé. Atrás, havia um penhasco de pura rocha. O proprietário mostrou-a e disse que não a usava mais. Fora usada pelos filhos, mas eles haviam se mudado anos antes e ele a mantinha apenas como investimento. Estava alugando-a porque a filha também não a queria. Os dois moravam no Arizona e ele passava o verão no Colorado com a filha. Peter alugou-a por seis meses e perguntou ao dono se ele se importava se a limpasse um pouco, e capinasse o quintal, uma vez que ia usá-la para receber clientes, e o homem pareceu satisfeitíssimo. Não acreditava na sorte de tê-lo como locatário. Peter nem pechinchara. Assinara o contrato, pagara três meses adiantados e um depósito de garantia em dinheiro, e às quatro horas estava de volta na estrada, quando recebeu um telefonema de Carlton Waters no celular.

— Algum problema? — perguntou, preocupado, imaginando se acontecera alguma coisa ou se Waters fora localizado ou mesmo tivesse assustado Fernanda ou uma das crianças.

— Não, ela está ótima. Estão no jogo do garoto. Ela não faz muita coisa, faz? E tem sempre um dos filhos com ela. — Ia acabar complicando tudo para eles, não que isso importasse. Ela era pequena demais para lhes dar qualquer trabalho. — Eu apenas pensei uma coisa. Quem vai conseguir as armas?

Peter ficou sem saber o que dizer por um instante, enquanto pensava.

— Acho que é você. Eu posso perguntar, mas ele na certa não quer nos fornecer qualquer coisa que se possa nos ligar a ele. Pode cuidar disso?

Peter sabia que o chefe tinha contatos que poderiam fornecê-las. Mas também sabia que ele não queria ligação alguma com o projeto.

— Talvez possa. Quero armas automáticas — deixou claro Waters.

— Quer dizer, tipo metralhadoras? — Peter parecia pasmo. — Por quê?

As crianças não estariam armadas. Nem a mãe. Mas os tiras, sim, se chegasse a haver algum acerto de contas. Para Peter, as metralhadoras pareciam um exagero.

— Isso mantém tudo simples e em ordem — disse Waters, sem rodeios, e Peter balançou a cabeça.

Aqueles eram os profissionais que Addison queria.

— Cuide disso então — disse Peter, parecendo preocupado.

Falou-lhe da casa e Waters concordara. Parecia perfeita. Estavam inteiramente prontos agora. Precisavam apenas escolher uma data em julho. E dar início ao plano. Tudo parecia muito simples, mas assim que Peter desligou, a já conhecida dor no estômago retornou. Começava a achar que era sua consciência. Segui-la do balé ao jogo de beisebol era uma coisa. Tirar os filhos dela usando metralhadoras e exigir um resgate de 100 milhões de dólares por eles, outra. E ele sabia a diferença.

Capítulo 11

NA PRIMEIRA SEMANA de junho, no último dia de escola, Fernanda estava atarefadíssima. Ashley e Sam tinham apresentações na escola. Ela precisava ajudá-los com os projetos de arte e livros para ler em casa. Will tinha um jogo decisivo do seu time de beisebol e, depois, naquela noite, um jogo de lacrosse, que ela precisaria perder para assistir à apresentação de balé de Ashley. Sentia-se como um rato num laboratório, correndo o dia todo para ir de um filho a outro. E, como sempre, não havia ninguém para ajudá-la. Não que Allan fosse ajudar, se ainda estivesse vivo. Mas até janeiro ela tivera uma babá. Agora não havia ninguém. Ela não tinha família, perdera o contato até com os amigos mais íntimos por vários motivos, e percebia agora como dependera totalmente do marido. Sem ele, só lhe restavam as crianças. E as circunstâncias eram demasiado incômodas para querer entrar em contato com os velhos amigos de novo. Era o mesmo que viver numa ilha deserta com os filhos. Sentia-se totalmente isolada.

Peter já falara com ela duas vezes a essa altura, uma no supermercado no primeiro dia e outra numa livraria, quando ela olhara para ele e sorrira, e julgara-o vagamente conhecido. Deixara cair alguns livros e, com um sorriso tranqüilo, ele os entregara. Depois disso, ficara vigiando-a de longe. Sentara-se na arquibancada num dos jogos de Will em Presidio uma vez, mas ficara atrás dela e não fora visto. Não desgrudar os olhos dela.

Notou que ela parara de chorar na janela do quarto. Via-a parada ali às vezes, olhando a rua com um olhar vazio, como se esperasse alguém. Era como olhar direto dentro de sua alma, quando a via ali à noite, quase como se soubesse o que ela pensava. Na certa devaneava com Allan. Peter julgava-o um cara de sorte, para ter uma esposa como Fernanda, e imaginava se ele sabia disso. Às vezes as pessoas não sabem. Mas Peter apreciava cada pequeno gesto que ela fazia, toda vez que ela pegava os filhos, toda vez que os abraçava. Era exatamente o tipo de mãe que ele gostaria de ter tido, em vez da que tivera, um pesadelo alcoólico, e que o deixara sem amor, indesejado e abandonado. Até o padrasto, com quem o deixara, no fim o largara. Mas nada havia de abandono ou rejeição nos filhos de Fernanda.

Peter quase sentia ciúmes deles. E só podia pensar, quando a via à noite, como teria adorado abraçá-la e consolá-la — e sabia que jamais poderia fazê-lo. Estava limitado a vigiá-la e condenado a causar-lhe mais sofrimento e dor. A ironia era perfeita. Para salvar suas próprias filhas, tinha de pôr em risco os filhos dela e torturar uma mulher a quem passara a admirar, que despertava nele uma torrente de poderosas emoções, algumas das quais o confundiam, e todas agridoces. Tinha uma sensação de nostalgia toda vez que a via.

Seguiu-a até a apresentação de Ashley nessa noite e parou atrás dela no florista, onde ela comprou um buquê de rosas de talos longos. Comprou também um para a professora de balé e saiu da loja carregando os dois. Ashley já estava na escola de balé. E Sam no jogo de Will, com a mãe de um dos amigos dele, que também tinha um filho da sua idade e se oferecera para levá-lo. O menino anunciara nessa tarde que balé era coisa de gay. E Peter percebeu, ao vê-los partir, que se Waters e os outros planejassem atacar nessa noite, podiam pegar os dois garotos, mas não a garota.

A essa altura, Waters já comprara as metralhadoras, por intermédio de um amigo de Jim Free. O fornecedor embarcara-as de Los Angeles pela Greyhound, em sacos de golfe. Chegaram sem ser revistadas, e era óbvio que ninguém o fizera. Peter tremia dos pés à cabeça quando foi buscá-las. E depois as deixara na mala do carro. Não queria correr o risco de mantê-las em seu quarto de hotel. Tecnicamente, era obrigado a submeter-se a revistas em seus aposentos, sem mandado nem aviso, se seu agente da condicional decidisse aparecer, o que ainda não fizera. Mas não havia sentido em correr riscos. Até então, porém, tudo transcorrera tranqüilamente.

Peter esperou por Fernanda e Ashley diante da escola de balé aquela noite, e viu a menina sair radiante, trazendo o buquê de rosas. A mãe parecia incrivelmente orgulhosa e, após a apresentação, encontraram-se com Will e Sam para uma comemoração no Mel's Diner, na rua Lombard. E quando eles já estavam sentados, Peter esgueirou-se com muita discrição até um reservado de canto e pediu uma xícara de café. Estava tão perto que quase podia tocá-los. Quando Fernanda passou por ele, ele sentiu o cheiro de seu perfume. Ela pusera uma saia cáqui nessa noite, um suéter branco de cashmere decotado com gola em V e saltos altos pela primeira vez desde que ele começara a vigiá-la. Usava os cabelos soltos, batom, e parecia feliz e linda. Ashley se maquiara e ainda estava com a roupa da apresentação. Will usava o uniforme de lacrosse e Sam lhes falava do jogo. O time de Will vencera e, mais cedo nesse dia, seu time de beisebol ganhara a decisão. Tinham múltiplas vitórias a comemorar, e Peter sentia-se triste e solitário observando-os. Sabia o que ia acontecer e seu coração se apertou por causa de Fernanda. Sentia-se quase como um fantasma observando-os. Um fantasma que conhecia o futuro e nada podia fazer para impedir. Para salvar suas filhas, calara a voz e a consciência.

Ficaram em casa durante o resto de junho. Amigos entravam e saíam. Fernanda fazia tarefas com Sam e ia comprar algumas coisas com Ashley para levarem para Tahoe. Chegou a ir às compras um dia só de farra, mas comprou apenas um par de sandálias. Prometera a Jack Waterman em janeiro que não ia comprar nada ou quase nada. Ele a convidara e às crianças a passar o dia em Napa com ele no fim de semana do Memorial Day, mas não puderam ir, pois Will tinha um jogo de lacrosse e a mãe queria levá-lo de carro. Não gostava que ele dirigisse até Marin nos fins de semana. Jack transferira o encontro para a semana do Quatro de Julho, quando Will iria para o acampamento e Ashley para Tahoe. Fernanda prometera ir com Sam, e Jack ia levá-los para um piquenique de Quatro de Julho com os amigos. Ela e o filho menor ansiavam por isso. Assim como Jack, mais do que ela imaginava. A amizade deles sempre lhe parecera inocente, e sempre fora. Mas tudo mudara, pelo menos na mente dele, senão na dela. No que dizia respeito ao advogado, ela era solteira. Ashley a provocou sobre isso quando ela lhe falou do piquenique. Disse que Jack tinha uma paixonite por ela.

— Não seja tola, Ash. Ele é um velho amigo. Você é nojenta. — Ashley comentou com muita franqueza que Jack Waterman estava apaixonado por ela.

— Está, mãe? — perguntou Sam, erguendo os olhos de um monte de panquecas, com interesse.

— Não. Não está. Ele era um amigo do papai.

Como se isso fizesse muita diferença. Mas o papai se fora.

— E daí? Que diferença faz? — comentou Ashley, dando uma mordida nas panquecas de Sam — e ele bateu nela com o guardanapo.

— Vai se casar com ele, mãe? — perguntou o menino, com um ar tristonho. Ele gostava de tê-la para si. Ainda dormia na cama dela a maior parte do tempo. Sentia saudade do pai, mas se apegara mais à mãe e não queria dividi-la com ninguém.

— Claro que não — respondeu Fernanda, enrubescendo. — Eu não vou me casar. Ainda amo o pai de vocês.

— Que bom — disse Sam, com um ar satisfeito, e enfiou uma garfada de panqueca na boca, a calda escorrendo pela camiseta.

Na última semana de junho, Fernanda mal saiu de casa. Estava ocupada demais fazendo as malas e tudo o que Ashley ia levar para Tahoe. Trabalho interminável. Parecia que, toda vez que embalava alguma coisa, um dos filhos pegava-a e a usava. No fim da semana, estava tudo imundo e ela tinha de recomeçar. Ashley experimentara tudo o que tinha e tomara metade das roupas da mãe emprestada. E Sam de repente anunciara que não queria ir para a colônia de férias.

— Ora, vamos, Sam, você vai adorar — ela o encorajara, enquanto colocava uma montanha de roupas na máquina de lavar e Ashley passava voando com os saltos altos da mãe e um de seus suéteres.

— Tire isso — ralhou Fernanda com ela, enquanto Sam saía e Will entrava, para perguntar-lhe se embalara suas chuteiras, porque precisava delas para treinar.

— Se um de vocês tocar nas malas que eu arrumei de novo, estou avisando aos dois, eu vou esganar vocês.

Ashley olhou-a como se ela estivesse doida e Will correu para cima para buscar as chuteiras.

A mãe tinha andado inquieta a manhã toda. Na verdade, estava triste de ver os dois partirem. Contava com eles agora, mais do que nunca, como companhia e distração, e ia sentir-se solitária com apenas Sam em casa. Desconfiava que ele sentia a mesma coisa, motivo por que desistira do acampamento. Lembrou-lhe então do piquenique do Quatro de Julho: iam para Napa. Ela achava que ia ser divertido, e ele até pareceu entusiasmado. Ia sentir saudade do irmão e da irmã. Will iria por três semanas e Ashley por duas. Parecia uma eternidade para Sam e Fernanda.

— Eles estarão de volta antes de você perceber — Fernanda garantiu a ele. Mas falou isso tanto para confortar a si mesmo quanto para confortá-lo. E do lado de fora Peter também se lamentava. Em seis dias iam iniciar a ação, e seu papel na vida dela estaria acabado. Talvez se encontrassem em algum lugar um dia e, com sorte, ela jamais saberia da participação dele no horror que estava para se abater sobre a família. Ele tinha fantasias sobre um encontro fortuito com ela, ou de voltar a segui-la, só para vê-la. Já vinha seguindo-a por mais de um mês. E ela jamais o sentiu nem por um segundo. Nem os filhos. Ele tivera cuidado e juízo, como tivera Waters nos fins de semana. Waters estava muito menos entusiasmado com ela do que ele. Achava a vida de Fernanda incrivelmente mundana e chata, e perguntava-se como ela agüentava. Ela quase não saía e, aonde quer que fosse, levava os filhos. Era exatamente isso que Peter adorava nela.

— Ela deve agradecer a Deus por tirarmos aqueles meninos por uma ou duas semanas — comentara Waters um sábado. — Nossa, a mulher jamais vai a parte alguma sem eles.

— A gente tem de admirá-la por isso — dissera Peter em voz baixa. Ele, sem dúvida, admirava, mas Carl Waters não.

— Não admira que o marido tenha morrido. O pobre sacana deve ter morrido de tédio — murmurara Carl. Ele achava que a tarefa de segui-la fora a parte mais chata do serviço, ao contrário de Peter, que adorara.

— Talvez ela saísse mais antes de ficar viúva — comentara Peter, e ele encolhera os ombros, ao entregar o carro a Peter e dirigir-se para a caminhonete a fim de voltar para Modesto.

Sentia-se satisfeito por quase chegarem ao fim do trabalho e poderem seguir em frente. Estava ansioso para pôr as mãos na grana. Addison mostrara-se fiel à palavra dada. Ele, Stark e Free haviam recebido seus 100 mil dólares cada. Estavam trancados em maletas, em armários na estação rodoviária em Modesto, onde os puseram por precaução. Iam pegá-los quando partissem para Tahoe. Tudo estava pronto. E o relógio estava andando.

Tudo continuava segundo o programado, até então, e Peter garantira a Addison que assim continuaria. Ele não previa percalços, pelo menos da parte deles. O primeiro problema que encontraram veio inesperadamente não deles, mas do próprio Addison.

Ele se sentava à sua mesa, ditando para a secretária, quando entraram dois homens, que lhe mostraram seus distintivos e informaram-no de que estava preso. A secretária saíra correndo da sala, em lágrimas, e ninguém a detivera, enquanto Phillip erguia o olhar para eles e nem piscava.

— É a coisa mais ridícula que já ouvi — disse calmo, com um sorriso irônico no rosto. Ele achava que a visita tinha alguma coisa a ver com os laboratórios de metanfetamina; se era isso, seria a primeira vez que sua vida clandestina cruzava a barreira de seus negócios lícitos. Os homens ainda tinham os distintivos nas mãos e usavam jeans e camisas xadrez. Um deles era hispânico, e o outro afro-americano e ele não tinha a menor idéia do que eles queriam. Pelo que sabia, seu negócio de drogas ia bem. Não se podia estabelecer nenhuma ligação entre ele e o negócio, e as pessoas que o dirigiam eram de uma eficiência total.

— Você está preso, Addison — repetiu o hispânico e Phillip Addison começou a rir.

— Você deve estar brincando. Por quê, em nome de Deus? — parecia tudo, menos preocupado.

— Aparentemente há algumas irregularidades nas transferências de dinheiro. Você tem transferido dinheiro em espécie pelas fronteiras do estado em grandes quantidades. Parece que você tem feito lavagem de dinheiro — explicou o agente, sentindo-se um tanto ridículo.

Os dois tinham feito um trabalho naquela manhã para o qual tiveram que se disfarçar e não haviam tido tempo de trocar de roupa antes de serem enviados ao escritório de Addison. Em vista da despreocupada recepção, sentiam-se meio tolos, como se devessem ter uma aparência mais oficial para intimidá-lo, ou pelo menos impressioná-lo. Addison simplesmente ficou ali sentado, rindo deles, como se fossem crianças malcomportadas.

— Tenho certeza de que meus advogados podem cuidar disso, sem que vocês tenham de me prender. Algum de vocês gostaria de um pouco de café?

— Não, obrigado — disse educadamente o agente negro.

Ambos eram jovens e o agente especial encarregado da investigação lhes dissera para não subestimar Addison. Havia mais coisas nele do que parecia à primeira vista, o que os dois jovens supunham significar que ele poderia estar armado e ser perigoso, o que obviamente não era.

O jovem agente hispânico leu os direitos dele, e Phillip compreendeu que não eram tiras, eram do FBI, o que achou um pouco mais perturbador, embora não o demonstrasse. Na verdade, a prisão era um exagero, mas o superior esperava levantar mais coisas com a investigação. Estavam de olho nele havia muito tempo. Sabiam que havia algo errado, mas não tinham muita certeza e usavam o que tinham.

— Tenho certeza de que deve haver algum engano, senhor agente... Quer dizer, agente especial. — Até o título lhe parecia ridículo, muito polícia-e-ladrão.

— Talvez haja, mas ainda temos de levá-lo ao escritório. O senhor está preso, Sr. Addison. Devemos algemá-lo ou virá conosco por bem? Phillip não tinha intenção de ser arrastado algemado para fora de seu escritório e levantou-se, furioso, não mais achando graça. Por mais jovens que parecessem, os dois agentes aparentemente falavam sério.

— Vocês têm alguma idéia do que estão fazendo? Percebem o processo que poderia abrir contra vocês, por falsa prisão indevida e danos morais? — Ficara colérico de repente. Até onde sabia, eles não tinham motivo algum para prendê-lo. Ou certamente nenhum que eles soubessem.

— Só estamos fazendo nosso trabalho, senhor — disse o agente negro, agente especial Price, com educação. — Vai nos acompanhar agora, senhor?

— Assim que eu chamar meu advogado. — Ele discou o número e os dois agentes, parados do outro lado da mesa, esperaram. Phillip tentou contar ao advogado o que se passara. O outro prometeu encontrá-lo no escritório do FBI dentro de meia hora e aconselhou-o a ir com os homens. Phillip levaria pelo menos meia hora para ir de San Mateo à cidade. O mandado de prisão fora requerido pelo procurador-geral dos Estados Unidos e falava-se em evasão de impostos na queixa, por algum valor ridículo. Era a última coisa que Phillip queria.

— Eu vou viajar para a Europa daqui a três dias — ele disse, indignado, quando o escoltaram para fora do escritório.

A secretária desaparecera, mas ele percebia, pelo ar no rosto das pessoas que o viram partir, que ela contara a todo mundo o que se passara. Ele estava lívido.

Quando chegou ao escritório do FBI e foi recebido pelo agente Rick Holmquist, o encarregado do caso, ficou mais indignado ainda. Estava sob investigação por evasão de impostos e transporte ilegal de fundos pelas fronteiras do estado. Não era pouca coisa, nem eles pretendiam não levá-la a sério. E quando seu advogado chegou, aconselhou-o a cooperar. Estava sendo acusado formalmente pelo procurador-geral dos Estados Unidos, e o FBI fora designado para cuidar da investigação. Ele foi levado para uma sala reservada com o advogado e o agente especial Holmquist, que não pareceu nem satisfeito nem intimidado pela posição social de Phillip, e seus protestos de inocência ultrajada também não o impressionaram. De fato não havia absolutamente nada sobre Phillip Addison de que o agente especial Holmquist gostasse e ainda menos da forma arrogante com que tratara seus agentes.

O agente especial Holmquist permitiu que advogado e cliente conversassem em particular e, depois disso, passou três horas interrogando Phillip, e não ficou nem um pouco satisfeito com suas respostas. Assinara um mandado de busca e apreensão em seu escritório, que já estava sendo executado durante o interrogatório. Um juiz federal assinara o mandado de busca solicitado pelo procurador. Havia questões sérias sobre a legitimidade dos negócios de Addison, e eles suspeitavam que ele podia estar lavando dinheiro, talvez milhões. Como sempre, um informante da polícia dera a dica, mas desta vez num nível bastante alto. E Phillip quase teve um infarto quando soube que naquele exato momento meia dúzia de agentes do FBI vasculhava seu escritório.

— Não pode fazer nada? Isso é revoltante! — gritou para o advogado, que balançou a cabeça e lhe explicou que, se a busca estava em ordem, o que aparentemente estava, ele nada podia fazer para detê-los. — Vou viajar para a Europa na sexta-feira — disse Phillip aos agentes, como se esperasse que eles pudessem fazer a investigação parar enquanto ele partia de férias.

— Isso ainda vamos ver, Sr. Addison — disse educadamente Holmquist.

Já lidara com homens desse tipo antes e sempre os julgara extremamente desagradáveis. Na verdade, gostava de brincar com eles sempre que possível. E tinha toda a intenção de atormentar Phillip, depois de o ficharem, claro. Sabia que, fosse qual fosse a fiança estabelecida, em vista do tamanho de seu lucro líquido, estaria fora em cinco minutos. Mas até fixarem a fiança, ele podia interrogá-lo à vontade.

Holmquist passou o resto da tarde interrogando-o. Depois, ele foi formalmente indiciado e informado de que era tarde demais para um juiz federal fixar o valor da fiança. Phillip Addison estava mais do que indignado. Teria de passar a noite na cadeia e só poderia ser solto após uma audiência para fixar a fiança às nove da manhã. Ficou mais que indignado e o advogado nada podia fazer para ajudá-lo. Addison ainda não via direito o que motivara a investigação. Parecia tratar-se de dívidas e depósitos irregulares passando pelas fronteiras estaduais, sobretudo para um banco onde ele tinha conta sob outro nome em Nevada, e o governo queria saber por quê, o que ele fazia com o dinheiro, e de onde vinha. A essa altura ele já sabia que nada tinha a ver com seus laboratórios de metanfetamina. Toda a grana que ele usava para alimentar esses laboratórios vinha de uma conta na Cidade do México sob outro nome, e os lucros iam para várias contas numeradas na Suíça. A situação atual na verdade parecia ser uma questão de evasão de impostos. O agente Holmquist dissera que mais de 11 milhões de dólares haviam entrado e saído da conta em Nevada nos últimos meses, sobretudo saído e, pelo que haviam sido informados, ele jamais pagara imposto sobre nada disso, nem sobre os juros. Phillip continuava a aparentar despreocupação quando o levaram a uma cela para passar a noite, embora lançasse um olhar irado a Holmquist e a seu advogado.

O agente encontrou os homens que haviam revistado o escritório depois, e não surgira muita coisa. Eles haviam revistado os computadores e arquivos, que seriam usados como prova. Haviam trazido uma grande quantidade deles para o escritório do FBI. Também tinham destrancado sua mesa e descoberto uma arma carregada, vários arquivos pessoais e 400 mil dólares em dinheiro, o que Holmquist achou muito interessante. Era dinheiro demais para um negociante mediano manter na gaveta da mesa, e eles disseram que ele tinha porte das armas. Tinham duas caixas com tudo o que fora encontrado na mesa de Phillip, e um dos agentes as entregou ao chefe.

— Que esperam que eu faça com isso? — Rick olhou-os e o agente que as entregara disse que gostaria de dar uma olhada em tudo aquilo. Rick ia dizer-lhes que guardassem as caixas com o restante das provas, mas no último instante pensou melhor e levou-as para seu escritório.

A arma fora posta num saco plástico de provas, e diversos pequenos pedaços de papel e, sem motivo algum em particular, ele se pôs a lê-los. Eram notas com nomes e números de telefones e ele percebeu que dois deles tinham o nome de Peter Morgan, mas os números eram diferentes. Estava na metade da segunda caixa quando encontrou o arquivo de Allan Barnes, que abrangia três anos de sua carreira e era volumoso como a lista telefônica de São Francisco. Parecia um arquivo estranho demais para alguém manter, então o separou. Queria interrogar Addison a respeito. Eram várias fotos de Barnes, de velhas revistas e matérias de jornais, e havia até uma de Barnes com a esposa e os filhos. Era quase como se Addison estivesse obcecado por eles, ou mesmo os invejando. O restante do que Rick encontrou nas caixas não tinha sentido para ele. Mas podia significar alguma coisa para o escritório do procurador-geral. Os agentes especiais haviam usado chaves-mestras para abrir todas as gavetas da mesa e haviam examinado tudo garantiram-lhe que, quando deixaram o escritório de Addison, a mesa ficara vazia. Haviam trazido tudo e pegado todas as provas, até o celular, que ele esquecera de levar.

— Se ele tem uma lista de contatos aqui, lembre-se de marcar esses números também.

— Já fizemos isso — respondeu um dos agentes, sorrindo para ele.

— Alguma coisa interessante?

— É tudo a mesma coisa que estava na mesa. Um cara ligou para ele quando estávamos lá, e quando eu disse que era do FBI ele desligou.

O agente riu, e também Holmquist.

— Aposto que sim.

Mas o nome voltou à sua cabeça. Seu nome e número estavam nos dois pedaços de papel da mesa de Phillip, e era óbvio que se tratava de alguém com quem ele falava sempre, se o cara ligara para ele. Provavelmente não era nada, mas não deixava de ser uma daquelas curiosas intuições que ele tinha às vezes, como um estalo que depois lhe trazia a lembrança. Ele tinha um sexto sentido em relação ao nome. Grudou-se em sua mente e, por algum motivo, ele não o esqueceu.

Já passava das sete quando Rick Holmquist deixou o escritório. Phillip Addison passaria a noite preso. O advogado parara de chateá-los para abrir uma exceção e soltá-lo e, finalmente, fora para casa. A maioria dos agentes já se fora a essa altura. A namorada de Rick estava fora da cidade e, a caminho de casa, ele decidiu ligar para Ted Lee. Haviam sido grandes amigos desde o curso na academia de polícia e parceiros durante 15 anos. Rick sempre quisera entrar no FBI e a idade limite era 35 anos. Ele conseguira entrar aos 33. E já era agente especial havia 14. Faltavam mais cinco para a aposentadoria aos 53, quando então teria 20 anos de FBI. Ted gostava de lembrar-lhe que para ele só faltava um ano para aposentar-se com 30, mas nenhum dos dois pretendia fazer isso tão cedo. Os dois ainda amavam o que faziam, Ted mais ainda que Rick. Muita coisa do que Rick fazia pelo FBI era tediosa, a papelada quase o matava às vezes. E havia momentos, como essa noite, em que ele desejava ainda estar trabalhando com Ted no Departamento de Polícia de São Francisco. Odiava caras como Addison. Faziam-no perder tempo, suas mentiras eram menos convincentes do que pensavam e as atitudes eram desagradáveis.

Ted atendeu na primeira chamada e sorriu assim que ouviu Rick. Jantavam ou almoçavam religiosamente toda semana, durante os últimos 14 anos. Era a melhor maneira de manterem contato.

— Como vai, Ted? Está chateado? — provocou Rick. — Você atendeu bem rápido. Deve estar uma noite morta aí embaixo.

— Está mesmo — admitiu Ted. Às vezes era bom assim. E Jeff Stone, seu parceiro, estava doente. — E você?

Ted estava com os pés sobre a escrivaninha. Cuidava da papelada sobre um assalto ocorrido no dia anterior. Mas fora isso Rick tinha razão. Ele estava entediado.

— Eu tive um daqueles dias que me deixam imaginando por que deixei a polícia. Estou saindo do escritório. Cuidei de mais papel hoje do que uma gráfica. Prendemos um verdadeiro filho-da-puta por evasão de impostos e lavagem de dinheiro. É um cara de uma arrogância incrível.

— Alguém que eu conheça? Também tenho alguns desses.

— Não assim. Prefiro um assalto e roubo ou um atirador. Na certa você já ouviu falar dele. Phillip Addison, diretor de um grupo de empresas e grande socialite. Tem cerca de duzentas empresas, provavelmente fachadas para os impostos que não paga.

— É um peixe grande — comentou Ted. Sempre lhe parecia estranho quando pessoas dessa espécie eram presas, mas às vezes eram. Acontecia com eles também. — O que fez você com ele? Soltou sob fiança, eu presumo — provocou-o.

Os suspeitos desse tipo em geral tinham um batalhão de advogados ou um só, mas muito bom. Muito poucas das pessoas que Rick prendia representavam riscos de fuga, a não ser os caras que transportavam armas ou drogas pelas fronteiras do estado. Mas os escroques e os que sonegavam impostos sempre saíam sob fiança.

— Ele vai esfriar a cabeça na cadeia esta noite. Quando parou de falar, não havia juiz nenhum disponível para fixar a fiança.

Rick Holmquist riu e Ted também. A ironia de um homem como Addison passar a noite no xadrez lhes parecia muito engraçada.

— Peg está em Nova York com a irmã. Quer pegar alguma coisa pra comer? Estou cansado demais para cozinhar — sugeriu Rick, enquanto Ted olhava o relógio. Ainda era cedo, e além de comunicados de roubos nada mais tinha a fazer. Tinha o bipe, o rádio e o celular ligados. Se precisassem dele, podiam encontrá-lo e ele viria. Não havia motivo para não jantar com Rick.

— Eu me encontro com você no Harry's em dez minutos — sugeriu Ted, referindo-se a um ponto conhecido. Era uma lanchonete que freqüentavam havia anos. Davam-lhe uma mesa discreta nos fundos, como sempre, para poderem conversar com tranqüilidade. Restariam apenas alguns gatos-pingados àquela hora. A maioria dos negócios que faziam à noite era no bar.

Rick já estava lá quando Ted chegou e relaxava no balcão com uma cerveja. Já saíra do serviço, por isso podia beber. Ted jamais bebia. Precisava estar sóbrio quando trabalhava.

— Você está com uma aparência péssima — disse Ted com um sorriso ao ver o amigo. Na verdade ele estava ótimo, apenas cansado. Fora um longo dia para Rick e o de Ted apenas começava.

— Obrigado, você também — Rick devolveu o cumprimento. Sentaram-se a uma mesa de canto e pediram dois bifes.

Já eram quase oito horas. Ted estava de serviço até a meia-noite. Comeram os bifes e conversaram sobre o trabalho até as nove e meia. Então, Rick se lembrou de uma coisa.

— Escute, me faça um favor. Na certa não é nada. Eu tive um desses palpites esquisitos que tenho às vezes. Em geral são pura bobagem, mas de vez em quando estão certos. Havia dois papéis na escrivaninha daquele cara hoje, com um nome. Eu não sei por que, mas grudou em mim, como se eu tivesse de ver isso ou alguma coisa assim.

O fato de o nome aparecer duas vezes dizia-lhe que podia significar alguma coisa.

— Não me venha com essa de *Além da imaginação* — disse Ted, e revirou os olhos. Rick tinha um profundo respeito por sua própria intuição, e às vezes estava certo. Mas não o bastante para Ted confiar completamente nela. Contudo, nada mais tinha para fazer. — E daí, qual é o nome? Posso dar uma conferida quando voltar. Pode vir comigo, se quiser. — Podiam ver se a pessoa em questão tinha antecedentes ou se já fora preso anteriormente.

— É, talvez. Vou ficar por perto enquanto você confere. Detesto voltar para casa quando Peg está fora. Isso é ruim, Ted. Acho que me acostumei com ela.

Ao dizer isso, parecia preocupado. Conseguira permanecer solteiro depois do divórcio, e gostava que fosse assim. Mas, como dissera muitas vezes ao amigo nos últimos tempos, com essa moça era diferente. Havia até vagamente discutido o casamento.

— Eu lhe disse que você ia acabar se casando com ela. Pode ser bom para você. É uma boa mulher. Você podia arranjar alguém muito pior.

E fizera com freqüência. Tinha um fraco por mulheres fáceis, mas essa não era.

— É o que ela diz — disse Rick, com um sorriso. Pagou a conta, pois era a sua vez, e os dois voltaram para o escritório de Ted. Rick anotara o nome e os dois números de telefone e entregou-os ao amigo. Procurara acusações federais contra o cara, mas nada havia. Às vezes, porém, o que os federais não tinham, o estado tinha.

Quando chegaram, Ted pôs o nome no computador e serviu uma xícara de café para cada um enquanto esperavam, e Rick falou de Peg com entusiasmo. Obviamente, estava louco por ela. O amigo ficou feliz ao ver como ele era sério no caso agora. Como era casado, achava que todos também deviam ser. E Rick vinha evitando isso havia séculos.

Ainda tomavam o café quando o computador cuspiu a resposta impressa. Ted olhou-a e ergueu uma sobrancelha e entregou-a a Rick.

— Seu sonegador de impostos tem uns amigos interessantes. Morgan saiu de Pelican Bay um mês e meio atrás. Está sob condicional em São Francisco.

— Por que cumpriu pena?

Rick pegou o impresso e leu-o com cuidado. Ali estavam todas as acusações contra Peter Morgan, junto com o nome do agente da condicional e o endereço de uma casa de transição em Mission.

— O que você acha que o Sr. Importante Esteio da Comunidade anda fazendo com um cara desses? — perguntou, tanto para si mesmo quanto para Ted. Era uma nova peça do quebra-cabeça.

— Difícil dizer. Nunca se sabe por que as pessoas se juntam. Talvez o conhecesse antes de ele ir para a prisão, e o cara ligou quando saiu. Talvez sejam amigos — respondeu Ted, servindo outra rodada de café.

— Talvez. — Sinos tocavam na cabeça de Rick e ali, olhando para o amigo, ele não tinha idéia do porquê. — Ele tinha um monte de coisas estranhas na mesa do trabalho. Inclusive uma arma carregada, 400 mil dólares em dinheiro, ao que parece, para pequenas despesas. E um arquivo sobre um cara chamado Allan Barnes com 10 centímetros de altura. Ele até tinha uma foto da mulher e dos filhos de Barnes.

Desta vez Ted lhe lançou um olhar estranho. O nome dissera-lhe alguma coisa.

— Que estranho. Eu os conheci cerca de um mês atrás. Belas crianças.

— Não me venha com essa. Eu olhei a foto. Ela também é uma belíssima mulher. Como chegou a ela?

Rick sabia bem de quem se tratava. Allan Barnes ganhara as primeiras páginas dos jornais muitas vezes, por seus feitos e sucesso meteóricos. Não era como Addison, que vivia se exibindo nas colunas sociais por ir a estréias da sinfônica. Allan Barnes era uma raça inteiramente diferente e jamais houvera rumor algum de irregularidades sobre ele. Parecia ser um cara correto até o fim. Rick jamais lera outra coisa, nem Ted. Jamais houve qualquer evasão de impostos e ele ficou surpreso por Ted haver conhecido sua esposa.

— Houve um atentado a bomba contra um carro na rua dela — explicou Ted.

— Onde moram? Em Hunter's Point? — provocou Rick.

— Não banque o engraçadinho. Moram em Pacific Heights. Alguém atacou o carro do juiz McIntyre, cerca de quatro dias depois que Carlton Waters saiu da prisão. — E então Ted olhou meio estranho para Rick. Alguma coisa também lhe ocorrera. — Deixa eu ver esse impresso de novo. — Rick devolveu-o, e ele tornou a ler. Peter Morgan também estivera em Pelican Bay e saíra ao mesmo tempo que Carlton Waters. — Você está me fazendo sentir também como em *Além da imaginação*. Waters esteve em Pelican Bay. Eu me pergunto se esses dois caras se conhecem. Havia alguma coisa na mesa do seu cara com o nome de Waters?

— Isso seria perguntar demais e Rick balançou a cabeça. Ted notou a data da libertação de Peter Morgan e pôs alguma coisa no computador. Quando conseguiu o que queria, olhou para o amigo. — Waters e Morgan saíram no mesmo dia. — Provavelmente não significava nada, mas era uma coincidência interessante.

— Eu odeio dizer isto, mas provavelmente não significa merda nenhuma — disse Rick, com bom senso. E Ted sabia que havia grandes chances de ele ter razão. Como tira, não podia se deixar levar por coincidências. De vez em quando, davam certo, mas no restante das vezes não levavam a parte alguma. — Que foi que houve no atentado a bomba?

— Nada. Ainda não temos nada. Eu fui ver Waters em Modesto, só para ele perceber que estávamos de olho. Não creio que tenha alguma coisa a ver com isso. Não é tão idiota assim.

— Nunca se sabe. Coisas mais estranhas já aconteceram. Você passou tudo no computador para ver se algum outro fã do juiz acabou de sair? — Mas, conhecendo Ted, ele sabia que sim. Jamais trabalhara com alguém tão minucioso e persistente quanto Ted Lee. Muitas vezes desejava havê-lo convencido a ir para o FBI com ele. Algumas das pessoas com quem ele trabalhava lá o deixavam louco. Traficavam muita informação, e muitas vezes falavam de seus casos um com o outro. Mais de uma vez, na verdade muitas vezes, haviam resolvido um caso juntos, ele e Ted, apenas conversando. Mesmo agora usavam um ao outro como caixa de ressonância, como agora, e isso sempre os ajudava. — Você ainda não me contou o que a tal Sra. Barnes tinha a ver com a bomba no carro. Suponho que não era suspeita.

Rick sorriu para ele e Ted balançou a cabeça, achando graça. Os dois adoravam provocar um ao outro.

— Ela mora mais adiante na quadra do juiz McIntyre. Um dos meninos estava olhando pela janela e eu lhe mostrei uma foto de Morgan feita no dia seguinte. Nada. O garoto não o reconheceu. Não deu em nada. Até agora, nenhuma pista.

— Suponho que ela não era uma pista — tornou a provocar Rick, com um olhar significativo. Sempre adorara fazer isso com ele. E ele sempre retribuía. Sobretudo quando se tratava de Peg. Tinha sido o primeiro namoro sério de Rick em anos. Talvez em toda a vida. Ted não sabia nada desse tipo de coisa. Fora fiel a Shirley desde que eram garotos, o que Rick sempre lhe dissera ser doentio. Mas o admirava por isso, embora houvesse sabido durante anos, pelo que o amigo dizia, que o casamento deles não era tudo que devia ser. Pelo menos ainda continuavam juntos, e se amavam à sua maneira. Dificilmente se podia esperar muita excitação depois de 28 anos, e não havia mesmo.

— Eu não falei nada sobre ela — observou-lhe Ted. — Só disse que eram belas crianças.

— Então não há suspeitos da bomba, eu presumo — disse Rick, e Ted fez que sim com a cabeça.

— Nenhum. Mas foi interessante ver Waters. É um cara durão. Parece estar se mantendo limpo, pelo menos por enquanto. Não ficou muito feliz com minha visita.

— Puta merda — disse Rick sem rodeios.

Não precisava de ex-presos como Waters. Sabia quem era e não gostava de nada que lera sobre ele.

— Foi mais ou menos o que eu senti a respeito.

Quando Rick disse isso, Ted olhou-o de novo. Alguma coisa rolava de fato em sua cabeça. Não podia imaginar a ligação entre Peter Morgan e Phillip Addison, e isso o incomodava. O fato de Carlton Waters haver saído no mesmo dia que Morgan na certa nada significava. Mas acabara de ocorrer-lhe que talvez não fizesse mal dar uma olhada. Como preso solto sob condicional, Morgan estava em sua jurisdição.

— Você me faz um favor? Não posso justificar o envio de um dos meus rapazes até lá. Você pode mandar alguém à casa de transição de Morgan amanhã? Ele foi solto sob condicional e não é preciso um mandado para revistar as coisas dele. Não precisa nem falar com o agente da condicional. Pode ir na hora que quiser. Eu só quero saber se alguma coisa lá o liga a Addison ou qualquer outro que nos interesse. Não sei por quê, mas estou atraído por esse cara como uma abelha para o mel.

— Nossa, não me diga que o FBI fez você virar gay. — Ted deu uma risada, mas concordou em ir. Tinha um certo respeito pelos instintos dele. Tinham sido úteis aos dois antes, e não fariam mal agora. — Vou amanhã, quando acordar. Ligo para você se surgir alguma coisa.

Não tinha mais nada a fazer de manhã e, com sorte, Morgan estaria fora, o que tornaria a revista mais fácil. Ia dar uma olhada no quarto dele e ver o que descobria.

— Obrigadão — disse Rick, à vontade, e pegou o impresso de Morgan, dobrou-o e guardou-o no bolso.

Talvez viesse a calhar em algum ponto, sobretudo se Ted descobrisse alguma coisa na casa de transição no dia seguinte.

Mas tudo o que Ted descobriu ao chegar lá foi seu novo endereço. O homem da recepção lhe disse que Morgan se mudara. O agente da condicional obviamente não chegara a atualizar o endereço no computador, o que era desleixo, mas andavam muito ocupados. Ted deu uma olhada e viu que era um hotel no Tenderloin e, decidido a fazer o que prometera a Rick na noite anterior, foi lá. O recepcionista disse que Morgan saíra. Ted lhe mostrou sua credencial e pediu a chave. O homem quis saber se ele estava metido em alguma encrenca e ele respondeu que se tratava de uma verificação padrão de um preso na condicional, o que não pareceu impressioná-lo. Outros haviam estado ali antes. O recepcionista deu de ombros e entregou a chave. Ted foi para o andar de cima.

O quarto em que entrou tinha pouca coisa e era arrumado. As roupas no armário pareciam novas. Não havia nada de excepcional lá. Morgan não tinha drogas, armas nem contrabando. Nem sequer maconha. E havia uma volumosa agenda de endereços em cima da mesa, amarrada com uma tira de borracha, Ted folheou-a e encontrou o nome de Addison na letra A. Quando revistou a escrivaninha, dois pedaços de papel lhe chamaram a atenção. Um deles tinha o nome de Carl Waters em Modesto, e o outro pedaço de papel fez o sangue de Ted gelar. Continha o endereço de Fernanda sem número de telefone nem nome. Apenas o endereço, mas ele o reconheceu imediatamente, mesmo sem o nome. Ele fechou a agenda e passou a borracha, fechou a mesa da escrivaninha e, após uma última olhada, deixou o quarto. Assim que voltou ao carro, ligou para Rick.

— Alguma coisa está cheirando mal. E não sei o que é. Na verdade, começo a pensar que fede.

Ted ficara preocupado e mostrava isso. Por que um cara como Morgan teria o endereço de Fernanda? Qual era sua ligação com Waters, ou apenas se teriam conhecido na prisão? Se fora isso, por que tinha o número dele em Modesto? E que fazia Addison com o número de telefone de Morgan? Por que Morgan tinha o dele? Por que Addison tinha uma pasta de dez centímetros de grossura sobre Allan Barnes e uma foto de Fernanda com os filhos? De repente, eram perguntas demais, sem respostas suficientes. E dois condenados, um deles por assassinato, que saíra da prisão no mesmo dia. Eram coincidências demais flutuando no ar. Rick ouvia alguma coisa em sua voz que não ouvira durante anos. Ted entrara em pânico e não sabia por quê.

— Acabo de deixar o quarto de Morgan — explicou. — Ele não mora mais na casa de transição. Está morando num hotel no Tenderloin, e tem um armário cheio de roupas novas. Vou ligar para o agente da condicional dele e descobrir se ele arranjou um emprego.

— Como acha que ele conheceu Addison? — perguntou Rick, interessado. Acabara de chegar da audiência de fiança. Addison saíra quase feliz, pelo menos no que se referia à quantia. Haviam-lhe pedido que depositasse 250 mil dólares em garantia, o que era ninharia para ele. E o juiz ia deixá-lo viajar para a Europa com a família dentro de dois dias. A investigação federal prosseguiria, mas o advogado dissera que podia continuar durante a ausência dele, era problema do FBI, não dele, e o juiz concordara. Não tinham dúvida de que ele voltaria para São Francisco dentro de um mês. Tinha um império para governar. Rick vira-o afastar-se de carro com o advogado e agora estava intrigado com o que Ted descobrira no quarto de Morgan.

— Talvez sejam velhos amigos. A tinta no nome e telefone de Addison parece antiga — explicou Ted.

Mas por que o número de telefone de Carl Waters em Modesto? E o endereço de Fernanda Barnes num pedaço de papel? Sem telefone nem nome. Só o endereço.

— Por quê? — ecoou Rick a única palavra na cabeça de Ted.

— É o que estou querendo dizer. Não estou gostando disso, e nem sei por quê. Vem coisa por aí, eu sinto o cheiro, mas nem sei o que é. — E então teve uma idéia. — Posso ir aí dar uma olhada no arquivo de Barnes que Addison montou. — Talvez tenha alguma coisa. — E me faça outro favor — disse Ted, girando a chave na ignição. Ia direto ao escritório de Rick ver o arquivo e o que quer que ele tivesse. Não fazia idéia do que Fernanda tinha a ver com aquilo, mas alguma coisa lhe dizia que ela era o ponto central da questão. Era um alvo óbvio por muitos motivos.

Mas ele não tinha idéia de por que ou quem estava envolvido, quanto mais do motivo. Talvez a resposta estivesse naquele arquivo.

— Qual é o favor? — Rick lembrou-lhe. Ted parecia distraído, e estava mesmo. Tentava resolver o problema, e até agora nada surgira. Um monte de peças voava no ar. Morgan. Waters. Addison. Fernanda. A bomba no carro. E não havia ligações óbvias entre nenhuma delas. Ainda não.

— Verifique as finanças de Addison para mim. Vá o mais fundo que puder e veja o que aparece — pediu Ted, ligando o carro. Sabia que Rick já ia fazê-lo de qualquer forma, mas agora queria que o fizesse tão rápido quanto possível.

— Já verificamos, superficialmente pelo menos. Foi por isso que o prendemos ontem. Há uns negócios esquisitos em Nevada, uns impostos não pagos. Muito dinheiro indo de um lado para outro pelas fronteiras do estado. — Não havia impostos em Nevada, por isso era um paraíso para caras como Addison, com dinheiro ilegal nas mãos. — Ainda não é muita coisa no momento. O pior que lhe acontecerá, na certa, uma bruta multa. Não creio que vá cumprir pena por isso. Tem bons advogados — disse Rick, parecendo decepcionado. — Ainda estamos verificando.

Mas os dois sabiam que isso levava tempo.

— Estou dizendo para você dar uma olhada mesmo. Embaixo do tapete. Arranque o piso do carro.

— Literalmente? — perguntou Rick. Estava atordoado. Não imaginava o que Ted procurava. Nem Ted podia dizer por enquanto. Mas tinha um poderoso sexto sentido de que havia alguma coisa ali.

— Não, literalmente, não. Estou falando numa verificada completa. Quero saber que tipo de dinheiro esse cara tem e se ele não está metido em alguma encrenca. Jogue um holofote nele. Não nos próximos dois meses. Descubra tudo o que puder agora. — Sabia quanto tempo as investigações levavam, sobretudo se eram sobre dinheiro e não houvesse vidas em jogo. Mas talvez houvesse nesse caso. Talvez estivesse acontecendo mais alguma coisa. — Puxe tudo. Chego aí em dez minutos — disse Ted, acelerando rumo ao Centro.

— Vai levar mais tempo do que isso — disse Rick, desculpando-se.

— Quanto tempo? — Ted parecia ansioso, e ele próprio não sabia por quê.

— Algumas horas. Um ou dois dias. Vou tentar conseguir para você tudo o que eu puder hoje. — Ia mandar seus agentes entrarem em contato com a equipe de análise por computador em Washington, e seus informantes no submundo financeiro, mas isso tomava tempo.

— Nossa, vocês são devagar. Faça o que puder. Estou na metade do caminho. Chego aí em cinco minutos.

— Me deixe começar. Você pode ver o arquivo que ele tem sobre Allan Barnes enquanto desencavamos qualquer outra coisa que possamos. Vejo você em um minuto — disse Rick, e desligou.

Quando Ted entrou no escritório, Rick tinha a pasta de Barnes sobre a mesa e três agentes trabalhando em tempo integral nos computadores, buscando outras agências e alguns informantes escolhidos, para ver o que eles podiam descobrir. De qualquer modo, era o que pensavam fazer em relação a Addison mesmo. Ele apenas acelerara o processo. E muito. Três horas depois, enquanto os dois conversavam comendo sanduíches, tiveram resultados. Todos os três agentes entraram e entregaram-lhes uma pilha de papéis.

— Qual é o resumo? — perguntou Rick, olhando-os.

Ted já examinara a pasta de Barnes a essa altura. Tinha apenas matérias e recortes de imprensa sobre as vitórias e realizações de Barnes e a foto de Fernanda com os filhos.

— Addison tem uma dívida de 30 milhões. O *Titanic* está afundando — disse um dos agentes. Um de seus melhores informantes se revelara uma mina de ouro.

— Merda — disse Rick. — É uma dívida e tanto.

— A holding dele está com problemas e ele conseguiu manter isso em segredo até agora. Mas não vai ficar assim por muito tempo. O cara faz um número de malabarismo digno do Circo Ringling Brothers. Nós achamos que ele andou investindo em alguns negócios na América do Sul. E os investimentos malograram. Ele vem tomando empréstimos de outras empresas que criou para cobri-los; está com uma tonelada de dívidas não pagas. Acho que na certa há alguma fraude com cartão de crédito nisso. No fundo, o cara está metido em tanta encrenca, segundo meu informante, que jamais vai sair. Precisa investir muito dinheiro para limpar a barra, e ninguém vai lhe dar nada. Meu outro informante diz que ele vem lavando dinheiro há anos. E é exatamente o que o caso de Nevada é, e ainda não sabemos a razão. Mas se querem saber se ele está encrencado, está. E muito. É merda que não acaba mais. Se querem saber como e por quê, e para quem ele vem investindo, vai levar tempo. Esse é o resumo curto e grosso. Mas já parece um bocado ruim.

— Acho que chega por enquanto — disse Rick em voz baixa e agradeceu aos três pelo trabalho rápido, sobretudo com os informantes. — Assim que eles saíram, voltou-se para Ted. — E aí? O que acha? — Via a mente do outro disparando a toda velocidade.

— Acho que temos um cara que sabemos estar com uma dívida de pelo menos 30 milhões de dólares, talvez mais. Uma mulher cujo marido deixou para ela mais ou menos meio bilhão de dólares, pelo menos segundo a imprensa, se acreditar nos jornais, e eu não acredito. Mas mesmo que tenha metade disso, é um alvo fácil, com três filhos. Temos dois sujeitos condenados que saíram da cadeia um mês e meio atrás e parecem estar soltos por aí. Os dois estão amarrados a Addison e um ao outro de alguma forma. E temos um atentado à bomba num carro na rua do alvo. Ela é uma vítima em potencial, se quer saber, e também as crianças. Sabe o que eu acho? Acho que Addison está atrás dela, acredito que esse é o motivo do arquivo. Jamais poderíamos levá-lo ao tribunal só por isso, mas alguma coisa está acontecendo, e se eu de fato der asas à minha imaginação, acho que Addison usou Morgan como um meio de chegar a Waters. Talvez agora estejam nisso juntos, talvez não. Acho que Waters a estava vigiando quando pôs a bomba no carro do juiz McIntyre, se foi ele. E agora acho que foi. É coincidência demais o fato de os dois morarem na mesma rua. Ele provavelmente estava lá mesmo e imaginou que podia matar dois coelhos com uma cajadada só. Por que não? É uma puta sorte o pequeno Barnes não o haver reconhecido, mas não se pode ter tudo ao mesmo tempo. Acho que o que temos aqui é uma conspiração contra Fernanda Barnes. Sei que pareço um lunático e ainda não posso provar agora nada do que disse, mas é o que eu acho, e meu instinto me diz que tenho razão.

Com o passar dos anos, os dois haviam aprendido a confiar no próprio instinto e raras vezes se enganavam. Mais que isso, haviam aprendido a confiar um no outro, e Rick confiava agora. O que Ted acabara de dizer fazia sentido para ele. No mundo do crime, era como tudo funcionava, e como as pessoas pensavam. Mas entre saber e provar muitas vezes havia um abismo e muito tempo. E às vezes o tempo necessário para provar uma teoria custava vidas. Se Ted tinha razão, aquele poderia ser assim. Não tinham nada em que se basear além do instinto àquela altura, e nada podiam fazer por ela, até que alguém desse um passo na direção dela e das crianças. No momento, era apenas teoria e intuição.

— Que tipo de conspiração? — perguntou Rick a sério. Acreditava em tudo o que Ted dissera. Eram tiras havia muito tempo para estar inteiramente errados. — Para extorquir dinheiro dela?

Ted fez que não com a cabeça.

— Não com um cara como Waters rondando-a. Não estamos falando de crime de colarinho-branco. Acho que ela é uma possível vítima de seqüestro e também os filhos. Addison precisa de 30 milhões de dólares, e rápido. Ela vale 500 milhões ou perto disso. Não me agrada a forma como esses dois fatos se combinam. Ou Waters rondando por perto, se está. Mesmo que não esteja, isso não muda o fato de que Addison tem uma pasta sobre ela do tamanho da lista telefônica de Manhattan. E uma foto dela com os filhos.

Rick tampouco gostava, mas acabara de lembrar-se de outra coisa.

— Ele vai viajar para Europa daqui a dois dias. Por que diabos vai fazer isso, se está quebrado?

— A esposa na certa não sabe. E a saída dele do país não muda nada. Não é ele quem vai fazer a coisa. Em minha opinião, é outra pessoa. E se ele estiver fora do país quando acontecer, tem um álibi. Pelo menos é o que ele pensa, eu aposto. A questão é: quem vai fazer isso, e quando, se eu estiver certo?

A questão era que ainda não sabiam o que era "isso". Mas concordavam que, fosse o que fosse, não seria nada bom.

— Você vai arrastar Morgan e fazer com que ele fale? — perguntou Rick, interessado. — Ou Waters?

Ted balançou a cabeça.

— Não adianta pôr os caras de sobreaviso. Quero esperar pra ver o que eles fazem. Mas quero avisar a ela. Devo isso a ela.

— Acha que vão deixar você pôr homens para protegê-la?

— Talvez. Quero ver o capitão hoje de noite. Mas preciso falar com ela primeiro. Talvez tenha visto alguma coisa que nem mesmo saiba que viu.

Os dois já tinham visto isso antes. A gente virava o botão um pouquinho, e toda a imagem ficava nítida. Embora Ted desconfiasse que o capitão fosse julgá-lo louco. Seus palpites eram bons e tinham dado certo muitas vezes. Era como reservas no banco, e Ted ia usá-las agora. Tinha certeza absoluta de que estava certo. E também Rick, que teria oferecido seus agentes do FBI para ajudar, mas não havia indícios suficientes para justificar a ação. Aquilo era assunto do DPSF por enquanto. Embora Addison tivesse o arquivo, Rick não achava que o procurador-geral dos Estados Unidos o autorizasse a destacar agentes para proteger a família Barnes, mas ia ligar para ele assim mesmo, a fim de mantê-lo informado. Não havia indícios suficientes contra Addison para justificar uma acusação de conspiração para seqüestro. Ainda.

Mesmo assim, Rick achava que se encaminhavam para isso e Ted parecia assustado ao se levantar. Detestava esses casos. Alguém ia sair machucado. A menos que pudessem fazer alguma coisa, mas ele não sabia o quê. Queria discutir isso com o capitão, depois de falar com ela. Olhou para Rick quando se preparava para sair.

— Quer vir comigo? Ver o que acha depois de falarmos com ela. Eu precisaria de sua cabeça nisso.

Rick concordou e seguiu-o. Haviam sido dois dias malucos em seu escritório e tudo começara com Addison, um pedaço de papel na escrivaninha com um nome e um arquivo sobre Allan Barnes que não fazia sentido. Nada fazia. Mas começava a fazer. Rick e Ted estavam nisso havia muito tempo. Juntos e separados. Conheciam a mente criminosa. Era só pensar como eles pensavam e ser quase tão doentes como eles. Era estar um passo à frente deles o tempo todo. Ted só esperava que estivessem.

Ted ligou para o celular de Fernanda, depois de chegarem ao carro. Rick disse ao pessoal de seu escritório que ia sair por algumas horas, o que parecia razoável. Realmente sentia saudades de trabalhar com Ted. Era quase divertido. Mas não ousava dizer isso ao amigo, já preocupado demais para se divertir no momento. Ela estava em casa e pareceu sem fôlego ao responder. Disse que andara fazendo as malas para o filho, que ia partir para o acampamento.

— É sobre a bomba no carro de novo? — perguntou, parecendo distraída.

Ele ouvia música ao fundo, por isso sabia que os filhos estavam em casa. Ted esperava que todos estivessem. Não queria assustá-los, mas ela precisava saber. Queria dizer-lhe o que pensava. Mesmo que a assustasse, ela precisava ser avisada.

— Não é exatamente sobre isso — respondeu, evasivo. — Está indiretamente relacionado, mas na verdade é outra coisa.

Ela disse que estaria em casa quando ele chegasse, e desligaram.

Ted estacionou na entrada de garagem e olhou em volta ao subir para a porta da frente, imaginando se a vigiavam, se Waters ou Morgan se achavam em algum lugar da rua diante da casa. Apesar dessa possibilidade, tomara a decisão consciente de entrar pela frente de forma ostensiva. Não havia motivo para Peter Morgan reconhecê-lo, e mesmo que o fizesse, ou Waters, ele sempre preferia a teoria da presença visível da polícia em casos assim, como um impeditivo. O FBI em geral preferia ficar fora das vistas, o que, para ele, sempre fazia com que as vítimas fossem usadas como iscas vivas.

Peter Morgan viu-os entrar. Por um instante, achou que pareciam tiras, depois decidiu que seria loucura. Não havia motivo para os tiras se apresentarem na casa dela. Estava ficando paranóico, porque sabia que se aproximava o dia. Também sabia que Addison fora preso no dia anterior, sob acusações ridículas relacionadas com impostos. Mas o chefe dissera que não estava preocupado. Ainda ia partir para a Europa, segundo o plano, e nada mudara. Tudo estava em ordem, e fossem quem fossem os caras que haviam entrado na casa de Fernanda, ela parecia conhecê-los. Deu um largo sorriso para o asiático que tocara a campainha. Peter imaginava se não seriam corretores ou advogados ou gente que administrava o dinheiro dela. Às vezes os caras do dinheiro também pareciam tiras. Ele nem se deu o trabalho de ligar para Addison e contar. Não havia motivo, e o chefe lhe dissera que não ligasse por enquanto, a menos que houvesse algum problema, embora o telefone não pudesse ser rastreado. Mas o de Peter podia. Ele não tivera tempo de comprar um dos que Phillip recomendara, mas planejava fazê-lo na semana seguinte. E enquanto ele esperava ali diante da casa, pensando a respeito, Ted sentava-se com ela na sala de estar. Fernanda não tinha idéia do motivo da visita. Menos ainda de que, nos cinco minutos seguintes, o que ele ia lhe dizer mudaria para sempre a vida dela.

Capítulo 12

AO ABRIR A PORTA para Ted e Rick, Fernanda sorriu para eles por um momento e afastou-se para deixá-los entrar. Notou que o parceiro era diferente desta vez e havia uma inequívoca descontração e simpatia entre os dois que parecia estender-se a ela. E viu logo que Ted tinha um ar preocupado.

— As crianças estão em casa? — ele perguntou enquanto ela os conduzia para a sala, e Fernanda sorriu. A música no andar de cima estrondava tão alto que quase fazia trepidar o candelabro.

— Em geral eu não ouço esse tipo de música. — Ela sorriu e ofereceu-lhes um drinque, que eles recusaram.

Ela notou que o segundo homem tinha um ar de autoridade e imaginou se era o superior de Ted ou apenas algum substituto do parceiro que o acompanhara antes. Ted viu-a olhando para Rick e explicou que ele era agente especial do FBI e um velho amigo. Ela não imaginava o que poderia levar o FBI ao caso e ficou intrigada por um instante quando ele lhe perguntou se todas as crianças estavam em casa, e assentiu com a cabeça.

— Will vai para o acampamento amanhã, se algum dia conseguir se organizar e manter todas as suas coisas intactas o tempo suficiente para sair daqui. — Era como fazer as malas para uma equipe olímpica, ela jamais vira tanto equipamento de lacrosse para um só menino. — Ashley vai para Tahoe depois de amanhã. Sam e eu vamos ficar juntos algumas semanas.

E mesmo antes de eles partirem ela já sentia saudades dos dois. Ia ser a primeira vez que qualquer um deles se separava dela desde a morte de Allan, e essa separação agora seria mais difícil para ela do que nunca. Ficou sentada olhando para os dois agentes, imaginando por que tinham vindo vê-la.

— Sra. Barnes, eu estou aqui com base num palpite — começou Ted, com cuidado. — É só isso. A intuição de um velho tira. Acho que é importante. Por isso vim. Posso estar errado, mas não creio.

— Parece sério — ela comentou, franzindo a testa devagar, olhando de um para outro. — Não imaginava o que fosse. E até duas horas antes, nem eles.

— Eu acho que é. O trabalho da polícia é um quebra-cabeça, daqueles com mil peças em que cerca de oitocentas são céu e o resto água. Tudo parece não ser nada por muito tempo e, depois, aos poucos, a gente junta um pedaço do céu ou um pedacinho do mar e, logo, as peças começam a combinar-se e a gente adivinha o que está vendo. No momento, temos apenas um pedaço de céu, muito pequeno, mas eu não gosto do que estou vendo.

Por um momento de divagação, ela tentou adivinhar o que ele dizia e se fizera alguma coisa errada ou os meninos, embora soubesse que não. Mas tinha uma vaga sensação de nervosismo no estômago ao olhar para ele. Ted parecia sério, muito preocupado, e sincero. E ela via que Rick a observava.

— Nós fizemos alguma coisa? — perguntou sem rodeios, os olhos vasculhando os de Ted, e ele fez que não com a cabeça.

— Não, mas receio que alguém faça alguma coisa a vocês, por isso estamos aqui. Tenho a sensação, só isso, mas fiquei preocupado o bastante para vir aqui. Pode não ser nada, mas pode ser sério. — Ele inspirou, e enquanto ela ouvia com cuidado todo o seu ser entrou em alerta vermelho, como ele queria.

— Por que alguém iria fazer alguma coisa contra nós? — ela perguntou. Parecia intrigada e ele percebeu como ela era ingênua. Vivera numa bolha protetora toda a vida, em particular, nos últimos anos. No seu mundo, as pessoas não faziam coisas más, não aquelas que Ted e Rick conheciam. Não conhecia esse tipo de gente e jamais conhecera. Mas esse tipo de gente a conhecia.

— Seu marido foi um homem muito bem-sucedido. Tem gente perigosa por aí. Gente sem escrúpulos nem moral, predadores de pessoas como você. São mais perigosos do que você imagina ou quer acreditar. Acho que alguns deles podem estar vigiando-a ou pensando em você. Talvez estejam fazendo mais que pensar. Não sei de nada ao certo, mas as peças começaram a se encaixar para mim algumas horas antes. E quero conversar a respeito. Vou lhe contar o que eu sei e o que penso, e a gente parte daí.

Rick observava o velho parceiro em ação, enquanto o escutava falar com Fernanda e, como sempre fizera, admirava sua delicadeza e classe. Era direto sem ser indevidamente assustador. Também sabia que o outro ia falar a verdade, segundo sua concepção. Sempre o fazia. Acreditava em informar às vítimas e depois dar tudo de si para protegê-las. E Rick respeitava-o por isso. Ele era um homem dedicado, íntegro e honesto.

— Você está me assustando — disse Fernanda em voz baixa, vasculhando os olhos de Ted para ver até onde era ruim a situação, e não gostava do que via.

— Eu sei que estou, e sinto muito — ele disse delicadamente. Queria estender a mão e tocá-la, para deixá-la tranqüila, mas não o fez. — O agente especial Holmquist prendeu um homem ontem. — Olhou para Ted ao dizer isso, e Rick assentiu. Ele prosseguiu. — Ele tem um negócio gigantesco. Aparentemente é bem-sucedido, fez um fantástico trabalho com os impostos e, na certa, anda lavando dinheiro, o que o meteu em encrenca. Não creio que ninguém conheça de fato toda a história dele ainda. É muito sociável, parece respeitável. Tem esposa e filhos e, para o mundo em geral, é um enorme sucesso. — Ela fez que sim com a cabeça, absorvendo tudo com cuidado. — Nós fizemos uma verificação hoje de manhã, e as coisas nem sempre são o que parecem. Ele tem uma dívida de 30 milhões de dólares. Provavelmente dinheiro que não é dele, e o mais provável é que as pessoas para as quais ele vem investindo não sejam das mais honestas e respeitadoras das leis. Não gostam de perder dinheiro e vão sair atrás dele. Tudo fecha o cerco em torno dele. Segundo nossas fontes, o cara está desesperado.

— Está na cadeia? — Ela se lembrara do começo da história, quando Ted dissera que ele fora preso no dia anterior.

— Saiu sob fiança. Na certa vai demorar muito tempo para o levarmos ao tribunal. Ele tem bons advogados e ligações poderosas, é bom no que faz. Mas sob a superfície há uma gigantesca fraude. Talvez pior do que pensamos. Ele precisa de dinheiro para continuar seguro, talvez até para continuar vivo, e rápido. Esse tipo de desespero leva as pessoas a fazerem loucuras.

— O que isso tem a ver comigo? — Não fazia sentido para ela.

— Ainda não sei. Ele se chama Phillip Addison. Significa alguma coisa para você? — Ted observou o rosto dela, mas não viu sinal de reconhecimento quando ela balançou a cabeça.

— Acho que vi o nome dele nos jornais. Mas nunca o conheci. Talvez Allan o conhecesse ou soubesse quem era. Conhecia um monte de gente. Mas eu jamais me encontrei com esse homem. Não o conheço.

Ted balançou a cabeça, pensativo, e prosseguiu:

— Ele tinha uma pasta na escrivaninha. Grande, bastante volumosa, cheia de recortes sobre seu marido. Pelo que parece, estava obcecado por ele e seu sucesso. Talvez o admirasse ou o julgasse um herói. Mas desconfio que seguia tudo o que seu marido fazia.

— Acho que um bocado de gente fazia isso — disse Fernanda, com um sorriso triste. — Ele era o homem dos sonhos de todo mundo. A maioria das pessoas achava apenas que era sorte. E ele teve sorte. Mas fora muita sorte e muita habilidade. A maioria das pessoas não compreendia isso. Ele tinha um sexto sentido para transações e negócios de alto risco. Corria muito risco — disse com tristeza —, mas o que a maioria das pessoas vê é só o sucesso. — Não queria traí-lo denunciando seus fracassos, que haviam sido igualmente enormes, na verdade maiores no fim. Mas a olho nu, e para os que liam a respeito dele, Allan Barnes fora a personificação do sonho americano.

— Eu não sei por que Addison mantinha esse arquivo sobre ele. Remonta a muitos anos atrás. Talvez seja inocente, mas talvez não. É bastante completo. Tem até fotos de revista e jornal de seu marido, e uma sua com as crianças.

— É por isso que você está preocupado?

— Em parte. É um pedacinho daquele quebra-cabeça no momento, um pedaço do céu. Talvez dois pedaços. Encontramos um nome na escrivaninha dele. O agente especial Holmquist foi quem encontrou. Os velhos tiras têm bons instintos, às vezes nem eles mesmos sabem por quê. Estão acostumados a ver alguma coisa que não parece nada, mas sinos tocam em suas cabeças. Nós verificamos o cara, o nome no pedaço de papel é Peter Morgan. Um ex-presidiário que saiu da prisão algumas semanas atrás. Um operador menor, mas uma espécie de investidor. Formou-se na Universidade Duke, obteve um mestrado em Harvard e freqüentou boas escolas preparatórias antes. A mãe se casou com um cara rico ou alguma coisa assim. — Ted lera o relatório da condicional de Peter e tudo o que havia lá, motivo pelo qual sabia de sua vida. Lera tudo antes de ir procurá-la. — Ele se meteu numa encrenca quando trabalhava numa casa de corretagem ao sair de Harvard, passou para um banco de investimento e se casou bem. Com a filha do dono da empresa, teve duas filhas e começou a se meter em encrenca de novo. Se envolveu com drogas, passou a traficar ou a fazer uso pesado, o que na certa o levou ao tráfico. Deu um desfalque, fez um monte de besteira, a esposa o abandonou, ele perdeu a guarda e o direito de visita às filhas e veio pra cá. Armou uma confusão ainda maior. Acabou preso por tráfico de drogas. Era um pequeno operador servindo de fachada para um peixe maior e se sacrificou por ele. Mas merecia. É como um cara bacana que dá errado. Acontece. Às vezes as pessoas com as melhores oportunidades fazem tudo para se darem mal. Foi o que ele fez. Passou mais de quatro anos na prisão. Trabalhava para o diretor da prisão, que parece achá-lo um grande sujeito. Eu não faço idéia de qual é a ligação dele com Addison, mas ele anotou o nome de Morgan duas vezes. Não sei por quê. E o nome de Addison está na agenda de endereços de Morgan. Parece um registro antigo, não novo.

"Alguns meses atrás, Morgan morava numa casa de transição, sem um centavo no bolso. Agora vive num hotel de segunda classe no Tenderloin, com roupas novas no armário. Eu não chamaria isso de um golpe de sorte, mas ele parece estar indo muito bem. Nós verificamos, o cara tem um carro, paga o aluguel, não se meteu em encrenca desde que saiu, tem um emprego. Não sabemos da ligação dele com Addison. Talvez tenham se conhecido antes de ele ir para a prisão ou talvez Morgan o tenha conhecido mais recentemente. Mas alguma coisa nessa ligação não me parece correta nem ao agente especial Holmquist tampouco.

"A outra coisa de que não gostei é que Morgan saiu da prisão no mesmo dia que um cara chamado Carlton Waters. Não sei se isso lhe diz alguma coisa. Ele foi para prisão por assassinato quando tinha 17 anos. Escreveu várias matérias para obter o perdão alguns anos atrás, sem sucesso. Perdeu vários recursos. Acabou saindo após cumprir 24 anos. Ele e Morgan estavam na prisão de Pelican Bay ao mesmo tempo e saíram no mesmo dia. Não ligamos Addison a Waters, mas Morgan tinha o número de Addison em seu quarto. Há uma ligação entre essa gente, talvez um elo muito tênue, mas há. Não podemos ignorar.

— Não é o homem cuja foto me mostrou após a bomba no carro? — perguntou Fernanda. — O nome soara-lhe familiar e Ted fez que sim com a cabeça.

— Esse mesmo. Eu fui vê-lo em Modesto, onde ele está morando numa casa de transição. Talvez não queira dizer nada, mas não me agrada o fato de que vocês morem na mesma rua onde acho que ele pôs a bomba no carro do juiz McIntyre. Não tenho prova alguma, mas tenho instinto. E ele me diz que foi ele. Por que estava aqui? Pelo juiz, ou por você? Talvez decidisse matar dois pássaros com uma pedrada. Notou alguém vigiando você, ou seguindo você, um rosto que apareceu mais de uma vez? Uma estranha coincidência de alguém com quem você vive topando?
— Ela fez que não com a cabeça e ele fez uma anotação mental para mostrar as fotos de presidiário de Morgan. — Eu não tenho certeza, mas meus instintos me dizem que você é parte disso, de algum modo. Morgan tem seu endereço no quarto de hotel. Addison era fascinado por seu marido e talvez por você. Fiquei preocupado com aquele arquivo. Addison está ligado a Morgan. E Morgan a Waters. E Morgan tem seu endereço. São pessoas más. Waters é tão mau quanto possível. Ele e um comparsa mataram duas pessoas, diga ele o que disser, por 200 dólares e alguns trocados. É perigoso, Addison está desesperado por dinheiro e Morgan é um trapaceiro de segunda categoria, e a possível ligação entre os outros dois. Temos o atentado contra o carro, nenhum suspeito que possamos apontar, e eu acho que foi Waters, embora não possa provar.

Ouvindo a si mesmo, suas suspeitas pareceram-lhe exageradas, mesmo a ele, e receou que na certa fizesse o papel de alguém totalmente insano aos olhos dela. Mas sabia com todo o seu ser que havia alguma coisa errada, muito errada, que algo estava para acontecer, e ele queria informar-lhe a gravidade disso.

— Acho que o que fecha a coisa pra mim é o fato de Addison precisar de dinheiro. E muito. Trinta milhões de dólares num prazo muito curto, antes que o navio dele vá a pique. E estou preocupado com o que ele e os outros podem fazer para conseguir esse dinheiro. Não me agrada a pasta sobre seu marido, nem a sua foto com as crianças.

— Por que ele viria atrás de mim por precisar do dinheiro? — ela perguntou, com um ar de inocência que fez Rick Holmquist sorrir. Ela era uma bela mulher e ele gostava dela, parecia-lhe uma pessoa autêntica e bondosa, e era óbvio que se sentia à vontade com Ted, mas fora tão protegida a vida inteira que não tinha idéia do tipo de perigo que podia estar correndo. Era-lhe impossível imaginar. Jamais estivera exposta a pessoas como Waters, Addison e Morgan.

— A senhora está sentada aí como um alvo — explicou Ted. — Para caras inescrupulosos como esses, é uma mina de ouro. Seu marido lhe deixou muito dinheiro e você não tem ninguém para protegê-la. Creio que eles vêem apenas um cofre que podem levar para resolver os problemas deles. Se puderem pôr as mãos na senhora ou em seus filhos, talvez imaginem que 30 milhões de dólares ou mesmo 50, não significariam nada. Gente assim se ilude, acreditam nas próprias fantasias e histórias. Conversam uns com os outros na prisão, sonham com coisas que julgam poder conseguir. Quem sabe o que Addison contou a eles, ou o que eles contaram um ao outro? Só podemos supor. Podem imaginar que não é grande coisa para a senhora ou que não há nada de errado nisso. Só conhecem violência, e se for o que precisam usar para conseguir o que querem, calculam que vale a pena. Não pensam como você e eu. Talvez Addison nem saiba o que eles têm em

mente. Às vezes gente como ele coloca em andamento uma coisa que sai de controle e, quando menos esperam, tem gente machucada ou pior. Não posso lhe mostrar nada concreto para provar o que penso, mas posso lhe garantir que alguma coisa está errada. De repente, há muito céu na mesa e acho que vem uma tempestade, talvez mesmo uma daquelas e não gosto do que vejo.
— Mais ainda que isso, não gostava do que estava sentindo.
— Está me dizendo que acha que as crianças e eu estamos em perigo? — Ela queria entender direito esse ponto e ouvi-lo claramente dele. Era-lhe tão inconcebível que precisou de um minuto para absorver a coisa e ficou ali sentada, com um ar pensativo, sob o olhar dos dois.
— Exato — disse Ted simplesmente. — Acho que um ou todos esses caras, e talvez até outros, estão atrás de você. Podem estar vigiando seus passos e creio que pode acontecer alguma coisa horrível. Há muito dinheiro em jogo e eles na certa não entendem por que a senhora deve ficar com tudo e se sentiriam mais felizes em tirá-lo.
Agora ela entendera. Olhou direto nos olhos dele e falou claro:
— Não há nenhum.
— Nenhum o quê? Perigo?
Ted sentiu o coração apertar ao perceber que ela não acreditava. Era óbvio que o julgava louco.
— Dinheiro — ela disse simplesmente.
— Eu não compreendo. O que quer dizer?
Era claro que ela tinha muito. Os outros não. Até aí todos entendiam.
— Eu não tenho dinheiro nenhum. Nada. Zero. Conseguimos esconder tudo da imprensa, por meu marido, mas não

podemos esconder para sempre. Ele perdeu tudo o que tinha, na verdade tinha uma dívida de milhões de dólares. Ele se suicidou, ou deixou que alguma coisa lhe acontecesse no México, jamais vamos saber, porque não podia enfrentar a situação. Todo o mundo dele estava para implodir, e implodiu. Não resta nada. Venho vendendo tudo desde que ele morreu, o avião, o iate, casas, apartamentos, minhas jóias, arte. E vou pôr esta casa à venda em agosto. Não temos nada, nem sequer o bastante no banco para viver até o fim do ano. Talvez tenha de tirar as crianças da escola.

E olhava tranqüilamente para Ted ao dizer isso. Vivera com esse choque por tanto tempo que, após cinco meses de constante pânico, ficara anestesiada. Era apenas isso o que se tornara a sua vida agora. Adaptava-se. Era a situação em que Allan a deixara, quer ela gostasse ou não. E ainda preferia tê-lo a ter todo o dinheiro que ele perdera. Pouco ligava para o dinheiro, o que sentia era saudade dele. Mas, além disso, ele certamente a deixara em circunstâncias aflitivas e Ted pareceu desorientado.

— Está me dizendo que não há dinheiro? Nenhum investimento nem poupança em algum lugar, uns poucos milhões numa conta numerada na Suíça? — Parecia tão impossível para ele quanto um dia fora para ela.

— Estou lhe dizendo que não posso comprar um par de sapatos. Estou lhe dizendo que não tenho dinheiro para o supermercado em novembro. Depois de quitar as dívidas, vou ter de procurar emprego. No momento, estou apenas organizando o que vendemos e como vendemos, e como fazemos malabarismos com as dívidas, impostos e o resto, já é um trabalho de tempo integral. O que estou lhe dizendo, detetive Lee, é que não temos nada. Só nos restou esta casa e, se dermos sorte, qualquer quantia que levante talvez cubra as últimas dívidas pessoais de meu marido, se eu conseguir uma boa oferta por ela e o que tem dentro. Os advogados dele vão declarar falência das empresas, o que nos tirará da forca. Mas mesmo isso pode me tomar vários anos e um monte de bons advogados pelos quais não posso mais pagar, para nos tirar do buraco. Se o Sr. Addison acha que vai me extorquir 30 milhões de dólares, ou mesmo 30 mil, vai ficar muito decepcionado. Talvez alguém deva dizer isso a ele — ela disse, parecendo pequena e digna ali sentada no sofá.

Não havia nada de patético, nem mesmo de constrangimento nela. Era muito realista. E Rick Holmquist ficara impressionado, assim como Ted. Era uma história de Cinderela seguida por outra, de falência vertiginosa. Ela levava muito na esportiva, no que dizia respeito a eles. O marido a deixara um fardo e tanto. E ela sequer o criticava. Para Ted, era uma santa. Sobretudo se o que dizia era verdade e mal tivesse para alimentar os filhos. Ele e Shirley se achavam em uma situação muito melhor; os dois tinham empregos e um ao outro. Mas o que o perturbava era que o que ela acabara de dizer-lhe era ainda mais perigoso do que ele pensara. O mundo a via como dona de centenas de milhões de dólares, o que a tornava imediatamente um alvo bem exposto, quando na verdade ela nada tinha, o que ia deixar alguém louco e ainda mais violento, se a pegassem ou aos filhos.

— Se alguém me seqüestrar ou a alguma das crianças, não vai receber nem 10 centavos — ela disse simplesmente. — Não há nada para pagar. E ninguém que pague por nós. Allan e eu não tínhamos família de que valha a pena falar, só um ao outro, e simplesmente não há dinheiro em parte alguma. Acredite, eu procurei. Podiam ficar com minha casa, mas só isso. Dinheiro, não. — Ela não tinha pretensões a respeito, nem se desculpava. O que Ted se descobriu adorando nela enquanto a ouvia, além da dignidade, era a graça discreta. — Eu calculo que não nos fizemos bem escondendo isso da imprensa. Mas achei que devia isso a Allan, enquanto pudesse. A carta que ele deixou era de alguém muito angustiado e cheio de vergonha. Eu queria preservar sua imagem o maior tempo possível. Mas acabou vindo à tona. Muito cedo, eu acho. Simplesmente não há como esconder mais. Ele perdeu tudo. Arriscou tudo em maus negócios, fez algumas suposições e cálculos errados. Eu não sei o que aconteceu. Talvez ele tivesse perdido a cabeça ou se achou invencível. Mas não era. Ninguém é. Cometeu alguns erros terríveis.

Era uma delicada declaração muito por baixo, em vista de que ele deixara a esposa e filhos sem um centavo e com centenas de milhões de dívidas. Sofrera uma grande queda. E ela e os meninos eram os que iam pagar por isso. Ted levou alguns minutos para absorver a história e as implicações para ela, sobretudo agora.

— E as crianças? — perguntou, tentando não parecer tão em pânico quanto se sentia. — Existe alguma espécie de apólice de seqüestro para elas ou para a senhora? — Sabia que esse tipo de coisa existia e supunha que vinham da Lloyd's de Londres. Mas também sabia que pessoas como Allan Barnes os tinha, para o caso de ele mesmo ou algum membro da família ser seqüestrado. Havia apólices até para extorsão.

— Não há nada. Todas as nossas apólices caducaram. Não temos nem seguro-saúde no momento, embora meu advogado esteja tentando arranjar um para nós. E nossa seguradora nos disse que não vai pagar o seguro de vida de Allan. A carta que ele deixou é comprometedora demais, e faz parecer muito que foi suicídio, o que supomos que foi. A polícia encontrou a carta. E não creio que algum dia tenhamos tido seguro-seqüestro. Não creio que meu marido nos julgasse em risco.

Sabe Deus que devia ter julgado, pensou Ted, e Rick em silêncio ecoou os pensamentos do colega. Com o dinheiro que faturara, e de forma tão pública, corriam o risco de tudo. Mesmo Fernanda e as crianças. Talvez sobretudo eles. A família era seu calcanhar-de-aquiles, como era agora para qualquer um em sua posição. Aparentemente ele não notara, o que deixava Ted de repente furioso, embora não o demonstrasse. Mas não gostava de nada do que estava ouvindo, por vários motivos, nem Rick Holmquist.

— Sra. Barnes — disse Ted em voz baixa —, eu creio que isso a coloca num risco ainda maior. Pelo que esses homens ou quaisquer outros sabem, a senhora parece ter muito dinheiro. Era o que qualquer um suporia. E, na verdade, não tem. Acho que quanto mais rápido espalharmos isso por aí, melhor será. Embora as pessoas talvez não acreditem. Creio que a maioria não acreditará. Mas, no momento, você tem o pior de todos os cenários possíveis. Parece um alvo claro e não tem nada para bancar isso. E eu acho que o perigo neste caso é bastante real. Esses homens estão aprontando alguma coisa; não sei o quê, mas acho que estão. São três caras muito maus, e quem sabe com quem mais eles andaram falando? Não quero lhe causar pânico, mas acho que você e seus filhos estão em grave perigo.

Fernanda permaneceu sentada inteiramente imóvel por um longo instante, olhando-o e tentando ser corajosa e, pela primeira vez, sua expressão de calma e tranqüilidade começou a mudar, os olhos encheram de lágrimas.

— Que vamos fazer? — sussurrou, com a música continuando a estrondar no andar de cima, e os dois a olharam pouco à vontade, sem saber o que fazer por ela. Estava numa grande confusão. Graças ao marido. — Que posso fazer para proteger meus filhos?

Ted inspirou fundo. Sabia que falava fora de hora, não conversara ainda com o capitão, mas sentia muitíssimo por ela e confiava em seus instintos.

— Isso é conosco. Ainda não falei com o capitão. Rick e eu viemos direto do escritório do FBI para cá. Mas eu gostaria de deixar alguns de meus homens aqui por uma ou duas semanas, até verificarmos mais a situação e ver o que eles fazem. Talvez seja tudo fantasia minha, mas acho que devemos ficar de olho. Ainda preciso falar com o capitão e ver o que ele acha, mas acredito que podemos pôr alguns homens nisso. Tenho a sensação de que alguém pode estar vigiando vocês. — Rick assentiu; concordava. — Que você acha? — Ted voltou-se para ele, que pareceu constrangido. — Addison é com você. — O FBI estava investigando-o, o que dava a Rick a autoridade necessária e os dois sabiam disso. — Pode nos ceder um agente por uma ou duas semanas, para vigiar a casa e as crianças?

Rick hesitou e depois concordou. Nesse caso, a decisão era dele. Podia dispor de um homem. Talvez dois.

— Não posso justificar isso por mais de uma ou duas semanas. Vamos ver o que acontece.

Além disso, Fernanda era uma pessoa importante. E o marido fora um homem importante. Mais importante ainda, Addison era um peixe grande para eles, se pudessem pegá-lo e ligá-lo a algum tipo de conspiração. Coisas mais estranhas haviam acontecido na vida dos dois detetives. E Ted estava convencido de que tinha razão. E também Rick.

— Quero ter certeza de que ninguém está seguindo você nem as crianças — disse Ted.

Ela concordou. De repente, via sua vida transformada num pesadelo pior que aquele em que ela vinha vivendo desde a morte de Allan. Ele se fora. Pessoas terríveis estavam atrás dela. As crianças corriam perigo de ser seqüestradas. Ela jamais se sentira tão inteiramente perdida e vulnerável, mesmo quando Allan morrera. Tinha um pressentimento da proximidade de uma tragédia, como se nada pudesse fazer para proteger a família, e estava aterrorizada com a possibilidade de um ou todos os seus filhos se machucarem ou coisa pior. Tentava valentemente controlar-se, mas, apesar de todos os esforços, as lágrimas lhe escorriam pelas faces e Ted pareceu solidário.

— E a ida de Will para o acampamento? — ela perguntou, em meio às lágrimas. — Pode?

— Alguém sabe para onde ele vai? — perguntou Ted em voz baixa.

— Só os amigos e um dos professores.

— Saiu alguma coisa a respeito nos jornais?

Ela fez que não com a cabeça. Não havia mais motivo para escreverem sobre eles. Ela quase não saíra de casa em cinco meses. E a fascinante carreira de Allan terminara. Não eram nem notícia ultrapassada agora; simplesmente não eram notícia, o que para ela era um alívio. Jamais gostara disso e teria gostado menos ainda agora. Jack Waterman já a avisara que haveria muita curiosidade sobre eles na imprensa, quando saísse por fim a notícia do desastre de Allan, e ela se preparava para isso.

— Acho que ele pode ir — disse Ted em resposta à pergunta sobre se Will poderia ir para o acampamento. — Você vai ter de avisar a ele e ao acampamento para terem cuidado. Se alguém perguntar por ele ou aparecerem estranhos, pessoas se dizendo parentes ou amigos, devem dizer que ele não está lá e nos chamar imediatamente. Você precisa falar com Will antes de ele viajar.

Ela fez que sim com a cabeça, tirou um lenço de papel do bolso e assoou o nariz. Sempre os carregava consigo agora, porque sempre encontrava alguma coisa numa gaveta ou cômoda que lembrava Allan. Como seus sapatos de golfe. Ou um caderno de anotações. Ou um chapéu. Ou uma carta que ele escrevera anos antes. A casa parecia cheia de motivos para chorar.

— E sua filha que vai para Tahoe? Quem vai com ela?

— Eu conheço os pais. São boas pessoas.

— Ótimo. Então deixe que vá. Temos de ter agentes na área vigiando-os. Podem manter um homem num carro diante da casa deles. Na certa é melhor tirar a menina daqui. Isso nos dá menos uma vítima para nos preocupar.

Ela literalmente se encolheu ao ouvir a palavra e Ted fez um ar de desculpas. Para ele, tratava-se agora de um caso ou um caso em potencial, não apenas uma família ou uma pessoa. E Rick pensava o mesmo. Achava que era uma oportunidade de pôr Addison na prisão e liquidar seu caso. Para Fernanda, eram só seus filhos. Nem pensava em si mesma. E estava com medo, mais do que nunca estivera antes. Olhando-a, Ted soube disso:

— Quando eles vão viajar? — perguntou, a mente já disparando. — Queria que dois homens verificassem a rua assim que conseguisse pô-los lá. Queria saber se havia homens em carros estacionados e, se havia, quem eram.

— E você e Sam, vão para algum lugar? Quais são seus planos?

— É só colônia de férias para ele.

Ela não podia pagar muito mais. O acampamento para Will já fora uma extravagância, mas ela simplesmente não podia negar-lhe isso. Nenhuma das crianças sabia ainda de toda a extensão da ruína financeira, embora tivessem consciência de que as coisas fossem menos pródigas do que antes. Ela ainda não explicara todas as implicações a eles, mas esperava fazê-lo quando pusesse a casa à venda. Depois, sabia que o teto ia desabar sobre a cabeça deles. Na verdade, já desabara. As crianças apenas não sabiam.

— Não gosto muito da idéia — disse Ted, cauteloso. Vamos ver como fica. Quando os outros viajam?

— Will vai amanhã. Ashley no dia seguinte.

— Bom — disse Ted rapidamente. Estava ansioso para que partissem, para reduzir o número de alvos. Metade deles ia sair. Olhou então para Rick.

— Vou botar homens à paisana nisso, ou devemos estar uniformizados? — Tão logo fez a pergunta, soube que a fizera ao homem errado. Eles sempre discordavam sobre o conceito de proteção a vítimas em potencial. A força policial preferia fazê-la visível, a fim de assustar os criminosos e o FBI gostava de atraí-los para encurralá-los. Mas naquele caso ele queria ver o que os suspeitos iam fazer, se é que iam fazer alguma coisa, e inclinava-se a pensar como Rick, até certo ponto. Já vinha pensando nisso quando entraram na casa.

— E isso importa? — perguntou Fernanda, confusa com o que acontecia; a cabeça girando.

— Importa, sim — disse Ted em voz baixa. — Faz uma grande diferença. Podemos ver alguma ação mais rápido se pusermos homens à paisana.

Ela entendeu.

— Para ninguém saber que são policiais?

Ele fez que sim com a cabeça. Tudo parecia aterrorizante para Fernanda.

— Não quero que nenhum de vocês vá a parte alguma enquanto eu não designar dois homens para isso. Provavelmente hoje à noite. Vocês pensavam em sair?

— Só ia levar as crianças para comer uma pizza. Podemos ficar em casa.

— É onde eu quero vocês — disse Ted, firme. — Ligo assim que falar com o capitão. Com sorte, posso ter dois homens aqui à meia-noite.

De repente se tornara só negócios.

— Eles vão dormir aqui?

Ela parecia perplexa com essa idéia, e Ted e Rick sorriram.

— Esperemos que não. Precisamos que fiquem acordados e cientes do que se passa. Não queremos ninguém entrando pelas janelas enquanto todo mundo dorme. Você tem alarme? — perguntou Ted, mas era óbvio que tinham, e ela fez que sim com a cabeça. — Ligue até a gente chegar. — Voltou-se para Rick. — E você?

— Vou mandar dois agentes de manhã.

Ela não ia precisar deles antes disso, se já tinha o pessoal de Ted. E ele ia ter de tirar dois homens de outra equipe, e substituí-los, o que levava algum tempo. Voltou-se para Fernanda então, com olhos solidários. Ela parecia uma boa mulher, e ele sentia pena dela, como Ted. Sabia como eram difíceis as situações daquele tipo. Vira muitas delas, no trabalho policial e no FBI. Vítimas potenciais. E proteção a testemunhas. A coisa podia ficar feia, e muitas vezes ficava. Esperava que não fosse assim para ela. Mas sempre havia esse risco.

— Isso quer dizer que vai ter quatro homens aqui com vocês, dois do DPSF e dois agentes do FBI — explicou. — Isso os manterá em segurança. E creio que o detetive Lee tem razão sobre as outras duas crianças. É uma boa idéia tirá-las daqui.

Ela balançou a cabeça e fez a pergunta que a vinha atormentando na última meia hora.

— Que acontece se eles tentarem nos seqüestrar? Como fariam isso?

Ted deu um suspiro. Detestava responder à pergunta. Uma coisa era certa. Se queriam arrancar dinheiro dela, não iam matá-la, para que ela pagasse o resgate.

— Na certa vão tentar pegá-la à força, emboscá-la quando estiver dirigindo, e pegar uma das crianças se houver uma com a senhora. Ou entrar na casa. Não é provável que isso aconteça se você tem quatro homens aqui o tempo todo.

E se acontecer, ele sabia por experiência que alguém ia morrer, tiras ou seqüestradores, ou ambos. Com sorte, nem ela nem qualquer das crianças. Os homens designados para o grupo tinham pleno conhecimento do risco que assumiam. Para eles, isso fazia parte do trabalho e do que faziam para ganhar a vida.

Rick olhou-o então.

— Precisamos das impressões digitais e amostras dos cabelos das crianças antes que elas viajem. — Disse isso da maneira mais delicada que pôde, mas nada havia de delicado no que dizia e Fernanda pareceu em pânico.

— Para quê? — ela perguntou. — Mas sabia. Era óbvio mesmo para ela.

— Precisamos identificar as crianças se forem apanhadas. E precisamos das suas digitais e cabelos também — disse, com um ar de desculpas, e Ted interveio.

— Vou mandar alguém mais tarde hoje — disse em voz baixa, enquanto a mente de Fernanda disparava.

Aquilo de fato estava acontecendo com ela e seus filhos. Não dava para acreditar, e ela nem compreendera ainda direito e imaginava se algum dia compreenderia. Talvez eles apenas imaginassem aquilo. Talvez os dois fossem loucos e estivessem naquela vida havia tempo demais. Ou, pior ainda, talvez estivesse acontecendo mesmo e eles tivessem razão. Não havia como saber.

— Vou pôr alguém na rua imediatamente, para verificar as placas — ele disse, mais para Rick que para ela. — Quero saber quem está aí fora.

Rick assentiu e Fernanda imaginou se de fato havia pessoas observando-a ou à casa. Não tinha essa sensação.

Pouco depois, os dois se levantaram. Ted olhou-a e viu como ela estava tensa. Parecia em choque.

— Ligo daqui a pouco e informo o que está acontecendo e a quem esperar. Enquanto isso, tranque as portas, ligue o alarme e não deixe as crianças saírem. Por nenhum motivo. — Ao dizer isso, entregou-lhe seu cartão. Já o dera antes, mas sabia que ela podia tê-lo perdido e perdera mesmo. Estava numa gaveta em alguma parte e ela não o encontraria. Achava que não precisava.

— Se acontecer alguma coisa fora do comum, me ligue imediatamente. O número do meu celular está aí. E o do bipe. Entro em contato dentro de poucas horas.

Ela fez que sim com a cabeça, incapaz de responder e conduziu-os até a porta da frente. Os dois apertaram a mão dela e, ao sair, Ted voltou-se para olhá-la com uma expressão tranqüilizadora. Não tinha coragem de partir sem dizer alguma coisa a ela.

— Vai dar tudo certo — disse em voz baixa e seguiu Rick escada abaixo, enquanto ela fechava a porta e ligava o alarme.

Peter Morgan viu quando eles saíram e não ligou muito. Era sua primeira experiência de vigilância, o que era uma grande sorte para eles. Waters os teria farejado cinco segundos depois de avistá-los. Peter, não.

Rick tornou a entrar no carro de Ted e olhou o antigo parceiro com uma expressão confusa.

— Nossa, você acredita que alguém possa perder tanto dinheiro assim? Os jornais diziam que o cara tinha meio bilhão de dólares, e isso não pode ter sido há tanto tempo, um ou dois anos talvez. O cara deve ter ficado maluco.

— É — disse Ted, com um ar infeliz. — Ou era um filho-da-puta irresponsável. Se ela está falando a verdade — e não tinha motivo para achar que ela estava mentindo, não parecia esse tipo de pessoa —, está numa situação dos diabos. Sobretudo com Addison e seus capangas atrás dela, se é que estão. Eles não vão acreditar que ela está sem dinheiro.

— E então? — perguntou Rick, pensativo.

— A coisa fica complicada. — Os dois sabiam, seriam equipes da SWAT, negociações de reféns e táticas de comando. Ele só esperava que não chegasse a isso. Se ia de fato acontecer alguma coisa, Ted Lee faria tudo o que pudesse para impedir. — O capitão vai pensar que andamos fumando crack — disse lançando um sorriso a Holmquist. — Parece que toda vez que nos juntamos nos metemos em alguma encrenca.

— Eu certamente sinto falta disso — disse Rick, sorrindo, e Ted agradeceu-lhe por ceder dois agentes para a equipe. Sabia que não podia cedê-los por muito tempo, se nada acontecesse. Ted não tinha certeza, mas tinha a sensação de que ia acontecer alguma coisa muito em breve. Talvez a prisão de Addison no dia anterior os houvesse deixado ansiosos ou mesmo em pânico. Também havia a suspeita de que a saída de Addison do país tinha alguma coisa a ver com o caso. Se fosse isso, algo ia acontecer dentro de dois dias, ou a qualquer momento depois. Talvez logo.

Ted levou Rick de volta ao escritório dele e, meia hora depois, entrava no seu.

— O capitão está? — perguntou à secretária, uma bela moça de uniforme azul, e ela fez que sim com a cabeça.

— Está num humor dos diabos — ela sussurrou.

— Ótimo. Eu também — ele disse com um sorriso e entrou no gabinete do chefe.

Will desceu a escada aos saltos, vindo do seu quarto, e estendeu a mão para a porta da frente. Da sua escrivaninha, Fernanda o deteve na mesma hora.

— Pare! O alarme está ligado — gritou, mais alto que o necessário e ele parou, parecendo espantado.

— Que estranho. Eu só vou sair por um minuto. Preciso tirar minhas caneleiras do carro.

Ela deixara a caminhonete na entrada da garagem quando chegara e sabia que não podia sair enquanto o carro da polícia não chegasse.

— Não pode — ela disse, com ar severo, e Will olhou-a com uma expressão estranha.

— Algum problema, mãe?

Ele via que sim, e ela confirmou, os olhos cheios de lágrimas.

— Sim... não... na verdade, há. Eu preciso falar com você, Ash e Sam.

Sentada à escrivaninha, ela vinha tentando imaginar o que dizer a eles, e quando. Ainda tentava absorver o que acontecera, ou poderia acontecer e tudo o que ouvira de Ted e Rick. Era muita coisa para assimilar, e seria ainda mais para as crianças. Eles não precisavam disso, nem ela. Haviam passado por muita coisa nos últimos seis meses. Mas agora tudo o que podia fazer era olhar para Will. Não havia sentido em adiar. Tinha de contar-lhes. E parecia que chegara a hora, pois ele acabara de descobrir que algo estava acontecendo.

— Quer ir lá em cima e chamar seus irmãos, querido? Precisamos ter uma reunião de família — disse com ar sombrio e quase sufocou com as próprias palavras.

A última reunião de família que haviam feito fora quando o pai morrera e ela lhes dera a notícia. E todo o impacto de tudo que acabara de dizer não passara despercebido a Will. Ele olhou-a, o terror nos olhos e, sem palavra, se virou e correu escada acima para chamar os outros, deixando Fernanda sentada, tremendo. A única coisa que lhe importava agora era mantê-los em segurança. Rezava apenas para que a polícia e o FBI pudessem fazer isso.

Capítulo 13

A REUNIÃO DE FERNANDA com os filhos correu tão bem quanto possível, dadas as circunstâncias. Eles desceram a escada até a sala de visitas cinco minutos depois de ela ter mandado Will chamá-los, após uma breve conferência no quarto de Sam sobre qual seria o problema. Finalmente, Will mandou-os descer, e eles o fizeram, em fila pela escada, por ordem de idade, com o mais velho na frente. Os três pareciam preocupados, como a mãe à espera.

Ela esperou até Ash e Sam se acomodarem no sofá e Will esparramar-se na poltrona — a favorita do pai. Instintivamente, tomara-a para si assim que Allan se fora. Era o homem da casa agora e fazia o melhor possível para ocupar o lugar do pai.

— Qual é o problema, mãe? — perguntou em voz baixa, quando Fernanda os olhou, não estava segura de como começar. Era tanta coisa a dizer, e nada de bom.

— Não sabemos — ela respondeu honestamente. Queria contar-lhes o máximo da verdade possível. Eles precisavam saber, ou pelo menos fora o que Ted dissera. E ela desconfiava que ele tinha razão. Se não os avisasse do perigo em potencial, eles podiam correr riscos que de outro modo não correriam. — Talvez não seja nada — tentou tranqüilizá-los e, ao falar, Ashley de repente entrou em pânico, temendo que ela estivesse doente. Ela era tudo o que restava para eles agora. Mas quando a mãe continuou, eles souberam que não era isso. Fernanda achava que era pior. — Talvez nada resulte disso — recomeçou, o tempo tiquetaqueando em agonia para todos —, mas a polícia acabou de sair daqui. Parece que prenderam ontem alguém que julgam ser um homem mau, uma espécie de escroque. Ele tinha um grande arquivo sobre o pai de vocês, com fotos de todos nós. E parece que tinha muito interesse no sucesso dele — hesitou — e em nosso dinheiro. — Não queria dizer a eles que não tinha mais dinheiro algum. Aparentemente, eles já tinham problemas suficientes no momento, e ainda haveria tempo para isso. — Também encontraram na escrivaninha dele o nome e o número de telefone de um homem que acabou de sair da prisão. Nem eu nem seu pai conhecíamos nenhuma dessas pessoas — garantiu-lhes, e mesmo a ela isso parecia insano enquanto falava. As crianças tinham os olhos vidrados nela, fascinadas, sem comentários nem expressão. A história era demasiado estranha e desconhecida até para imaginar as implicações. — Eles foram revistar o quarto do homem que saiu da prisão e encontraram o nome e o número de telefone de outro, julgado extremamente perigoso e que também acabou de sair da prisão. Não sabem qual a ligação entre esses três homens. Mas parece que o homem que foi preso ontem pelo FBI está metido numa grande encrenca e precisa de muito dinheiro. Os agentes descobriram nosso endereço no quarto de hotel de um dos homens. O que a polícia receia — ela engoliu em seco, tentando manter a voz firme com muito esforço —, o que eles receiam é que o homem preso tente seqüestrar um de nós para arranjar o dinheiro de que precisa.

Era isso, em resumo. As crianças continuaram a olhá-la fixo por um interminável momento.

— É por isso que o alarme está ligado? — perguntou Will, olhando-a com um ar estranho. Toda a história parecia incrível ao ser ouvida ou contada.

— É. A polícia vai mandar dois policiais para nos proteger, e o FBI fará o mesmo, apenas por algumas semanas, até verem se acontece alguma coisa. Talvez a teoria deles esteja inteiramente errada e talvez ninguém queira nos fazer mal. Mas só para o caso de estarem certos, querem ter cuidado e vão ficar conosco por algum tempo.

— Dentro de casa? — Ashley pareceu horrorizada, quando sua mãe confirmou. — Ainda vou poder viajar para Tahoe?

Fernanda sorriu com a pergunta. Pelo menos ninguém estava chorando. Ela achava que eles não tinham compreendido a gravidade da situação. Até para ela, parecia um filme de terror, quando assentiu.

— Sim, você pode ir. A polícia acha que é uma boa idéia você sair da cidade. Deve apenas ter cuidado, e ficar de olho em pessoas estranhas.

Mas ela sabia que a família com que Ashley viajaria era extremamente cautelosa e atenta, razão pela qual concordara em deixá-la ir. E telefonaria para eles e os avisaria do que estava acontecendo antes de viajarem.

— Eu não vou para o acampamento — disse Will de repente, com ar sério e um olhar angustiado à mãe. Ele entendera. Mais que os outros. Mas era o mais velho. E fazia agora o papel de protetor, na ausência do pai. Fernanda não queria que ele carregasse esse fardo. Aos 16 anos, ainda precisava gozar o resto da meninice e infância.

— Vai, sim — disse com firmeza. — Acho que deve. Se acontecer alguma coisa, ou ficar pior aqui, eu o chamo. E estará mais seguro lá e ficaria louco preso aqui em casa comigo e Sam. Acho que não vai haver muita coisa para fazermos nas próximas semanas, até a gente resolver isso ou eles descobrirem o que está acontecendo. Estará muito melhor no acampamento, jogando lacrosse.

Will não respondeu, mas permaneceu sentado na cadeira, pensando. E Sam observava as reações dele.

— Está com muito medo, mãe? — perguntou abertamente, e ela fez que sim com a cabeça.

— Estou, um pouco. — E o termo era fraco. — Parece muito assustador, mas a polícia vai nos proteger, Sam. Eles protegerão a todos nós. Nada vai acontecer. — Ela não estava tão segura como parecia, mas queria tranqüilizá-lo.

— Os policiais vão usar armas quando estiverem aqui? — tornou a perguntar, interessado.

— Acho que sim. — Ela não explicou a teoria sobre os riscos da proteção por policiais de uniforme ou à paisana, e de eles serem usados como iscas vivas para pegar mais depressa os criminosos. — Vão chegar à meia-noite. Até então, não podemos sair, de jeito nenhum. E o alarme está ligado. Temos de ter cuidado.

— Eu tenho de ir para a colônia de férias? — perguntou Sam, esperando que não, pois já tinha medo disso mesmo e mudara de idéia a respeito. Gostava da idéia de homens armados andando pela casa. Essa parte lhe parecia divertida.

— Acho que não, Sam. Você eu vamos encontrar muita coisa para fazer aqui. — Podiam ir a museus ou ao zoológico e fazer projetos de arte ou ir ao Exploratorium no Museu de Belas-Artes, mas ela o queria consigo. Ele pareceu satisfeito.

— Uau! — disse o menino, dançando pela sala e Will fuzilou-o com os olhos e mandou-o sentar-se.

— Não compreende o que isso significa? Só se preocupam com Tahoe e a colônia de férias. Alguém quer nos seqüestrar ou à mamãe. Não vêem como isso é sério? — disse Will, seriamente perturbado e, depois que os outros subiram, um pouco mais calmo, voltou a argumentar com a mãe. — Eu não vou para o acampamento, mãe. Não vou deixar você aqui só para poder jogar lacrosse durante três semanas. — Já era maduro o suficiente, aos 16, quase 17 anos, para ela ser honesta com ele.

— Você vai ficar mais seguro lá, Will — ela disse, com lágrimas nos olhos. — Eles querem que você vá. E precisam de Ash em Tahoe. Sam e eu vamos ficar bem com quatro homens para nos proteger. Eu prefiro que você vá, para eu não ter de me preocupar com você também.

Era o mais honesta que podia ser com ele, e era verdade. Ele podia se perder no anônimo vaivém dos outros garotos no acampamento e ficar em segurança lá. E Ashley estaria protegida em Tahoe. Então só teria de se preocupar com Sam. Um filho em vez de três.

— E você? — ele perguntou, genuinamente preocupado com ela. Passou o braço em volta dos ombros dela, o que de novo trouxe lágrimas aos olhos da mãe, quando subiram a escada de volta para o quarto dele.

— Vou ficar ótima. Ninguém vai me fazer nada.

Ela parecia tão certa disso que ele se surpreendeu.

— Por que não?

— Eles querem que eu pague o resgate e, se me levarem, ninguém paga.

Era uma idéia aterrorizante, mas os dois sabiam que era verdade.

— Sam vai ficar bem?

— Com quatro policiais para protegê-lo, imagino que sim.

Ela tentou sorrir corajosamente, por ele.

— Como isso foi acontecer, mãe?

— Eu não sei. Azar, imagino. O sucesso de seu pai. Isso dá a algumas pessoas um monte de idéias loucas.

— É muito doentio.

Ele ainda parecia horrorizado e ela detestava expor qualquer um deles a tanto risco e medo, mas uma vez que lhes estava acontecendo, ou podia acontecer, eles tinham de saber. Ela não tivera escolha senão contar-lhes. E estava orgulhosa do modo como eles aceitaram. Sobretudo Will.

— É, é doentio — concordou. — Há muita gente louca no mundo, eu acho. E má. Só espero que essas pessoas percam logo o interesse por nós ou cheguem à conclusão de que não valemos a pena. Talvez a polícia esteja errada. Eles não têm certeza sobre nada disso. No momento, não passam de teorias e suspeitas, mas temos de dar atenção a isso também. Você não viu ninguém nos observando, viu, Will? — ela perguntou, mais por perguntar que por acreditar mesmo que ele vira, e ficou chocada ao vê-lo parar por um instante e fazer que sim com a cabeça.

— Eu acho que vi... não tenho certeza... Vi um cara num carro do outro lado da rua, umas duas vezes. Não parecia estranho nem nada assim. Na verdade, parecia legal. Simplesmente parecia normal. Sorriu para mim. Acho que o motivo por que o notei... — Pareceu embaraçado com o que disse a seguir. — Acho que o notei porque ele parecia um pouco com papai. — A informação fez soar o alarme para ela também, embora ela não imaginasse o que era.

— Lembra-se da aparência dele? — perguntou Fernanda, com um ar preocupado. Talvez a polícia tivesse razão e houvesse homens vigiando-os. Ela continuava esperando que estivessem errados.

— Mais ou menos — disse Will. — Parecia um pouco com papai, mas tinha cabelos louros e também se vestia como ele. Usava uma camisa azul abotoada na frente uma vez e um blazer, na outra. Eu achei que estava esperando alguém. Parecia normal.

Fernanda se perguntava se o homem se vestira assim intencionalmente para parecer alguém do bairro. Falaram sobre isso por alguns minutos e depois Will foi para seu quarto despedir-se dos amigos pelo telefone antes de viajar para o acampamento. Ela já o avisara para que não falasse a ninguém sobre uma possível ameaça de seqüestro. Ted dissera-lhe que era importante manterem isso em segredo, senão, se a coisa se espalhasse, poderia chegar à imprensa e teriam imitadores por toda parte. Will e os outros haviam prometido não falar. As únicas pessoas às quais ela ia contar eram as da família em Tahoe que ia cuidar de Ash.

Fernanda ligou para Ted tão logo foi possível. Queria comunicar o que Will lhe contara. A secretária lhe disse que ele estava numa reunião com o capitão e ligaria de volta. Ela ficou parada, olhando pela janela, pensando naquilo tudo e imaginando se havia pessoas lá fora, de olho nela, e que ela não via. Enquanto fazia isso, Ted e o capitão gritavam um com o outro. O capitão disse que se tratava de um problema do FBI, não da polícia. O suspeito primeiro fora preso pelo FBI, sobretudo por questões financeiras, isso nada tinha a ver com a DPSF, e ele não ia colocar seus homens para servirem de babás para uma dona-de-casa de Pacific Heights com três filhos.

— Me dá uma folga, pelo amor de Deus — gritou-lhe de volta Ted. Os dois se conheciam bem e eram velhos amigos. O capitão estava dois anos na frente de Ted na academia e haviam trabalhado juntos em incontáveis casos. O capitão tinha um profundo respeito pelo trabalho de Ted, mas desta vez achava que ele estava maluco. — E se um deles for seqüestrado? De quem vai ser o problema? — Os dois sabiam que ia ser de todos. Do FBI e do DPSF. — Acho que encontrei coisa séria. Sei disso. Confie em mim. Basta me dar uns dois dias, uma semana, talvez duas, deixe-me ver o que descubro. Se não der em nada, eu engraxo seus sapatos durante um ano.

— Eu não quero sapato engraxado nem o dinheiro do contribuinte jogado pela janela para pagar serviço de babá. Que diabos faz você pensar que Carl Waters está envolvido nisso? Não há indício claro, e você sabe disso.

Ted olhou-o direto nos olhos, sem receio.

— Todo o indício de que eu preciso está aqui. — Apontou para si mesmo. Já mandara uma policial disfarçada, vestida como guardadora de parquímetro, verificar os carros estacionados na rua de Fernanda. Não havia parquímetro, mas os carros deviam ter adesivos de permissão para estacionar por não mais de duas horas, por isso a presença da guardadora parecia razoável a qualquer um que a visse. Ted estava ansioso para saber o que ela descobrira, quem estava sentado em carros estacionados, que aparência tinha e mandara-a dar uma conferida em todas as placas. A moça ligou quando ele o capitão ainda brigavam, e a secretária veio avisar-lhe que a detetive Jamison tinha alguma coisa para ele e dissera que era urgente. O capitão pareceu aborrecido quando Ted atendeu ao telefonema e ficou ali parado um longo tempo, escutando. Fez alguns comentários ininteligíveis, agradeceu e, olhando para o outro, desligou.

— Agora eu suponho que você vai me dizer que Carlton Waters e o cara que o FBI prendeu estão parados na entrada da casa dela com escopetas — disse o capitão. E revirou os olhos, já ouvira aquilo antes. Mas Ted tinha um ar sério quando o fitou nos olhos.

— Não. Eu vou lhe dizer que Peter Morgan, o homem em liberdade condicional que tinha o número de Waters no quarto de hotel, está sentado num carro estacionado do outro lado da rua, diante da casa dos Barnes. Ou parece ele. O carro está registrado no nome dele. E um dos vizinhos disse que ele tem estado ali sentado ou mais adiante na quadra, há semanas. Disseram que ele parece um cara bacana e nunca lhe deram importância. Não pareciam preocupados.

— Merda. — O capitão passou a mão pelos cabelos e olhou para Ted. — Era tudo de que eu precisava. Se eles seqüestrarem aquela mulher, sairá em todos os jornais que nós não fazemos porra nenhuma certa. Tudo bem, tudo bem. Quem você pôs nisso?

— Ninguém ainda.

Ted sorriu-lhe. Não queria ter razão nesse caso, mas sabia que tinha. E fora um golpe de sorte que a detetive Jamison encontrasse Morgan ali sentado. Ia dar instruções a seus homens para não tocarem nele. Não queria assustá-lo. O que desejava era pegar todos eles, onde estivessem e por maior que fosse o grupo, estivesse Carlton Waters envolvido ou não. Qualquer que fosse a conspiração contra Fernanda, ele queria apenas mandá-la pelos ares, prender os envolvidos e manter a ela e aos filhos em segurança. Não seria pouca coisa.

— Quantos são eles, quer dizer, a tal Barnes e os filhos? — perguntou o capitão, parecendo mal-humorado, mas Ted sabia que não estava.

— Ela tem três filhos. Um viaja para um acampamento amanhã. Outra vai para Tahoe no dia seguinte e podemos cobrir isso com o xerife no lago Tahoe. Depois, serão apenas ela e um menino de 6 anos.

O capitão assentiu em resposta.

— Ponha dois caras com ela 24 horas por dia. Isso deve bastar. Seu cupincha Holmquist vai nos dar alguém?

— Acho que sim — disse Ted, com certa cautela. Fora meio falta de tato o fato de haver falado disso a Rick, antes de procurar o capitão, mas às vezes era assim. Quando trocavam informações, os casos se solucionavam mais rápido.

— Diga a ele o que acabou de descobrir sobre Morgan e que mande dois caras para garantir, senão eu dou um chute no rabo dele na próxima vez que o encontrar.

— Obrigado, capitão.

Ted sorriu-lhe e deixou o escritório. Precisava dar alguns telefonemas para estabelecer a proteção de Fernanda e Sam. Ligou para Rick e falou-lhe de Morgan. E mandou uma policial imprimir uma foto de Morgan, para mostrá-la a Fernanda e aos garotos. Depois pegou uma pasta em sua escrivaninha e escreveu um número registrando o caso, para tornar a coisa oficial. *Conspiração para seqüestro*, escreveu em letras graúdas. Pôs o nome de Fernanda e os das crianças. Onde devia relacionar os suspeitos, escreveu o nome de Morgan. Por enquanto, os outros eram demasiado remotos, embora ele anotasse o de Phillip Addison e escrevesse uma breve descrição da pasta que ele tinha sobre Allan Barnes. Isso era apenas o começo. Ted sabia que o resto viria por si mesmo. Os pedacinhos do céu iam-se encaixando. Ficara apenas um pouco maior. Tudo que ele tinha naquele pedaço de céu agora era Peter Morgan. Mas pressentia que os outros se encaixariam no quebra-cabeça muito em breve.

Foi até a casa de Fernanda às seis horas daquele entardecer. E, como fizera antes, tomou a decisão de entrar normalmente, como um convidado, e parecer bem à vontade. Tirara a gravata e usava uma jaqueta de beisebol. O policial que trouxera consigo também usava um boné de beisebol, camiseta e jeans. Podia ser um dos amigos de Will, e Ted o seu pai. Fernanda e as crianças comiam pizza na cozinha quando eles entraram. Haviam-no deixado entrar tão logo o viram pelo olho mágico. E o jovem que viera junto trouxera algumas coisas numa mochila pendurada no ombro, o que combinava com seu porte juvenil e atlético. Ted pediu-lhe em voz baixa que se instalasse na cozinha e, após obter a permissão de Fernanda, sentou-se à mesa com ela e os filhos. Trouxera um envelope.

— Trouxe mais fotos? — perguntou Sam com interesse, quando do Ted sorriu para ele.

— Trouxe, sim.

— Quem é agora?

Sam agia como o subxerife oficial que Ted o declarara na última vez. Tentava parecer *blasé* a respeito e a mãe sorriu. Agora não havia muito motivo para sorrir. Ted ligara e falara-lhe de Morgan. Aparentemente, ele estivera ali fora durante semanas e ela não o vira uma única vez. Isso não recomendava muito sua capacidade de observação e ela estava preocupada. Ted dissera-lhe que quatro homens estariam em sua casa após a meia-noite. Dois do DPSF e dois do FBI. Sam ficara muito entusiasmado e queria saber se eles estariam armados. Perguntara à mãe antes, mas queria a confirmação de Ted.

— Estarão, sim — respondeu Ted, tirando a foto do envelope que trouxera e entregando-o a Will. — É esse o homem que você viu no carro do outro lado da rua?

Will olhou-a menos de um minuto, balançou a cabeça e devolveu-a.

— É, sim. — Pareceu meio envergonhado. Jamais lhe ocorrera contar à mãe que vira um homem num carro que lhe sorrira. Julgara apenas uma coincidência tê-lo visto duas vezes. Parecia um cara legal. E um pouco parecido com seu pai.

Ted fez a foto circular pela mesa. Nem Ashley nem Sam o reconheceram, mas quando a foto chegou a Fernanda ela se empertigou e ficou olhando-a por um longo tempo. Sabia que o vira em algum lugar, mas não lembrava onde. E então, de repente, lembrou. Fora no supermercado ou na livraria. Lembrava-se de que deixara cair alguma coisa e ele a pegara, e exatamente como dissera Will, parecera-lhe na hora com Allan. Explicou as circunstâncias a Ted.

— Lembra-se de quando foi isso? — ele perguntou, calmo, e ela disse que fora em algum dia das últimas semanas, mas não sabia quando, o que confirmou que ele os vinha observando havia algum tempo. — Ele está lá fora agora — explicou Ted em voz baixa às crianças, e Ashley arquejou. — E não vamos fazer nada. Queremos ver quem vem falar com ele, se vier alguém, a mando de quem ele está e o que estão aprontando. Quando saírem, não quero que olhem para ele nem o reconheçam. Não queremos assustar o cara. Ajam como se não soubessem de nada — Ted acrescentou calmamente.

— Ele ainda está lá fora agora? — perguntou Ashley e Ted fez que sim com a cabeça. Já conhecia o carro, pela descrição da detetive Jamison, e onde estava. Mas fingira não notá-lo. Dirigia o seu, conversava e sorria com o jovem policial que trouxera consigo, tentando parecer um amigo trazendo o filho para uma visita. Na verdade, eram convincentes. O jovem policial parecia ter mais ou menos da idade de Will e, de fato não era muito mais velho.

— Acha que ele sabe que você é tira? — perguntou-lhe Will.

— Espero que não. Mas nunca se sabe. Talvez. Estou esperando que me julgue apenas um amigo de sua mãe por enquanto.

Mas não havia dúvida: quando pusessem quatro homens na casa; iam chamar a atenção e inevitavelmente deixar alarmados Morgan e seus colegas. Depois disso, era uma faca de dois gumes. A polícia perderia a vantagem do anonimato, mas também advertiria aos seqüestradores que agissem com cautela, ou os assustaria completamente, embora Ted não julgasse isso provável. Não tinham outra escolha. Fernanda e a família precisavam de proteção. E se assustassem o cara para sempre, ótimo também. Mas, acima de tudo, ela precisava da presença da polícia ali, para protegê-la e aos filhos. Alguns dos tiras da equipe na certa seriam mulheres, o que poderia criar uma distração, a princípio, e tornar menos óbvio que havia policiais em cena. Porém, mais cedo ou mais tarde, quatro adultos chegando duas vezes por dia, acompanhando Fernanda e os filhos a toda parte e ficando com eles 24 horas por dia ia chamar a atenção e o mais provável era que os assustasse. Sabiam que nada podiam fazer por enquanto. O capitão também discutira a colocação do que chamava de Posto 10B, que era um carro sem identificação com policiais à paisana. Mas Ted achava que não precisavam, e pôr Peter Morgan e um tira olhando um para o outro de carros estacionados parecia tolice, mesmo para ele. A delegacia local passaria os chamados para mantê-los de olho, e isso seria útil e também o suficiente, por enquanto.

Quando acabaram de discutir o assunto, o jovem policial que Ted trouxera estava pronto. Pusera toalhas de papel no chão e espalhara seus equipamentos sobre elas. Abrira a mochila e arrumara dois kits de impressões digitais perto da pia. Um tinha tinta preta, o outro, vermelha. Ted pediu a todos que se aproximassem da pia, Will primeiro.

— Por que você quer tirar nossas impressões digitais? — perguntou Sam, interessado. Mal tinha altura para ver o que Will e o detetive faziam. Era uma arte sutil, ele rolou habilmente os dedos de um lado a outro na almofada e em seguida numa ficha, que mostrava cada dedo das mãos. Rolava-os para torná-las claras, e Will se surpreendeu ao descobrir que a tinta não deixava os dedos sujos. Fizeram as vermelhas primeiro e depois as pretas. Will compreendia por que faziam isso e também Fernanda e

Ashley, mas ninguém quis explicar a Sam. Na eventualidade de um deles ser seqüestrado, ou assassinado, com as impressões se poderia identificá-los. Não era uma perspectiva animadora.

— A polícia só quer saber quem é você, Sam — disse Ted simplesmente. — Há muitas maneiras de fazer isso. Mas esta funciona. Suas impressões digitais permanecerão as mesmas o resto de sua vida. — Era uma informação que ele não precisava, mas ajudava. Ashley foi a seguinte. Depois a mãe, e por último Sam. Suas impressões eram minúsculas na ficha.

— Por que fazem em vermelho e preto? — ele perguntou quando o detetive as tirou pela segunda vez.

— As pretas são para o DPSF — explicou Ted — e as vermelhas para o FBI. Eles gostam delas mais bonitas do que nós. — Ele sorriu para o menino, com os outros em volta, à espera. Amontoavam-se como se extraíssem força da união e Fernanda pairava sobre eles como a mamãe superprotetora.

— Por que o FBI gosta das vermelhas? — perguntou Fernanda.

— Só para serem diferentes — disse o detetive que as tirava. Além disso, não havia motivo concreto. Mas as feitas em vermelho sempre pertenciam ao FBI.

Tão logo acabaram, ele pegou uma tesourinha e voltou-se para Sam com um sorriso cauteloso.

— Posso cortar um pedacinho de seu cabelo, filho? — pediu educadamente, e Sam olhou-o com olhos arregalados.

— Por quê?

— Podemos descobrir um monte de coisas com os cabelos das pessoas. Chama-se comparação de DNA. — Era uma lição de que nenhum deles precisava, mas, como o resto, não tinham escolha.

— Quer dizer, se eu for seqüestrado? — Sam parecia assustado e o homem hesitou, mas Fernanda interveio.

— Eles só querem que a gente faça isso, Sam. Eu vou fazer também. — Tomou a tesoura do homem, cortou uma pequena mecha de cabelo dele e depois dos outros filhos. Fez tão pouco estrago quanto possível e achou que pareceria menos sinistro se ela própria o fizesse, em vez de um estranho. Pouco depois, falando em voz baixa entre elas, as crianças foram para o andar de cima. Sam quis ficar com ela, mas Will o pegou pela mão e disse que queria falar-lhe. Achava que a mãe queria conversar com Ted sobre o que se passava e que Sam ia ficar assustado. Já ocorrera muita coisa em muito pouco tempo. E Fernanda sabia que, depois da meia-noite, com quatro policiais armados em casa dia e noite, a vida deles ia mudar drasticamente.

— Vamos precisar de fotos deles — disse Ted em voz baixa a Fernanda, depois que os outros deixaram a sala. — E descrições. Altura, peso, sinais característicos, tudo o que puder me dar. Mas os cabelos e impressões digitais já ajudam.

— Isso tudo vai fazer alguma diferença se eles forem seqüestrados? — Ela detestava até mesmo perguntar isso a ele, mas precisava saber. Só conseguia pensar agora em como seria se levassem um de seus filhos. Era tão assustador que ela nem podia manter a idéia muito tempo na cabeça.

— Faria uma grande diferença, sobretudo com alguém tão jovem como Sam.

Ele não queria dizer que crianças dessa idade eram apanhadas e às vezes devolvidas só dez anos depois, após viverem com outras pessoas, prisioneiras em outro país ou estado e as impressões digitais e cabelos podiam ajudar as autoridades a identificá-las, vivas ou mortas. No caso deles, que envolvia resgate, certamente as crianças não iriam para outra família. Iam ser pegos, mantidos e, esperava-se, devolvidos quando o resgate fosse pago. Ted só podia esperar, se acontecesse, que ninguém se machucasse e os seqüestradores mantivessem os meninos vivos. Ia fazer todo o possível para que isso não se concretizasse. Mas tinham de estar preparados para todas as contingências, e as impressões e cabelos recolhidos eram importantes. Ele pediu a Fernanda que fornecesse o resto da informação o mais breve possível. E pouco depois foram embora.

Ela ficou sentada sozinha na cozinha, com a embalagem de pizza vazia, olhando o espaço, imaginando como tudo aquilo acontecera e quando ia terminar. Só podia esperar que os homens que conspiravam contra eles, se realmente conspiravam, fossem apanhados. Ainda se apegava às suas dúvidas, na esperança de que fosse tudo imaginação, não alguma coisa que iria de fato acontecer. Essa perspectiva era tão aterrorizante que, caso se permitisse pensar a respeito, ficaria histérica e jamais deixaria os filhos saírem de casa. Estava fazendo tudo o que podia para manter-se calma e não assustá-los demais, em vista das circunstâncias. E achava que se saía muito bem, até pôr a embalagem vazia de pizza na geladeira, misturar suco de laranja ao chá e jogar as toalhas limpas no lixo.

— Tudo bem, fique calma — disse a si mesma em voz alta —, vai dar tudo certo.

Mas ao pôr as toalhas no lugar certo, viu que suas mãos tremiam. Era demasiado aterrorizante de se imaginar, e ela não podia deixar de se lembrar de Allan e desejar que ele estivesse ali. Perguntava-se o que ele teria feito. Tinha a sensação de que ele haveria cuidado do problema com muito mais competência e tranqüilidade do que ela.

— Você está bem, mãe? — perguntou Will, entrando na cozinha para pegar sorvete, quando ela se preparava para subir as escadas.

— Acho que sim — ela respondeu, com um ar tímido. — Não estou gostando disso. — Sentou-se numa cadeira à mesa junto dele, enquanto ele tomava o sorvete.

— Ainda quer que eu vá para o acampamento? — ele perguntou, parecendo preocupado, e ela fez que sim com a cabeça.

— Quero, sim, querido. — Desejava que Sam fosse com ele. Não queria nenhum deles com ela em casa à espera de que coisas ruins acontecessem. Mas Sam era novo demais e ela ia mantê-lo junto a si. Ted sugerira que saíssem o menos possível. Não o agradava que ela estivesse num carro, à espera de uma emboscada. Já haviam discutido se os policiais a acompanhariam ou seguiriam. Ele os preferia no carro. Rick e o capitão queriam-na sendo seguida. Era de novo a questão de ser uma isca viva. E como resultado Ted sugerira que, se possível, ela não fosse a parte alguma.

Fernanda ligou nessa noite para a família que ia hospedar Ashley em Tahoe e explicou a situação, na mais estrita confidência. Eles disseram sentir muito e garantiram-lhe que ficariam de olho na menina, e ela agradeceu-lhes. Disseram que entendiam a rotatividade de policiais que estariam vigiando e se sentiam mais à vontade sabendo que alguém estaria lá para proteger Ashley. Nem Ted nem Rick achavam que ela seria perseguida em Tahoe, mas que era uma boa idéia ter cuidado. E Fernanda ficou aliviada ao saber que ela estaria a salvo lá.

Estava deitada em sua cama naquela noite quando a campainha tocou e os quatro policiais chegaram juntos. Peter Morgan já tinha ido, e não os viu. Ele sabia, a partir da rotina dela, que ela não sairia mais aquela noite. Em geral ia embora às nove e meia ou dez, raras vezes mais tarde, a não ser quando ela e os garotos iam ao cinema. Mas naquela noite ele fora para casa cedo. Ela ficara em casa a noite toda, com as crianças, e ele voltara para o hotel. Gostava de saber que estava perto dela e das crianças e adorava imaginar o que eles estariam fazendo, quando os via de tempos em tempos pelas janelas.

Fernanda pensou em ligar para Jack Waterman à noite, para contar-lhe o que se passava, mas estava cansada demais e tudo parecia muito louco. Que ia dizer a ele? Que um bando de homens maus tinha um arquivo sobre eles e um deles ficara sentado num carro estacionado durante semanas observando-os? E daí? Ainda não havia indícios concretos de que alguém queria seqüestrá-los, apenas intermináveis suspeitas. Tudo parecia loucura, até mesmo para ela. E Jack não podia fazer nada. Achava que devia esperar alguns dias para ver o que acontecia, antes de ligar para ele. Ela e Sam já iam encontrar-se com ele no fim de semana seguinte mesmo. Ele ia levá-los a Napa um dia depois de Ashley partir para Tahoe. Havia tempo bastante para contar-lhe, por isso não ligou.

Os policiais que chegaram à meia-noite eram extremamente corteses e, após darem uma busca na casa, decidiram fazer sua base na cozinha. Havia café e comida. Ela se ofereceu para fazer sanduíches e eles responderam que não era necessário, mas agradeceram-lhe pela gentileza e se instalaram.

Eram quatro, dois do Departamento de Polícia de São Francisco e dois do FBI, como lhe dissera Ted, e todos se sentaram e começaram a conversar, enquanto ela fazia café para eles. Sabiam que o alarme estava ligado e ela mostrou-lhes como operá-lo. Dois deles tiraram o paletó e ela viu as armas penduradas nos coldres de ombro e cintura. De repente se sentiu como se estivesse envolvida em algum tipo de movimento de resistência, ou clandestino, cercada por guerrilheiros. As armas faziam-na sentir-se ao mesmo tempo vulnerável e protegida. Por mais simpáticos que fossem, a própria presença deles na casa parecia sinistra. E quando ia dirigir-se para o andar de cima a campainha tocou. Dois dos policiais saíram rápido da cozinha e foram atender. Ela ficou surpresa ao ver Ted um momento depois no corredor.

— Algum problema? — perguntou-lhe, sentindo o coração disparar em pânico. Ou talvez, uma vez na vida, fossem boas notícias. Compreendeu na mesma hora que, se fossem boas, ele na certa teria telefonado.

— Não, tudo bem. Eu apenas pensei em dar uma passada a caminho de casa e ver como tudo estava indo.

Os homens haviam voltado para a cozinha. Ela sabia que eles planejavam ficar ali até o meio-dia. O turno seguinte seria de meio-dia à meia-noite. O que significava que no dia seguinte seus filhos tomariam o café-da-manhã com homens de coldres na cozinha da casa deles. Isso a fez lembrar de *O poderoso chefão*. O único problema era que aquilo era a vida real, não um filme. E se fosse um filme, era um filme muito ruim.

— Os rapazes estão se comportando? — perguntou Ted, olhando para ela. Ela parecia tão cansada que ele desejou passar os braços em torno dela, apenas como um gesto amistoso, mas não o fez.

— Foram muito atenciosos comigo — ela disse, com uma vozinha miúda e ele imaginou se ela andara chorando. Parecia muito frágil e assustada, embora ele tivesse ficado impressionado anteriormente ao ver sua calma diante das crianças.

— Espera-se que sejam. — Ele sorriu para ela. — Não quero me intrometer. A senhora parece cansada. Só achei que devia verificar se estava tudo em ordem e dar um jeito se não tivesse. Nunca se sabe. Se tiver algum problema com eles, é só me telefonar.

Ele falava dos policiais mais jovens como se fossem seus filhos, e de certa forma eram. Vários dos policiais, homens e mulheres, que trabalhavam para ele eram jovens, e pareciam seus filhos. Ele também solicitava que escalassem algumas policiais femininas. Ele achava que poderia ser mais fácil e menos amedrontador para Fernanda e as crianças. Mas o primeiro turno era todo formado por policiais masculinos, que estavam faziam o mesmo tranqüilamente na cozinha, enquanto Ted e Fernanda faziam o mesmo no corredor.

— A senhora está enfrentando bem essa situação?

— Mais ou menos — era muita pressão ficar aguardando alguma coisa acontecer.

— Certamente em breve tudo estará terminado. Vamos pegar esses caras porque eles vão fazer alguma coisa idiota. Sempre fazem. Como assaltar uma loja de bebidas pouco antes de darem um golpe muito mais importante. Você deve lembrar que todos eles estiveram na prisão, o que mostra que não foram um grande sucesso no que faziam antes. Estamos contando com esse fator para nos ajudar. Alguns deles até mesmo querem ser apanhados. Dá muito trabalho viver aqui fora e ter de ganhar a vida honestamente. Preferem voltar à prisão, comer três refeições por dia e ter um teto sobre a cabeça, cortesia dos nossos impostos. Não vamos deixar que nada aconteça a você ou às crianças, Fernanda.

Era a primeira vez que ele a chamava pelo primeiro nome, e ela sorriu. Só por ouvi-lo já se sentia um pouco melhor. Ele era calmo e tranqüilizador.

— É, só que estou muito assustada. É horrível pensar em gente como essa, que quer nos machucar. Obrigada por tudo o que está fazendo — ela disse, sinceramente.

— É horrível. E assustador. E não precisa me agradecer. Eu sou pago para fazer isso.

Ela via que ele era bom no que fazia e ficara impressionada também com Rick Holmquist, com o homem que tirara as impressões e até com os quatro homens armados na cozinha. Havia em todos eles um ar de tranqüila competência.

— Parece um filme — ela disse com um sorriso triste, sentando-se na escada sob o candelabro vienense, sendo acompanhada por ele. Ficaram sussurrando como duas crianças na escuridão. — Estou feliz por Will viajar amanhã. Gostaria de tirá-los daqui, não só Will e Ash. É assustador para Sam. — E para ela também, Ted sabia.

— Eu andei pensando numa coisa esta noite. Que tal um esconderijo? Há algum lugar para onde você e Sam possam ir para se afastar por alguns dias? Não precisamos fazer isso agora. Estamos à vontade com o esquema que instalamos para protegê-los. Mas, por exemplo, se um informante nos disser que eles aumentaram o número de homens ou se tivermos informação de que as coisas podem sair do controle, precisamos de um lugar onde ninguém pensaria em procurar por vocês, e para onde os levaríamos e esconderíamos.

Em alguns aspectos, seria muito mais fácil do que protegê-la na cidade, embora uma das grandes vantagens disso fosse que levaria apenas alguns minutos para obter apoio e homens em caso de confronto ou se eles se transformassem em reféns. Por mais homens que entrassem em confronto, se o fizessem, a polícia e o FBI podiam mandar reforços em questão de minutos de todas as delegacias próximas. Era um fator importante, mas ele sempre gostava de ter um plano de reserva. Fernanda balançou a cabeça em resposta à sua pergunta.

— Eu vendi todas as outras casas.

Isso tornou a lembrar a Ted da história incrível que ela contara nessa tarde, de que Allan perdera todo o dinheiro. Ainda era difícil acreditar que alguém fosse tão idiota e irresponsável que perdesse meio bilhão de dólares. Mas aparentemente fora o que fizera Allan Barnes. E deixara a esposa e os filhos literalmente sem dinheiro.

— Algum amigo ou parente com quem possam ficar?

Ela fez que não com a cabeça de novo. Não se lembrava de ninguém. Não se lembrava de um único amigo com quem tivesse intimidade suficiente para envolver dessa maneira. E nenhuma outra família.

— Eu teria de pôr todos os demais em risco — disse pensativa, mas não se lembrava de ninguém a quem quisesse admitir suas condições, nem sua situação financeira, nem o seqüestro em potencial. Allan dera um jeito de afastar deles todos os amigos íntimos com seu enorme sucesso e ostentação de riqueza que no fim acabaram deixando até os melhores amigos constrangidos e querendo evitá-los. E, na descida de seu vistoso pináculo, não queria que ninguém soubesse. Tudo o que restava agora, após a sua morte, eram conhecidos nos quais ela não queria confiar. E

Jack Waterman, o velho amigo e advogado. Ela planejava contar-lhe tudo o que acontecia no fim de semana, mas tampouco ele tinha uma casa segura. Tudo o que fazia era hospedar-se num hotel em Napa de vez em quando, uma semana ou outra, e tinha um minúsculo apartamento na cidade.

— Seria bom você sair daqui — disse Ted pensativo.

— Sam e eu devemos passar um dia em Napa neste fim de semana. Mas começa a parecer que seria muito complicado organizar isso, a não ser que a polícia vá com a gente. — E isso não seria muito divertido para ela, Jack ou Sam, imprensados num carro com os policiais.

— Vamos ver o que acontece até lá — disse Ted, e ela concordou.

Ele foi à cozinha verificar seus homens, bateu papo com eles alguns minutos e foi embora à uma hora. Fernanda dirigiu-se devagar para o quarto. Fora um longo dia. Tomou um banho demorado e já se recolhia à cama, junto a Sam, quando viu um homem entrar no quarto; deu um pulo e ficou parada trêmula ao lado da cama, de camisola. O homem apareceu na porta. Era um dos policiais, e ficou ali de pé com as armas e ela, de camisola, a olhá-lo.

— Só fazendo a ronda — ele disse, à vontade. — A senhora está bem?

— Estou bem. Obrigada — ela disse educadamente.

Ele balançou a cabeça e tornou a descer a escada, e ela se deitou, ainda trêmula. Ia ser muito estranho conviver com eles. Ao adormecer, por fim, ela se agarrou a Sam e sonhou com homens correndo em volta da casa com armas nas mãos. Estava num filme.

Era *O poderoso chefão*. Ali estava Marlon Brando. E Al Pacino. E Ted. E todos os seus filhos. Ao mergulhar mais no sono, viu Allan vindo ao seu encontro. Foi uma das poucas vezes que sonhou com ele desde que ele morrera e ela lembrou-se vividamente do sonho pela manhã.

Capítulo 14

Quando Will e Sam desceram para o café-da-manhã no dia seguinte, Fernanda preparava bacon com ovos para os agentes e os policiais sentados à mesa da cozinha. Punha os pratos à frente deles e os dois meninos tomaram seus lugares entre eles. Ela viu Sam olhando as armas com interesse.

— Tem bala dentro? — ele perguntou a um dos homens, que sorriu e balançou a cabeça, enquanto Fernanda preparava o café-da-manhã dos filhos. Era mais que um pouco surreal ver quatro homens fortemente armados comendo o desjejum com seus filhos. Ela se sentia a própria mulher de bandido.

Sam queria panquecas e Will, ovos com bacon como os homens, por isso ela preparou as duas coisas. Ashley dormia; era cedo ainda. Will tinha de pegar o ônibus às dez horas, e Fernanda discutira com dois dos policiais se devia ou não ir acompanhá-lo. Eles acharam uma má idéia, pois chamaria demasiada atenção para o fato de que ele ia viajar. Se alguém o estava seguindo, era melhor ela ficar em casa com os outros filhos. Um dos policiais ia ter de levá-lo ao ônibus. Sugeriu-se que Will entrasse no carro na garagem e se deitasse no banco de trás, para ninguém saber que ia partir. Era meio exagerado, mas ela percebeu que fazia sentido. Assim, às nove e meia ela deu um beijo de despedida no filho, ele se deitou no banco de trás e poucos momentos depois o policial saiu dirigindo da garagem, e parecia estar sozinho. Fez Will esperar algumas quadras antes de levantar-se, e daí em diante conversaram até o ônibus. Embarcou-o, com a mala e o bastão de lacrosse, esperou até o ônibus partir e acenou como se fosse seu próprio filho. Estava de volta à casa uma hora depois.

Peter estava estacionado logo abaixo então, e viu um homem dirigindo o carro de Fernanda de volta à garagem. Vira-o partir antes, pela manhã, e não o vira voltar na noite anterior — o turno da noite chegara depois de sua partida. Aquele era o único que vira até então. Ficou chocado ao ver um homem ali tão cedo, o que era algo que jamais vira antes. Não lhe ocorreu sequer que o homem que entrara na garagem era um policial. Nada parecia caótico nem fora de lugar. Ele próprio ficou um pouco surpreso ao perceber que estava aborrecido com ela por ter um homem ali com os filhos. Parecia irracional mesmo para ele, mas esperava que fosse apenas um amigo, que chegara antes para ajudá-la, nada mais. O homem deixou a casa ao meio-dia, com ar despreocupado, e Sam acenou-lhe, como se fosse um amigo.

Quando o novo turno chegou à tarde, havia dois agentes do FBI e duas policiais, portanto pareciam dois casais vindo para uma visita. Peter não viu os outros três homens saírem pelos fundos da casa e atravessarem a propriedade vizinha, para que ninguém os visse partindo.

Peter foi embora à noite antes de os convidados dela saírem. Parecia que não iam sair nunca e ele não viu motivo para ficar ali. Já sabia tudo que precisava saber sobre ela. Também tinha quase certeza de que ela jamais ligava o alarme. E se ligasse, Waters ia ter de cortar os fios antes de entrarem. Nessa altura, sua vigilância era mais por hábito do que por necessidade de conhecer a rotina dela. Sabia todo lugar a que ela ia, o que fazia, com quem saía e quanto tempo demorava fora. A vigilância agora era para seu próprio prazer e porque dissera a Addison que ia vigiar. Não era difícil. Ele adorava estar perto dela com os filhos. Parecia sem sentido ficar ali agora, enquanto ela recebia dois casais o dia todo. Eles pareceram tranqüilos e simpáticos ao chegarem num carro, conversando e rindo. Ted os escolhera minuciosamente e dissera-lhes o que usar para parecerem amigos. E embora Peter jamais a houvesse visto receber ninguém, ela parecia tão feliz ao cumprimentá-los que nem por um instante lhe ocorreu que fossem do FBI e do DPSF. Nada lhe sugeria que a atmosfera mudara. Na verdade, ele se sentia bastante tranqüilo por haver partido cedo nessa noite, antes dos casais. Estava cansado e nada havia para ver. Além de receber os casais, nem Fernanda nem os meninos haviam saído o dia todo. Ele vira Sam brincando na janela de seu quarto e Fernanda na cozinha, preparando algo para os amigos.

O dia seguinte era o último de sua vigilância. Carlton Waters, Malcolm Stark e Jim Free iam se reunir com ele à noite. Peter ainda precisava arranjar algumas coisas para eles de manhã, o que o faria chegar atrasado para a vigilância. Ashley já partira para Tahoe com os amigos e o turno mudara. Por pura sorte, ele não vira os tiras da noite anterior partirem ao meio-dia, todos pela porta dos fundos de novo. E quando partiu pela última vez, pesaroso, às dez horas da noite, não tinha idéia de que havia alguém dentro da casa com ela. Não estaria ali para vê-los partirem e outros chegarem pela manhã. Na verdade, não vira Fernanda o dia todo, nem os filhos. Imaginava se ela se cansara com as visitas no dia anterior ou se estava apenas ocupada. E, como os filhos não tinham escola durante o verão, não precisavam ir a parte alguma, e ele desconfiava que eles aproveitavam à toa em casa. Viu-a nas janelas durante o dia e notara que ela puxara as cortinas à noite. Sempre se sentia solitário quando não a via, e ao partir pela última vez, sabia o quanto ia sentir sua falta. Já sentia. Esperava vê-la de novo um dia. Não imaginava como seria agora sua vida sem ela. Isso o deixava triste, quase tanto quanto o que iam fazer-lhe. Sentia-se nauseado só de pensar. E a preocupação o distraía de qualquer idéia de que ela e os filhos estivessem sendo protegidos. Não falou a Addison porque desconhecia completamente o fato. Não estava muito familiarizado com a vigilância.

Preocupado com Fernanda, acabou forçando-se a parar de pensar no que ia acontecer com ela quando seus cúmplices seqüestrassem uma ou todas as crianças. Não podia permitir-se continuar a pensar nisso, e forçou a mente a mudar para pensamentos mais agradáveis quando foi embora à noite e voltou ao hotel, pensando nela. Ao chegar lá, Stark, Waters e Free já o esperavam e queriam saber por onde andara. Estavam famintos e queriam sair para jantar. Ele não quis admitir como lhe fora difícil deixá-la, mesmo que isso significasse apenas deixar um estacionamento na rua onde ela morava. Jamais admitira para nenhum deles como passara a respeitá-la e a gostar das crianças.

Assim que chegou ao hotel, os quatro saíram para jantar. Foram a um restaurante que servia tacos e era freqüentado por Peter e muito apreciado em Mission. Todos tinham ido se apresentar a seus agentes da condicional no dia anterior, e, como estavam agora num esquema de se apresentar de duas em duas semanas, só iriam perceber que haviam desaparecido quando já houvessem deixado o país. Exatamente como lhe garantira Addison; Peter, por sua vez, garantira aos outros que Fernanda pagaria logo o resgate das crianças. Supunha-se que dentro de poucos dias. Os três homens que iam executar o plano não tinham motivo para não acreditar. Daquilo tudo queriam apenas o dinheiro. Pouco estavam ligando para ela ou as crianças, de qualquer forma. Não fazia diferença de quem recebiam, ou por quê, desde que fossem pagos. Cada um já havia recebido 100 mil em dinheiro. O restante viria do resgate. Peter recebera instruções detalhadas de Addison sobre onde ela devia entregar o dinheiro. Seria depositado em cinco contas que não podiam ser rastreadas, nas ilhas Cayman e dessas contas para duas na Suíça para Addison e Peter e três na Costa Rica para os outros. As crianças seriam mantidas até o dinheiro ser transferido, e Waters avisaria desde o início que, se chamassem a polícia, eles as matariam, embora Peter não pretendesse deixar que isso acontecesse. Waters faria o pedido de resgate, segundo as instruções que Peter já lhe dera.

Não havia necessidade de um código de honra entre eles. Os outros três ainda não conheciam a identidade de Phillip Addison, e se algum deles o delatasse, não apenas perderia sua parte, mas seria morto, e todos sabiam disso. O plano parecia infalível. Peter deixaria o hotel na manhã seguinte, enquanto os outros levariam as crianças seqüestradas para a casa que haviam alugado em Tahoe.

Ele já se registrara num motel local na Lombard sob outro nome. O único contato com os outros seria o jantar da noite anterior ao seqüestro, depois do qual todos dormiriam em seu quarto. Haviam trazido sacos de dormir e posto no chão. Peter levantou-se, vestiu-se e partiu quando eles o fizeram, em separado, de manhã cedo. O furgão estava abastecido e pronto. Pegaram-no na garagem. Não sabiam ainda a que horas exatamente entrariam em ação. Iam vigiá-los por algum tempo e escolher o momento em que tudo ainda estivesse quieto na casa. Não havia horário estabelecido, nem pressa. Peter chegou ao motel na Lombard quando eles se dirigiam à garagem para pegar o furgão. Ainda mantinha o outro quarto, para não despertar suspeitas. Tudo pronto. Haviam transferido os sacos de golfe com as metralhadoras para o furgão. Havia corda e muita fita adesiva e uma surpreendente quantidade de munição. Fizeram as compras a caminho da garagem e tinham o bastante para mantê-los durante vários dias. Não esperavam que a coisa demorasse muito. Não se preocupavam com a alimentação das crianças. Calculavam que não ficariam com elas muito tempo para que se preocupassem com isso. Compraram manteiga de amendoim, geléia e pão para as crianças e um pouco de leite. O resto era para eles mesmos, o que incluía rum, tequila, muita cerveja e comida enlatada e congelada, uma vez que ninguém ali gostava de cozinhar. Jamais haviam cozinhado para si mesmos na prisão.

Era o terceiro dia em que os tiras e os agentes do FBI estavam na casa, quando Fernanda ligou para Jack Waterman de manhã cedo e disse que ela e Sam estavam gripados e não podiam ir passar o dia em Napa. Ainda queria conversar com ele sobre o que se passava, mas estava tudo muito confuso e parecia um tanto irreal.

Como podia explicar os homens acampados na sala de visitas, sentados em torno da mesa da cozinha com seus coldres? Quase a fazia sentir-se tola. Sobretudo se tudo aquilo se revelasse desnecessário. Esperava jamais ter de contar a ele sobre aquilo. Jack disse sentir muito que os dois estivessem com gripe e ofereceu-se para dar uma passada a caminho de Napa, mas ela disse que ainda estavam muito ruins e não queria que ele fosse contaminado.

Depois disso, enfiou-se na cama com Sam e pôs um filme. Já servira o café-da-manhã aos homens lá embaixo, e abraçava-se ao filho, a cabeça dele em seu ombro, quando ouviu um barulho estranho no térreo. Não ligara o alarme, nem precisava, com dois policiais e dois agentes do FBI protegendo-a. Com toda essa proteção profissional e poder de fogo à disposição, o alarme parecia supérfluo e, por isso, ela não o acionava na noite anterior ou, na verdade, desde que eles estavam ali. Ted dissera-lhe que eles podiam dispará-lo por acidente com suas entradas e saídas pela porta dos fundos de vez em quando, para inspecionar algo. Parecia que alguém caíra na cozinha ou uma cadeira ou algo assim. Ela não se preocupou, com os quatro homens lá embaixo, e ficou deitada com Sam cochilando em seu ombro. Nenhum dos dois vinha dormindo bem à noite, e às vezes era mais fácil cochilar durante o dia, como fazia Sam agora, em seus braços.

Então escutou vozes abafadas e passos na escada. Começava a imaginar o que se passava e supunha que vinham verificar se tudo estava bem com eles, mas não queriam acordar e perturbar Sam, quando três homens com máscaras de esqui irromperam pela porta adentro e se postaram aos pés da cama, apontando-lhes metralhadoras com silenciadores. Ao vê-los, Sam arregalou os olhos e enrijeceu-se nos braços da mãe, e um dos homens se aproximou.

O menino tinha os olhos arregalados de terror, como Fernanda, que rezava para os homens não atirarem neles. Mesmo para seus olhos não treinados, ela sabia que eles usavam metralhadoras.

— Tudo bem, Sam... tudo bem — ela disse baixo, com a voz trêmula, nem sequer sabendo o que dizia. Não fazia idéia de onde estavam os homens que a protegiam, mas não havia sinal deles, nem barulho no térreo. Puxou Sam para si e recuou na cama, como se isso fosse salvá-la e ao filho daqueles homens, quando um deles o arrancou de suas mãos e o tomou dela. — Não o leve — ela suplicou com uma expressão dolorosa.

O momento que haviam temido chegara e tudo o que ela podia fazer era implorar. Soluçava, descontrolada, e um dos homens ergueu a metralhadora para ela, enquanto outro amarrava as mãos de Sam com uma corda e punha um pedaço de fita adesiva em sua boca. O filho tinha olhos alucinados de desamparado terror.

— Ah, meu Deus! — ela gritou, quando dois deles enfiaram o menino num saco de lona, mãos e pés amarrados, como roupa suja. Sam soltava grunhidos de terror e ela gritava, quando o homem mais próximo puxou seus cabelos para trás com uma das mãos usando tanta força que parecia tê-lo arrancado.

— Se você emitir outro som, nós o matamos, e você não quer isso, quer?

Ela via que ele tinha uma compleição forte, num paletó grosseiro, jeans e botas de serviço. Um fiapo de cabelo saía da máscara de esqui. Um dos outros era mais atarracado, mas forte, quando jogou o saco de lona sobre os ombros. Ela não se atreveu a se mexer, com medo de que matassem Sam.

— Me levem junto — disse com voz trêmula e os dois homens não responderam. Seguiam ordens e haviam-lhe dito claramente que não falassem. Ela tinha de ficar em casa para pagar o resgate.

— Por favor, por favor, não o machuquem — pediu, caindo de joelhos, quando os três saíram correndo do quarto e desceram a escada levando o menino; então ela se levantou e desceu atrás, e na escada, de repente, viu marcas de sangue por toda parte.

— Se você falar disso aos tiras, nós matamos seu filho.

Ela fez que sim com a cabeça para o homem que falara em voz abafada pela máscara.

— Onde é a porta da garagem? — um deles perguntou e ela viu sangue espalhado na perna de sua calça e nas mãos. Não ouvira um único tiro. E só conseguia pensar em Sam, ao indicar a porta da garagem. Um dos homens apontava a metralhadora para ela e outro passou o menino para o terceiro. Este jogou o saco no ombro e ela não ouviu barulho nem movimento, mas sabia que nada do que eles haviam feito a Sam até então poderia havê-lo matado. O homem atarracado voltou a falar então. Tinham estado nos quartos de Will e Ashley antes de procurarem-na e não os encontraram.

— Onde estão os outros?

— Fora — ela respondeu, eles assentiram e desceram correndo a escada dos fundos, deixando-a a imaginar onde andavam os tiras.

Os seqüestradores haviam entrado de ré com o furgão na garagem e ninguém os vira. Pareciam inofensivos ao chegar, com ar de trabalhadores, contornaram a casa até os fundos, quebraram uma janela usando uma toalha, destrancaram-na e entraram. Cortaram os fios do alarme antes de quebrarem a vidraça. Era uma habilidade que haviam desenvolvido com os anos. Ninguém vira nada. E ninguém via agora, quando abriram a garagem para chegar ao furgão, e ela os viu abrir a porta de trás e jogar Sam para dentro. Se tivesse uma arma, ela teria atirado neles, mas, da forma como as coisas estavam acontecendo, nada podia fazer para detê-los, e sabia disso. Tinha medo até de gritar pelos protetores, por receio de que os seqüestradores matassem seu filho.

O homem que levava o saco entrou no furgão e arrastou-o, fazendo Sam bater a cabeça no pára-choque. Os outros jogaram as armas na parte de trás, contornaram a frente e bateram a porta. Segundos depois, partiram, e Fernanda ficou a soluçar na calçada. Grande parte do seu horror ninguém viu ou ouviu. As janelas do furgão haviam sido cobertas de tinta, e quando os homens tiraram as máscaras de esqui já haviam dobrado a esquina e ela nada viu. Nem sequer vira a placa do carro e só pensou nisso depois. Tudo o que podia fazer era vê-los levar seu filho embora e rezar para que não o matassem.

Fernanda correu para dentro de casa, ainda soluçando, subiu rápido a escada dos fundos e atravessou a cozinha e o tapete ensangüentado do corredor, em busca dos policiais. O que descobriu foi uma cena de total carnificina. Um com o crânio afundado, outro com a nuca estourada por uma M16. O cérebro espalhava-se por toda a parede da cozinha. Ela jamais vira nada tão horrível, e estava aterrorizada demais até para chorar. Podiam ter feito aquilo a ela ou a Sam, e ainda podiam fazer. Os dois agentes do FBI haviam recebido tiros no peito e no coração, e um deles caíra esparramado sobre a mesa com um buraco nas costas do tamanho de um prato, o outro caído de costas no chão. Os dois do

FBI seguravam as Sig Sauer calibre 40 e os dois policiais, Glocks do mesmo calibre, mas nenhum tivera tempo de disparar antes de os seqüestradores os matarem. Haviam-se distraído só um instante e foram apanhados inteiramente de surpresa. Todos mortos. Ela saiu correndo da cozinha, para usar o telefone e pedir ajuda. Encontrou o cartão com o número de Ted e discou para o celular. Estava tão em pânico que não pensou em ligar para o 911, e lembrou-se do aviso dos seqüestradores, para "não contar a ninguém". Isso agora parecia impossível, com quatro policiais mortos nas mãos.

Ted respondeu à primeira chamada, e estava em casa, cuidando de uma papelada e limpando a Glock 40, o que pretendia fazer durante toda a semana. Ouviu apenas estranhos sons guturais, como o de uma fera ferida. Ela não encontrava palavras para contar-lhe e soluçava pateticamente ao telefone.

— Quem é? — ele perguntou, seco. Mas temia saber. Alguma coisa no fundo de sua alma lhe disse na mesma hora que era Fernanda. — Fale comigo — disse, parecendo forte, e ela cerrou os dentes e esforçou-se para respirar, sugando o ar por entre eles. — Fale comigo. Onde você está?

— Eles... leeevaaa... ram... ele... — ela conseguiu dizer por fim, tremendo violentamente da cabeça aos pés e mal podendo respirar ou falar.

— Fernanda. — Ele sabia. Mesmo alterada, conhecia a voz dela. — Onde estão os outros? — Ela sabia que ele se referia a seus homens e não pôde contar-lhe.

Soluçava descontrolada de novo. Queria apenas seu filho de volta. E a coisa apenas começava.

— Mortos... todos mortos — conseguiu dizer. Ele não ousou perguntar se Sam também, mas não podia estar. Não serviria de nada a eles se o matassem diante da mãe. — Disseram que o matariam se eu...

Os dois acreditavam na ameaça.

— Estou indo para aí.

Ted encerrou a ligação sem fazer mais perguntas, chamou o escritório central e deu-lhes o endereço e um aviso para manterem-se longe do rádio, para deixar a imprensa de fora. Fizeram o despacho em código. O chamado seguinte foi para Rick, a quem disse rápido para mandar seu relações-públicas para a casa de Fernanda. Tinham de controlar o que seria dito, se diriam alguma coisa, para não pôr Sam em risco. Rick pareceu tão perturbado quanto ele, e já corria porta afora com o celular enquanto falavam. Os dois desligaram segundos depois.

Ted saiu correndo pela porta da frente, depois de remontar a arma e enfiá-la no coldre. Nem sequer se preocupou em desligar as luzes de casa. Pôs uma luz vermelha no teto, ligou-a e dirigiu o mais rápido possível. Mas muito antes a rua já se enchera de carros da polícia, luzes piscando e sirenes. Haviam enviado três ambulâncias. Nove radiopatrulhas estacionaram rua acima e abaixo e outra bloqueara a entrada da quadra, quando ele chegou, apenas minutos depois. E mais duas ambulâncias chegaram quando ele saltou, com Rick logo atrás.

— Que diabos aconteceu? — perguntou Rick, que corria a seu lado quando subiram os degraus da frente.

Já havia policiais na casa e Ted não viu sinal de Fernanda, dos agentes ou dos policiais que a protegiam e a Sam.

— Ainda não sei... pegaram Sam... É só o que eu sei... Ela falou em "todos mortos" e eu desliguei, chamei a central e você.

Quando entraram correndo, ele viu sangue nos degraus e no tapete do corredor, e, como atraídos, entraram na cozinha e viram tudo que Fernanda vira. Por mais horror que tivessem visto em suas carreiras, o que viam ali lhes pareceu pior.

— Ah, meu Deus — disse Rick num sussurro, enquanto Ted fitava em silêncio.

Os quatro homens jaziam mortos, e as mortes haviam sido brutais e feias. Animais tinham feito aquilo. Era o que eles eram. Ted sentiu a raiva tomá-lo quando se voltou para procurá-la e atravessar às pressas o corredor. Havia vinte policiais na casa a essa altura, todos gritando e correndo, em busca de suspeitos. Ted teve de abrir caminho à força, com o representante de imprensa do FBI dando ordens para manterem os repórteres longe. Já ia subir correndo a escada quando viu Fernanda de joelhos na sala de estar e ajoelhou-se a seu lado, alisou seus cabelos e a abraçou. Apenas a abraçou, sem nada dizer. Ela tinha os olhos arregalados e aterrorizados quando o olhou e se encostou nele.

— Levaram meu filhinho... ah, meu Deus... Levaram meu filhinho. — Ela jamais acreditara de fato que fossem fazer aquilo. Nem ele. Era ousado, revoltante e louco demais. Mas tinham feito. E matado quatro homens ao pegarem o menino.

— Vamos trazê-lo de volta, eu prometo. — Não tinha a menor idéia se podia cumprir a promessa, mas diria qualquer coisa para acalmá-la.

Dois paramédicos entraram e olharam para ele. Ele não achava que Fernanda estivesse ferida, mas ela estava tão mal que um deles se ajoelhou a seu lado para tentar conversar com ela. Sofrera um trauma extremo.

Ted ajudou-os a deitarem-na no sofá e tirou os sapatos dela antes. Estavam cobertos de sangue e ela deixara pegadas por toda a sala. Não havia sentido em sujar também o sofá. Policiais e fotógrafos, por toda parte, tiravam fotos e filmavam, alguns gritando, outros conversando, enquanto os agentes do FBI começavam a chegar em carros cheios. Meia hora depois, havia peritos por todo lado, recolhendo fibras, vidro, tecidos, impressões digitais e indícios de DNA para os laboratórios criminalistas do FBI e do DPSF. E dois negociadores de seqüestro já estavam perto dos telefones, à espera de uma ligação. O clima geral era de revolta.

Já era fim de tarde quando partiram, e Fernanda já fora para o quarto. Haviam posto fitas amarelas de advertência na entrada da cozinha, indicando que se tratava de uma cena de crime e tinha de ficar intacta, ou "estéril", como diziam. A maioria dos carros de polícia já se fora. Designaram outros quatro homens para protegê-la. O capitão viera ver o estrago e tornara a sair com um ar abalado e sombrio. Não haviam explicado nada aos vizinhos. E barrado todo acesso à imprensa. A declaração oficial era de que houvera um acidente. E tiraram os corpos pela porta dos fundos, depois que a imprensa se foi. A polícia sabia sem qualquer sombra dúvida que não podia haver declaração pública enquanto não tivessem o menino de volta. Qualquer coisa dita publicamente o colocaria em perigo ainda maior. Nada mais se podia dizer.

— Por algum tempo — disse o capitão a Ted antes de ir embora — eu achei que você estava maluco. A verdade é que loucos são eles.

Não via nada tão sangrento em anos e perguntara imediatamente se Fernanda ouvira ou vira alguma coisa que pudesse ajudá-los, como a placa do carro ou seu destino. Mas ela não vira. Todos usavam máscaras de esqui e pouco ou nada disseram. Ela ficara abalada demais até mesmo para notar detalhes do furgão. Sabiam apenas o mesmo de antes. Quem poderia ser, e quem poderia estar por trás. Não havia nada de novo, a não ser dois policiais e dois agentes do FBI mortos e um menino de 6 anos seqüestrado. Os detetives tinham ido ao hotel no Tenderloin minutos depois da chamada de Fernanda para Ted, mas o recepcionista dissera que Peter saíra naquela manhã e não voltara. Os convidados de Peter da noite anterior haviam saído por uma porta de serviço sem serem vistos, e não seriam ligados a ele. A polícia vigiava o quarto, mas não havia sinal dele, e Ted sabia que não haveria. Fora-se para sempre, embora todos os seus pertences continuassem no quarto. Despacharam boletins em código sobre ele e Carlton Waters e sobre o carro de Peter. Todos tinham de agir com muita cautela para não alertar os seqüestradores nem pôr em risco a vida do menino.

Carlton Waters e os dois comparsas haviam ligado para Peter assim que cruzaram a Ponte da Baía e atravessavam Berkeley. Usaram o novo número que ele lhes dera, no celular não rastreável recém-adquirido.

— Tivemos um probleminha — disse Waters, parecendo calmo, mas furioso.

— Que probleminha? — Por um aterrorizante momento, Peter teve medo de que houvessem matado Sam ou Fernanda.

— Você se esqueceu de dizer que ela tinha quatro tiras em casa, sentados na cozinha. — Pelo som da voz, Waters parecia lívido. Não esperavam ter de matar quatro policiais para pegar o garoto. Isso não fazia parte do acordo. E Peter não os avisara.

— Ela o quê? Isso é ridículo. Eu nunca os vi entrar. Ela recebeu alguns amigos outro dia, mas foi só isso. Não havia ninguém com ela.

Parecia ter certeza, mas também partira antes das dez horas, talvez outros houvessem entrado depois. Imaginava se fora por isso que não a vira muito nos últimos dias. Mas não havia ninguém para avisá-la sobre o que se passava. Não havia como ela saber. Nada acontecera, a não ser o fato de Addison ter sido preso por problemas de impostos. Nada disso, porém, alertaria a polícia ou o FBI, a menos que ele houvesse dito alguma coisa sem querer. Peter sabia que o chefe era esperto demais para isso. Não imaginava o que acontecera ou o que dera errado.

— Bem, quem estava ou não com ela não é mais problema, se é que você entende — disse Waters, cuspindo um naco de tabaco pela janela do furgão. Stark dirigia, e Free vinha no banco de trás. O garoto estava dentro do saco, na parte traseira da van, com as armas e as compras. Free tinha uma M16 a seus pés e um arsenal de armas de mão, sobretudo Rugers calibre 45 e Berettas, armas semi-automáticas. Carl comprara a sua favorita, uma metralhadora Uzi MAC-10, uma pequena máquina inteiramente automática da qual gostava e aprendera a usar antes de ir para a prisão.

— Você os matou? — perguntou Peter, desorientado. Isso ia complicar tudo, e ele sabia que Addison não ia gostar nem um pouco disso. Nada daquilo deveria acontecer. Ele a vigiara durante mais de um mês. Como diabos quatro tiras haviam entrado em cena? E a quem vigiavam? De repente, Peter sentiu um arrepio percorrer-lhe a espinha. Como Addison previra, o trabalho não seria uma barbada. De repente, Peter soube que estava para fazer jus aos seus 10 milhões.

Carlton Waters não comentou a pergunta de Peter.

— É melhor avisar aos tiras pra não dizerem como aqueles caras morreram. Se puserem isso nos jornais, nós mataremos o garoto. Eu disse a ela, mas é melhor você lembrar a eles também. Queremos tudo bacana e discreto, até recebermos o dinheiro. Se levarem o caso à TV, cada idiota no estado vai estar nos procurando. Não precisamos disso também.

— Então você não devia ter matado quatro tiras. Meu Deus, o que eu posso fazer? Não pode esperar que eu os mantenha calados.

— É melhor fazer alguma coisa depressa. Saímos meia hora atrás. Se os tiras falarem, vai estar em todos os noticiários nos próximos cinco minutos.

Peter sabia que seu telefone não era rastreável, mas detestava testar os limites. Porém, não tinha escolha. Waters estava certo. Se o seqüestro chegasse à imprensa junto com o assassinato de quatro tiras, haveria uma busca estadual em cada rodovia, cada estrada, cada fronteira, cada canto do estado, algo ainda maior do que a procura por Sam, o que, por si só, já seria bastante ruim. Mas matar quatro tiras era um crime muito mais grave. Sam continuava vivo e a polícia saberia disso. Quatro homens já haviam morrido, porém. Era uma história muito diferente. A contragosto, Peter discou o número da polícia central e pediu para falar com o sargento. Sabia que, independentemente de para onde ligasse ou com quem falasse, a mensagem cairia nas mãos certas em poucos segundos. Por isso deu o recado que Carl Waters lhe pedira.

— Se alguma coisa sobre os tiras mortos ou o seqüestro sair na imprensa, o menino morre — disse, e desligou. Ted e o capitão receberam o recado em menos de dois minutos, o que tornou tudo mais confuso, pois dois policiais e dois agentes do FBI haviam morrido, mas a vida de uma criança inocente pendia na balança.

O capitão chamou o chefe de polícia e acertaram que se fizesse uma declaração à imprensa de que quatro homens haviam sido mortos no cumprimento do dever. Iam dizer que houvera um acidente envolvendo uma perseguição em alta velocidade. Os detalhes seriam liberados no momento adequado; isso daria às famílias tempo para avisar aos entes queridos. Era só o que podiam fazer, e seria a explicação mais simples para a morte dos homens de duas agências, municipal e federal. Não ia ser fácil encobrir. Mas todos sabiam que tinham de fazê-lo, até que encontrassem os seqüestradores ou resgatassem o menino. Depois, todo o inferno podia desencadear-se, e a vida de Sam não mais estaria em risco. O capitão escreveu o boletim de imprensa com o representante dos repórteres do FBI e Carl Waters ouviu-o no rádio duas horas depois, ainda na estrada para Tahoe. Waters ligou para Peter e disse que ele fizera um bom serviço. Mas, a essa altura, Peter enfrentava um sério dilema, sentado no quarto de motel na Lombard. Nada saíra inteiramente de acordo com o plano, e sentia que devia relatar tudo a Addison. Não disse a Carl o que pensava fazer, embora o outro esperasse que ele entrasse em contato com seus superiores após o que acontecera. Waters continuava zangado com Morgan por sua vigilância relapsa, que desencadeara o problema. O assassinato de quatro tiras era decididamente um problema.

Peter tinha o número do celular de Addison no sul da França, e ligou, encontrando-o em seu quarto de hotel. Não havia qualquer plano para que Peter se juntasse aos outros em Tahoe. Na verdade, tinha de manter-se o mais distante possível, para que nada os ligasse ou ao chefe. Ia dizer que a casa alugada fora arrombada, muito depois de receberem o resgate.

Addison chegara a Cannes no dia anterior, e mal começara a desfrutar das férias. Sabia o que se passava, e o cronograma que seguiam. Só queria saber de bons resultados, não de problemas. Mandara-os esperar dois dias para fazer o pedido de resgate. Queria dar a Fernanda tempo para entrar em pânico. Sabia que, assim, ela pagaria. E supunha que pagaria rápido.

— O que você está me dizendo? — disse a Peter, que fazia rodeios. Peter dissera-lhe que Waters e os outros haviam matado quatro tiras. Também ia ser difícil explicar por que não soubera que eles estavam lá, para começar. Peter começou por contar que haviam pegado apenas Sam, os outros estavam fora.

— Estou lhe dizendo que houve um problema — disse, prendendo a respiração por um minuto.

— Machucaram o menino ou a mãe? — A voz de Addison era gélida. Se houvessem matado o menino, não haveria resgate algum. Só dores de cabeça. E das grandes.

— Não — respondeu Peter, fingindo calma —, não machucaram. Aparentemente, quatro tiras entraram na casa ontem à noite depois que eu fui embora. Não havia nenhum até então, eu juro. Não havia ninguém na casa, a não ser ela e os meninos. Não têm nem empregada. Eu não sei como os tiras entraram. Mas, segundo Waters, eles estavam lá quando ele e os outros chegaram.

— Que aconteceu então? — perguntou Addison devagar.

— Parece que eles os mataram.

— Ah, pelo amor de Deus... meu Deus... já chegou aos noticiários?

— Não. Waters me ligou da estrada. Eu liguei para a polícia e deixei um recado. Disse que, se saísse na imprensa qualquer coisa sobre os tiras mortos e o seqüestro, nós mataríamos o menino. Eles acabam de soltar um boletim para a imprensa no rádio dizendo que quatro policiais foram mortos numa perseguição em alta velocidade. Não deram outros detalhes. E não se falou no seqüestro. Nossos caras avisaram que matariam o menino se ela ou os tiras falassem.

— Graças a Deus que você fez isso. Vão procurar o menino por toda a parte, de qualquer forma, mas se alertarem o público, será muito pior. Iam ver os seqüestradores até em Nova Jersey. Tudo que precisamos agora é de tiras vasculhando o estado atrás de matadores de policiais. Eles dão muito mais importância a isso que a um seqüestro. Sabem que vocês manterão o menino vivo para receberem o dinheiro do resgate. Mas quatro tiras mortos são outra história.

Estava tudo, menos satisfeito. Os dois sabiam que, pela segurança de Sam, a polícia ficaria de boca fechada, para não expor o menino a um perigo ainda maior.

— Parece que você cuidou bem de tudo, mas que estupidez dos outros. Creio que não tinham escolha. Não podiam levar quatro tiras junto. — Addison permaneceu sentado na sacada do Carlton em Cannes por um longo tempo, vendo o pôr-do-sol e pensando no que fazer. — É melhor você ir para lá. — Era uma mudança de planos, mas talvez fizesse uma grande diferença.

— Para Tahoe? Isso é insanidade. A última coisa que eu preciso é ser identificado com eles. — Ou, pior ainda, ser apanhado com eles, se fizessem alguma coisa igualmente estúpida, como assaltar uma loja para pegar sanduíches, pensou Peter, mas não falou disso ao chefe. Addison já estava bastante preocupado com os quatro tiras mortos, e Peter também.

— A última coisa que qualquer um de nós precisa é perder 100 milhões de dólares. Pense que está protegendo nosso investimento. Eu diria que vale a pena.

— Por que diabos você quer que eu vá para lá? — perguntou Peter, parecendo em pânico.

— Quanto mais eu penso nisso, menos confio neles com o menino. Se o machucarem, ou matarem por acidente, nós estamos fodidos. Não sei se os talentos de babá deles são dos melhores. Estou contando com você para proteger nosso principal bem.

O bando estava se tornando mais violento do que ele previra. Só precisavam agora que um deles se descontrolasse. Não seria preciso muito para matar o menino, e eles poderiam ser burros o suficiente para fazer uma coisa dessas. Com uma única criança para barganhar, Addison não queria correr nenhum risco.

— Quero que você vá para lá — disse, com firmeza. Era a última coisa que Peter queria fazer, mas entendia o ponto de vista do outro. E sabia que, se estivesse lá, podia manter um olho em Sam.

— Quando?

— Não passe desta noite. Na verdade, por que não vai agora? Pode manter um olho neles. E no menino. Quando vai ligar para a mãe dele?

Estava apenas conferindo. Havia estabelecido todos os detalhes antes de sua viagem. Embora ele sem dúvida não esperasse que matassem os tiras. Isso não fazia parte do plano.

— Dentro de um ou dois dias — disse Peter. Era o que haviam planejado e combinado.

— Me ligue de lá. Boa sorte — disse e desligou, deixando Peter no quarto de hotel fitando a parede. As coisas não seguiam de acordo com o plano. Ele não tinha a intenção de ir a Tahoe enquanto os outros estivessem lá. Queria apenas seus 10 milhões de dólares e dar o fora. Não sabia nem se queria isso. O único motivo para fazê-lo era salvar suas filhas. E ir para Tahoe ficar com Waters e os outros representava um risco muito maior de ser apanhado. Mas sabia, desde o início, que não havia saída. Tentando não pensar em Fernanda e no que ela devia estar passando, pegou a maleta de artigos de toalete, as duas camisas limpas e a roupa de baixo que trouxera numa sacola de papel e deixou o motel dez minutos depois. Fosse o que fosse que ela estivesse passando agora, ou o grau de seu terror, uma coisa era certa: com 100 milhões de dólares em jogo, eles lhe mandariam o filho de volta. Assim, por mais doente que ela estivesse, ia dar tudo certo no fim. Peter tranquilizou-se com esse pensamento, deixou o motel e chamou um táxi. Mandou-o deixá-lo no Cais do Pescador, onde tomou outro até uma revendedora de carros usados em Oakland. Deixara lá o que vinha usando no último mês, num beco nos fundos da Marina. Tirara as placas, jogara-as num monturo e andara meia dúzia de quadras até o motel, onde pagara o quarto em dinheiro.

Em Oakland, comprou um velho Honda, pagou em dinheiro e uma hora depois da ligação para Phillip Addison estava na estrada para Tahoe. Parecia muito mais seguro usar um carro diferente do que usara para segui-la, para o caso de alguém na vizinhança tê-lo visto. Agora que Waters e os outros haviam assassinado quatro tiras, era maior o risco para todos eles; para ele, ir para Tahoe aumentava esse risco ainda mais. Mas sabia que não tinha escolha. Addison estava certo. Peter não confiava nos outros com o menino, e não queria que acontecesse algo pior do que já acontecera.

Muito antes de chegar a Vallejo, fotos suas e de Waters já circulavam em todos os computadores da polícia estadual. O número da placa e a descrição de seu carro anterior as acompanhavam, junto com avisos extremamente confidenciais para que não se publicasse essa informação, pois havia um seqüestro em andamento. Ele não parou no caminho e dirigiu dentro do limite da velocidade para evitar incidentes. A essa altura, Addison já se achava sob vigilância do FBI na França. E Fernanda precisava apenas de um telefonema dos seqüestradores para que a polícia e o FBI encontrassem Sam.

Capítulo 15

Todas as fotografias de que a polícia precisava haviam sido feitas naquela noite. As famílias dos mortos foram avisadas e os corpos se achavam em agências funerárias. Informaram às esposas e parentes sobre as circunstâncias, e que a vida de uma criança estava em risco e ninguém podia falar, nem contar a verdade enquanto o menino não fosse libertado de seus captores. Todos entenderam e concordaram. Eram boas pessoas e, sendo esposas de policiais e agentes, compreendiam as dificuldades da situação. Cuidavam de sua própria dor e da família com a ajuda de psicólogos treinados dos dois departamentos.

A essa altura, peritos em perfis psicológicos trabalhavam nos de Peter Morgan e Carl Waters. Haviam revistado minuciosamente os quartos deles, entrevistado amigos. O gerente da casa de transição em Modesto informou que Malcolm Stark e Jim Free, também sob condicional, haviam saído com Waters, gerando novas investigações e a divulgação de mais fotos, perfis e boletins completos na Internet para agências policiais por todo o estado. Os especialistas em perfis psicológicos do FBI em Quantico somavam seu conhecimento técnico ao do DPSF. Haviam falado com os agentes da condicional e com os chefes de Waters, Stark e Free, bem como o de Peter, que alegou não ter muito a dizer sobre o funcionário — um sujeito que dizia ser seu chefe, mas parecia não conhecê-lo. Três horas depois, os peritos do FBI haviam descoberto que a suposta empresa empregadora de Peter na verdade era uma subsidiária indireta de outra pertencente a Phillip Addison. Rick Holmquist desconfiara corretamente de que o trabalho de Peter era de fachada, o que fazia sentido para Ted também.

Ted também ligara para o serviço de limpeza industrial que usavam em cenas de homicídio. A cozinha de Fernanda sofreria uma geral. Tiveram de arrancar o granito e o rodapé do aposento, devido às armas usadas e ao poder devastador do dano causado. Ted já sabia pela manhã que o lugar seria posto abaixo e que perderia sua elegância, mas ficaria limpo e não haveria indícios visíveis, como manchas de sangue resultantes da horrenda carnificina ocorrida ali quando os policiais foram mortos e os seqüestradores pegaram Sam.

Outros quatro policiais foram destinados para proteger Fernanda, todos tiras desta vez. Ela jazia na cama no andar de cima. Ted estivera ali todo o dia e toda noite. Não saiu. Deu os telefonemas que tinha de dar do celular, acampado na sala de estar. Um negociador treinado esperava a ligação dos seqüestradores. Ninguém tinha dúvida de que a receberiam. A única questão era quando.

Eram quase nove da noite quando Fernanda desceu, muito pálida. Não comera ou bebera nada o dia todo. Ted pedira-lhe algumas vezes que comesse, mas acabara por deixá-la em paz. Ela precisava de algum tempo sozinha. Ele estava ali ao seu dispor, se ela quisesse. Não queria intrometer-se. Ligara para Shirley alguns minutos antes e dissera-lhe o que acontecera, e que ia passar a noite com seus homens. Ela dissera que entendia. Nos velhos tempos, quando ele trabalhava em casos perigosos ou disfarçado, na juventude, às vezes desaparecia durante semanas. Ela se acostumara. A vida e os horários loucos dos policiais, em essência, haviam-nos mantido separados durante anos, e isso era evidente. Às vezes ela sentia que não estivera casada com ele desde que as crianças eram pequenas, ou mesmo antes. Ela fazia o que queria, tinha seus próprios amigos, sua própria vida. Era o que acontecia a muitos tiras e suas famílias. Mais cedo ou mais tarde o trabalho os liquidava. Tinham mais sorte que a maioria. Pelo menos continuavam casados. Muitos dos velhos amigos, não. Como Rick.

Fernanda entrou como um zumbi na sala de visitas. Ficou parada olhando-o por um minuto, e sentou-se.

— Ligaram?

Ted fez que não com a cabeça. Ela sabia, mas tinha de perguntar. Era só no que podia pensar agora.

— É cedo demais. Eles querem lhe dar tempo para você pensar e entrar em pânico.

O negociador também dissera isso a ela. Estava no andar de cima, esperando no quarto de Ashley, com um telefone especial plugado na linha principal.

— O que estão fazendo na cozinha? — ela perguntou, sem muito interesse. Não quisera tornar a ver o aposento, e sabia que jamais esqueceria o que vira lá. Ted também sabia. Sentia-se aliviado porque ela ia vender a casa. Depois, precisariam sair.

— Limpeza — respondeu Ted. Ela ouvia uma máquina arrancando o granito. Parecia demolição, e ela desejou que fosse.

— Os compradores talvez queiram incluir uma cozinha — ele acrescentou, tentando distraí-la e ela sorriu, apesar de tudo.

— Botaram Sam num saco — ela disse, olhando-o. A cena não parava de passar pela sua cabeça, mais que a da cozinha, o que também era compreensível. — Com fita adesiva na boca.

— Eu sei. Ele vai ficar bem — disse de novo Ted, rezando para que fosse verdade. — Devemos ter notícias deles dentro de dois dias. Eles devem permitir que você fale com Sam quando ligarem.

O negociador já dissera a ela para pedir isso, como prova de que o menino continuava vivo. Não havia sentido em pagar resgate por uma criança morta. Ted não disse isso. Apenas ficou ali sentado, olhando-a, e ela a ele. Ela se sentia morta por dentro e parecia assim por fora. Tinha o rosto de uma cor entre o pálido e o verde, e parecia doente. Vários vizinhos haviam perguntado antes o que acontecera. E alguém dissera que a ouviram gritar. Mas quando a polícia os interrogou, ninguém vira coisa alguma e não obteve detalhes.

— As famílias dos pobres homens. Deve ser terrível para eles. Eles devem me odiar.

Ela olhou procurando por respostas, sentindo-se culpada. Os homens haviam sido postos ali para protegê-la e aos seus filhos. Indiretamente, parecia tão culpa sua quanto dos seqüestradores.

— É o nosso trabalho. Coisas acontecem. Corremos o risco. A maior parte do tempo, tudo sai bem. E quando não sai, todos sabemos que foi para isso que assinamos o contrato, e também nossas famílias.

— Como eles convivem com isso?

— Simplesmente convivem. Muitos casamentos não sobrevivem. — Ela assentiu com a cabeça. O seu não sobrevivera tampouco. Allan preferira dar o fora a assumir suas responsabilidades, deixando-a em enormes dificuldades, em vez de tentar acertar as coisas. Nada deixara para ela. Ele sentia pena dela. A única coisa que podia fazer para recuperar o menino era tentar tudo o que pudesse. E pretendia tentar. O capitão concordara em deixá-lo ficar na casa enquanto durasse o seqüestro. Ia começar a ficar arriscado quando eles ligassem.

— Que vou fazer quando me pedirem dinheiro?

Ela andara pensando nisso o dia todo. Nada tinha para dar e imaginava se Jack podia reunir alguma coisa. Ia precisar de um milagre, sabia, dependendo de quanto eles quisessem. Provavelmente muito.

— Com um pouco de sorte, poderemos localizar a chamada e prendê-los rapidinho. — Se dessem sorte. *Se.* Ted sabia que tinha de encontrá-los depressa e libertar o menino.

— E se não pudermos? — ela perguntou quase num sussurro.

— Vamos poder. — Ele parecia seguro, para tranqüilizá-la. Mas sabia que não ia ser tão fácil quanto queria fazer parecer. Tinham apenas de esperar e ver o que acontecia quando recebessem o chamado. Os negociadores esperavam.

Ela não penteara os cabelos o dia todo, mas estava linda mesmo assim. Sempre parecia bela para ele.

— Vou pegar alguma coisa para você comer, quer tentar? Vai precisar manter sua força para quando chamarem.

Mas ele sabia que era cedo demais. Ela ainda estava em choque por tudo o que vira e a que sobrevivera nesse dia, e apenas fez que não com a cabeça.

— Não estou com fome — ela respondeu. Sabia que não podia comer. Só pensava em Sam. Onde estava ele? Que lhe haviam feito? Estava machucado? Morto? Aterrorizado? Mil terrores disparavam por sua cabeça.

Meia hora depois, Ted trouxe-lhe uma xícara de chá que ela bebericou, sentada no chão da sala de estar abraçando os joelhos. Ele sabia que ela tampouco ia dormir. Seria uma espera interminável. Para todos eles. Para ela seria pior. E não contara aos outros filhos. A polícia concordara em que ela teria de esperar até saber de alguma coisa. Não havia sentido em causar-lhes pânico, o que era certo. A polícia dos dois lugares fora notificada e estava de prontidão para Ashley e Will. Mas agora que os seqüestradores tinham Sam, Ted achava que os outros estavam salvos, e seus superiores concordavam. Não iriam tentar pegar os outros dois. Já tinham tudo de que precisavam agora que estavam com Sam.

Fernanda deitou-se no tapete da sala de estar e ficou calada. Ted sentou-se perto dela, escrevendo relatórios e olhando-a de vez em quando. Foi verificar seus homens e, após algum tempo, ela adormeceu. Continuava ali deitada quando ele voltou, e ele a deixou dormir. Precisava. Ele pensou em carregá-la para o quarto, mas não quis perturbá-la. Deitou-se no sofá por volta da meia-noite e cochilou durante algumas horas. Ainda estava escuro quando acordou e ouviu-a chorando, deitada no chão, a dor imensa demais para permitir que ela se mexesse. Ele não disse uma palavra, apenas se sentou ao lado dela e abraçou-a e ela ficou em seus braços e chorou durante horas. O sol já saía quando ela finalmente parou, agradeceu-lhe e subiu para seu quarto. Haviam limpado o sangue do tapete do corredor. Ted ainda não tivera notícia alguma dos seqüestradores. E Fernanda parecia pior a cada hora.

Jack Waterman ligou para ela na tarde do dia seguinte ao seqüestro. O telefone tocou e todos saltaram. Já haviam dito a Fernanda que ela é que tinha de atender, para os seqüestradores não se assustarem com os tiras, embora fossem desconfiar que estavam ali, pois estavam quando vieram pegar Sam. Ela atendeu e quase explodiu em lágrimas ao ouvir que era Jack. Vinha rezando para que fosse ele.

— Como está sua gripe? — ele perguntou, de um modo casual e relaxado.

— Não muito bem.

— Você parece péssima. Sinto saber. Como está Sam? — Ela hesitou por um interminável momento e, apesar de todos os esforços, explodiu em lágrimas. — Fernanda? Você está bem? Que foi que houve? — Ela nem sabia o que dizer. Apenas continuou chorando, enquanto ele ficava cada vez mais aflito. — Posso ir aí? — ele perguntou, e ela balançou a cabeça e acabou por concordar. No fim, precisaria da ajuda dele, de qualquer modo. Todo o inferno ia se desencadear assim que eles pedissem o dinheiro.

Jack chegou dez minutos depois, e ficou estonteado quando entrou na sala. Meia dúzia de policiais à paisana e agentes do FBI, ostensivamente armados, andavam pela casa. Um dos dois negociadores descera e juntara-se a Ted. Ted conversava com um grupinho na cozinha, surpreendentemente limpa. E Fernanda caiu em prantos de novo, com uma aparência horrível. Ela não sabia o que dizer, quando Ted conduziu os tiras e agentes restantes para a cozinha e fechou a porta.

— Que está acontecendo aqui? — perguntou Jack, horrorizado.

Era óbvio que alguma coisa terrível acontecera. Ele precisou de mais cinco minutos para conseguir alguma informação dela, sentados juntos no sofá.

— Seqüestraram Sam.

— Quem seqüestrou Sam?

— Não sabemos. — Ela contou-lhe toda a dolorosa história do começo ao fim, incluindo a retirada do menino num saco de lona e o assassinato dos quatro policiais na cozinha.

— Oh, meu Deus, por que não me chamou? Por que não me contou no outro dia? — Ele percebia agora o que acontecia quando ela cancelou a viagem a Napa. Acreditara honestamente que estava gripada. O que tinham era infinitamente pior. Ele mal acreditava na história, era aterrorizante demais para ser expressa em palavras.

— Que vou fazer quando eles pedirem o resgate? Não tenho nada para dar em troca de Sam. — Ele sabia disso melhor que ninguém. Era uma questão difícil. — A polícia e o FBI acham que eu ainda tenho todo o dinheiro de Allan. Pelo menos é o que pensam.

— Eu não sei — disse Jack, sentindo-se impotente. — Vamos esperar que os peguem antes que você tenha de entregar o dinheiro. — Ia ser impossível encontrar dinheiro vivo em grande quantidade... ou mesmo em pequena. — A polícia tem alguma pista sobre onde estão? — Por enquanto, não tinha nenhuma.

Jack ficou sentado com ela durante duas horas, com um braço em torno dela, e fê-la prometer que ligaria para ele em casa se soubesse de alguma coisa ou quisesse companhia. E, antes de partir, fez uma sombria sugestão. Disse que ela devia assinar uma procuração para ele, para permitir-lhe tomar decisões e transferir fundos para ela, se ainda tivesse algum, e caso algo acontecesse com ela. Isso era tão deprimente quanto a visão da polícia cortando os cabelos dos filhos para uma combinação de DNA caso os encontrassem mortos. Em essência, o que ele dizia era a mesma coisa. Disse que mandaria os papéis para ela assinar no dia seguinte. E pouco depois foi embora.

Ela saiu vagando até a cozinha e viu os homens tomando café. Jurara jamais entrar ali, mas simplesmente precisava. Estava quase irreconhecível. Todo o granito fora retirado, e tiveram de substituir a mesa por uma simples e funcional, pois o sangue dos mortos encharcara toda a madeira. Nem reconheceu as cadeiras. Parecia que uma bomba havia atingido o local, mas pelo menos não havia sinal do horror que ela vira ali no dia anterior.

Quando entrou, os quatro que a protegiam se levantaram. Encostado na parede, Ted conversava com eles, sorriu-lhe quando ela chegou e ela sorriu de volta, lembrando o conforto que ele lhe oferecera na noite anterior. Mesmo em meio à agonia que atravessava, havia nele alguma coisa pacífica e tranqüilizadora.

Um dos homens entregou-lhe uma xícara de café e lhe ofereceu rosquinhas; ela pegou uma, comeu a metade e descartou o resto. Era a primeira coisa que comia em dois dias. Estava vivendo de café e chá, à beira de um ataque de nervos. Todos sabiam que não havia notícias. Conversaram futilidades na cozinha e, depois de algum tempo, ela subiu e se deitou. Viu o negociador passar pela porta aberta em direção ao quarto de

Ashley. Era como viver num acampamento armado, e por toda parte viam-se homens com armas. Ela já se acostumara. Não ligava para as armas. Só o filho tinha importância. Era só o que lhe importava, tudo pelo que vivia, tudo o que queria, tudo o que sabia. Ficou deitada na cama, acordada, a noite toda, pelo efeito do açúcar e do café, à espera de notícias de Sam. Só podia rezar para que ele estivesse vivo.

Capítulo 16

Quando Fernanda acordou na manhã seguinte, o sol acabara de sair sobre a cidade numa nuvem dourada. Ela só percebeu que era o Quatro de Julho quando desceu ao térreo e viu o jornal que um dos homens deixara na mesa. Não era domingo, mas ela sabia apenas, ao sentar-se e olhar o nascer do sol, que queria ir à igreja, e não podia. Não podia sair de casa, para o caso de eles ligarem. Falou alguma coisa a respeito com Ted, quando estavam sentados na cozinha pouco depois, ele pensou por um minuto e perguntou-lhe se queria ver um padre. Isso pareceu até meio estranho para ela. Gostava de levar as crianças à igreja nos domingos, mas eles não queriam desde que Allan morrera. E ela ficara tão arrasada que não fora muito nos últimos tempos. Mas sabia que desejava ver um padre agora. Queria alguém com quem conversar e rezar com ela, pois sentia que esquecera como.

— Isso é estranho? — perguntou a ele, com um ar embaraçado, e ele balançou a cabeça. Ele não a deixava havia dias. Simplesmente ficava em casa com ela. Trouxera roupas. Ela sabia que alguns homens se haviam instalado no quarto de Will. Revezavam-se para dormir um de cada vez, enquanto os outros vigiavam a casa, os telefones e ela. Até quatro ou cinco deles usavam a cama por turnos num período de 24 horas.

— Nada estranho, se ajuda você a suportar isso. Quer que eu veja se consigo alguém para vir aqui, ou existe alguém a quem você deseja telefonar?

— Não importa — ela respondeu, parecendo tímida. Era estranho, mas após aqueles poucos dias passados juntos, ela já o considerava um amigo. Podia dizer qualquer coisa a ele. Numa situação como aquela, não havia orgulho, vergonha, artifício, apenas honestidade e dor.

— Vou dar alguns telefonemas — foi tudo que ele disse. Duas horas depois, um jovem chegava à porta. Parecia conhecer Ted e entrou calado. Conversaram alguns minutos e ele o seguiu até o andar de cima. Fernanda estava deitada na cama e ele bateu à porta, que estava aberta. Ela se sentou e ficou olhando para Ted, imaginando quem seria o outro homem. Ele usava sandálias, suéter e jeans. Ela esperava ali deitava havia horas, querendo que os seqüestradores ligassem, quando ele entrou.

— Oi — disse Ted, de pé na porta e um tanto constrangido, pois ela estava deitada na cama. — Este é um amigo meu, se chama Dick Wallis, é padre.

Ela se levantou, aproximou-se deles e agradeceu ao padre por ter vindo. Ele parecia mais um jogador de futebol americano que um sacerdote. Era jovem, com aproximadamente 30 anos, mas quando ela lhe falou viu que tinha olhos bondosos. E quando o convidou para entrar no quarto, Ted voltou discretamente para o andar de baixo.

Fernanda levou o padre para uma pequena sala ao lado do quarto e convidou-o a sentar-se. Não sabia o que dizer a ele, e perguntou se ele sabia o que acontecera. Ele disse que sim. Disselhe que jogara futebol profissional durante dois anos após a faculdade e depois decidira tornar-se padre. Acrescentou para a dona da casa, que ouvia embevecida, que tinha agora 39 anos e era sacerdote havia 15. Conhecera Ted anos antes, quando fora, por um breve período, capelão da polícia e um dos melhores amigos de Ted fora assassinado. Isso levara Ted a questionar o sentido da vida e como tudo era insensato.

— Todos nós nos perguntamos essas coisas às vezes. Você mesma deve estar se fazendo essas mesmas perguntas agora. Acredita em Deus? — perguntou, pegando-a de surpresa.

— Acho que sim. Sempre acreditei. — E então lançou ao padre um olhar estranho. — Nos últimos meses, não tenho tido tanta certeza. Meu marido morreu há seis meses. Acho que se suicidou.

— Devia estar muito assustado para fazer uma coisa dessas. — Era uma idéia interessante, e ela assentiu. Jamais pensara assim. Mas Allan estava com medo. E optara por dar o fora.

— Acho que estava. E eu estou agora — ela disse honestamente e começou a chorar. — Tenho tanto medo de que matem meu filho. — Agora não podia parar de chorar.

— Acha que pode confiar em Deus? — ele perguntou com delicadeza, e ela ficou olhando-o por um longo tempo.

— Não sei. Como Ele pôde deixar que isso acontecesse e deixou meu marido morrer? E se meu filho for assassinado? — ela disse, sufocando um soluço.

— Talvez você possa tentar confiar Nele, e nessa gente aí para ajudá-la a trazê-lo de volta. Onde seu filho estiver agora, estará nas mãos de Deus. Ele sabe onde ele está, Fernanda. É só o que você precisa saber. O que pode fazer. Deixe-o nas mãos de Deus. — E então o padre disse uma coisa tão estranha que ela não tinha idéia do que responder. — Com todos nós acontecem provações terríveis às vezes, coisas que julgamos que vão romper nosso espírito e nos matar, mas que nos tornam mais fortes no fim. Parecem os golpes mais cruéis, mas de um modo estranho são como cumprimentos de Deus. Eu sei que isso deve lhe parecer loucura, mas não é. Se Ele não a amasse e acreditasse em você, não lhe daria desafios como esse. São oportunidades para a graça. Você vai sair disso mais forte. Eu sei. É a maneira de Deus dizer a você que Ele a ama e acredita em você. É um elogio Dele a você. Isso faz algum sentido?

Ela olhou o jovem padre com um sorriso triste e balançou a cabeça.

— Não. — Não queria que fizesse. — Não quero elogios desse tipo. Nem a morte de meu marido. Eu precisava dele e ainda preciso.

— Nós nunca queremos desafios desse tipo, Fernanda. Ninguém quer. Veja o Cristo na cruz. Pense no desafio que isso deve ter sido para Ele. A agonia da traição de pessoas em quem Ele confiava e da morte. E depois a ressurreição. Ele provou que nenhum desafio, por maior que seja, pode sufocar Seu amor por nós. Na verdade, Ele nos ama mais. E ama você também.

Ficaram sentados calados por um longo tempo e, apesar de que parecesse a ela insanidade o que ele dizia, que o seqüestro era um cumprimento de Deus, sentiu-se melhor, e nem mesmo sabia por quê. De algum modo a presença do jovem padre a acalmara. Ele se levantou a seguir e ela lhe agradeceu. Ele tocou-lhe delicadamente a cabeça antes de sair e deu-lhe uma bênção, que a confortou de certa forma.

— Vou rezar por você e Sam. Eu gostaria de conhecê-lo um dia — disse o padre Wallis com um sorriso.

— Espero que conheça. — Ele assentiu com a cabeça e deixou-a. Não parecia nem um pouco um padre, mas de uma forma estranha ela gostou do que ele dissera. Ficou sentada sozinha no quarto por um longo tempo depois, e então tornou a descer ao encontro de Ted. Ele estava na sala de visitas, falando ao celular e encerrou a ligação quando ela entrou. Estivera conversando com Rick, apenas para passar o tempo. Não havia notícias.

— Como foi?

— Não sei. Ele é sensacional ou maluco. Não sei qual dos dois — ela respondeu, e sorriu.

— Provavelmente os dois. Mas me ajudou muito quando meu amigo morreu e eu simplesmente não aceitava. O cara tinha seis filhos e a esposa estava grávida de mais um. Foi assassinado por um morador de rua que o esfaqueou sem motivo algum e deixou-o caído no chão, até morrer. Nenhum ato de coragem, nem morte de herói. Só um lunático e uma faca. Era doente mental. Haviam-no liberado do sanatório no dia anterior. Simplesmente não fazia sentido para mim. Nunca fez.

O assassinato dos quatro homens na cozinha e o seqüestro do filho dela tampouco faziam sentido. Algumas coisas simplesmente não fazem.

— Ele disse que isso é um cumprimento de Deus — ela contou a Ted.

— Não sei se concordo com ele. Parece maluquice. Talvez eu devesse ter chamado outra pessoa. — Ted parecia envergonhado.

— Não. Eu gostei dele. Gostaria de tornar a vê-lo. Talvez depois de tudo isso acabar. Não sei. Acho que ele ajudou.

— Foi o que sempre senti em relação a ele. É uma pessoa muito santa. Parece jamais vacilar no que acredita. Eu gostaria de dizer o mesmo de mim mesmo — disse Ted em voz baixa, e ela sorriu. Ela se sentia mais em paz. Fizera bem a ela conversar com o padre, por mais estranhas que fossem as palavras dele.

— Eu não vou à igreja desde que Allan morreu. Talvez estivesse furiosa com Deus.

— Temos esse direito — disse Ted.

— Talvez eu não. Ele disse que é uma oportunidade para se alcançar a graça.

— Acho que tudo de ruim é. Só gostaria que tivéssemos menos oportunidades para a graça — ele respondeu honestamente.

Também tivera o seu quinhão, embora nada tão ruim quanto aquele.

— É — ela disse em voz baixa. — Eu também.

Foram à cozinha ao encontro dos outros. Os homens jogavam baralho na mesa, e acabara de chegar uma caixa de sanduíches. Sem pensar, ela pegou um e comeu-o, e depois tomou dois copos de leite. Não disse uma palavra a Ted enquanto comia. Pensava apenas no que o padre Wallis dissera, que aquilo era um cumprimento de Deus. De algum modo parecia estranho, mas certo, mesmo para ela. E, pela primeira vez, desde que haviam levado Sam, teve a sensação maravilhosa de que ele continuava vivo.

Peter Morgan chegou ao lago Tahoe no Honda apenas duas horas depois de Carl e seu bando. Sam continuava no saco de lona.

— Isso não é muito inteligente — disse Peter a Malcolm Stark, que pusera o saco no quarto dos fundos e jogara-o sobre a cama. — O garoto tem fita adesiva na boca, eu presumo. E se não conseguir respirar? — Stark olhou-o sem expressão alguma, e Peter ficou feliz por ter vindo. Addison tinha razão. Não se podia confiar neles com o menino. Peter sabia que eram monstros. Mas só monstros fariam o serviço.

Carl questionara-o sobre o motivo de ter ido a Tahoe e Peter respondera que, após matarem os tiras, o chefe queria que ele viesse.

— Ele ficou puto? — Carl parecia preocupado.

Peter hesitou antes de responder.

— Surpreso. Matar os tiras complicou tudo. Vão nos procurar com muito mais vontade do que se fosse apenas o menino.

Carl concordou. Tinha sido um azar dos diabos.

— Eu não sei como você não viu os tiras — disse, ainda parecendo aborrecido.

— Nem eu. — Peter continuava a perguntar-se se alguma coisa que Addison dissera ao FBI no interrogatório os denunciara. Nada mais poderia ter denunciado. Ele tivera um cuidado impecável na vigilância a Fernanda. E até então Waters, Stark e Free não haviam cometido erros, que ele soubesse. Assim que se depararam com a polícia na cozinha de Fernanda, não tiveram escolha senão matá-los. Peter inclusive concordava. Mas ainda assim era azar. Para todos eles.

— Como está o menino? — tornou a perguntar, não querendo parecer demasiado preocupado. Mas Stark ainda não fora ao quarto dos fundos para retirá-lo do saco.

— Acho que alguém devia ir verificar — disse vagamente Carl. Jim Free trazia a comida para a cozinha e todos estavam com fome. Fora um longo dia e uma longa viagem.

— Eu vou — ofereceu-se Peter casualmente, dirigindo-se rápido ao quarto dos fundos e desatando o nó da corda que fechava o saco. Abriu-o com cuidado e viu-se diante de dois grandes olhos castanhos. Pôs o dedo nos lábios. Não sabia mais de que lado estava, da mãe do menino ou dos comparsas. Ou talvez só do menino. Puxou a maior parte do saco para baixo e arrancou delicadamente a fita adesiva de sua boca, mas deixou as mãos e os pés amarrados.

— Você está bem? — Sam fez que sim com a cabeça. Tinha o rosto sujo e parecia assustado. Mas pelo menos estava vivo.

— Quem é você? — perguntou Sam.

— Não importa — sussurrou Peter em resposta.

— Você é tira? — Peter fez que não com a cabeça.

— Oh — fez Sam e nada mais disse, apenas ficou olhando e, poucos minutos depois Peter deixou o quarto e entrou na cozinha, onde os outros comiam. Alguém pusera uma panela com feijão e carne suína no fogão. Também havia pimenta.

— É melhor dar comida ao garoto — disse Peter a Waters, que assentiu com cabeça. Também não haviam pensado nisso. Nem mesmo água. Simplesmente esqueceram. Tinham coisas mais importantes para pensar do que na alimentação de Sam.

— Pelo amor de Deus — queixou-se Malcolm Stark, quando Jim Free deu uma risada —, não estamos administrando uma creche. Deixa o garoto no saco.

— Se o matarem, eles não vão pagar — observou Peter com senso prático e Carl Waters riu.

— Ele tem razão. A mãe na certa vai querer falar com o filho quando a gente ligar. Diabos, podemos nos dar ao luxo de alimentar o garoto de vez em quando, ele vai nos render 100 milhões. Dêem comida a ele. — Waters olhou para Peter ao dizer isso, e atribuiu-lhe a tarefa. Peter encolheu os ombros, pôs uma fatia de presunto entre dois pedaços de pão e voltou ao quarto dos fundos. Uma vez lá, sentou-se na cama junto a Sam e levou o sanduíche à boca do menino. Sam balançou a cabeça.

— Vamos lá, Sam, precisa comer — disse de uma forma objetiva, quase como se o conhecesse. Após vigiá-lo por um mês, sentia-se assim. Falou-lhe de forma tão delicada quanto falaria com suas filhas, tentando levá-las a fazer alguma coisa.

— Como sabe meu nome? — perguntou o garoto, intrigado. Peter já ouvira a mãe dele dizê-lo umas cem vezes a essa altura.

Não podia deixar de imaginar como ela estava, o nível de seu abalo. Depois de observar como era apegada aos filhos, sabia o que aquilo devia estar lhe causando. Mas o menino estava muito bem, sobretudo após o trauma por que passara, e após uma viagem de quatro horas amarrado num saco de lona. Tinha garra o garoto, e Peter o admirava por isso. Ofereceu-lhe o sanduíche mais uma vez, e desta Sam deu uma mordida. No fim, comeu a metade e, quando o olhou do corredor, ele disse:

— Obrigado. — Mais alguma coisa ocorreu a Peter então, que voltou para perguntar se ele queria ir ao banheiro, e o menino ficou a olhá-lo por um minuto. Peter imaginou corretamente o que acontecera. Ele já se aliviara muito antes. Quem não teria feito o mesmo? Tirou-o inteiramente do saco. Sam não sabia onde estava e tinha medo dos homens que o haviam seqüestrado, incluindo o próprio Peter, que o levou ao banheiro, trouxe-o de volta e deixou-o na cama. Nada mais podia fazer por ele. Mas cobriu-o com uma manta antes de sair, e Sam o viu afastar-se.

Mas tarde, Peter voltou antes de ir dormir e levou-o de novo ao banheiro. Acordou-o ao fazer isso, para ele não passar dificuldades novamente. E deu-lhe um copo de leite e um pedaço de bolo. O menino devorou-os e tornou a agradecer-lhe. Quando o viu aparecer na manhã seguinte, sorriu.

— Como você se chama? — perguntou, cauteloso.

Peter hesitou antes de dizer, e então decidiu que nada tinha a perder. A criança já o vira mesmo.

— Peter.

Sam balançou a cabeça e ele voltou pouco depois com o café-da-manhã. Trouxe um ovo frito com bacon. Tornou-se rapidamente a babá oficial. Os outros ficaram felizes por não terem de fazer isso. Queriam o dinheiro e não servir de babás para um pirralho de 6 anos. E, de uma forma curiosa, Peter imaginava que fazia aquilo por Fernanda, e sabia que era.

Ficou algum tempo com o menino à tarde e voltou de novo à noite. Sentou-se na cama junto dele e alisou-lhe os cabelos.

— Você vai me matar? — perguntou Sam com uma vozinha miúda. Parecia assustado e triste, mas Peter não o vira chorar. Sabia como aquilo devia ser aterrorizante para ele, mas ele tinha uma coragem notável, desde que tudo acontecera.

— Não, não vou. Vamos mandar você de volta para sua mãe dentro de alguns dias. — Sam não pareceu acreditar, mas Peter pareceu falar sério. O menino não tinha certeza sobre os outros. Ouvia-os no outro quarto, mas eles nunca vinham vê-lo. Estavam mais que felizes por deixar Peter cuidar dele. E ele lhes dissera que estava cuidando do investimento, o que acharam engraçado.

— Eles vão ligar para mamãe e pedir dinheiro? — perguntou Sam baixinho, e Peter assentiu com a cabeça. Gostava mais de estar com o menino do que de estar com os outros. Sem dúvida. Tratava-se de turma desagradável. Falavam dos tiras que haviam matado e como era boa a sensação. Ouvi-los deixava-o nauseado. Era muito mais agradável conversar com Sam.

— Mais tarde — respondeu à pergunta sobre o dinheiro. Não disse quando seria, e não sabia ele próprio. Dentro de uns dois dias, pensava, segundo o plano.

— Ela não tem nenhum — disse Sam em voz baixa, observando Peter, como se tentasse decifrá-lo, o que fazia mesmo. Quase gostava dele, mas não muito. Afinal, era um dos seqüestradores. Mas pelo menos fora gentil com ele.

— Nenhum o quê? — perguntou Peter, parecendo perturbado. Pensava em outras coisas, como a fuga. Os planos haviam sido estabelecidos, mas estava nervoso mesmo assim. Os outros três iam para o México, e de lá para a América do Sul com passaportes falsos. Ele ia para Nova York, tentar ver as filhas. E depois para o Brasil. Tinha alguns amigos lá, dos seus dias de traficante.

— Minha mãe não tem dinheiro nenhum — disse Sam em voz baixa, como se fosse um segredo que devesse guardar, mas que estava partilhando com Peter.

— É claro que tem — sorriu Peter.

— Não, não tem. Foi por isso que meu pai se matou. Perdeu tudo. — Peter sentou-se na cama e ficou olhando para o menino por um instante, se perguntando se ele sabia do que estava falando. Sam tinha aquela dolorosa honestidade e sinceridade das crianças.

— Eu achava que seu pai tinha morrido num acidente. Caiu de um barco.

— Ele deixou uma carta para minha mãe. Ela disse ao advogado dele que ele se matou.

— Como você sabe?

Ele pareceu envergonhado por um instante, e depois confessou:

— Eu estava escutando atrás da porta.

— Ela falou com ele sobre dinheiro? — perguntou Peter, preocupado.

— Muitas vezes. Falam disso quase todo dia. Ela disse que tudo acabou. É o que diz sempre, não resta nada, só "divas". — Peter entendia melhor que ele. Ela falava obviamente de dívidas, não "divas". — Ela vai vender a casa. Ainda não contou para a gente. — Peter assentiu com a cabeça e depois lhe lançou um olhar severo.

— Eu não quero que você diga isso a mais ninguém. Promete?

Sam fez que sim com a cabeça, parecendo muito deprimido.

— Eles me matam se ela não pagar, não é? — respondeu com olhos tristes. Mas Peter fez que não com a cabeça.

— Não vou deixar que façam isso — sussurrou. — Prometo — acrescentou, e saiu do quarto para ir juntar-se aos outros.

— Nossa, você passa um bocado de tempo com o menino — queixou-se Stark, e Waters olhou para Stark com ar de nojo.

— Fique contente por não ser você. Eu também não ia gostar de fazer isso.

— Gosto de crianças — disse Jim Free. — Devorei uma certa vez. — Deu uma risada. Andara bebendo a noite toda. Jamais fora condenado por molestar crianças e Peter supunha que era mentira, mas não gostou mesmo assim. Não gostava de nada neles.

Ele não falou nada com Waters até a manhã seguinte e depois o olhou preocupado, como se viesse receando alguma coisa.

— E se ela não pagar? — perguntou Peter sem rodeios.

— Paga. Quer o garoto de volta. Paga o que a gente pedir. — Na verdade haviam discutido na noite anterior sobre pedirem mais e ficarem com uma fatia maior.

— E se não pagar?

— Que é que você acha? — perguntou Carl friamente. — Se ela não pagar, ele não serve pra gente. A gente se livra dele e se manda.

Era o que ele e Sam temiam.

Mas a confissão do menino na noite anterior sobre as finanças da mãe causou uma reviravolta em tudo para Peter. Jamais lhe ocorrera que ela estava falida. Embora ele tivesse levantado a hipótese uma ou duas vezes, nunca acreditara que de fato estivesse. Agora pensava diferente. Alguma coisa na forma como Sam repetira o que escutara lhe disse que era verdade. Também explicava por que ela não ia a parte alguma nem fazia coisa alguma e por que não havia empregados em casa. Ele esperava que ela levasse uma vida muito mais luxuosa. Achava que só ficava em casa porque amava os filhos, mas talvez fosse mais que isso. E ele tinha a sensação de que a conversa que Sam escutara entre a mãe e o advogado era demasiado real. Ainda assim, não ter "dinheiro" era algo relativo para diferentes pessoas. Ainda podia restar-lhe alguma coisa, mas não tanto quanto haviam tido um dia. Mas o bilhete de suicida era interessante. Se fosse verdade, talvez não restasse mesmo nada da fortuna de Allan Barnes. Peter ficou profundamente preocupado, pensou nisso o dia todo e no que podia significar para ele e os outros. Pior ainda, para Sam.

Ficaram ali por mais dois dias, e então decidiram, por fim, ligar para ela. Os quatro concordaram que era hora. Usaram o telefone não rastreável de Peter e ele discou o número. Ela respondeu ao primeiro toque, com uma voz rouca que se partiu tão logo ela soube quem era. Peter falou em voz baixa, secretamente pesaroso por ela, e identificou-se dizendo que tinha notícias do filho dela. O negociador escutava do outro lado da linha, e outros trabalhavam num frenesi para localizar a chamada.

— Tenho um amigo que gostaria de falar com você — disse Peter e foi ao quarto dos fundos, enquanto Fernanda prendia o fôlego e fazia gestos alucinados para Ted. Ele já sabia. O negociador escutava na linha com ela, e estavam gravando a chamada.

— Oi, mãe — disse Sam, e as lágrimas inundaram os olhos dela, que prendeu a respiração.

— Você está bem? — Fernanda mal conseguia falar, de tanto que tremia.

— Tudo bem.

Antes que ele pudesse dizer mais alguma coisa, Peter tomou o telefone, sob os olhos de Waters. Temia que, para tranqüilizá-la, Sam dissesse que ele fora legal, e não queria que os outros escutassem. Pegou o telefone de volta e falou claro com ela. Parecia bem articulado e calmo, o que a surpreendeu. Pelo que ela vira na casa quatro dias antes, esperava que fossem rudes. E aquele obviamente não era. O tom dele parecia sensato, educado e curiosamente suave.

— A passagem de ônibus para seu filho voltar para casa vai lhe custar exatamente 100 milhões de dólares — ele disse, sem piscar, com os outros escutando e balançando a cabeça em aprovação. Eles gostavam do estilo dele, um homem de negócios, educado, frio. — Comece a contar os centavos. Vamos chamar em breve para lhe dizer como queremos que seja entregue — acrescentou, e cortou a ligação antes que ela respondesse. — Voltou-se para os outros, que o aplaudiram. — Quanto tempo damos a ela? — perguntou. Ele e Addison haviam falado em uma ou duas semanas, no máximo, para concluir a transação. Na época, combinaram que mais que isso seria desnecessário, mas após o que Sam dissera, ele não tinha tanta certeza se o tempo era relevante ou se faria qualquer diferença. Se ela não tinha recursos, ele não sabia onde Fernanda poderia desencavar tanto dinheiro. Mesmo que Barnes tivesse deixado ainda alguns outros investimentos. Talvez ela pudesse soltar um ou dois milhões, se tanto. Mas, pelo que o menino dizia sobre as dívidas, e o suicídio do pai, ele imaginava até mesmo se ela tinha isso. E mesmo alguns milhões divididos por quatro não fariam sentido.

Os outros se embebedaram naquela noite e ele ficou conversando com Sam de novo por um longo tempo. Era um garoto meigo e se sentia triste, após falar com a mãe.

Do outro lado, Fernanda estava sentada em sua sala de estar, em estado de choque, olhando para Ted.

— O que vou fazer? — Ela se achava nas raias do desespero. Jamais sonhara que pediriam tanto. Cem milhões era uma loucura. E eles obviamente estavam loucos.

— Nós vamos encontrá-lo — disse Ted calmamente. Era a única opção que lhes restava. Mas não haviam conseguido localizar o telefonema. Ele desligara rápido demais, embora, com a aparelhagem que tinham, pudessem tê-lo feito. Peter usara um telefone que não podia ser identificado, um dos poucos que não se podia identificar. Obviamente sabiam o que estavam fazendo. Pelo menos Fernanda falara com Sam.

Ela ligou para Jack Waterman enquanto Ted conversava com o capitão. Ela contou-lhe sobre o resgate, e ele caiu num silêncio de desorientação no outro lado. Poderia tê-la ajudado com meio milhão, até ela vender a casa, mas além disso não restava quase nada no banco. Fernanda tinha 50 mil em sua conta no momento. A única esperança era encontrar o menino antes que os seqüestradores o matassem. Jack rezou para que o encontrassem. Ela lhe dissera que a polícia e o FBI estavam fazendo todo o possível, mas os seqüestradores haviam sumido. Todos os quatro que eles conheciam haviam se evaporado. E os informantes dignos de confiança de nada sabia.

Dois dias depois, Will ligou para casa, e tão logo ouviu a voz da mãe ficou sabendo que alguma coisa acontecera. Ela negou. Mas ele a conhecia bem. Por fim ela cedeu e chorou, e contou-lhe que Sam fora seqüestrado, e ele implorou para voltar para casa.

— Não precisa. A polícia está fazendo tudo o que pode, Will. É melhor você ficar no acampamento. — Ela achava que em casa seria demasiado deprimente e perturbador para ele.

— Mãe — ele disse, soluçando no telefone —, eu quero ficar com você.

Ela chamou Jack e pediu-lhe que fosse buscá-lo e, na manhã seguinte, o filho entrou em casa e explodiu em lágrimas ao se jogar nos braços dela. Ficaram abraçados um longo tempo e passaram horas à noite conversando na cozinha. Jack ficara por ali algum tempo e logo saiu, por não querer interferir. Conversou com Ted e os outros homens alguns minutos, e eles lhe disseram que não havia novidade. Investigadores vasculhavam o estado, mas até então ninguém comunicara ter visto qualquer coisa suspeita. A polícia procurava os homens das fotos de identificação, mas ninguém os vira e não havia sinal de Sam, ou qualquer coisa que lhe pertencesse ou que ele estivesse usando. O menino desaparecera sem deixar rastros, e também os seqüestradores. Podiam estar em qualquer lugar a essa altura, mesmo além das fronteiras estaduais, até no México. Ted sabia que eles podiam continuar escondidos por longo tempo, tempo demais para Sam.

Will dormiu em seu quarto naquela noite e os homens no de Ashley. Podiam ter dormido no de Sam, mas isso lhes pareceu de certa forma desrespeito. Às quatro da manhã, Fernanda ainda não conseguira dormir e desceu para ver se Ted estava acordado. Ele se estendera no sofá, e estava de olhos abertos, pensando. O restante dos homens fora para a cozinha, conversar, com suas armas à vista, como sempre. A cozinha se tornara uma espécie de sala de emergência ou unidade de tratamento intensivo, onde as pessoas ficavam acordadas a noite toda, armadas e prontas para servir. Não havia mais diferenciação clara entre o dia e a noite, era tudo a mesma coisa. Havia sempre gente em celulares, inteiramente desperta.

Ela se sentou numa cadeira perto de Ted e lançou-lhe um olhar desesperado. Começava a perder a esperança. Não tinha o dinheiro e a polícia não encontrara seu filho. Não tinha sequer uma única pista de onde eles se escondiam. E todos os policiais e agentes do FBI não queriam nem ouvir falar de acionar a imprensa. Ted explicou que só ia confundir e piorar tudo. E se enfurecessem os seqüestradores, era quase certo que eles matariam Sam. Ninguém se dispunha a correr esse risco. Nem ela.

Ted foi para casa à noite, por algumas horas, e jantou com Shirley. Conversaram sobre o caso, ela sentia pena de Fernanda e via que Ted também. Perguntara-lhe se achava que iam encontrar o menino a tempo e ele respondera que francamente não sabia.

— Quando acha que vamos ter notícias deles? — perguntou-lhe Fernanda quando ele voltou. A sala de visitas estava às escuras e a única luz vinha do corredor.

— Vão ligar em breve para dizer como querem que você entregue o dinheiro — ele assegurou-lhe, mas ela não via que diferença isso faria. Concordaram que ela ia tentar protelar. Porém, mais cedo ou mais tarde, eles perceberiam que ela não ia pagar. Ted sabia que tinha de encontrar Sam antes disso. Ligara para o padre Wallis na mesma tarde. Nada podiam fazer além de rezar. O que precisavam desesperadamente era de uma luz. O DPSF e o FBI pressionavam os informantes, mas ninguém ouvira uma palavra sobre os seqüestradores ou Sam.

Como era de esperar, os seqüestradores mais uma vez ligaram na manhã seguinte. Deixaram-na falar com Sam de novo e ele parecia nervoso. Carl Waters vigiava-o de perto e Peter pusera o telefone em seu ouvido. Fernanda mal pôde ouvir mais que ele dizer "oi, mãe", antes que lhe tomassem o aparelho. A voz a seguir disse que, se ela quisesse conversar com o filho, ia ter de pagar o resgate. Deram-lhe cinco dias para arranjá-lo, disseram que na próxima chamada dariam as instruções para a entrega e desligaram. Ouvindo-os desta vez, ela ficou desnorteada. Não havia como pagar. E mais uma vez a chamada não pôde ser localizada. A polícia sabia apenas que nenhum deles se apresentara ao agente da condicional naquela semana, o que não era novidade. Eles sabiam que haviam sido eles. O que não sabiam era para onde tinham ido e o que haviam feito com Sam. Durante todo esse tempo Phillip Addison tinha o álibi perfeito e esperava no sul da França. A polícia verificara os telefonemas provenientes do hotel. Ele não fizera ligações internacionais para celulares nos Estados Unidos e não mantinham registros dos que recebia. Quando o FBI começou a monitorar as ligações dele após o seqüestro, não descobriu um só dos seqüestradores. Eles já tinham as instruções e cuidavam do caso sozinhos. Peter fazia tudo o que podia para proteger o menino. Carl e os outros ficavam cada vez mais ansiosos pelo dinheiro. Ted, Rick e as agências, informantes e redes de investigação que usavam não estavam conseguindo nada. Fernanda parecia que ia enlouquecer.

Capítulo 17

A ÚLTIMA LIGAÇÃO DOS seqüestradores foi para dizer a Fernanda que ela teria dois dias para entregar o dinheiro. E desta vez pareciam impacientes. Não a deixaram falar com Sam e do lado dela todos sabiam que o tempo se esgotava. Ou talvez já se houvesse esgotado. Era hora de tomar uma atitude, mas não havia nenhuma para tomar. Sem quaisquer pistas quanto ao paradeiro deles, a polícia nada podia fazer. Explorava toda fonte que tinham para acelerar os esforços, mas sem uma pista, uma dica, um vestígio ou alguém que os tivesse visto, não iam a parte alguma.

Peter explicou as condições de entrega a Fernanda quando receberam o ultimato de dois dias. Ela devia transferir todos os 100 milhões de dólares para a conta de uma empresa das Bahamas e não para a que originalmente pensavam usar nas ilhas Cayman. O banco nas Bahamas já recebera instruções para depositá-los numa série de empresas falsas e, de lá, por fim, as partes de Peter e Phillip deviam ser transferidas para Genebra. As outras três partes, para a Costa Rica. Tão logo Waters, Stark e Free chegassem à Colômbia ou ao Brasil, podiam mandar transferi-las para lá.

Fernanda nada sabia desses complicados detalhes. Sabia apenas o nome do banco nas Bahamas para onde devia transferir os 100 milhões de dólares dentro de dois dias, e nada tinha para depositar. Contava com a polícia e o FBI para encontrar Sam antes do prazo final e seu pânico maior era que não o encontrassem a tempo. As esperanças diminuíam a cada minuto.

— Vai levar mais tempo que isso para eu ter acesso ao dinheiro — disse a Peter durante o telefonema, tentando não deixar o pânico aparecer em sua voz, mas era difícil controlar. Ela lutava pela vida de Sam. E, apesar dos esforços e da impressionante tecnologia e do número de homens empenhados, até então nem o FBI nem a polícia haviam ajudado. Ou, pelo menos, não conseguiram resultados.

— O tempo está se esgotando — disse Peter com voz firme.
— Meus sócios não querem esperar — acrescentou, tentando esconder seu próprio desespero. Ela precisava fazer alguma coisa. Todo dia Waters e os outros falavam em matar Sam. Isso nada significava para eles. Na verdade, se não conseguissem o dinheiro, achavam uma vingança adequada. O menino significava menos para eles que uma garrafa de tequila ou um par de sapatos.

Nem se importavam com o fato de Sam havê-los visto e poder identificá-los. O diabólico trio planejava desaparecer para sempre nas selvas da América do Sul. Tinham passaportes ilegais à sua espera ao norte da fronteira mexicana. Precisavam apenas chegar lá, pegá-los, desaparecer e viver como reis o resto de seus dias. Mas primeiro ela precisava pagar o resgate. E a cada hora, a cada dia, Peter entendia que Sam falara a verdade. Ela nada tinha para transferir para a conta nas Bahamas. E ele não tinha a menor idéia do que ia fazer. Nem Fernanda. Ele gostaria de perguntar a ela, mas só podia supor que alguém dizia a ela o que fazer.

Jack já dissera a ela que o maior empréstimo que podia conseguir-lhe, dando a casa como garantia, era uma hipoteca extra de 700 mil dólares, cujas prestações ela não suportaria. Sem saber das circunstâncias, ou mesmo sabendo, o banco dissera que não podia aprovar ou entregar o dinheiro antes de trinta dias. Waters e seus comparsas queriam-no em dois.

Fernanda não tinha outros recursos, nem Ted, Rick, ou todo aquele exército de agentes do FBI, que juravam não estar deixando pedra sobre pedra, mas para ela eles estavam tão longe de encontrar Sam quanto no dia em que o levaram. Peter sentia a mesma coisa.

— Ela está fazendo joguinhos — disse Waters, furioso, ao fim do telefonema.

Do seu lado, Fernanda debulhava-se em lágrimas.

— Não é fácil arranjar 100 milhões assim — disse Peter, sentindo-se agoniado por ela. Podia apenas imaginar o grau de pressão que aquilo exercia nela. — A herança do marido está em inventário, ela tem de pagar impostos de herança e os executores não podem liberá-la tão rápido quanto queremos.

Tentava ganhar tempo, mas receava dizer que acreditava firmemente que ela não tinha o dinheiro, por medo que eles se enfurecessem e matassem Sam ali mesmo. Para ele, era uma tênue linha a trilhar. E para Fernanda também.

— Não vamos esperar — disse Waters, com ar sinistro. — Se ela não transferir o dinheiro em dois dias, o menino morre e nós damos o fora. Não podemos ficar sentados esperando para sempre, esperando os tiras aparecerem. — Ficara de mau humor após o telefonema, dizendo que ela os estava enrolando, e teve um ataque de fúria ao descobrir que não tinham tequila nem cerveja — falou que estava cheio daquela comida, e os outros concordaram.

Em São Francisco, Fernanda permanecera no quarto o dia todo, todos os dias, chorando, aterrorizada com a possibilidade de matar Sam ou de já o terem feito. Will andava pela casa feito um fantasma. Ficava com os homens na cozinha, mas fosse aonde fosse, falasse com quem falasse, a tensão era intolerável. E sempre que Ashley ligava, Fernanda fingia que tudo estava ótimo. A menina ainda não sabia que Sam fora seqüestrado, e Fernanda não queria contar. Só ia piorar tudo deixá-la histérica também.

— Eles vão me matar, não vão? — perguntou Sam a Peter com olhos tristes, depois que os homens ligaram para sua mãe. Ouvira-os conversando, furiosos por estar demorando tanto.

— Eu lhe prometi que não deixaria isso acontecer — sussurrou Peter, no quarto dos fundos aonde fora ver como estava o menino após o telefonema. Mas mesmo Sam sabia que era uma promessa impossível de cumprir. E se o matassem, matariam Peter também.

Quando Peter voltou à sala, todos se achavam particularmente insatisfeitos com a falta de bebida, assim como pela demora de Fernanda em enviar o dinheiro do resgate. Peter se ofereceu para ir à cidade e comprar algumas cervejas. Tinha aquela aparência que jamais chama a atenção, era apenas um cara bacana visitando o lago nas férias, na certa com os filhos. Concordaram que ele fosse pegar a cerveja e mandaram-no comprar tequila e comida chinesa. Estavam fartos do que eles mesmos cozinhavam, e ele também.

Peter dirigiu até além da cidade, na fatídica missão de buscar a bebida. Atravessou outras três, pensando no que ia fazer. Não havia dúvida. Sam tinha razão. O tempo se esgotava. E pelo que sabia, o resgate era uma causa perdida. A única decisão que lhe restava era se deixava ou não matarem Sam. E como arriscara a vida naquilo para salvar suas próprias filhas, sabia agora o que tinha de fazer por Sam.

Ele encostou o furgão perto de um acampamento e pegou o celular. A única coisa que sabia era que não ia voltar para Pelican Bay. Sentiu uma tentação momentânea de apenas continuar dirigindo mas, se fizesse isso eles certamente matariam Sam.

Ele discou o número e esperou e, como sempre fazia, Fernanda atendeu no primeiro toque. Com voz pausada, ele contou que Sam estava ótimo e então pediu para falar com um dos policiais que a protegiam. Ela hesitou um instante, olhou para Ted e disse que não havia policiais em casa.

— Tudo bem — disse Peter, parecendo cansado. Para ele, acabara e não ligava mais. A única coisa que importava agora era Sam. Percebeu ao falar com ela que fazia aquilo por ela. — Sei que há alguém na linha — disse calmamente. — Sra. Barnes, me deixe falar com um dos homens.

Ela tornou a olhar para Ted com olhos angustiados e entregou-lhe o telefone. Não tinha idéia do que significava aquilo.

— Aqui é o detetive Lee — disse Ted, sucintamente.

— Você tem menos de 48 horas para tirar o menino de lá. São quatro homens, incluindo eu — disse Peter, não lhe oferecendo outra informação além dessa aliança. Sabia o que tinha de fazer. Por si mesmo, tanto quanto por ela e Sam. Era só o que podia fazer por eles.

— Morgan, é você?

Só podia ser ele. Ted sabia que falava com ele. Peter não confirmou nem negou. Tinha coisas mais importantes a fazer. Deu a Ted o endereço do cativeiro em Tahoe e descreveu a disposição interna da casa.

— No momento, estão mantendo o menino no quarto dos fundos. Vou fazer o que puder para ajudar vocês, mas eles podem me matar também.

Ted então fez-lhe uma pergunta e, desesperadamente, aguardou uma resposta. O chamado estava sendo gravado, como os outros, de pedido de resgate.

— Phillip Addison está por trás disso?

Peter hesitou e respondeu.

— Sim, está sim.

Agora tudo acabara para ele. Sabia que, aonde quer que fosse, Addison o encontraria e mataria. Mas Waters e os outros na certa já teriam feito isso muito tempo antes.

— Eu não vou esquecer isso — disse Ted, e falava sério, com Fernanda a olhá-lo, sem ousar tirar os olhos dele. Ela sabia que alguma coisa estava acontecendo, e ainda não sabia o que era, se boa ou ruim.

— Não é esse o motivo de eu estar fazendo isso — disse Peter, triste. — Estou fazendo isso por Sam... e por ela... diga a ela que eu sinto muito.

E com isso desligou, jogou o celular no banco ao lado e foi à loja, onde comprou bastante tequila e cerveja para manter os outros bêbados por bastante tempo. Quando chegou à casa, levava quatro sacolas de comida chinesa e sorria. Uma vez na vida, fizera a coisa certa.

— Por que você demorou tanto? — perguntou-lhe Stark, mas se amaciou assim que viu a comida, a cerveja e três garrafas de boa tequila.

— Demoraram um tempão para me darem a comida — queixou-se Peter, e foi dar uma conferida em Sam.

O menino dormia no quarto. Peter ficou parado olhando-o um longo tempo, depois se virou e deixou o quarto. Não tinha idéia de quando eles viriam. Só esperava que fosse logo.

Capítulo 18

— O QUE ACONTECEU? — perguntou Fernanda a Ted, parecendo em pânico, assim que Peter Morgan encerrou o telefonema.

Ted olhou-a e quase gritou.

— Eles estão em Tahoe. Morgan me disse onde estão.

Era a abertura que esperavam. A única esperança que lhes restava.

— Ah, meu Deus — ela sussurrou. — Por que ele fez isso?

— Disse que era por Sam e por você. Mandou lhe dizer que sente muito.

Ela balançou a cabeça, perguntando-se o que o fizera mudar de idéia. Mas, fosse o que fosse, estava agradecida a ele por fazê-lo. Ele salvara a vida do seu filho. Ou pelo menos tentara.

Tudo então foi acelerado. Ted deu o que pareciam mil telefonemas. Ligou para o capitão, Rick Holmquist e os chefes de três equipes da SWAT. Chamou o chefe de polícia e o xerife de Tahoe e disse-lhes que não se mexessem ainda. Concordaram em ceder o lugar ao FBI e ao DPSF. Tudo tinha de ser executado com total precisão, e Ted contou a ela que estavam prontos para avançar em Tahoe na tarde seguinte. Ela agradeceu-lhe e foi contar a Will, que explodiu em lágrimas.

Ted já voltara ao telefone na manhã seguinte, falando com uma dezena de pessoas, quando ela acordou, e Will acabava o café-da-manhã quando ele estava pronto para partir. Ted disse a eles que já havia 25 homens a caminho de Tahoe. O FBI ia enviar uma equipe de comando de oito homens, mais oito para o posto de comando e mais oito na equipe da SWAT, além de Rick e ele próprio. E mais uns vinte policiais locais iam juntar-se à força-tarefa quando chegassem lá. Rick levaria seus melhores homens da cidade, atiradores de elite e um avião com dois pilotos. Ted escolhera sua melhor equipe da SWAT e ia mandar os negociadores de reféns com eles. Ainda planejava deixar quatro homens com ela e Will.

— Me leve com você — ela pediu, parecendo desesperada.
— Quero estar lá também. — Ele hesitou, sem saber o que fazer. Muita coisa podia acontecer, e dar errado, com tantos homens envolvidos. Ia ser uma situação delicada tirar o menino da casa, mesmo com a ajuda de Morgan. Sam podia até mesmo ser morto pela polícia quando esta entrasse em ação. A probabilidade de não poder tirá-lo vivo em tais circunstâncias era grande. E se acontecesse o pior, não queria que a mãe do menino estivesse lá.

— Por favor — ela pediu, as lágrimas rolando pelas faces. E embora soubesse que não devia, Ted foi incapaz de negar.

Ela não disse a Will aonde ia. Correu ao andar de cima, pegou um par de botas de caminhada e um suéter, e disse ao filho que ia sair com Ted. Não contou para onde. Mandou-o ficar dentro de casa com os policiais. Antes que ele protestasse, ela já saíra correndo pela porta da frente e, um momento depois, partia em disparada com Ted. Ele ligara para Rick Holmquist e ia de carro com mais quatro agentes especiais e a equipe de comandos. Haveria homens suficientes em Tahoe para iniciar sua própria força policial. O capitão lhe dissera que o mantivesse informado e ele respondera que o faria.

Fernanda ficou calada quando passaram pela Ponte da Baía. Viajaram mais meia hora antes de Ted, por fim, falar com ela. Ainda tinha dúvidas sobre a decisão de tê-la deixado participar, mas era tarde demais para mudar de idéia. E enquanto viajavam para o norte, ela começou a relaxar e ele também. Falaram sobre algumas coisas que o padre Wallis dissera. Ela tentava fazer o que ele sugerira e acreditar que Sam estava nas mãos de Deus. Ted lhe disse que o que virara tudo a favor deles fora o telefonema de Morgan.

— Por que acha que ele fez isso? — perguntou Fernanda com um ar intrigado. O fato de ter dito que fazia por ela não fazia sentido, nem para ela nem para Ted.

— As pessoas às vezes fazem coisas esquisitas — ele disse em voz baixa. — Quando a gente menos espera. — Vira isso antes.

— Talvez ele não ligue para o dinheiro. Se o pegarem, vão matá-lo sem dúvida.

E se não o fizessem iam ter de pô-lo no programa de proteção a testemunhas quando saísse. Se o mandassem para a prisão, era o mesmo que mandá-lo para a morte. Mas podia acontecer mesmo assim se os outros descobrissem.

— Você não foi para casa a semana toda — comentou Fernanda quando passaram por Sacramento.

Ted olhou-a e sorriu.

— Está falando igual a minha mulher.

— Deve ser difícil para ela — disse Fernanda, com simpatia, e ele não respondeu por um longo tempo. — Desculpe, eu não queria me intrometer. Só estava pensando, deve ser difícil para um casamento.

Ele fez que sim com a cabeça.

— É, sim. Ou foi, há muito tempo. Já nos acostumamos. Estamos casados desde garotos. Eu conheço Shirley desde que tínhamos 14 anos.

— É muito tempo — ela disse com um sorriso. — Eu tinha 22 quando me casei com Allan. Ficamos casados 17 anos.

Ele balançou a cabeça. Falar de suas vidas e respectivos cônjuges ajudava a passar o tempo. Quase se sentiam velhos amigos enquanto viajavam. Haviam passado muito tempo juntos, em circunstâncias difíceis, na última semana. Fora incrivelmente difícil para ela.

— Deve ter sido duro para você quando... quando seu marido morreu — ele disse, compreensivo.

— Foi. Foi duro para os meninos, sobretudo para Will. Ele acha que o pai nos decepcionou.

Ia ser outro golpe quando ela vendesse a casa.

— Os meninos dessa idade precisam de um homem por perto. — Ao dizer isso, Ted pensava nos seus. Não tinha estado muito por perto também quando eles tinham a idade de Will. Era um dos maiores arrependimentos de sua vida. — Eu nunca estava em casa quando meus filhos eram jovens. É o preço que a gente paga por esse tipo de trabalho. Um dos preços.

— Eles tinham a mãe — ela disse em voz baixa, tentando fazê-lo sentir-se melhor, mas via que aquilo o incomodava.

— Isso não basta — ele disse, sério, e depois olhou para ela com um ar de desculpas. — Desculpe, eu não pretendia dizer isso.

— Sim, pretendia, sim. Talvez tenha razão. Eu faço o melhor que posso, mas na maior parte do tempo sinto que não basta. Allan não me deu muita chance nesse aspecto. Decidiu tudo sozinho.

Era fácil falar com ela. Mais fácil do que ele desejava, enquanto seguiam para o norte, rumo ao filho mais novo dela.

— Shirley e eu nos separamos quando os meninos eram pequenos. Discutimos a respeito algum tempo e decidimos que não era uma boa idéia. — Ele achava estranhamente fácil confiar nela.

— Na certa não era mesmo. Foi bom vocês terem ficado juntos. — Ela o admirava por isso e à esposa dele também.

— Talvez. Somos bons amigos.

— Espero que sim. Depois de 28 anos. — Ele dissera isso a ela vários dias antes. Tinha 47 anos e estava casado desde os 19. Fernanda ficara impressionada com isso. Parecia-lhe muito tempo, e uma forte ligação.

Então ele dissera espontaneamente uma coisa que ela não esperava dele.

— Nós seguimos caminhos diferentes há muito tempo. Só fui ver isso há alguns anos. Acordei um dia e percebi que o que tínhamos acabara. Acho que o que temos no lugar é bom. Somos amigos.

— E isso basta? — ela perguntou com uma expressão estranha. Pareciam mais confidências no leito de morte, ela só esperava que o leito de morte não fosse o de seu filho. Não suportava pensar nisso, aonde iam, ou por quê. Era mais fácil falar dele que pensar nele àquela altura.

— Às vezes — ele disse honestamente, pensando de novo em Shirley e no que partilhavam e não partilhavam, e jamais haviam partilhado. — Às vezes é legal voltar para casa e para uma amiga. Às vezes isso não basta. Nós não conversamos muito. Ela tem sua própria vida. E eu a minha.

— Então por que continuam juntos, Ted? — Rick Holmquist vinha-lhe perguntando isso havia anos.

— Preguiça. Cansaço. Solidão. Medo demais de seguir em frente. Velho demais.

— Isso você não está. Que tal lealdade? E decência? E talvez mais paixão do que pensa. Não se dá muito crédito pelo motivo de haver continuado. Ou porque ela quer que você continue. Provavelmente ela ama você mais do que você pensa — disse Fernanda generosamente.

— Eu não acho — ele disse, balançando a cabeça e pensando no que ela acabara de dizer. — Acho que continuamos juntos porque todos esperavam isso de nós. Os pais dela, os meus. Nossos filhos. Eu nem sei se eles continuariam se importando. Todos cresceram e se foram. De uma forma engraçada, ela é minha família agora. Eu me sinto como se morasse com minha irmã às vezes. É confortável, eu acho.

Fernanda balançou a cabeça. Não lhe parecia tão ruim assim. Ela nem podia se imaginar saindo e encontrando alguém agora. Após 17 anos, acostumara-se tanto a Allan que não se imaginava dormindo com outro homem. Embora soubesse que um dia poderia. Mas não tão cedo.

— E você? — ele perguntou. — Que vai fazer agora?

A conversa entrara num terreno perigoso, mas ela sabia que não iria a parte alguma que não devia. Ele não era esse tipo de homem. Em todos os dias que passara em sua casa, fora simplesmente respeitoso e bom.

— Eu não sei. Sinto que vou continuar casada com Allan para sempre, esteja ele aqui ou não.

— Da última vez que observei — ele disse suavemente —, era "não".

— É, eu sei. É o que minha filha diz. Ela me lembra sempre que eu devo sair. É a última coisa em que penso. Tenho andado muito ocupada, me preocupando em pagar as dívidas de Allan. Isso vai tomar muito tempo. A menos que eu consiga um preço sensacional pela casa. Nosso advogado vai declarar falência para limpar as dívidas comerciais dele. Quando eu compreendi o que ele tinha feito, quase morri.

— É uma pena ele não poder ter separado uma parte — disse Ted, e ela balançou a cabeça, mas parecia admiravelmente filosófica a respeito.

— Eu jamais me senti muito à vontade com todo esse dinheiro que ele ganhou. — Ela sorriu do que disse. — Parece maluquice, mas eu sempre achei que era demais. Não parecia correto. — Deu de ombros. — Foi divertido por algum tempo. — Falou-lhe dos dois quadros impressionistas que comprara e ele ficou devidamente impressionado.

— Deve ser fantástico ser dono de uma coisa assim.

— Foi. Durante dois anos. Foram comprados por um museu da Bélgica. Talvez eu os visite um dia. — Não parecia infeliz por haver aberto mão deles, o que pareceu nobre para ele. Ela parecia só se importar, com verdadeira paixão, pelos filhos. Mais que qualquer outra coisa, ele ficou impressionado pela boa mãe que ela era. E na certa fora uma boa esposa para Allan também, mais do que ele merecia, na opinião de Ted. Mas não disse isso a ela. Não achava apropriado.

Ficaram em silêncio de novo por algum tempo e, quando passaram pelo restaurante e mercearia Ikeda, ele perguntou se ela queria parar e comer alguma coisa, mas ela disse que não. Pouco comera durante a semana toda.

— Para onde vai se mudar quando vender a casa? — Ele imaginava se, após algo assim, ela deixaria a cidade. Não a culparia se o fizesse.

— Talvez vá para Marin. Não vou para longe. Os meninos não vão querer deixar os amigos.

Ele se sentia tolo, mas sentiu-se aliviado ao ouvi-la dizer isso.

— Fico feliz — ele disse, olhando-a, e ela pareceu surpresa.

— Você vai vir jantar comigo e as crianças de vez em quando.

Ela estava agradecida por tudo o que ele fizera. Mas para ele, ainda não fizera nada. E sabia que se tudo desse errado em Tahoe, e Sam fosse morto, o mais provável era que ela jamais quisesse tornar a vê-lo. Ele seria parte da lembrança de um tempo de pesadelo. E talvez já fosse. Mas sabia que, se jamais tornasse a vê-la, ficaria triste. Gostava de conversar com ela e da forma delicada e fácil com que cuidava de tudo, a bondade que mostrara com seus homens. Mesmo no meio do seqüestro, fora gentil e atenciosa com todos eles. Apesar do dinheiro do marido, isso jamais lhe subira à cabeça, mesmo que tivesse subido à dele. E Ted tinha a clara sensação de que ela estava ansiosa para deixar a casa. Era hora.

Passaram por Auburn pouco tempo depois, e pelo resto da viagem ela não falou muito. Só pensava em Sam.

— Vai dar tudo certo — ele disse em voz baixa quando atravessaram o Passo Donner e ela se voltou para ele com ar preocupado.

— Como você pode ter certeza? — A verdade era que ele não podia, e os dois sabiam disso.

— Não posso. Mas vou dar o melhor de mim para garantir que sim — ele prometeu. Mas ela já sabia. Ele se comprometera a protegê-los desde que tudo começara.

Na casa em Tahoe, os homens estavam ficando nervosos. Haviam discutido o dia todo. Stark queria ligar para Fernanda naquela tarde e ameaçá-la. Waters disse que deviam esperar até a noite. E Peter, com cuidado, sugeriu que lhe dessem um último dia para juntar o dinheiro e ligassem no dia seguinte. Jim Free parecia não ligar, só queria pegar o dinheiro e dar o fora. Era um dia quente e todos tomaram muita cerveja, menos Peter, que tentava manter a cabeça lúcida e se esgueirava a toda hora para ver Sam.

Ele não tinha como verificar quando a polícia chegaria sem os outros saberem, mas imaginava. Sabia que, quando acontecesse, seria rápido e violento, e que só o que podia fazer era dar o melhor de si para salvar o menino.

Os outros estavam todos bêbados no fim da tarde. Até Waters. E às seis horas dormiam na sala de visitas. Sentado, Peter os observava, e depois foi ao quarto de Sam no fundo da casa. Nada disse ao garoto, deitou-se ao lado dele, adormeceu com os braços ao redor do menino e sonhou com suas filhas.

Capítulo 19

Quando Ted e Fernanda chegaram a Tahoe, a polícia local já ocupava um pequeno hotel com toda a força-tarefa. Era um prédio antigo e vivia quase vazio, mesmo durante a temporada de verão. Os poucos hóspedes ficaram contentes com a pequena gratificação que receberam para desocupar os quartos. E dois dos tiras trouxeram comida de um fast-food próximo. Tudo pronto. O FBI mandara oito equipes treinadas em libertação de reféns e seqüestros, e a equipe da SWAT que viera da cidade tinha treinamento semelhante. Os tiras locais enxameavam o lugar, mas ainda não haviam sido avisados do que realmente se passava. Havia mais de cinqüenta homens à espera quando Ted saltou do carro e olhou em volta. Iam ter de escolher criteriosamente quem ia entrar e como. Um capitão cuidava do equipamento, bloqueios de ruas e policiais locais. Rick se encarregara de toda a operação e instalara-se num quarto junto ao escritório do motel, que deixara para o capitão. Havia uma frota de caminhões de comunicação e Ted viu Rick sair de um deles quando Fernanda também saltou do carro. O caos organizado ao redor era ao mesmo tempo aterrorizante e tranqüilizador.

— Como estão as coisas? — perguntou Ted a Rick, os dois parecendo cansados. Havia dias não dormiam sequer duas horas consecutivas, e Ted estivera acordado desde a noite anterior. Sam tornava-se uma causa sagrada para os que sabiam do caso, o que era um conforto para a mãe. E Ted pedira a um dos policiais que arrumasse um quarto para ela.

— Estamos quase na reta final — disse, olhando para ela, que balançou a cabeça com um sorriso triste. Mal parecia estar agüentando. Aquilo era mais que estressante para ela, embora a conversa sobre suas vidas, durante a viagem, houvesse ajudado por um breve tempo.

Ted foi ajudá-la a se instalar. Um psicólogo da equipe da SWAT e uma policial esperavam no quarto reservado para ela. Depois de deixá-la com eles, ele voltou para onde Rick estava, na sala usada como posto de comando. Tinham uma montanha de embalagens de sanduíches e saladas numa mesa ao longo da parede, um diagrama da casa e um mapa da área pregados com fita em cima. A comida oferecida extraordinariamente saudável, pois nem os comandos do FBI nem a equipe da SWAT comiam alimentos gordurosos, açúcar ou cafeína, que os tornava lentos após a agitação inicial, e eram meticulosos com o que comiam. O capitão da polícia local estava com eles e a equipe da SWAT acabara de sair da sala para verificar seus homens. Para Ted, parecia a invasão da Normandia quando pegou um sanduíche e sentou-se numa cadeira, com Rick de pé ao lado. Pareciam estar planejando uma guerra. Era uma grande missão de resgate e a combinação de inteligência e força humana, impressionante. A casa para a qual apontavam ficava menos de três quilômetros adiante na rua. Não falavam nada no rádio, para o caso de os seqüestradores terem algum tipo de aparelho de monitoramento, e para que a imprensa não captasse nada divulgando a presença deles para os bandidos. Tomavam todas as precauções para manter a operação sigilosa, mas, apesar disso, Rick parecia preocupado ao olhar o diagrama com Ted. Tinham ido à prefeitura local para pegar a planta da casa e haviam-na ampliado bastante.

— Seu informante diz que o menino está no fundo da casa — disse Rick, apontando um quarto no fundo, não longe do limite da propriedade. — Podemos tirar ele de lá, mas há um penhasco bem atrás deles. Posso fazer três caras descerem pelo penhasco, mas não posso tirá-los muito rápido e, se tiverem o menino com eles, ficarão completamente expostos. — Apontou então para a frente da casa. — E temos uma entrada de garagem do tamanho de um campo de futebol na saída. Não posso entrar com um helicóptero, pois eles nos ouvirão. E, se explodirmos a casa, podemos matar o garoto.

O chefe da equipe da SWAT e os comandos do FBI discutiam havia duas horas e ainda não haviam resolvido o problema. Mas Ted sabia que resolveriam. Não tinham como entrar em contato com Peter Morgan e estabelecer um plano para ele. Iam ter de tomar todas as decisões por conta própria, para o melhor ou pior. Ted sentia-se aliviado por Fernanda não estar na sala com eles para saber dos perigos. Isso a deixaria em estado de choque. Estavam pensando juntos em voz alta e, até ali, tudo que arquitetavam tinha uma alta probabilidade de matar o garoto.

Ted não se convencera de que isso não aconteceria de qualquer modo. Sem resgate, era quase certo que planejassem matar

Sam. Mesmo com a entrega do resgate havia esse risco. Sam tinha idade suficiente para identificá-los, o que tornava arriscado soltá-lo, mesmo que pegassem o dinheiro. Addison também sabia disso, motivo pelo qual mandara Peter a Tahoe para ficar de olho nos outros. No fim, seria mais fácil para eles matar o menino que devolvê-lo vivo. E, sem resgate, tinham todos os motivos para matá-lo e livrar-se dele quando partissem. Rick e os outros na sala verbalizavam seus muitos temores. Após mais ou menos uma hora, Rick voltou-se para Ted.

— Você percebe quais são as chances de tirarmos o menino de lá vivo, não? Quase nenhuma. — Era honesto com o amigo. Havia uma grande possibilidade de que Sam morresse, se já não estivesse morto.

— Então traga mais homens para cá — disse Ted, tenso e olhando nervoso para Rick. Não haviam chegado até ali para perder o menino. Embora todos soubessem que podiam. Mas Ted estava numa missão para salvá-lo, como Rick e todos os demais na sala e do lado de fora. A missão deles era Sam.

— Temos um pequeno exército aqui — berrou-lhe Rick. — Pelo amor de Deus, você já viu quantos estão lá fora? Não precisamos de mais gente, precisamos é de uma porra de um milagre — disse por entre dentes cerrados. Às vezes, quando se zangavam um com o outro, eles faziam melhor o trabalho.

— Então arranje um, faça com que aconteça. Traga homens mais espertos para cá. Você não pode simplesmente erguer as mãos e deixar que matem o menino — disse Ted, com um ar angustiado.

— É o que lhe parece que está acontecendo, seu babaca? — gritou-lhe Rick, mas havia tanta gente falando na sala que não dava para ouvi-lo gritando, nem Ted em resposta. Tratavam a coisa como sargentos do exército, quando o chefe da equipe da SWAT entrou com mais um plano. E todos concordaram que não ia dar certo. Deixaria os homens do resgate vulneráveis ao fogo vindo da casa. Peter escolhera o lugar perfeito. Era quase impossível tirar o garoto da casa e da propriedade e, de uma coisa Rick já sabia, e Ted acabava de entender: muitos homens corriam o risco de morrer naquela noite, resgatando um menino. Mas era o que tinham de fazer. Os outros sabiam disso também.

— Eu não posso simplesmente mandar os caras para o matadouro — disse o chefe da equipe da SWAT, com um ar triste. — Temos de dar a eles uma chance razoável de pegar o menino e tornar a sair.

— Eu sei — disse Ted, parecendo mais triste ainda.

A coisa não ia bem, e ele se sentia aliviado por Fernanda não estar na sala para ouvi-los. Às nove horas da noite ele e Rick saíram. Ainda não tinham um plano plausível, e Ted começava a recear que jamais tivessem, pelo menos não a tempo. Haviam concordado horas antes que precisavam tirar Sam de madrugada. Assim que os seqüestradores acordassem na manhã seguinte, o risco seria grande demais e, por tudo o que sabiam, não tinham outro dia. Planejavam chamar Fernanda em algum momento do dia seguinte para a palavra final. E era isso. A madrugada viria em nove horas e o tempo se esgotava.

— Merda, eu detesto isso — disse Ted, olhando para Rick encostado na parede. Ninguém apresentara nada positivo. Iam mandar um avião de reconhecimento em uma hora, com aparelhos de infravermelho e sensores de calor, nenhum dos quais funcionaria dentro da casa. Um dos caminhões de comunicação fora inteiramente dedicado a eles.

— Eu também detesto — disse Rick em voz baixa. Os dois estavam ficando exaustos. Ia ser uma longa noite.

— Que diabos vou dizer a ela? — perguntou Ted, com uma aparência angustiada. — É a melhor equipe da SWAT que temos, mais a sua, e não podemos salvar o garoto? — Nem imaginava dizer a ela que o filho morrera. O que já poderia ter ocorrido. Nada parecia bem, para dizer o mínimo.

— Está se apaixonando por ela, não está? — perguntou Rick, de repente. E Ted o olhou fixo como se ele fosse louco. Não era o tipo de coisa que os homens diziam uns aos outros, mas de vez quando diziam. E Rick acabara de fazê-lo.

— Ficou maluco? Eu sou policial, pelo amor de Deus. Ela é uma vítima, como o filho. Parecia indignado com a idéia e furioso com Rick por sugerir aquilo. Mas o amigo não se deixou enganar, mesmo que o próprio Ted se enganasse; Rick tinha certeza.

— É também uma mulher e você um homem. É bonita e vulnerável. Você ficou na casa dela durante uma semana. Não precisava ter feito isso, mas fez. É também um cara que não dorme com a esposa há uns cinco anos, se não me falha a memória, desde a última vez que conversamos sobre isso. Você é humano, pelo amor de Deus. Só não deixe isso interferir com seu trabalho. Muitos caras estão pondo a vida em risco aqui. Não mande um monte de homens para o matadouro se não pudermos tirá-los ou o menino.

Ted deixou pender a cabeça e tornou a olhar o amigo um minuto depois. Tinha lágrimas nos olhos e não admitiu nem negou nada do que Rick dissera sobre Fernanda. Ele mesmo não sabia se o outro tinha razão. Mas pensava a respeito nessa noite. Preocupava-se tanto com ela quanto com o filho dela.

— Tem de haver um meio de tirá-lo vivo de lá — foi tudo que conseguiu dizer.

— Parte disso vai depender do menino e do cara que você tem lá dentro. Não podemos controlar tudo. — Para não falar em sorte, ou destino, nos outros seqüestradores e da habilidade dos homens que entrarem. Eram muitos elementos imprevisíveis, nenhum dos quais possível de controlar. Às vezes tudo corria ao contrário e dava certo. Em outras, tudo se alinhava perfeitamente e dava errado. Dependia da sorte.

— E quanto a ela? — tornou a perguntar Rick em voz baixa.

— Como ela se sente? — Ele se referia a Ted, não ao filho de Fernanda. Era uma linguagem abreviada que os dois entendiam, resultado de muitos anos juntos.

— Não sei. — Ted parecia infeliz. — Sou um homem casado.

— Você e Shirley deviam ter-se divorciado anos atrás — disse Rick honestamente. — Os dois merecem coisa melhor do que têm.

— Ela é minha melhor amiga.

— Você não está apaixonado por ela. Não sei se algum dia esteve. Cresceram juntos, eram como irmãos quando conheci vocês. Foi como um daqueles casamentos arranjados que faziam cem anos atrás. Todos esperavam que vocês se casassem, e a expectativa se cumpriu. Foi o que vocês fizeram.

Ted sabia que ele tinha razão. O pai de Shirley fora patrão do seu pai durante toda a sua vida adulta, e ambos ficaram muito orgulhosos quando os filhos ficaram noivos. Ele nunca saíra com outra garota. Jamais pensara nisso. Até ser tarde demais. E depois, apenas por decência, fora fiel a ela, e ainda era, o que era raro para um tira. A vida estressada deles e os horários malucos, raras vezes vendo as esposas e famílias, ou tendo os mesmos horários que eles, os metia em sérias encrencas e isso quase acontecera com ele algumas vezes. Rick sempre o admirara por sua vontade de ferro, calças de ferro como dizia, quando trabalhavam juntos. Não podia dizer o mesmo de si mesmo. Mas seu divórcio fora um alívio no fim. E encontrara uma mulher a quem amava loucamente. Queria o mesmo para Ted. E se era Fernanda que ele queria, ou por quem estava se apaixonando, para ele tudo bem. Esperava apenas que não perdessem o filho dela. Tanto por ela quanto por Ted. Seria uma tragédia que ela nunca superaria, nem esqueceria, nem ele. E, com toda a certeza, Ted ia culpar a si mesmo, se a missão não fosse um sucesso. Mas o empenho dos dois em tirar o garoto de lá nada tinha a ver com amor. Era o trabalho deles. O resto era lucro.

— Ela vem de um mundo diferente — disse Ted, com um ar preocupado, ainda sem saber ele próprio o que sentia por ela, mas com medo de que houvesse alguma verdade no que Rick dizia, o bastante para pensar. E ele pensara mais de uma vez, embora nada houvesse dito a ela. — Viveu uma vida diferente. O marido faturou meio bilhão de dólares, pelo amor de Deus. Era um cara esperto — continuou, olhando o amigo no escuro do lado de fora do motel. Os que passavam não podiam ouvi-lo.

— Você também é um cara esperto. E até onde ele foi esperto? Perdeu tudo tão rápido quanto ganhou e se matou, deixando a esposa falida com três filhos.

Havia um fundo de verdade nisso. Ted tinha muito mais dinheiro no banco do que ela agora. Seu futuro estava garantido, e também o dos filhos. Ele dera duro por isso durante quase trinta anos.

— Ela estudou em Stanford. Eu fiz o ginásio. Sou um tira.

— Você é um cara bom. Ela devia ter essa sorte. — Os dois sabiam que Ted era quase uma raridade no mundo de hoje, um homem bom e correto. Rick sabia, e muitas vezes admitia, por amizade ao antigo parceiro, que Ted era um homem melhor que ele. Ted jamais vira a coisa assim, e defendera o parceiro até a morte. E às vezes tivera de fazê-lo mesmo. Rick deixara muita gente com ódio antes de sair do departamento. Ele era assim, e fizera o mesmo no FBI. Falava demais e jamais hesitava em dizer o que pensava. Era o que fazia agora, quer Ted quisesse ouvir ou não. Achava que devia. Mesmo que o perturbasse ou o deixasse zangado.

— Eu gostaria que você tivesse sorte também — disse Rick com simpatia. — Você merece. — Não queria ver o amigo morrer solitário um dia. E os dois sabiam que era para onde ele caminhava e vinha se dirigindo havia anos.

— Eu não posso simplesmente abandonar Shirley — disse Ted, com um ar infeliz. Sentia-se culpado, mas também incrivelmente atraído por Fernanda.

— Não faça nada agora. Veja o que acontece quando essa bagunça acabar. Um dia Shirley pode dar o fora em você. Ela sempre foi mais inteligente. E se encontrar o cara certo, será a primeira a ir embora. Estou surpreso por ela não ter ido ainda.

Ted balançou a cabeça, pensara nisso também. Em alguns aspectos, ela era menos apegada à idéia do casamento que ele. Apenas era preguiçosa demais — e isso ela mesma afirmava — embora também o amasse. Mas dissera muitas vezes recentemente que não se importaria de viver sozinha, talvez até preferisse, e sentia como se o houvesse feito, tão pouco eles se viam. E ele também se sentia assim. A vida com ela era solitária. Não gostavam mais das mesmas coisas ou pessoas. A única coisa que os mantivera juntos por 28 anos haviam sido os filhos. E eles tinham ido embora, havia vários anos.

— Você não precisa resolver isso esta noite. Disse alguma coisa a Fernanda?

Rick tinha curiosidade de saber, desde que a conhecera. Havia uma intimidade descontraída e inocente entre os dois, que pressupunha uma ligação da qual nem um dos dois sabia. Era uma espécie de proximidade natural que Rick logo percebera. Ela parecia a mulher perfeita para ele, tanto aos olhos de Rick quanto de Ted, que sentira isso, mas nunca falara nada a esse respeito com ela. Não teria ousado, nem mesmo querido, nas circunstâncias em que se conheceram. Não fazia idéia se ela sentia alguma coisa por ele, a não ser pelo trabalho que ele fazia, tentando protegê-la e às crianças. Com Sam seqüestrado, certamente não era vitória alguma para ele, pelo menos a seus próprios olhos.

— Não falei nada — respondeu. — Esse dificilmente seria um bom momento para o assunto.

Os dois concordaram nisso. E ele nem sabia se teria coragem para fazê-lo quando acabasse. De algum modo, não lhe parecia direito. Seria aproveitar-se dela.

— Acho que ela gosta de você — disse Rick, e Ted sorriu. Pareciam dois meninos no ginásio, ou mais jovens ainda. Dois garotos jogando bolas de gude no pátio de recreio e falando de uma menina da sexta série. Mas era um alívio falar alguns minutos dos sentimentos de Ted por Fernanda, em vez da situação de vida e morte de Sam. Os dois precisavam dessa distração.

— Também gosto dela — disse Ted em voz baixa, pensando na aparência dela quando falavam durante horas no escuro ou ela adormecia no chão junto dele, à espera de notícias de Sam. O coração dele se derretia.

— Então, vá fundo — sussurrou Rick. — A vida é curta. — Os dois sabiam disso, haviam tido muitas provas com o passar dos anos, e iam ter de novo.

— Disso não há dúvida — disse Ted com um suspiro, afastando-se da árvore em que se encostava enquanto conversavam. Fora uma conversa interessante, mas tinham coisas mais importantes a fazer. Fora uma boa folga para os dois. Para Ted em particular. Ele gostava de saber o que Rick pensava, sobre tudo. Tinha um respeito ilimitado por ele.

Rick seguiu-o para dentro de casa, pensando no que Ted lhe dissera e, assim que passaram pela porta do posto de comando, os dois foram absorvidos pelas discussões e disputas de novo. Já era meia-noite quando todos por fim concordaram com um plano. Não era infalível, mas o melhor que podiam traçar. O chefe da equipe da SWAT disse que iam começar a avançar para a casa pouco antes do amanhecer, e sugeriu a todos que tentassem dormir um pouco enquanto isso. Ted deixou o escritório à uma da manhã e dirigiu-se para o quarto de Fernanda, para ver como ela estava.

Estava acordava quando ele passou pela porta fechada, mas deu para ver pela janela que as luzes permaneciam acesas e ela estava deitada na cama, olhos bem abertos, fitando o espaço. Ele acenou. Ela se levantou na mesma hora e abriu-lhe a porta, receando que os seqüestradores houvessem ligado. As linhas do seu telefone estavam redirecionadas para um furgão de comunicação do lado de fora.

— Que está acontecendo? — ela perguntou ansiosa, e ele se apressou a tranquilizá-la.

As horas transcorridas desde a chegada dos dois ali pareciam intermináveis para ela e para todos. As equipes queriam entrar em ação e fazer o que tinham de fazer. Muitos andavam do lado de fora com coletes à prova de balas, roupas de ataque e camuflagem.

— Vamos atacar daqui a pouco.

— Quando? — ela perguntou, estreitando os olhos.

— Pouco antes do amanhecer.

— Teve alguma notícia da minha casa? — ela perguntou ansiosa. Ainda havia policiais lá com Will, vigiando os telefones, mas ele sabia que até uma hora atrás não acontecera chamado algum de Peter nem de seus comparsas. Ted sabia que não havia como ele ligar para eles. Fizera tudo o que podia. E se conseguissem salvar Sam, seria em grande parte graças a ele. Sem sua pista, o menino estaria morto, sem dúvida. Agora cabia a eles receber a bola que ele lhes passara e correr como o diabo. E iam fazer isso. Logo.

— Ele não tornou a ligar — respondeu Ted, e ela balançou a cabeça. Notícias de Sam àquela altura era esperar demais. — Está tudo quieto.

Tinham um caminhão PG&E estacionado perto da entrada de garagem da casa, com equipamento de comunicação e vigilância, e não houvera movimento lá tampouco. Na verdade, um dos comandos no alto de um morro com binóculos telescópicos infravermelhos disse que a casa estava às escuras havia horas. Ted esperava que todos estivessem dormindo quando eles chegassem. O elemento surpresa era essencial, mesmo que isso significasse não terem a ajuda de Peter. Seria demais pedir isso a ele.

— Você está bem? — perguntou a ela em voz baixa, tentando não pensar na conversa com Rick um momento antes. Não queria dizer ou fazer alguma tolice, agora que admitira a verdade para o amigo, o que fizera seus sentimentos por ela parecerem muito mais reais. Ela balançou a cabeça e pareceu hesitar sob o olhar dele.

— Quero que isso acabe — disse, com um ar assustado — mas tenho medo que acabe. — No momento, podiam supor que Sam estava vivo, ou pelo menos esperar. Mais cedo naquela noite, ela ligara para o padre Wallis e encontrara algum conforto nas palavras dele.

— Logo vai acabar — prometeu-lhe Ted, mas não queria garantir que tudo ia dar certo. Eram palavras vazias àquela altura, e ela sabia. Para o melhor ou pior, iam avançar dali a pouco.

— Você vai com eles? — ela perguntou, vasculhando-o com os olhos, e ele fez que sim com a cabeça.

— Só até a entrada da garagem.

O resto era com a equipe da SWAT e os comandos do FBI. Um dos grupos de preparação já preparara um abrigo para eles nos arbustos, envolto em folhagem, mas pelo menos estariam perto quando tudo viesse à tona — e viria, sem dúvida.

— Posso ir com você? — ela perguntou. Ele balançou firmemente a cabeça, embora os olhos dela implorassem. Não havia meio de ele permitir isso. Se tudo desse errado, ela podia ser apanhada no fogo cruzado ou atingida se os seqüestradores tentassem escapar abrindo fogo contra o cativeiro ao saírem. Era impossível prever.

— Por que você não tenta dormir um pouco? — sugeriu, embora desconfiasse que isso fosse impossível para ela.

— Você me avisa quando sair? — Ela queria saber o que acontecia com ele e quando, o que não deixava de ser compreensível. Era por seu filho que eles arriscavam a vida. E ela queria estar fisicamente ligada a ele quando fossem, desejando que vivesse. Ele assentiu com a cabeça e prometeu-lhe avisar quando as equipes saíssem, e então ela entrou em pânico. Ele era seu guia nas desconhecidas selvas do medo.

— Onde vai estar então?

Ele apontou.

— Meu quarto fica a duas portas daqui. — Vinha dividindo-o com três outros homens da cidade. E Rick estava logo na porta ao lado. Fernanda olhou-o de um jeito estranho por um minuto, como se quisesse que ele entrasse em seu quarto. Mas apenas ficaram ali parados um longo instante, olhando um para o outro e Ted sentindo que ela podia ler sua mente.— Quer que eu entre por alguns minutos? — Ela fez que sim com a cabeça. Nada havia de sub-reptício ou clandestino no gesto. As cortinas estavam escancaradas, as luzes acesas, e qualquer um poderia ver o interior do quarto.

Ele seguiu-a e sentou-se na única poltrona que havia no quarto, enquanto Fernanda se sentava na cama e o olhava com expressão nervosa. Ia ser uma longa noite para os dois, e não havia como ela dormir. A vida de seu filho estava em jogo e, se acontecesse o pior, queria pelo menos passar a noite pensando nele. Não podia sequer imaginar o que ia dizer aos outros filhos, se alguma coisa acontecesse. Ashley nem sabia que Sam fora seqüestrado. E, após perder o pai seis meses antes, Fernanda nem podia imaginar o golpe que seria para eles a morte de Sam. Falara com Will poucas horas antes. Ele tentava ser forte, mas no fim da conversa os dois estavam em prantos. Apesar de tudo, Ted achava que ela estava enfrentando o momento de uma forma admirável. Não achava que ele próprio teria agido com tanta firmeza quanto ela, se fosse um de seus filhos.

— Creio que não há nenhuma chance de você dormir um pouco — disse Ted, sorrindo para ela. Estava tão exausto quanto ela, mas para ele era diferente. Era seu trabalho.

— Acho que não — ela respondeu francamente. Agora era uma questão de horas a equipe da SWAT e os comandos do FBI iniciarem a invasão da casa. — Eu gostaria que tivéssemos mais notícias deles.

— Eu também — disse Ted com igual franqueza. — Mas talvez seja um bom sinal. Acho que eles na certa planejavam ligar para você amanhã e ver se tinha o dinheiro para eles.

Cem milhões de dólares. Parecia-lhe incrível. Ainda mais porque alguns anos antes o marido dela podia ter pago esta quantia facilmente. Parecia-lhe um milagre que uma coisa assim jamais houvesse acontecido a Allan. E nesse caso ele tinha plena certeza de que Fernanda teria sido a vítima, e não as crianças.

— Você comeu alguma coisa? — ele perguntou.

Embalagens com sanduíches circulavam havia horas, junto com montes de pizza e rosquinhas suficientes para matar todos eles. Café e litros de Coca-Cola tinham sido o principal sustento na noite para todos, menos para a equipe da SWAT. Todos precisavam da cafeína enquanto formulavam os planos. Agora, provavelmente a maioria deles tinha dificuldade para dormir. Todos viviam de adrenalina. Fernanda funcionava apenas à base de ansiedade e terror, sentada de olhos arregalados na cama, olhando para ele e imaginando se a vida algum dia voltaria ao normal.

— Se importa de ficar aqui comigo? — ela perguntou triste, parecendo uma criança. Dentro de poucas semanas seria seu aniversário e ela esperava apenas que Sam estivesse vivo para comemorá-lo com ela.

— Não, eu gosto. — Ele sorriu. — Você é uma boa companhia.

— Não ultimamente — ela disse, com um profundo suspiro, sem sequer se aperceber disso. — Sinto que não tenho sido boa companhia em anos. Meses, seja como for. — Fazia muito tempo desde que tivera uma conversa adulta ou uma noite calma jantando fora com o marido, rindo e falando de coisas banais. Conversar com Ted era o mais próximo a que chegara durante um bom tempo. E nada havia de normal nesses dias tampouco. Ela parecia estar sempre envolvida pelo trauma e a tragédia. Primeiro Allan, e tudo o que ele deixara. E agora Sam.

— Você passou por coisas difíceis este ano — ele disse com admiração. — Acho que a essa altura eu estaria num balão de oxigênio.

Mesmo que tudo desse certo com Sam, e ele esperava que desse, sabia que ela ainda tinha muitas mudanças pela frente. E depois de tudo o que Rick lhe dissera no princípio da noite, ele imaginava se teria também. As palavras de Rick sobre seu casamento não haviam caído em ouvidos moucos. Sobretudo que ela poderia deixá-lo um dia. Embora ele próprio jamais fosse fazer isso, a idéia também lhe ocorrera. Ela era muito menos voltada para as tradições do que ele e, principalmente nos últimos anos, dançara segundo sua própria música.

— Às vezes eu penso que minha vida jamais voltará ao normal — ela disse.

Mas também, quando fora? A ascensão meteórica de Allan ao estrelato das finanças tampouco fora normal. Os últimos anos haviam sido uma loucura para todos eles. E agora isso. — Eu ia começar a procurar uma casa em Marin neste verão. — Mas agora, se Sam se fosse, que Deus não permitisse, não sabia o que fazer. Talvez mudar-se para algum outro lugar, para fugir das lembranças.

— Vai ser uma grande mudança para você e as crianças — ele comentou sobre a mudança para uma casa menor. — Como acha que eles vão se sentir?

— Com medo. Zangados. Infelizes. Agitados. Tudo o que a maioria das crianças sente quando se muda. Vai ser estranho para todos nós. Mas talvez seja melhor. — Desde que ainda tivesse três filhos, e não dois. Era só no que pensava agora. E acabaram por cair num descontraído silêncio. Ele deixou o quarto nas pontas dos pés, contornando a cama às três horas, quando ela finalmente pegou no sono. Conseguiu dormir umas duas horas depois, deitado no chão do seu quarto. Havia dois homens nas duas camas e ele não se importava em que local dormiria então. Dormiria até de pé, como dizia sempre Rick a seu respeito. E de vez em quando quase o fazia.

O chefe da equipe da SWAT veio chamá-lo às cinco horas da manhã. Ele acordou com um susto, pondo-se imediatamente alerta. Os outros dois homens já haviam se levantado e dirigiam-se para a porta quando ele se levantou. Lavou o rosto, escovou os dentes e passou rapidamente o pente nos cabelos. Quando o capitão da equipe da SWAT lhe perguntou se queria ir com eles, ele respondeu que o seguiria, para não atrapalhá-los.

Ted passou pelo quarto de Fernanda na saída e viu que ela acordara e vagava lá dentro. Veio até a porta assim que o viu e ficou parada olhando para ele. Os olhos imploravam-lhe que a levasse junto, e ele apertou o seu ombro delicadamente com uma das mãos, olhos nos olhos. Ele sabia quase tudo o que ela sentia, ou achava que sabia, e queria tranqüilizá-la. Mas não podia fazer promessas. Iam ter de dar o melhor deles mesmos para ajudar a ela e a Sam. Detestava deixá-la, mas sabia que tinha de fazê-lo. Logo seria dia claro.

— Boa sorte. — Ela não podia tirar os olhos dos dele, e estava desesperada para acompanhá-lo. Queria estar tão perto quanto possível de Sam.

— Vou ficar bem, Fernanda. Falo com você pelo rádio assim que o tirarmos de lá.

Ela não podia nem falar, por isso balançou a cabeça e viu-o desaparecer num carro, afastando-se ladeira abaixo rumo ao seu filho.

Nesse exato momento, três comandos baixavam devagar pela face do penhasco atrás da casa, em cordas, vestidos de preto como ladrões noturnos, as caras enegrecidas e as armas à bandoleira.

Ted parou o carro menos de um quilômetro antes da entrada de garagem e escondeu-o nos arbustos. Andou em silêncio na escuridão e passou pelos batedores até o abrigo que a equipe da SWAT preparara. Ted viu todos os homens em volta com MP5s Heckler & Koch. Eram metralhadoras automáticas calibre 223, usadas pela SWAT e pelos comandos do FBI. Havia cinco homens no abrigo com ele quando vestiu o colete à prova de balas e pôs um fone de ouvido para escutar o furgão de comunicações. E, enquanto os ouvia conversando e olhava a escuridão, sentiu uma súbita agitação atrás e alguém deslizou para dentro do abrigo, usando armadura corporal e camuflagem. Voltou-se para ver se era um de seus homens ou um dos agentes de Rick e notou que era uma mulher. Não a reconheceu a princípio, e então compreendeu quem era. Era Fernanda, usando o equipamento de um dos batedores. Conseguira chegar de fato até ali, levara alguém a acreditar que era um membro da polícia local e lhe deram o equipamento. Ela o vestira com a velocidade do raio. Estava bem ali a seu lado, onde não devia estar, em perigo, na linha de frente ou muito perto dela. Ele ia dar-lhe uma bronca e mandá-la de volta. Mas era tarde demais, a operação já começara e ele sabia como ela queria estar com eles quando tirassem Sam, se tirassem. Ele lançou-lhe um feroz olhar de reprovação, balançou a cabeça e cedeu sem uma palavra, incapaz de culpá-la. Segurou a mão dela firme nas suas, ela se agachou ao seu lado e os dois esperaram em silêncio que seus homens trouxessem Sam para a mãe.

Capítulo 20

PETER DORMIU JUNTO de Sam até as cinco horas da manhã, e depois, como se um instinto primitivo o mandasse despertar, abriu os olhos e mexeu-se devagar. Sam ainda dormia a seu lado, a cabeça em seu ombro. E a mesma intuição o mandou desamarrar as mãos e os pés do menino. Mantinham-no assim o tempo todo para que ele não fugisse. Sam se acostumara e passara a aceitar isso na última semana. Aprendera que podia confiar mais em Peter que nos outros. E enquanto Peter desamarrava os nós, ele rolou e sussurrou:

— Mamãe.

Peter sorriu-lhe, levantou-se e ficou parado olhando pela janela. Ainda estava escuro lá fora, mas o céu parecia mais negro que carvão. Ele sabia que o sol logo nasceria sobre o morro. Mais um dia. Horas intermináveis de espera. Sabia que eles iam ligar para Fernanda e matar o menino, se ela não tivesse o dinheiro do resgate. Ainda achavam que ela os enganava e fazia joguinhos. Matar o menino nada significava para eles. E do mesmo modo, se tivessem uma idéia do que ele fizera, tampouco significaria matá-lo. Ele não ligava mais. Trocara sua vida pela de Sam. Se o menino conseguisse escapar com ele seria um milagre, mas não esperava que isso acontecesse. Tentar fugir com o menino talvez os tornasse mais lentos e o pusesse em maior perigo.

Ele continuava parado na janela, quando ouviu um barulho que parecia o despertar de um pássaro, e então uma única pedra veio voando em direção a ele e caiu com um baque surdo no chão. Ergueu o olhar e, quase fora do alcance de sua visão, viu uma agitação e, quando tornou a olhar, três vultos escuros desceram a rocha deslizando acima deles em cordas negras. Nada indicava a chegada deles, mas ele sabia que estavam ali e sentia o coração martelando. Abriu a janela sem fazer barulho, tentou ver na escuridão e viu-os baixar até desaparecerem. Pôs a mão na boca de Sam para que ele não gritasse e moveu-o, até ele abrir os olhos e mostrar que acordara. Assim que o menino o olhou, ele levou o dedo aos lábios. Apontou para a janela e Sam ficou olhando-o. Não sabia o que se passava, mas, fosse o que fosse, Peter ia ajudá-lo. Ficou totalmente imóvel na cama e percebeu que o outro o desamarrara e que podia mexer as mãos e pés pela primeira vez em dias. Nenhum dos dois se moveu e então Peter voltou à janela. Nada notou a princípio, depois os viu, agachados na escuridão, três metros abaixo da casa. Uma única mão enluvada em negro chamou, e ele se virou rápido, tomando Sam nos braços. Tinha medo de abrir mais a janela e espremeu-o pela abertura. Era uma queda pequena, e ele sabia que os braços e pernas do menino estavam rígidos. Ainda o segurava quando o olhou pela última vez. Os olhos se encontraram por um interminável momento, e foi o único e maior ato de amor que Peter já fizera ao largá-lo e apontar, enquanto Sam rastejava para os arbustos. Desapareceu da vista de Peter então, e depois uma mão negra tornou a erguer-se e chamá-lo. Ele ficou ali a olhá-la, e ouviu um barulho na casa às suas costas. Balançou a cabeça, fechou a janela e deitou-se na cama. Não queria fazer nada que pusesse Sam em risco.

Ao entrar nos arbustos, o menino não tinha idéia de aonde ia. Apenas seguiu na direção que Peter indicara e duas mãos se estenderam e o agarraram e puxaram-no para dentro do matagal com tanta rapidez e força que lhe tiraram o fôlego. Ergueu os olhos, viu os novos captores e sussurrou para o homem que o segurava, de touca de náilon e cara negra:

— Vocês são do bem ou do mal? — O homem que o apertava com força contra o peito quase gritou, de tão aliviado por vê-lo. Tudo funcionara como um relógio até então, mas ainda tinham um longo caminho pela frente.

— Do bem — respondeu num sussurro. Sam balançou a cabeça e imaginou por onde andava sua mãe, enquanto os homens em volta faziam sinais uns para os outros e o mantinham rente ao chão. Ele ficou com a cara suja, enquanto longos riscos róseos e amarelos começaram a raiar o céu. O sol ainda não saíra, mas os homens sabiam que não tardaria.

Já haviam eliminado a possibilidade de puxá-lo ao longo da face da rocha com cordas, o que o deixaria exposto ao fogo, se alguém descobrisse sua ausência. Era agora um risco para todos os captores, menos Peter, pois tinha idade suficiente para identificá-los e contar à polícia o que ouvira e vira.

A única esperança da equipe da SWAT era tirá-lo pela entrada de garagem. Iam ter de abrir caminho pelos densos arbustos ao lado, e parte da mata era tão densa que não havia como atravessar. Um deles segurava firmemente Sam, com braços fortes, quando se agacharam e depois se lançaram, avançando de barriga no chão. Durante todo esse tempo nada disseram uns aos outros nem ao menino. Moviam-se numa dança precisa e abriam caminho com a rapidez possível, com o sol a despontar sobre o morro e a arrastar-se pelo céu.

O barulho que Peter ouvira era de um dos homens indo ao banheiro. Ele ouviu a descarga e depois um xingamento, quando alguma coisa furou o pé do cara na volta para o quarto. Poucos minutos depois, ouviu outro. Peter ficou ali muito quieto na cama vazia e decidiu levantar-se. Não queria que um deles entrasse no quarto e descobrisse que Sam se fora. Foi de pés descalços até a sala de visitas, olhou com cuidado pela janela, não viu nada e sentou-se.

— Levantou cedo — disse uma voz atrás dele. Ele levou um susto. Era Carlton Waters. Tinha olhos vermelhos após os excessos da noite anterior. — Como está o garoto?

— Bem — disse Peter sem grande interesse visível. Já vira o suficiente daqueles homens para uma vida inteira. Waters tinha o torso nu e usava apenas o jeans com que dormira, ao abrir a geladeira, procurar alguma coisa para comer e pegou uma cerveja.

— Vou ligar para a mãe dele quando os outros se levantarem — disse Waters, sentando-se no sofá defronte de Peter. — É melhor ela ter o dinheiro pronto pra nós, senão estamos fritos — disse, pragmático. — Não vou ficar sentado aqui para sempre, como um patinho, à espera dos policiais. É melhor que ela entenda isso, se estiver tentando nos enrolar.

— Talvez ela não o tenha — disse Peter encolhendo os ombros. — Se não tiver, nós perdemos um bocado de tempo. — Peter sabia, mas Waters não.

— Seu chefe não ia ter esse trabalho todo se ela não tivesse — disse Waters, e levantou-se para ir olhar pela janela. A essa altura o céu já se tornara róseo e ouro, e tinha-se uma clara visão da primeira curva na entrada da garagem. Ao olhá-la, ele se enrijeceu e correu para a varanda. Vira alguma coisa se mexer e desaparecer.

— Porra! — disse, correndo para pegar a escopeta e gritando para os outros.

— O que foi? — perguntou Peter, também se levantando da poltrona com ar preocupado.

— Não sei.

Os outros dois apareceram, sonolentos, a essa altura, e cada um agarrou uma metralhadora, enquanto o coração de Peter se contraía. Não havia como avisar aos homens que avançavam de barriga no chão com Sam. Ainda não haviam se afastado o suficiente, ele sabia, para estarem em segurança.

Waters fez sinal a Stark e Free para que saíssem, e então, como fantasmas, os viu. Peter via além dele e dos outros um homem de preto correndo agachado, com alguma coisa nos braços. Essa alguma coisa era Sam. Sem aviso, Waters disparou contra eles, e Stark soltou uma rajada de metralhadora.

Fernanda e Ted ouviram o barulho de onde estavam. Não tinham contato de rádio com os comandos. Ela apertou os olhos e agarrou a mão dele. Não havia como saberem o que acontecera, só podiam esperar. Tinham vigias observando por eles, mas nada viam ainda. Pelo barulho das metralhadoras, Ted sabia que estavam a caminho com Sam. Não sabia se Peter viria junto. Seria mais arriscado para o menino se ele viesse.

— Oh, Deus... oh, Deus — sussurrava Fernanda, ao ouvirem de novo as rajadas de metralhadora. — Por favor... Deus... — Ted não conseguia encará-la. Só podia olhar através do dourado amanhecer, e segurar a mão dela com força.

Rick Holmquist dera um passo para fora do abrigo e estava de pé, e Ted virou-se para ele.

— Algum sinal deles? — Rick fez que não com a cabeça e as rajadas espocaram de novo. Os dois sabiam que mais uma dúzia de comandos ladeava a entrada da garagem, além dos três que haviam descido do topo. Além deles, havia um exército de homens à espera para entrar assim que Sam saísse.

O fogo parou então e eles nada ouviram. Waters voltara-se para Peter.

— Cadê o menino?

Alguma coisa despertara suas suspeitas e Peter não tinha idéia do que fora.

— No quarto dos fundos. Amarrado.

— Está mesmo? — Peter fez que sim com a cabeça. — Então por que caralho me parece que acabo de ver um cara correndo pela entrada da garagem com ele? Fale você... — Ele imprensou Peter contra a parede, com a coronha da espingarda sob a garganta, asfixiando-o, sob o olhar de Stark e Free. Voltou-se então para Jim e mandou-o ir ao quarto dos fundos verificar, e ele voltou correndo segundos depois.

— Se mandou! — Stark parecia em pânico.

— Eu sabia... seu filho-da-puta... — Waters olhou bem dentro dos olhos de Peter enquanto lentamente o estrangulava, e Malcolm Stark apontou-lhe a metralhadora. — Você os chamou, não foi... seu veado de merda... que foi que houve? Ficou com medo?

Teve pena do garoto? É melhor começar a sentir pena de mim. Você fodeu com nossos 15 milhões de dólares e os seus dez. — Waters estava cego de fúria e medo. Sabia que, acontecesse o que acontecesse, não ia voltar para a prisão. Iam ter de matá-lo primeiro.

— Se ela tivesse dinheiro, já teria pago a essa altura. Talvez Addison estivesse errado — disse Peter com voz rouca. Era a primeira vez que os outros ouviam esse nome.

— Que porra você sabe? — Waters virou-se para olhar a entrada de garagem até onde podia e afastou-se alguns passos da casa, com Stark correndo atrás, mas nada havia para ver. Os homens que levavam Sam já se achavam a meio caminho da descida. Rick acabara de ter um vislumbre deles correndo e voltou-se para fazer um sinal a Ted. E então, quase no mesmo instante, viu Carlton Waters e Malcolm Stark aparecerem e começarem a atirar em seus homens. Sam voou dos braços de um deles e foi agarrado por outro. Passavam-no adiante como um bastão numa corrida de revezamento, e Stark e Waters continuavam a atirar no que podiam ver.

Fernanda tinha os olhos abertos agora e com Ted observava fixamente a entrada de garagem. Ela olhou bem a tempo de ver um dos homens do FBI de Rick mirar Waters com cuidado e derrubá-lo como a uma ave. Ele ficou com o rosto voltado para o chão, e Stark correu de volta à casa com as balas voando à sua volta. Peter e Jim já haviam entrado e ele gritava enquanto corria.

— Pegaram Carl! — gritou, e voltou-se para Peter, ainda segurando a metralhadora. — Seu sacana, foi você que matou ele — disse, disparando-lhe uma rajada.

Peter teve tempo de olhá-lo apenas por uma fração de segundo, antes que as balas lhe serrassem o corpo pela metade e ele caísse aos pés de Jim Free.

— Que vamos fazer? — perguntou Free a Stark.

— Dar o fora daqui, porra, se conseguirmos.

Já sabiam que o matagal era demasiado denso em volta da casa, e havia o rochedo logo atrás. Não tinham equipamento para subir e a única saída era descer a entrada de garagem na frente, juncada de corpos, não apenas de Waters, mas dos homens que os dois haviam matado, antes de o pegarem. Três cadáveres jaziam no chão entre a frente da casa e a estrada, e Sam os viu quando o homem que o carregava correu. Parecia um zagueiro de futebol americano disparando para a zona final, apenas mais rápido, e de repente ele estava a uma curta distância de Ted e Fernanda, que já viam Sam, com o sol batendo na estrada. Ela soluçava ao vê-lo, e então tinha o menino nos braços, e todos choravam. Ele tinha os olhos arregalados e parecia sob o efeito de um choque de granada, imundo, mas gritando pela mãe, que não conseguia emitir um som.

— Mamãe!... mamãe!... mamãe!

Ela chorava tanto que nada podia responder-lhe, apenas apertava-o contra o corpo, quando os dois caíram no chão e ali ficaram, ela segurando o filho e amando-o, como o amara cada segundo que ele passara fora. Ficaram ali no chão juntos por um longo tempo, depois Ted os levantou delicadamente e fez sinais a alguns dos homens atrás para levá-los. Ele e Rick vinham observando-os, as lágrimas rolando pelas faces, como faziam outros policiais. Um paramédico veio ajudá-los. Levou Sam para uma ambulância, com Fernanda correndo e segurando a mão dele. Iam transportá-lo a um hospital local para um exame completo.

— Quem sobrou lá dentro? — Ted perguntou a Rick, enxugando as lágrimas do rosto com as costas da mão.

— Três caras, eu acho. Waters está morto. Isso deixa Morgan e mais dois. Não creio que Morgan ainda esteja vivo a essa altura... o que deixa dois.

Eles o teriam matado, inevitavelmente, quando descobriram que Sam se fora, e sobretudo após a morte de Waters. Tinham visto Stark voltar correndo, mas sabiam que eles não podiam ir a parte alguma. Tinham ordens de atirar para matar todos, menos Morgan, se ainda estivesse vivo.

Os atiradores de elite entraram em ação, e um homem da equipe da SWAT disse com um megafone aos seqüestradores que saíssem com as mãos para cima, pois eles iam entrar. Não veio resposta alguma e ninguém desceu a entrada de garagem para alcançar a clareira. Dentro de dois minutos, quarenta homens avançaram com bombas de gás, fuzis, metralhadoras e granadas que, quando atiradas, cegavam com a luz, desorientavam com a explosão e uma chuva de bolinhas que voavam para todos os lados, e ardiam como ferrões. O barulho da munição descarregada dentro da casa era ensurdecedor, quando Fernanda seguiu na ambulância com Sam. Ela viu Ted parado com Rick na estrada ao partirem, usando coletes à prova de balas e conversando com alguém pelo rádio. Ele não a viu partir.

Ela soube por um dos homens do FBI no motel que o cerco durara menos de meia hora. Stark saíra primeiro, sufocado com o gás, ferido num dos braços e numa das pernas, e Jim Free saíra atrás. Um dos agentes disse a Fernanda depois que ele tremia da cabeça aos pés. Foram presos na hora e seriam enviados de volta à prisão por terem violado a condicional, à espera de julgamento. Seriam julgados pelo seqüestro de Sam em algum momento do ano seguinte, assim como pelo assassinato de dois policiais, o agente do FBI que derrubaram durante o cerco e outros quatro homens quando seqüestraram o menino de sua casa.

Encontraram o corpo de Peter Morgan quando entraram. Rick e Ted assistiram à remoção. Viram o quarto onde Sam fora mantido cativo, e a janela pela qual Peter o empurrara para a fuga. Tudo o que precisavam estava ali. O furgão, as armas, a munição. A casa fora alugada no nome de Peter. Ted conhecia todos os três condenados pelo nome. A morte de Carl Waters não era perda para ninguém. Ele estivera em liberdade apenas pouco mais de dois meses. Como Peter. Duas vidas que foram desperdiçadas quase desde o princípio, e para sempre a partir dali.

Ted e Rick haviam perdido três bons homens nesse dia, como perdera a equipe da SWAT, e havia ainda os quatro mortos em São Francisco quando pegaram Sam. Free e Stark jamais voltariam a ver a luz do dia, e pelo seqüestro de Sam, Ted esperava que os condenassem à morte. O julgamento seria apenas uma formalidade, se é que haveria. Se eles se declarassem culpados, seria mais simples para todos, embora Ted soubesse que não era provável que fizessem isso. Arrastariam o processo tanto quanto pudessem e entrariam com intermináveis recursos, apenas para viver mais um dia na prisão, pelo que lhes valesse isso.

Rick e Ted permaneceram na cena do crime até o início da tarde. Ambulâncias haviam chegado e partido, os comandos e os agentes foram removidos, fotografias foram feitas, feridos foram atendidos. Parecia uma zona de guerra. Vizinhos assustados, acordados pelo fogo de metralhadoras ao amanhecer, apinhavam-se na estrada, esticando o pescoço para ver o que acontecera e pedindo explicações. A polícia tentava tranqüilizar a todos e manter o tráfego fluindo. Ted parecia exausto quando voltou ao motel e foi ver Sam no quarto de Fernanda. Eles haviam acabado de chegar do hospital e, surpreendentemente, o menino estava ótimo. Ainda queriam fazer-lhe um monte de perguntas, mas Ted desejava primeiro ver o estado dele. Sam estava deitado nos braços da mãe e agarrado a ela quando o policial o viu. Sorria para ela, um enorme hambúrguer num prato ao lado enquanto assistia à TV. Literalmente cada tira e agente na casa viera vê-lo e conversar com ele ou apenas bagunçar seus cabelos e sair. Haviam arriscado a vida por ele e perdido amigos. Ele valia isso. Homens haviam morrido por ele nesse dia. Mas do contrário, seria Sam quem morreria no lugar deles. E o homem que em última análise fizera a diferença e ajudara a salvá-lo estava morto.

Fernanda não se desgrudava dele e parecia radiante quando Ted entrou. Vinha imundo e cansado, barba por fazer. Rick garantira-lhe que ele parecia um vagabundo. Ele disse que tinha de fazer algumas ligações para a Europa.

— E aí, rapazinho... — Ted sorriu para Sam, tocando Fernanda com os olhos — é bom ver você de novo. Eu diria que foi um verdadeiro herói. É um subxerife excelentíssimo. — Não queria interrogá-lo ainda. Queria dar-lhe um pouco de tempo e espaço para respirar. Ele ainda teria muito o que conversar com a polícia. — Eu sei que sua mãe está muito feliz por ver você. — E então, a voz rouca de novo, disse baixinho: — Eu também.

Como quase todos que haviam trabalhado para encontrá-lo, chorara muitas vezes nas últimas horas. E Sam rolou nos braços da mãe e sorriu-lhe, mas não arredou um centímetro dela.

— Ele disse que sentia muito — disse Sam, os olhos agora sérios, e Ted balançou a cabeça. Sabia que ele se referia a Peter Morgan.

— Eu sei. Ele me disse isso também.

— Como você me encontrou? — Sam ergueu o olhar para Ted, interessado, e ele sentou-se numa cadeira perto do menino, passando delicadamente a mão em sua cabeça. Jamais se sentira tão aliviado por ver alguém, a não ser seu próprio filho, uma vez em que ele se perdera e o deram como afogado num lago. Felizmente, não se afogara.

— Ele ligou pra gente.

— Ele foi legal comigo. Os outros me davam medo.

— Aposto que sim. São assustadores mesmo. Nunca mais vão sair da cadeia agora, Sam. — Não contou que podiam pegar até a pena de morte por seqüestro. — Um deles foi morto pela polícia, Carlton Waters.

Sam balançou a cabeça e olhou para a mãe.

— Eu achei que nunca mais ia ver você — disse baixinho.

— Eu achei que ia — ela disse corajosamente, embora houvesse vezes em que não achara.

Eles tinham ligado para Will quando chegaram ao motel, ele soluçara quando falara com Sam e quando a mãe lhe contara a história. Ela ligara para o padre Wallis. Ashley nem ficara sabendo que o irmão fora seqüestrado. Estava apenas a alguns quilômetros de distância, e Fernanda ia deixá-la com amigos alguns dias, até tudo acalmar-se. A menina nem soubera que Sam desaparecera. Fernanda decidira não perturbá-la até tudo acabar. Ia contar quando ela voltasse para casa. Fora melhor assim. E não podia deixar de pensar no que o padre Wallis lhe dissera quando a encontrara, que o seqüestro de Sam fora um cumprimento de Deus. Não queria mais nenhum cumprimento desse tipo. O padre lembrara-lhe disso quando se falaram naquela manhã.

— Que acham de eu levar vocês para casa daqui a pouco? — Ted olhava os dois e Sam balançou a cabeça. O policial perguntava-se se o menino teria medo da casa em que fora seqüestrado. Mas também sabia que não ficariam lá por muito mais tempo.

— Eles queriam um monte de dinheiro, não é, mamãe? — perguntou Sam, erguendo o olhar para ela, e ela balançou a cabeça. — Eu disse a ele que você não tinha nada. Que papai tinha perdido tudo. Mas ele não contou aos outros. Ou talvez tenha contado e eles não acreditaram.

— Como você sabe disso? — perguntou Fernanda franzindo o cenho para ele. Mas Sam sabia mais do que ela desconfiava. — Sobre o dinheiro, quer dizer. — Ele pareceu meio envergonhado e deu-lhe um sorriso escabreado.

— Ouvi você falando no telefone — confessou, e ela olhou para Ted com um sorriso triste.

— Quando eu era pequena, meu pai dizia que as paredes têm ouvidos.

— O que isso quer dizer? — perguntou Sam, confuso, e Ted sorriu do velho ditado; ele também o conhecia.

— Quer dizer que não se deve ficar escutando sua mãe às escondidas — ela disse, de cenho franzido, mas de brincadeira. Não lhe importava agora o que ele fazia. Sam teria direito a regalias por muito, muito tempo. Ela estava simplesmente feliz por tê-lo de volta em casa.

Ted fez-lhe algumas perguntas, e Rick chegou pouco depois, e fez o mesmo. Nenhuma das respostas de Sam os surpreendeu. Já haviam juntado as peças com surpreendente precisão por si mesmos.

Toda a polícia já deixara o motel às seis da tarde, quando Fernanda e Sam entraram no carro de Ted. Rick pegou uma carona com um de seus agentes e piscou para o colega ao partir, e Ted fingiu avançar para cima dele em resposta.

— Não me venha com essa — disse em voz baixa.

Rick sorriu para ele. Ele estava feliz por tudo haver dado certo. Podia ter sido pior. Nunca se sabia enquanto não acabava. Haviam perdido pessoas corajosas naquele dia. Vidas sacrificadas por Sam.

— É um trabalho duro, mas alguém tem de fazer — provocara-o Rick num sussurro, referindo-se a Fernanda. Ela era de fato uma bela mulher, e ele gostava dela. Mas Ted não tinha intenção alguma de fazer qualquer tolice. Agora que passara o calor do momento, ainda era leal a Shirley. E Fernanda tinha sua própria vida e problemas para cuidar.

Foi uma viagem tranqüila e sem incidentes até em casa. Os paramédicos e médicos do hospital acharam Sam surpreendentemente bem, em vista de tudo por que passara. Perdera um pouco de peso, e reclamou de fome o caminho todo. Ted parou no Ikeda e comprou-lhe um cheeseburguer, batata frita, milkshake e quatro caixas de doces. Quando chegaram, ele já se estava totalmente adormecido. Fernanda estava sentada no banco da frente com Ted, quase cansada demais para saltar do carro.

— Não acorde ele. Deixe que eu levo — disse Ted em voz baixa, desligando a ignição. Era uma viagem bem diferente da ida, que fora carregada de tensão e temores de que perdessem a criança. As últimas semanas haviam sido repletas de terror.

— Que posso dizer para lhe agradecer? — perguntou Fernanda, olhando para ele. Haviam-se tornado amigos nas últimas semanas e ela jamais ia esquecer.

— Não precisa. Sou pago para isso — ele disse, retribuindo o olhar, mas os dois sabiam que fora muito mais que isso. Muito mais. Ele vivera cada momento do pesadelo com ela e teria sacrificado a vida por Sam a qualquer momento. Ted era assim, e sempre fora. Fernanda curvou-se e beijou-lhe o rosto. O momento pairou no ar entre os dois. — Vou ter de passar algum tempo com ele, fazer algumas perguntas para a investigação. Ligo para você antes de vir. — Ele sabia que Rick ia querer interrogar mais o menino também. Fernanda fez que sim com a cabeça.

— Venha quando quiser — ela disse suavemente, e com isso ele saiu do carro, abriu a porta de trás, pegou o garoto nos braços e ela o seguiu até a porta da frente.

A porta foi aberta por dois policiais armados e Will estava parado logo atrás, olhando-os subitamente em pânico.

— Oh, meu Deus, ele está ferido? — Seus olhos foram de Ted para a mãe. — Vocês não me contaram.

— Está tudo bem, querido. — Fernanda abraçou-o delicadamente. Ele também ainda era uma criança, mesmo aos 16 anos. — Ele está dormindo.

Os dois choraram abraçados. Levaria muito tempo até que parassem de se preocupar. O desastre tornara-se rapidamente um estilo de vida. Eles se esqueceram do que era a normalidade porque nada fora normal por muito tempo.

Ted levou Sam para o quarto dele e deitou-o delicadamente na cama, enquanto Fernanda tirava os tênis do filho. Ele murmurou algo e virou-se de lado, sem acordar, e Ted e Fernanda ficaram parados olhando-o. Era uma bela visão, na cama dele, em casa, com a cabeça no travesseiro.

— Ligo pra você de manhã — disse-lhe Ted no degrau debaixo, parado na entrada.

Os dois policiais tinham acabado de partir, depois de Fernanda agradecer-lhes.

— Não vamos a parte alguma — ela prometeu. Não tinha certeza se sentia segura para sair de casa ainda. Ia ser muito estranho ficarem sozinhos de novo, imaginando se havia pessoas em alguma parte lá fora tramando contra eles. Esperava-se que nada daquilo voltasse a acontecer. Ela ligara para Jack Waterman de Tahoe. Os dois concordaram que se devia fazer algum tipo de anúncio público sobre o desaparecimento da fortuna de Allan. De outro modo, ela e as crianças permaneceriam como alvos para sempre. Ela aprendera a lição.

— Descanse um pouco — aconselhou-a Ted, e ela fez que sim com a cabeça. Sabia que era tolice, mas detestava vê-lo ir embora. Acostumara-se a conversar com ele tarde da noite, sabendo que o encontraria ali a qualquer hora, dormindo no chão a seu lado, quando não conseguia dormir em parte alguma. Sempre se sentia mais segura perto dele. Compreendia isso agora. — Eu ligo pra você — ele tornou a prometer, e ela fechou a porta, imaginando como algum dia poderia agradecer-lhe.

A casa parecia vazia quando ela subiu a escada. Não se ouviam ruídos, homens, celulares tocando em cada canto, negociadores à escuta nas linhas. Graças a Deus. Will esperava-a no quarto dela e parecia haver-se tornado adulto da noite para o dia.

— Você está bem, mãe?

— Estou — ela respondeu com certa cautela. — Estou, sim. — Sentia-se como se tivesse caído de um edifício, e apalpava a alma em busca de ferimentos. Havia muitos, mas todos seriam curados agora que Sam voltara. — E você?

— Não sei. Foi assustador. É difícil não pensar nisso.

Ela fez que sim com a cabeça. Ele tinha razão. Iam pensar e lembrar daquilo por muito tempo. Enquanto ela entrava no chuveiro e Will ia para a cama, Ted voltava de carro para sua casa no Sunset. Não havia ninguém lá quando ele chegou. Jamais havia. Shirley nunca estava em casa. Estava ou no trabalho ou saíra com os amigos, a maioria dos quais ele não conhecia. Um silêncio ensurdecedor esperava-o e, pela primeira vez em muito tempo, ele sentiu uma enorme solidão. Sentia falta de Ashley e Will, Fernanda vindo conversar com ele, a familiar tranqüilidade de estar cercado por seus homens, em alguma situação de risco. Lembrava sua juventude no departamento. Mas não sentia falta apenas dos homens, sentia falta de Fernanda.

Sentou-se numa poltrona e ficou fitando o espaço, pensando em ligar para ela. Queria. Ouvira tudo o que Rick dissera. Mas uma coisa era Rick, e outra ele. E ele simplesmente não podia.

Capítulo 21

TED FALOU COM RICK no dia seguinte, e perguntou-lhe o que fizera em relação a Addison. O estado iria denunciá-lo também e indiciá-lo pelo crime de conspiração para seqüestro assim que voltasse à cidade. Ted supunha que ele voltaria. O juiz assegurara a Rick, sobre as acusações de crimes federais, que Phillip Addison não representava risco de fuga. E Ted esperava que ele tivesse razão.

— Ele está voando para casa enquanto falamos — disse Ted a Rick pelo telefone, sorrindo.

— Que rapidez. Eu achava que ele ia ficar fora o mês todo.

— Ia. Liguei ontem para a Interpol e o escritório do FBI em Paris. Mandaram pegá-lo. Acusamos o cara de conspiração para seqüestro. E um de meus informantes favoritos me ligou hoje. Parece que nosso amiguinho tem inclinação para atividades científicas, por assim dizer, e vem dirigindo uma importante fábrica de *crystal meth*, uma droga sintética poderosa, já há algum tempo. Vamos nos divertir com esse cara, Ted.

— Ele deve ter se borrado quando os caras apareceram. — Ted riu ao pensar nisso, embora nada houvesse de engraçado no que Addison fizera. Mas ele era tão pretensioso sobre sua "condição social", pelo que soubera, que merecia ser colocado no seu devido lugar.

— Parece que a esposa dele quase teve um ataque do coração. Esbofeteou ele e o agente.

— Deve ter sido engraçado.

Ted sorriu. Continuava cansado.

— Eu duvido.

— A propósito, você tinha razão no caso da bomba também. Jim Free nos contou que foi Waters. Os outros não participaram, mas Waters admitiu para eles em Tahoe uma noite, quando estava bêbado. Achei que você gostaria de saber.

— Pelo menos o capitão vai ficar sabendo que não estou maluco — disse Ted.

Ted contou-lhe também que haviam recuperado a maior parte do dinheiro que Addison pagara adiantado a Stark, Free e Waters, em malas guardadas em armários na rodoviária de Modesto. Ia ser uma prova conclusiva contra ele. Free dissera-lhes onde estava.

E então Rick mudou de assunto radicalmente, como sempre fazia, e foi direto ao ponto:

— E então, falou alguma coisa com ela quando a deixou em casa?

Os dois sabiam que ele se referia a Fernanda.

— Sobre o quê? — perguntou Ted, fazendo-se de desentendido.

— Não me venha com essa, seu débil mental. Sabe do que estou falando.

Ted deu um suspiro.

— Não, não falei. Pensei em ligar pra ela ontem à noite, mas não adianta, Rick. Não posso fazer isso com Shirley.

— Ela faria. E você está fazendo consigo mesmo. E com Fernanda. Ela precisa da sua companhia, Ted.

— Talvez eu precise da dela também. Mas já tenho uma.

— A que você tem é uma mala-sem-alça — disse Rick sem rodeios, o que não era justo, e Ted sabia. Shirley era uma boa mulher, apenas a mulher errada para ele, e isso há anos. E ela sabia disso. Simplesmente se decepcionara com ele. — Só espero que você acorde um dia desses, antes que seja tarde demais — disse Rick, acalorado. — Isso me lembra que tem uma coisa que eu preciso lhe falar. Vamos jantar na semana que vem.

— Para falar do quê? — Ted estava intrigado e imaginava se era sobre o futuro casamento dele, embora não fosse uma autoridade no assunto. Pelo contrário. Mas eram grandes amigos, e sempre haveriam de ser.

— Acredite ou não, preciso do seu conselho.

— Será um prazer. A propósito, quando vai ver Sam?

— Vou deixar você falar primeiro. Conhece ele melhor. Eu não quero assustar o garoto e você pode conseguir tudo o que preciso.

— Eu te mantenho informado.

Concordaram em tornar a se falar dentro de poucos dias. E no dia seguinte Ted foi visitar Sam. Fernanda estava lá com Jack Waterman. Pareciam ter conversado sobre negócios, e Jack saiu pouco depois de ele chegar. Ted passou o tempo todo com Sam.

Fernanda tinha um ar distraído e ocupado, e ele não pôde deixar de se perguntar se alguma coisa estava acontecendo entre ela e Jack. Parecia-lhe razoável e seria o casamento certo. Via que Jack também pensava assim.

No dia seguinte, saiu uma matéria nos jornais sobre o implacável desastre financeiro da carreira de Allan Barnes. A única coisa deixada de fora foi o suposto suicídio dele. Mas Ted ficou com a sensação de que Fernanda cuidara daquilo. E perguntava-se se fora isso que ela andara fazendo com Jack e o motivo de parecer um tanto perturbada. Não a culpava, mas era melhor dar a notícia. Até agora haviam conseguido manter tudo relacionado ao seqüestro fora da imprensa. Ele supunha que acabaria por vazar, durante o julgamento. Mas ainda não havia uma data, nem seria marcada por algum tempo. Stark e Free já se achavam de volta na prisão, após a revogação da condicional quando foram presos.

Sam foi de uma cooperação admirável com Ted. Era espantoso o que lembrava, apesar das circunstâncias traumáticas e do que pudera observar. Ia dar uma excelente testemunha, apesar da idade.

Depois disso, tudo correu depressa para Fernanda e os filhos. Ela fez 40 anos logo em seguida e as crianças a levaram à Casa Internacional das Panquecas no dia do aniversário dela. Não era o aniversário que ela teria previsto um ano antes, mas tudo o que queria neste. Estar com os filhos. Logo depois contou a eles que teriam de vender a casa. Ashley e Will ficaram chocados, mas Sam não. Já sabia, como confessara à mãe, por escutar as suas conversas. A vida da família adquiria um tom de transição, assim que ela fez o anúncio a eles. Ash disse que era humilhante para ela agora na escola, que todos sabiam que seu pai perdera tudo, e algumas meninas não queriam mais ser suas amigas, o que Will disse ser nojento. Ele estava no último ano. E nenhum deles contou que fora alvo de uma tentativa de seqüestro no verão. A história era tão horrível que não servia para as tarefas escolares com o tema "Minhas Férias". Só falavam disso entre si. A polícia aconselhara-os a manter segredo, para evitar os "imitadores" e a imprensa. E uma das compradoras em potencial que visitou a casa ficou boquiaberta ao ver a cozinha.

— Deus do céu, por que você não acabou a cozinha? Uma casa dessas deveria ter uma cozinha fabulosa! — Olhou com um ar de superioridade para o corretor e Fernanda que teve um desejo esmagador de esbofeteá-la, mas não o fez.

— E tinha — disse apenas. — Tivemos um acidente no verão passado.

— Que tipo de acidente? — perguntou a mulher, nervosa, e por um momento Fernanda foi tentada a dizer-lhe que dois agentes do FBI e dois policiais do Departamento de Polícia de São Francisco haviam sido mortos a tiros em sua cozinha, mas resistiu à vontade e não disse nada.

— Nada sério. Mas eu decidi tirar o granito.

"Porque estava tão manchado de sangue que não dava para limpar", pensou consigo mesma.

O seqüestro ainda tinha um tom de irrealidade, para todos eles. Sam contou a seu melhor amigo na escola, mas o menino não acreditou. A professora passou-lhe um sério sermão por mentir e inventar coisas, e ele voltou para casa chorando.

— Ela não acreditou em mim! — queixou-se à mãe.

Quem acreditaria? Ela própria às vezes não acreditava. Era tão aterrorizante que ainda não conseguia absorver, e quando pensava a respeito ainda a assustava tanto e a deixava tão ansiosa, que tinha de forçar-se a pensar em outra coisa.

Levara as crianças a uma psiquiatra especializada em terapia pós-traumática e a terapeuta ficou impressionada por ver como eles haviam atravessado bem aquilo, embora de vez em quando Sam ainda tivesse pesadelos, como a mãe.

Ted continuou a visitar Sam durante o mês de setembro, para coletar provas e depoimentos, e em outubro já acabara. Não os visitou depois disso. Fernanda pensava nele com freqüência, e pretendia ligar. Mostrava a casa, visitava outras menores para comprar e procurava emprego. Já quase não lhe restava dinheiro, e ela tentava não entrar em pânico. Mas, tarde da noite, muitas vezes entrava em pânico, e Will via. Ofereceu-se para arranjar um emprego após a escola, para tentar ajudá-la. Ela se preocupava com a faculdade dele. Felizmente, Will tinha boas notas e qualificara-se para o sistema de bolsas de estudos da Universidade da Califórnia, embora ela soubesse que ainda tinha de trabalhar muito para conseguir o dinheiro do alojamento. Às vezes era difícil acreditar que Allan tivera centenas de milhões de dólares, embora não por muito tempo. Ela nunca estivera tão desprovida como agora. E isso a assustava.

Jack levou-a para almoçar um dia e tentou falar-lhe sobre isso. Disse que não quisera procurá-la cedo demais, nem ofendê-la logo após a morte de Allan, e depois houvera o seqüestro, e todos eles ficaram muito perturbados, compreensivelmente. Mas acrescentou que vinha pensando no assunto havia meses e tomara uma decisão. Fez uma pausa, como se esperasse por um rufar de tambores, mas Fernanda nem adivinhava o que viria.

— Que tipo de decisão? — ela perguntou, ainda sem entender.

— Acho que a gente deve se casar.

Ela ficou olhando-o do outro lado da mesa e, por um instante, julgou que ele estava brincando, mas viu que não.

— Você decidiu isso? Sem me consultar nem falar comigo! Que tal saber a minha opinião?

— Fernanda, você está falida. Não pode manter seus filhos em escolas particulares. Will vai para a faculdade no outono. E você não tem qualificações adequadas para o mercado — ele disse, objetivamente.

— Está propondo me contratar ou se casar comigo? — ela perguntou, de repente, furiosa.

Ele queria dispor de sua vida sem consultá-la. Mais importante ainda, jamais falara de amor. O que dissera parecia mais uma oferta de emprego, não uma proposta de casamento, o que a ofendia. Havia alguma coisa de muito arrogante na maneira como fizera o pedido.

— Não seja ridícula. Me casar com você, claro. E, além disso, as crianças me conhecem — respondeu Jack, irritado. Para ele, tudo fazia perfeito sentido e amor não era importante. Gostava dela. Para ele, isso parecia o suficiente.

— É — ela decidiu que a franqueza dele merecia a sua —, mas eu não amo você. — Na verdade, a proposta não a lisonjeava, deixava-a magoada. Ela se sentia como um carro que ele queria comprar, não como a mulher que ele amava.

— Podemos aprender a amar um ao outro — ele disse, obstinado. Ela sempre gostara dele e sabia que ele era responsável e digno de confiança, uma boa pessoa, mas não havia magia entre eles. Sabia que se um dia tornasse a casar queria encanto, ou pelo menos amor. — Acho que seria um passo sensato para nós dois.

Eu estou viúvo há muitos anos e Allan deixou você numa encrenca dos diabos. Fernanda, eu quero cuidar de você e de seus filhos. — Por um momento, ele quase a comoveu, mas não o bastante.

Ela deu um profundo suspiro e o encarou, e ele esperou pela resposta. Não via motivo para lhe dar tempo para pensar. Fizera uma boa proposta e esperava que ela a aceitasse, como um emprego, ou uma casa.

— Sinto muito, Jack — ela disse, da forma mais delicada que pôde. — Eu não posso fazer isso. — Começava a entender por que ele jamais voltara a se casar. Se fazia propostas com aquela, ou via o casamento com tal pragmatismo, estaria melhor com um cachorro.

— Por que não? — ele perguntou, confuso.

— Pode ser loucura, mas se eu algum dia me casar de novo, quero me apaixonar.

— Você não é mais criança e tem responsabilidades. — Pedia-lhe que se vendesse como escrava para poder mandar Will para Harvard. Mas preferia mandá-lo para uma faculdade qualquer. Ela não se dispunha a vender a alma a um homem que não amava, mesmo pelos filhos. — Acho que você deve pensar melhor.

— Acho você maravilhoso, mas não mereço você — ela disse, levantando-se, pois percebia que anos de amizade e de administração de seus negócios por ele tinham acabado de descer pelo esgoto.

— Talvez seja verdade — ele disse, piorando ainda mais a situação. — Mas ainda assim quero me casar com você.

— Eu, não — ela disse, olhando-o. Jamais percebera antes, mas ele era mais insensível e dominador do que ela pudera notar em todos aqueles anos e ligava muito mais para o que ele sentia do que para os sentimentos dela, motivo provável para não haver-se casado até então. Após decidir-se, achava que ela devia obedecer, mas não era assim que ela queria passar o resto da vida. Obedecendo a um homem a quem não amava. A maneira pela qual fizera a proposta mais parecia um insulto, e demonstrava falta de respeito.

— E, a propósito — disse, olhando para trás e jogando o guardanapo na cadeira —, está despedido, Jack.

E com isso, virou-se e saiu.

Capítulo 22

A CASA FINALMENTE FOI vendida em dezembro. Pouco antes do Natal, claro. Assim, tiveram mais um Natal na sala, com a árvore debaixo do candelabro vienense. Parecia de certa forma adequado e o fim de um ano difícil para eles. Fernanda ainda não tinha emprego, mas estava procurando. Tentava arranjar uma vaga de secretária em meio expediente, pois assim ficaria livre para pegar Ashley e Sam na escola. Enquanto eles estivessem em casa, queria estar lá com eles também. Embora soubesse que outras mães se viravam com babás, creches e crianças trancadas sozinhas em casa, não era isso que ela queria. Ainda queria estar com os filhos, o máximo que pudesse.

Teve de tomar muitas decisões assim que vendeu a casa. O casal que a comprou ia mudar-se de Nova York e o corretor explicou sub-repticiamente que o novo dono fizera uma enorme fortuna. Fernanda balançara a cabeça e dissera que achava ótimo. Enquanto durasse, pensou consigo mesma. No ano anterior, tivera lições constantes sobre o que era importante. Após o seqüestro de Sam, nada tinha mais valor do que a vida dos filhos. O resto não importava. E o dinheiro, em qualquer quantidade, não tinha a menor importância para ela, a não ser para alimentar seus filhos.

Ela planejava tirar todos os móveis e acessórios da casa e vender o que pudesse num leilão. Mas os compradores adoraram tudo e pagaram bem, além do valor que pagaram pela casa. A mulher do novo proprietário achou que ela tinha muito bom gosto. Logo, foi um bom negócio para todos.

Ela e os filhos mudaram-se em janeiro. Ashley chorou. Sam ficou triste. E como sempre nos últimos dias, Will foi uma enorme ajuda para a mãe. Carregou caixas, pôs coisas no carro e estava com ela no dia em que ela encontrou a nova casa. Na verdade, restara-lhe apenas o suficiente para comprar algo pequeno e assumir uma pesada hipoteca, após a venda da outra. A casa que encontrou em Marin era exatamente o que ela queria. Ficava em Sausalito, no alto de uma colina, com uma vista de barcos a vela, a baía, a ilha de Angel e o Belvedere. Era tranqüila e aconchegante, despretensiosa e bela. E os meninos a adoraram quando a viram. Ela decidiu pôr Ashley e Sam em escolas públicas em Marin e Will ia continuar indo e vindo todos os dias nos meses restantes na escola até a formatura. Duas semanas depois de mudarem-se, ela arranjou um emprego como curadora de uma galeria a cinco minutos de casa. Não se importavam com o fato de ela sair às três horas todo dia. O salário era pequeno, mas pelo menos o dinheiro era certo. E, a essa altura, ela conseguira uma nova advogada. Jack ainda estava profundamente ofendido com a recusa de sua proposta. E, às vezes, quando pensava nisso, ela achava ao mesmo tempo triste e engraçado. Ele parecera tão incrivelmente arrogante ao fazer o pedido. Ela jamais conhecera esse lado dele antes.

O que não lhe pareceu engraçado, e jamais pareceria, foi a lembrança do seqüestro no verão anterior. Ainda tinha pesadelos. Parecia-lhe surreal e era um dos muitos motivos pelos quais não se importara em deixar a antiga casa. Jamais poderia dormir lá de novo sem a esmagadora sensação de pânico de que alguma coisa terrível estava prestes a acontecer. Dormia melhor em Sausalito. E não tivera notícias de Ted desde setembro. Fazia quatro meses. Ele acabou ligando para ela em março. O julgamento de Malcolm Stark e Jim Free fora marcado para abril. Já fora adiado duas vezes e ele disse que não seria de novo.

— Vamos precisar que Sam deponha — disse sem jeito, após perguntar como ela estava. Pensara nela muitas vezes, mas nunca ligara, apesar de Rick Holmquist insistir que o fizesse. — Receio que seja traumático para ele — acrescentou em voz baixa.

— Eu também — concordou Fernanda. Era estranho pensar nele dessa forma agora. Envolvera-se naquela horrível experiência, quase como parte dela, embora não fizesse. Esse sentimento dela era o que ele temia, e parte do motivo de não haver ligado. Ele achava que ia lembrar-lhes do seqüestro. Rick Holmquist disse a ele que estava doido. — Ele vai superar — ela disse, referindo-se de novo a Sam.

— Como está ele?

— Ótimo. É como se nunca houvesse acontecido. Está numa escola nova e Ashley também. Acho que foi bom para eles. Uma espécie de recomeço.

— Vejo que você tem um novo endereço.

— Eu adoro minha nova casa — ela confessou com um sorriso, que ele captou em sua voz. — Estou trabalhando numa galeria a cinco minutos de casa. Você precisa vir nos visitar algum dia.

— Eu vou — ele prometeu, mas ela só foi ter notícias dele novamente três dias antes do julgamento. Ele ligou para dizer aonde ela devia levar Sam e, quando ela contou ao filho, ele chorou.

— Eu não quero. Não quero ver eles de novo. — Nem ela. Mas fora pior para ele. Ela ligou para a terapeuta e os dois foram vê-la. Conversaram se era uma impossibilidade dele de depor, ou se não era inadequado. Mas, no fim, ele disse que ia e a terapeuta achou que isso poderia dar a ele uma conclusão para o problema. Fernanda temia que ele passasse a ter pesadelos de novo. Ele já tinha uma conclusão: dois dos homens estavam mortos, incluindo o que o ajudara a escapar. E dois estavam na prisão. Era conclusão suficiente para ela, e achava que para ele também. Mas compareceu no Palácio de Justiça com o filho no dia marcado, com um certo nervosismo. Ele tivera uma dor de estômago após o café-da-manhã nesse dia, e ela também.

Ted esperava-a diante do prédio. Parecia o mesmo que da última vez que ela o vira. Calmo, vestido com elegância, bem-educado, inteligente e preocupado com os sentimentos de Sam.

— Como vai indo, subxerife?

Sorria para Sam, que estava visivelmente infeliz.

— Estou com vontade de vomitar.

— Isso já não é tão bom. Vamos discutir o assunto por um minuto. Que tal?

— Estou com medo que eles me machuquem — ele respondeu sem rodeios. Fazia sentido. Haviam-no machucado antes.

— Eu não vou deixar que isso aconteça — disse Ted. Ele desabotoou o paletó, abriu-o por um segundo, e Sam viu a arma.

— Tem isso e, além do mais, eles vão estar com algemas nas mãos e com os pés acorrentados. Inteiramente amarrados.

— Também me amarraram — disse Sam, com um ar infeliz, e começou a chorar. Pelo menos falava a respeito. Mas Fernanda sentiu-se mal e olhou para Ted, que parecia tão angustiado quanto ela. Então ele teve uma idéia. Aconselhou-os a atravessar a rua e beber alguma coisa, que ele estaria de volta assim que pudesse.

Levou vinte minutos. Encontrara-se com a juíza, o advogado de defesa, o promotor público e todos haviam concordado. Sam e a mãe seriam interrogados na sala da juíza, com o júri presente, mas sem a presença dos réus. Ele não teria de ver os dois nunca mais. Podia identificá-los pelas fotos. Ted insistira que era demasiado traumático para o garoto depor no tribunal e tornar a ver seus seqüestradores. E quando contou a Sam, ele ficou radiante e Fernanda soltou um suspiro de alívio.

— Acho que você vai gostar da juíza. É uma mulher e muito bacana — ele disse a Sam.

A juíza parecia uma avozinha simpática, quando Sam entrou, e durante o breve recesso ofereceu-lhe leite e biscoitos e mostrou-lhe os retratos de seus netos. Foi solidária a ele e a mãe, pelo que haviam passado.

O interrogatório dele pela acusação durou a manhã toda e, quando acabaram, Ted os levou para almoçar. A defesa ia interrogar Sam à tarde e reservava-se o direito de chamá-lo de volta a qualquer momento. Ted não se surpreendeu.

Foram a um pequeno restaurante italiano a certa distância do Palácio de Justiça. Não tinham tempo de ir muito longe, mas Ted via que os dois precisavam afastar-se dali, e ficaram calados enquanto comiam a massa. Tinha sido uma manhã difícil, que trouxera de volta muitas lembranças dolorosas para Sam, e Fernanda receava o impacto disso tudo sobre ele. Mas ele parecia bem, apenas calado.

— Sinto muito que vocês tenham de passar por tudo isso — disse Ted ao pagar a conta. Ela se ofereceu para pagar a metade, mas ele sorriu e recusou. Fernanda usava um vestido vermelho e sapatos de saltos altos. E ele reparou que ela também usava maquiagem. Imaginava se ela estava saindo com Jack. Mas não queria perguntar. Talvez fosse outro. Ele podia perceber que ela estava muito melhor emocionalmente que nos meses de junho e julho. A mudança e o novo emprego haviam-lhe feito bem. Ele mesmo pensava em algumas mudanças. Disse que ia deixar o departamento, após trinta anos.

— Uau, por quê? — Fernanda estava pasma. Ted era policial por inteiro, e ela sabia que ele adorava seu trabalho.

— Meu antigo parceiro, Rick Holmquist, quer abrir uma empresa de segurança. Investigação pessoal, proteção de celebridades, um pouco grandioso demais para mim, mas ele tem razão. E eu também. Depois de trinta anos, talvez seja hora de uma mudança.

Ela também sabia que, após trinta anos, ele receberia uma pensão com pagamento integral. Era um bom negócio. E a idéia de Holmquist parecia lucrativa até mesmo para ela.

À tarde, o advogado da defesa tentou fazer picadinho do depoimento de Sam, mas não conseguiu. O menino era inflexível, inabalável, e sua memória parecia infalível. Ele se apegou à mesma história repetidas vezes. E identificou os dois réus pelas fotos que a acusação lhe mostrou. Fernanda não pôde identificar os homens que haviam seqüestrado seu filho usando máscaras de esqui, mas seu depoimento foi profundamente comovente e a descrição dos quatro homens assassinados em sua cozinha, horripilante. No fim do dia, a juíza agradeceu-lhes e mandou-os para casa.

— Você se saiu muito bem! — disse Ted, sorrindo para Sam, quando deixavam juntos o Palácio de Justiça. — Como está o estômago?

— Ótimo — ele respondeu, parecendo satisfeito. Até a juíza lhe dissera que ele fizera um bom trabalho. Acabara de fazer 7 anos e Ted lhe disse que o depoimento seria igualmente difícil mesmo para um adulto.

— Vamos tomar um sorvete — sugeriu. Seguiu Fernanda e Sam em seu carro e propôs se encontrarem na praça Ghirardelli; o que foi divertido para o menino. E até para a mãe. Havia naquilo um sentimento festivo, quando Sam pediu um sundae com cobertura quente e Ted uma bebida não-alcoólica feita de raízes para ele e Fernanda.

— Estou me sentindo como uma menina numa festa de aniversário — disse Fernanda com uma risadinha.

Sentia-se enormemente aliviada porque a participação de Sam no julgamento estava encerrada. Ted disse ser mais que improvável que ele tivesse de depor de novo. Tudo o que ele dissera causara um dano brutal à defesa. Ele não tinha dúvida de que os dois homens seriam condenados, e tinha certeza de que, por mais avozinha que a juíza parecesse, ia condená-los à pena de morte. Era um pensamento reconfortante. Ele disse a ela que Phillip Addison ia ser julgado em separado num tribunal federal por conspiração para seqüestro e todas as acusações federais, incluindo sonegação de impostos, lavagem de dinheiro e tráfico de drogas. Ia ficar fora de circulação por um longo tempo e era muitíssimo improvável que Sam tivesse de depor contra ele em seu caso. Ia sugerir a Rick que usassem a transcrição do depoimento dele no caso estadual, para poupar-lhe mais sofrimento. Não sabia se isso era possível, mas ia fazer todo o possível para tirar Sam dessa. E embora Rick fosse deixar o FBI, Ted sabia que poria o caso de Addison nas mãos certas e iria depor ele mesmo. Rick queria que Addison pegasse prisão perpétua ou, se possível, fosse condenado à morte. Fora uma coisa séria e, como Ted, ele queria que se fizesse justiça. Fernanda ficou aliviada. Era bom deixar toda aquela podridão para trás. Sem o julgamento pairando sobre eles, o pesadelo finalmente terminara.

A última etapa foi a sentença um mês depois. Quase exatamente um ano depois que tudo começou e Ted tocou a campainha da casa de Fernanda para falar sobre o atentado a bomba em sua rua. Ele ligou para ela no mesmo dia em que ela viu a matéria sobre a sentença no jornal. Malcolm Stark e James Free haviam recebido a pena de morte como punição por seus crimes. Ela não tinha idéia de quando eles seriam executados, ou mesmo se o seriam, em vista do que se podia fazer na corte de apelações, mas tinha todos os motivos para pensar que sim. Phillip Addison sequer fora a julgamento ainda, mas estava preso e os advogados faziam o possível para adiar o julgamento. Mais cedo ou mais tarde, porém, Fernanda sabia que ele também seria condenado e a justiça se faria. Mais importante ainda, Sam estava ótimo.

— Viu o resultado do julgamento nos jornais? — perguntou Ted quando ligou para ela. Parecia de bom humor e disse que estava ocupado. Deixara o departamento em meio a uma enxurrada de festas de despedida na semana anterior.

— Vi, sim — ela confirmou. — Jamais fui a favor da pena de morte. — Sempre lhe parecera errada, e era religiosa o suficiente para acreditar que ninguém tinha o direito de tirar a vida de uma pessoa. Mas nove homens haviam sido assassinados, e uma criança, seqüestrada. E como desta vez envolvia seu filho, pela primeira vez na vida ela achava correto. — Mas nesse caso eu sou — admitiu. — É diferente, eu acho, quando acontece com a gente.

Mas ela também sabia que, se tivessem matado seu filho, mesmo aplicar a pena de morte aos réus não o teria trazido de volta nem compensado por sua perda. Ela e Sam tinham tido muita sorte. E Ted também sabia disso. Podia ter sido diferente, e ele estava grato por não ter sido.

E então ela pensou numa coisa que vinham falando havia muito tempo.

— Quando você vem jantar com a gente? — Devia-lhe tanto, por toda a sua bondade com eles, que o jantar era o mínimo que podia fazer. Sentira falta de vê-lo nos últimos meses, embora fosse um sinal de que tudo ia bem na vida deles. Ela esperava nunca precisar dos serviços dele de novo, nem de ninguém como ele, mas, afinal, depois de tudo o que haviam passado juntos, considerava-o um amigo.

— Na verdade, foi por isso que eu liguei. Ia perguntar se podia dar uma passada aí. Tenho um presente para Sam.

— Ele vai ficar feliz em ver você. — Ela sorriu e olhou para o relógio, tinha de ir trabalhar. — Que tal amanhã?

— Eu adoraria. — Ele sorriu, anotando mais uma vez o endereço dela. — Que horas?

— Que tal às sete?

Ele concordou, desligou e ficou sentado no novo escritório, olhando pela janela e pensando, por muito tempo. Era difícil acreditar que já fazia um ano que tudo tinha acontecido. Tornara a pensar no assunto ao ver recentemente o obituário do juiz McIntyre. O juiz dera sorte de a bomba no carro não havê-lo matado um ano antes. Morrera de causas naturais.

— Sonhando acordado? Não tem trabalho a fazer? — perguntou Rick, parando na porta do escritório.

A nova empresa dos dois já estava pronta e funcionando; e eles estavam indo bem. Havia um mercado considerável para aquele tipo de serviço, e como Ted dissera ao seu último parceiro policial, Jeff Stone, na semana anterior, jamais se divertira tanto, muito mais do que esperava. E adorava trabalhar com Rick de novo. A empresa de segurança que acabavam de inaugurar fora uma grande idéia.

— Não me venha com essa merda de sonhar acordado, agente especial. Você tirou três horas de almoço ontem. Vou começar a descontar do seu salário se fizer isso de novo. — Rick deu uma risada abafada. Saíra com Peg. Iam casar dentro de algumas semanas. Tudo estava dando certo para eles. E Ted ia ser o padrinho. — E não pense que vai tirar férias pagas quando sair em lua-de-mel. A gente tem uma empresa séria aqui. Se quer se casar e sair correndo para a Itália, faça isso no tempo certo.

Rick entrou no escritório com um largo sorriso e sentou-se. Não se sentia feliz assim havia anos. Fartara-se do trabalho no FBI, preferia dirigir sua própria empresa.

— Então, o que tem em mente? — perguntou a Ted. Via muito bem que alguma coisa estava roendo o parceiro por dentro.

— Vou jantar com os Barnes amanhã à noite. Em Sausalito. Eles se mudaram para lá.

— Isso é ótimo. Posso fazer uma pergunta nada sutil, tipo quais são suas intenções, detetive Lee? — A expressão de Rick era mais séria que as palavras. Sabia quais eram os sentimentos do amigo ou julgava saber. O que não sabia era o que ele pretendia fazer a respeito, se é que ia fazer alguma coisa. Mas tampouco Ted sabia.

— Eu só queria ver as crianças.

— Isso é mau. — Rick pareceu decepcionado. Estava tão feliz com Peg que desejava ver todo mundo feliz. — Me parece um desperdício de uma boa mulher.

— Ela é, sim — concordou Ted. Mas ele não conseguia resolver muitas questões e, provavelmente, jamais conseguiria. — Acho que está saindo com alguém. Estava maravilhosa no julgamento.

— Talvez fosse para você — ele sugeriu e Ted riu.

— Que idéia mais estúpida.

— Você também me parece estúpido. E me deixa louco às vezes. Na verdade, a maior parte do tempo. — Rick levantou-se e deixou o escritório. Sabia que o amigo era teimoso demais para ser convencido.

Os dois ficaram ocupados o resto da tarde. E Ted trabalhou até altas horas, como sempre fazia.

Ficou fora do escritório a maior parte do dia seguinte e Rick só teve um vislumbre dele à noite, quando ele estava indo para Sausalito, direto do escritório, com um pequeno volume embrulhado em papel de presente numa das mãos.

— Que é isso? — perguntou Rick.

— Não é da sua conta — disse Ted, sorrindo.

— Legal. — Rick também sorriu e Ted passou por ele em direção à porta. — Boa sorte — acrescentou depois que o amigo passou por ele. Ted apenas riu e a porta fechou-se atrás dele. Rick ficou parado olhando-a por um longo instante, depois que o outro se fora, esperando que tudo corresse bem para ele aquela noite. Era hora de alguma coisa boa acontecer para ele também. Já passara da hora há muito tempo.

Capítulo 23

FERNANDA ESTAVA NA COZINHA de avental quando a campainha tocou, e pediu a Ashley que fosse abrir. A menina crescera bastante desde o ano anterior e Ted pareceu espantado ao vê-la. Aos 13 anos, ela de repente não era mais uma criança, mas uma mulher. Usava camiseta, saia curta de brim azul e sandálias da mãe, estava uma jovem muito bonita, parecendo quase gêmea da mãe. Tinham as mesmas feições, o mesmo sorriso, as mesmas medidas, embora já estivesse mais alta que a mãe agora, e os mesmos cabelos louros compridos e lisos.

— Como tem passado, Ashley? — ele perguntou descontraído ao entrar. Sempre gostara dos filhos de Fernanda. Eram educados, bem-comportados, simpáticos, amistosos, brilhantes e engraçados. E via-se quanto amor e tempo ela lhes dedicara.

Quando ele entrou, Fernanda colocou a cabeça para fora da cozinha e ofereceu-lhe uma taça de vinho, que ele recusou. Não bebia muito, mesmo quando não estava de serviço, o que era em tempo integral agora. E quando Fernanda tornou a desaparecer na cozinha, Will apareceu e obviamente ficou feliz em ver e apertar a mão de Ted. Estava radiante; sentaram-se e conversaram sobre a nova empresa durante alguns minutos, até Sam entrar saltitante na sala. Tinha uma personalidade que combinava com os cabelos ruivos e, ao ver Ted, sorriu de orelha a orelha.

— Minha mãe disse que você trouxe um presente pra mim, o que é? — perguntou, com uma risadinha e Fernanda, que vinha da cozinha, o repreendeu.

— Sam, não seja mal-educado!

— Você disse que ele ia trazer... — ele argumentou.

— Eu sei. Mas e se ele mudou de idéia ou esqueceu? Você ia deixá-lo sem graça.

— Ah. — Sam pareceu menos entusiasmado após a reprimenda, e Ted lhe entregou o embrulho. Era pequeno e quadrado e, para o menino, parecia misterioso, ao recebê-lo com um sorriso de diabrete. — Posso abrir agora?

— Pode, sim — disse Ted. Sentia-se mal por não ter trazido nada para os outros, mas vinha guardando aquilo para Sam desde o julgamento. Significava muito para ele próprio e esperava que também para Sam.

Quando o menino abriu a caixa, viu uma pequena bolsa de couro dentro. Era a original que Ted tinha usado por trinta anos. E, ao abri-la, Sam olhou-a e em seguida para Ted. Era a estrela que ele usara por trinta anos, com seu número. Significava muito para ele e Fernanda pareceu quase tão desorientada quanto o filho.

— É a sua de verdade? — Sam olhava da estrela para ele com admiração. Podia ver que era. Bem gasta, mas Ted a polira para ele. Brilhava nas mãos do garoto.

— É, sim. Agora que me aposentei, não preciso mais. Mas é muito especial para mim. Quero que você fique com ela. Não é mais subxerife, Sam. Agora é detetive mesmo. Uma grande promoção em apenas um ano. — Fazia exatamente um ano que o nomeara "subxerife", após a explosão do carro, quando se conheceram.

— Posso pôr no peito?

— Claro. — Ted pregou-a para ele que foi se olhar no espelho, enquanto Fernanda olhava para Ted com olhar agradecido.

— Foi uma coisa incrivelmente legal que você fez — ela disse em voz baixa.

— Ele mereceu. Da maneira mais difícil. — E todos sabiam o quanto. Fernanda assentiu com a cabeça e Ted ficou olhando o menino que saltava pela sala com a estrela no peito.

— Sou um detetive — ele gritava. Depois olhou para Ted com uma pergunta séria. — Posso prender gente?

— Eu teria um pouco de cuidado com quem prender — Ted advertiu-o com um sorriso. — Não prenderia nenhum cara realmente grande, que pudesse ficar furioso com isso.

Ele desconfiava, com razão, que Fernanda guardaria a estrela para o menino, junto com outras coisas importantes, como o relógio e as abotoaduras do pai. Mas sabia que Sam ia querer tirá-la de vez em quando para olhá-la. Qualquer menino faria isso.

— Vou prender todos os meus amigos — disse Sam, com orgulho. — Posso levar ela pra escola, pra mostrar e contar a história, mãe? — Estava tão empolgado que mal se continha e Ted parecia de fato satisfeito. Fizera a coisa certa.

— Eu levo para a escola para você — sugeriu a mãe — e trago para casa depois que você mostrar e contar. Não vai querer perder ou amassar a estrela na escola. É um presente muito especial.

— Eu sei — ele disse, cheio de admiração.

Poucos minutos depois, todos se sentaram para jantar. Ela fizera um rosbife, torta Yorkshire, purê de batata, legumes e bolo de chocolate com sorvete de sobremesa. Os meninos ficaram impressionados com o trabalho que ela se dera, e Ted também. Uma refeição excelente. Continuaram sentados à mesa, conversando, quando as crianças se levantaram e foram para seus quartos. Ainda tinham algumas semanas antes das férias de verão e Will disse que as provas finais seriam na semana seguinte e ele precisava estudar. Sam levou sua nova estrela para o quarto, para poder olhá-la, e Ashley correu para ligar para as amigas.

— Um belo jantar, não faço uma refeição assim há séculos. Obrigado — disse Ted, sentindo que mal conseguia se mexer. Agora trabalhava até tarde a maioria das noites, ia à academia de ginástica e voltava para casa perto da meia-noite. Raras vezes sequer parava para jantar, às vezes almoçava. — Não como uma comida caseira há anos. — Shirley sempre detestara cozinhar e preferia a comida para viagem do restaurante dos pais. Jamais gostara de cozinhar nem para os filhos, e levava-os para comer fora.

— Sua esposa não cozinha para você? — perguntou Fernanda, surpresa e, de repente, sem motivo algum, notou a ausência da aliança dele.

No ano anterior, antes do seqüestro de Sam, estava ali. E agora não.

— Não mais — ele disse simplesmente, e decidiu que devia explicar. — Nós nos separamos logo depois do Natal. Acho que demorou muito a acontecer, devíamos ter feito isso anos atrás. Mas foi difícil mesmo assim. — Já fazia cinco meses, e ele ainda não saíra com outra mulher. Em certos aspectos, ainda se sentia casado.

— Aconteceu alguma coisa? — ela perguntou, sentindo pena dele e solidária. Sabia como ele era leal à esposa e quanto valorizava o casamento, embora houvesse admitido que as coisas não andavam lá muito perfeitas entre eles, e que eram pessoas muito diferentes.

— Sim e não. Na semana antes do Natal ela me disse que ia para a Europa com um grupo de amigas e ficaria até depois do ano-novo. Não entendeu por que fiquei tão perturbado com isso. Achava que eu a estava impedindo de se divertir, e eu que ela devia ficar em casa comigo e os filhos. Ela disse que eu vinha fazendo isso havia trinta anos e que agora era a vez dela. Acho que tinha certa razão. Ela trabalhou muito e economizou o dinheiro. Parece que se divertiu bastante. Fico feliz por ela. Mas isso mostrou que não temos mais muita coisa em comum. E há muito tempo. Mas eu achava que devíamos ter continuado casados mesmo assim. Achava que não era direito nos divorciarmos quando os meninos eram pequenos. De qualquer modo, pensei um bocado nisso enquanto ela esteve fora e perguntei a ela como se sentia quando voltou. Ela respondeu que vinha querendo isso havia muito tempo, mas tinha medo de me contar. Não queria me magoar, o que não é uma razão muito válida para alguém continuar casado.

"Ela conheceu alguém cerca de três semanas depois de nos separarmos. Eu deixei a casa para ela e arranjei um apartamento no centro perto do escritório. A gente leva algum tempo para se acostumar, mas tudo bem. Agora, eu gostaria de ter feito isso antes. Estou meio velho para sair marcando encontros de novo.

Acabara de fazer 48 anos. Fernanda ia fazer 41 no verão e sentia-se do mesmo jeito.

— E você? Está saindo com seu advogado? — Tinha certeza de que Jack Waterman estava pensando nisso no ano anterior e esperava apenas que ela se adaptasse à viuvez, e então viera o seqüestro. Ted não estava muito errado.

— Jack? — ela riu em resposta, e balançou a cabeça. — Que faz você pensar assim?

Ele era muito astuto, mas também estudar as pessoas fazia parte do seu ofício.

— Eu acho que ele tinha uma queda por você. — Ted deu de ombros, imaginando que talvez houvesse cometido um erro de avaliação, em vista da reação dela.

— E tinha mesmo. Achava que eu devia me casar com ele por causa das crianças, para me ajudar a pagar as contas. Disse que tomara uma "decisão" e que era a coisa certa para eu fazer, pelas crianças. O único problema é que ele esqueceu de me consultar. E eu não concordei com ele.

— Por que não? — Ted estava surpreso, pois Jack era inteligente, bem-sucedido e bonitão. Julgava-o perfeito para ela. Aparentemente, ela não achava.

— Eu não o amo — ela disse sorrindo para ele, como se isso explicasse tudo. — Eu o despedi como meu advogado também.

— Coitado. — Ted não pôde deixar de rir do quadro que ela pintava, o pobre homem tivera a proposta de casamento recusada e fora despedido no mesmo dia. — É uma pena. Ele parecia um cara legal.

— Então case você com ele. Eu não quero. Prefiro ficar sozinha com meus filhos. — E na verdade estava. Ted tinha essa impressão agora, apenas ao olhá-la. E não soube muito o que dizer em seguida. — E você se divorciou, a propósito? Ou apenas se separou?

Não que isso importasse. Ela estava apenas curiosa por saber até onde ele falava sério sobre separar-se de Shirley. Parecia-lhe difícil acreditar que o casamento acabara, e para ele também.

— O divórcio sai em um mês e meio — ele disse, e pareceu triste. E estava, após 29 anos. Vinha-se acostumando, mas fora uma mudança enorme para ele. — Talvez pudéssemos ir a um cinema um dia desses — acrescentou com cautela.

Ela sorriu e parecia uma forma esquisita de começar, após haverem passado incontáveis dias juntos, e noites no chão, e ele lá segurando a mão dela quando a equipe da SWAT trouxera Sam de volta.

— Seria ótimo. Sentimos saudade de você — ela disse honestamente. Sentia que ele nunca houvesse telefonado.

— Eu tinha medo de ser uma lembrança ruim para vocês todos, depois de tudo o que aconteceu.

Ela balançou a cabeça.

— Você não é uma lembrança ruim, Ted. Foi a única parte boa. Além de ter Sam de volta. — E então tornou a sorrir para ele, comovida por tanta consideração. Ele sempre fora muito bom com seus filhos e com ela. — Sam adorou a estrela.

— Fico feliz. Eu ia dá-la a um de meus filhos e aí decidi que era Sam quem devia ficar com ela. Ele mereceu.

Ela concordou com a cabeça.

— É, mereceu — disse. E ao dizê-lo lembrou-se do ano anterior, tudo o que haviam dito um ao outro, as coisas não ditas, mas que ela sabia tinham sido sentidas pelos dois. Houvera uma ligação entre eles, mas a única coisa que os impedira de ir mais longe fora a lealdade dele ao seu casamento fracassado, e ela o respeitara por isso. Agora pareciam estar partindo do começo. Ele olhou para ela e, de repente os dois esqueceram o ano anterior, que parecia finalmente abandoná-los e, sem dizer uma palavra, ele se curvou na direção dela, e a beijou.

— Senti muita saudade de você — ele sussurrou, e ela balançou a cabeça e sorriu.

— Eu também. Foi tão triste você não telefonar. Achei que tinha nos esquecido. — Sussurravam um para o outro, para que ninguém os ouvisse. A casa era pequena, e as crianças estavam muito próximas.

— Eu achei que não devia... foi burrice minha — ele disse e tornou a beijá-la. Não se saciava dela agora e desejava não ter esperado tanto tempo. Passara meses sem telefonar, não se achando suficientemente bom, nem bastante rico para ela. Percebia agora que ela não era assim. Ela era mais que isso. Era real. E ele sabia desde o seqüestro que a amava. E que ela o amava. Era a magia da qual ela falara a Jack e ele jamais poderia entender. Era o tipo certo de cumprimento de Deus, não como o outro... o tipo fácil que aliviava todos os ferimentos da perda, do terror e da tragédia. Era a felicidade com que os dois haviam sonhado e que não tinham havia muito tempo.

Ficaram sentados beijando-se à mesa e depois ele a ajudou a tirar os pratos, seguiu-a até a cozinha e tornou a beijá-la. Estava parado com ela nos braços, quando os dois saltaram cerca de um palmo, pois Sam entrara correndo no aposento e gritara para eles.

— Você está preso! — disse de forma convincente, apontando-lhes uma arma imaginária.

— Por quê? — perguntou Ted, voltando-se com um sorriso. O menino quase lhe causara um ataque cardíaco e Fernanda sorria como uma criança, constrangida.

— Por beijar minha mãe! — declarou Sam com um enorme sorriso, e baixou a "arma", diante do sorriso de Ted.

— Existe uma lei contra isso? — perguntou Ted, puxando o menino para si e abraçando-o, para incluí-lo no círculo com eles.

— Não, pode ficar com ela — disse Sam de forma objetiva, livrando-se do abraço, que julgava embaraçoso. — Eu acho que ela gosta de você. Disse que sentia saudade de você. Eu também — acrescentou e desapareceu, para ir anunciar à irmã que vira Ted beijando a mãe.

— É oficial, então — disse Ted, abraçando-a com um ar satisfeito. — Ele disse que eu posso ficar com você. Levo você agora ou pego depois?

— Pode ficar por aí — ela disse, com cautela. Ele também gostava dessa idéia.

— Você pode se cansar de mim — disse. Shirley se cansara, e tirara-lhe um bocado de sua autoconfiança. É doloroso quando alguém que amamos não nos ama mais. Mas Fernanda era uma mulher totalmente diferente e Rick tinha razão: ele e Fernanda eram muito mais adequados um ao outro do que ele e Shirley jamais foram.

— Eu não vou me cansar de você — ela disse em voz baixa. Jamais se sentira tão à vontade com alguém como com ele naquelas semanas, apesar das circunstâncias traumáticas. Era uma forma extraordinária de conhecer alguém. Tiveram apenas de esperar que sua vez chegasse, e chegara.

Parado no corredor, ele se despediu dela, prometendo ligar no dia seguinte. Tudo era diferente agora. Finalmente ele tinha uma vida normal. Se quisesse, podia deixar o escritório e ir para casa à noite. Nada mais de horários malucos ou mudanças de turno. Ele já ia dar-lhe um beijo de boa-noite, quando Ashley entrou e lançou um olhar de quem percebera o que estava acontecendo. Mas não parecia desaprovar. Parecia não incomodá-la vê-los abraçados, e Ted gostou disso. Aquela era a mulher pela qual esperava, a família que lhe fazia falta desde que os seus filhos haviam crescido, o menino que ele salvara e passara a amar, a mulher de que precisava. E ele era a magia com que ela sonhara e achou que não iria mais encontrar.

Ele beijou-a uma última vez e desceu depressa a escada até o carro com um último aceno para ela, que ainda sorria parada na porta, vendo-o partir.

Ele estava no meio da ponte, sorrindo para si mesmo, quando o celular tocou. Esperava que fosse Fernanda, mas era Rick.

— E aí? Que aconteceu? Eu não agüento o suspense.

— Não é da sua conta — disse Ted, ainda sorrindo. Sentia-se como um menino, sobretudo falando com Rick. Com ela, sentia-se um homem de novo.

— Sim, é sim — insistiu Rick. — Quero que você seja feliz.

— Eu sou.

— Pra valer? — Rick parecia atordoado.

— É, pra valer. Você tinha razão. Sobre tudo.

— Puta merda! Ora, que se dane! Que bom pra você, meu amigo. Já era tempo, porra! — disse Rick, parecendo aliviado e feliz por ele.

— É — disse Ted simplesmente —, é mesmo. — E, com isso, desligou o celular e sorriu pelo resto do caminho.

Este livro foi composto na tipologia Agaramond, em corpo 11,5/16, e impresso em papel off-set 90g/m² no Sistema Cameron da Divisão Gráfica da Distribuidora Record.

Seja um Leitor Preferencial Record
e receba informações sobre nossos lançamentos.
Escreva para
RP Record
Caixa Postal 23.052
Rio de Janeiro, RJ – CEP 20922-970
dando seu nome e endereço
e tenha acesso a nossas ofertas especiais.

Válido somente no Brasil.

Ou visite a nossa *home page*:
http://www.record.com.br